ullstein

Das Buch

Der Polizeiseelsorger Martin Bauer wird zu einem Einsatz gerufen, den eigentlich sein Amtskollege, Polizeidekan Rüdiger Vaals, übernommen hat. In einem stillgelegten Bergwerk ist eine Leiche gefunden worden, übergossen mit Honig. Vaals sollte die Beamten vor Ort betreuen, ist aber selbst mit einem Herzinfarkt zusammengebrochen. Bauer begleitet seinen Kollegen im Krankenwagen und spürt die Not hinter Vaals' wirren Äußerungen, die um ein ungeklärtes Problem mit einem alten Bekannten zu kreisen scheinen. Bauer macht sich für Vaals, der dem Tod nah ist, auf die Suche nach dem alten Freund.
Unterdessen ermittelt Hauptkommissarin Verena Dohr im Fall der Bergwerksleiche. Doch es ist unklar, ob sie es mit Mord zu tun hat oder »nur« mit einer Art ritueller Leichenschändung und Nekrophilie. Darauf deuten zahlreiche, post mortem zugefügte Schnittwunden und die großen Mengen Honig hin, die am Körper des Opfers gefunden wurden. Honig diente in alten Kulturen als Grabbeigabe und zur Einbalsamierung. Als Todesursache kann die Rechtsmedizin nur Herzversagen feststellen. Eine religiöse Reliquie, die am Tatort entdeckt wird, legt Verena Bauer vor. Der erkennt den Zusammenhang zu den Schnittverletzungen des Toten. Denn die Reliquie verweist auf den Heiligen Sebastian, einen Märtyrer, der von zahllosen Pfeilen durchbohrt wurde.
Im Zuge seiner Nachforschungen befindet sich Martin Bauer schnell in einem Netz aus Intrigen und ahnt Schreckliches ...

Die Autoren

Peter Gallert wurde 1962 in Bonn geboren. Ein Germanistik- und Geschichtsstudium brach er erfolgreich ab. Seit den 90er-Jahren Drehbuchautor für TV-Serien von Krimi bis Krankenhaus (in Zusammenarbeit mit Jörg Reiter). Er ist Karate-Kindertrainer, hat drei Töchter und lebt mit seiner Familie in Köln.

Jörg Reiter wurde 1952 in Düsseldorf geboren. Nach dem Studium (u. a. der Ethnologie und Filmwissenschaft) und Promotion Dozent in Köln und Heidelberg. Seit 1992 freier Autor: Sachbuch, Rateshow, Dokumentarfilm. Dann Drehbücher für TV-Serien von Krimi bis Krankenhaus (mit Peter Gallert). Der Autor lebt in Köln.

Gallert Reiter

TIEFER DENN DIE HÖLLE

Kriminalroman

Ullstein

Besuchen Sie uns im Internet:
www.ullstein-taschenbuch.de

Originalausgabe im Ullstein Taschenbuch
1. Auflage April 2018
© Ullstein Buchverlage GmbH, Berlin 2018
Umschlaggestaltung: Zero-media.net, München
Titelabbildung: © Drunaa/Trevillion Images
Satz: Pinkuin Satz und Datentechnik, Berlin
Gesetzt aus der Quadraat Pro
Druck und Bindearbeiten: CPI books GmbH, Leck
ISBN 978-3-548-29035-5

Prolog

Bauers Hand zitterte. Er hielt inne. Er hatte in so viele Abgründe gesehen, sie machten ihm keine Angst mehr. Doch das hier war anders. Ein Schlund, ein tausend Meter tiefes Grab. Niemand würde kommen und ihn retten, wenn die Dunkelheit ihn verschluckte.

Er zwang sich, regelmäßig zu atmen. Das Zittern hörte nicht auf. Die rote Warnfarbe war nur noch an den Rändern des abgegriffenen Knopfes zu erkennen. Bauer holte tief Luft, ließ seine Hand niedersausen – und schnellte aus dem Führerstand.

Fünf Meter bis zum Schacht. Die Glocke schrillte, zählte seine weiten Sätze. Mit dem dritten Klingeln sprang Bauer in den Fahrkorb und knallte gegen das Drahtgeflecht der Rückwand. Hinter ihm schloss sich das Gittertor. Es hatte geklappt. Der Korb setzte sich in Bewegung, erst langsam, dann immer schneller. Mit zehn Metern pro Sekunde ging es hinab. Alles ratterte und bebte. Die zwei Minuten Seilfahrt kamen Bauer endlos vor. Dann hakten die Bremsen ein, sein Magen sackte nach unten. Mit einem Ruck endete der kontrollierte Sturz. Das Schutzgitter fuhr zur Seite. Er war auf der tiefsten Sohle. Irgendwo hier unten wartete ein Mann, der foltern und töten wollte.

Bauer zog den Kopf ein und stieg aus. Es war niemand zu sehen. Außer einer flackernden Neonröhre vor dem

Schacht gab es keine Lichtquelle. Die Luft war heiß und feucht, und sie schmeckte giftig. Bitte keine bösen Wetter! Davon gab es unter Tage eine Menge: Schwefelwasserstoff, Kohlenmonoxid, Stickoxide. Er tastete nach der Blechdose an seinem Gürtel. Ob der Selbstretter darin überhaupt noch funktionierte?

Bauer schaltete die Grubenlampe ein. Lange würde der alte Akku kaum halten. Der Lichtkegel erfasste eine Grubenbahn, die auf schmalen Gleisen vor sich hin rostete. Bis zur Stilllegung der Zeche waren die Bergmänner damit zum Streb gefahren, wo die Kohle gehauen wurde. Bauer leuchtete die Schienen ab. Sie verloren sich in der Dunkelheit der Strecke. Er marschierte los.

Schon nach einer Minute tropfte der Schweiß von seiner Stirn, brannte in seinen Augen, rann über den Nacken in seinen Kragen und zwischen den Schulterblättern den Rücken herunter. Mit jedem Schritt, den er machte, spürte er den Druck des kilometerhohen Gebirges über ihm stärker. Er hielt den Kopf gesenkt, den Blick tief, sah nicht nach oben, hier unten gab es keinen Himmel. Er setzte Fuß vor Fuß, die Bahnschwellen gaben den Rhythmus an, teilten seine Angst in beherrschbare Stücke. Er dachte an seine Frau, an seine Tochter, an sein ungeborenes Kind, er ging weiter und weiter, bis sein Zeitgefühl erlosch.

Dann endeten die Schienen, so plötzlich, dass er fast hingeschlagen wäre. Er stolperte, fing sich, rettete sich auf die letzte Schwelle, fand mühsam sein Gleichgewicht und keuchte. Als sein Puls sich beruhigt hatte, hielt er den Atem an und horchte. Totenstille. Hinter ihm Dunkelheit, um ihn herum schwarze Wände und vor ihm das schwarze Nichts.

Wie auf einer dünnen Kruste bewegte Bauer sich voran.

Die Sohle wurde uneben. Der Akku der Lampe ließ nach, ihr Schein reichte kaum noch drei Meter weit. Fast wäre Bauer an dem abgehenden Streb vorbeigelaufen. Den Weg hinein versperrten zwei diagonal aufgestellte Holzbalken. Ein Andreaskreuz, es warnte vor Lebensgefahr im *Alten Mann*. So nannten die Bergleute einen ausgekohlten Stollen. Bauer sah vereinzelte Holzstempel, die das Stollendach stützten. Der Ausbau mit Holz wurde schon seit den Fünfzigerjahren nicht mehr betrieben. Ein Wunder, dass der Streb nicht längst eingestürzt war. Nur ein Selbstmörder hätte sich dort hineingewagt. Bauer leuchtete den Boden hinter dem Andreaskreuz ab. Keine Spuren im Kohlenstaub.

Er richtete sich wieder auf und wollte weitergehen. Da hörte er es. Es war kaum vernehmbar, aber kein Geräusch hätte ihn hier, tausend Meter tief unter der Erde, mehr erschrecken können. Es kam aus dem *Alten Mann*: ein Wimmern, ein Klagen.

Das Baby.

Ohne nachzudenken, setzte Bauer über die Balken hinweg, hastete geduckt voran, stolperte über zerklüfteten Boden, schlitterte über loses Gestein, fing sich, eilte weiter, so schnell und so leise er konnte, bis er den Schimmer in der Schwärze sah. Abrupt bremste er ab, fiel auf die Knie, suchte den Schalter der Grubenlampe, löschte sie und wusste nicht, ob er sie wieder würde einschalten können. Auf allen vieren kroch er weiter, durch die absolute Finsternis auf das Geräusch und das Licht zu, immer langsamer und vorsichtiger, je heller es wurde – bis er es sah.

Auf dem schrundigen Boden am Ende des Strebs lag, im Schein einer starken Handlampe, nackt und schutzlos, das Baby. Es ruderte mit seinen Armen und strampelte mit den Beinen. Noch klagte es nur, doch bald würde es laut weinen. Eine zähe Masse floss über seine Babyhaut, troff in langen Fäden von den Gliedmaßen und bildete eine klebrige Pfütze um den zarten Körper.

Hinter dem Kind hockte in einigen Metern Entfernung eine dunkle Gestalt. Sie wandte Bauer den Rücken zu und schraubte im Schein ihrer Helmlampe Deckel auf leere Honiggläser. Neben den Gläsern lag die Tasche mit den Messern.

Bauer wagte nicht zu atmen. Geräuschlos schob er sich vorwärts, kam bis auf Armlänge an das Baby heran, da fuhr die Gestalt herum. Der scharfe Strahl der Helmlampe stach in seine Augen. Geblendet griff er nach dem klebrigen kleinen Körper, bekam ihn zu fassen und riss ihn an sich. Im nächsten Moment hörte Bauer das Singen von Stahl, der über Stein schliff. Ein Messer.

Bauer presste das Kind an seine Brust, sprang auf und rannte los.

01

Liebe Mama

Wann kommst du endlich wieder? Gestern kam ein Polizist aber er hatte dich nicht gefunden. Der Christian hat gesagt ich soll ein Einschreiben machen. Dann sucht der Briefträger dich. Weil du musst unterschreiben und dann kriegst du den Brief ganz bestimmt. Und ich soll drauf schreiben: vom Finanzamt. Der Christian sagt sein Vater sagt das Finanzamt findet jeden auch wenn er tot ist. Aber du bist nicht tot. Sonst wärst du ein Engel und Engel können alles sehen.

Ich will dir was sagen. Ich bin schon so lange bei Oma und Opa. Wenn du nicht zurückkommst werde ich vielleicht vom Jugendamt geholt. Das hat Oma gesagt. Dann laufe ich weg. Einer hat mich schon mal geholt. Das ist ganz lange her und dann hatte ich so sehr Angst. Aber ich durfte nichts verraten auch dir nicht weil es war ein Geheimnis. Wenn du ein Engel gewesen wärst hättest du das wohl gewusst und ich hätte dich gerufen und du hättest mich beschützt. Engel wissen alles wie Gott.

Ich möchte dir sagen ich vermisse dich so doll. Kommst du mich von der Schule abholen? Dann merkt Oma es nicht und kann es nicht dem Jugendamt sagen. Ich will nicht dass mich einer holt. Nur du. Ich bin auch immer ganz lieb und mache alles und singe ganz schön wie im Chor. Dann musst du nicht mehr traurig sein und gar nicht so viel weinen. Ich liebe dich am allermeisten auf der ganzen Welt.

Ich warte am Tor auf dich auch in der Pause.

02

Freitag

»Sie wollen für das Gute kämpfen. Doch Sie werden dem Bösen begegnen.«

Es war still geworden unter der Dachkuppel, die sich wie ein Nachthimmel über die Halle spannte. Nur noch vereinzelt leuchteten oben auf den Rängen kleine Blitze von Fotoapparaten und Handys auf. Bauer hörte das Echo seiner eigenen Worte, die von der Lautsprecheranlage in den weiten Raum getragen wurden, und er spürte die Blicke von achttausend Menschen auf sich. Zweitausend davon saßen im Innenraum direkt vor ihm. Die Scheinwerfer blendeten, doch Bauer erkannte deutlich den feierlichen Ernst in den jungen Gesichtern. Tagelang hatte er über dem Manuskript seiner Rede gebrütet. Er hatte sich gefühlt wie vor seiner ersten Predigt, war mit trockenem Mund und weichen Knien auf die Bühne gestolpert und hatte sich an das Rednerpult geklammert.

»Sie werden an Abgründen stehen, von denen wir uns ängstlich fernhalten. Und Sie werden nicht nur hineinschauen, manchmal werden Sie hinabsteigen – müssen.«

Bisher war es eine ausgelassene Veranstaltung gewesen. Die Big Band des Landespolizeiorchesters hatte die Stimmung angeheizt, das SEK eine spektakuläre Show inklusive Blendgranaten und Abseilen vom Hallendach geliefert, sogar die Rede des Innenministers hatte für Heiterkeit gesorgt. Nun lachte niemand mehr.

»Sie werden gleich einen Eid leisten. Sie werden schwören, unsere Gesellschaft und unsere Werte gegen Angriffe aller Art zu verteidigen. Sie werden versprechen, Leib und Leben ihrer Mitbürger zu schützen – mit Ihrem Leib und Ihrem Leben.«

Sie waren so jung. Manche hielten sich noch für unbesiegbar. Doch seine Worte machten die meisten von ihnen nachdenklich. Ein blonder Hüne in der ersten Reihe, mit Bürstenhaarschnitt und glühenden Schuljungenwangen, wirkte regelrecht erschrocken. Als würde ihm erst in diesem Moment bewusst, was seine Berufswahl bedeutete. Bauer lächelte ihn aufmunternd an, aber das schien den Polizeischüler nur noch mehr zu verunsichern. Einen Moment lang überlegte Bauer, zu dem Abschnitt über Mut und Nächstenliebe zu springen, er blätterte in seinem Manuskript vor, fand jedoch die Anfangszeile nicht. Dann wollte er an die Stelle zurückkehren, wo er aufgehört hatte, aber nun fiel ihm sein letzter Satz nicht mehr ein. Seine Augen flogen über den Text, eine Hitzewelle rollte über seine Kopfhaut, und er spürte die aufkeimende Unruhe in der Halle. Er blickte wieder auf. Der Hüne befingerte nervös die weiße Dienstmütze, die auf seinem Schoß lag. Er hatte sie heute in den Himmel fliegen lassen wollen. Der Mützenwurf nach der Vereidigungsfeier war Tradition – und begehrtes Motiv bei den Pressefotografen und Kameraleuten. Im Ablaufplan gab es sogar einen eigenen Programmpunkt dafür: »14:10 // Vorplatz Westfalenhalle 1: Aufstellung AnwärterInnen; 14:25 // Mützenwurf«. Doch daran dachte der blonde Kommissaranwärter nun nicht mehr. Stattdessen fragte er sich offensichtlich, ob er gerade einen Riesenfehler machte.

Auf den Rängen fing es an zu rumoren. Die Zuschauer warteten darauf, dass Bauer weiterredete. Er nahm eine Bewegung am Bühnenrand wahr. Dort fieberte Lutz seinem großen Auftritt entgegen. Er sollte die Eidesformel vortragen, zweitausend junge Stimmen würden sie im Chor nachsprechen. Ein großer Moment, auch in der Karriere des Polizeidirektors. Die eigentliche Vereidigung war nicht nur Zweck, sondern auch Höhepunkt der Veranstaltung. Bilder davon würden in den Regionalmagazinen aller Sender des Landes zu sehen sein, noch vor dem Mützenwurf, bei dem Lutz sicher auch nicht fehlen würde. Es war kein Geheimnis, dass er sich seit Wochen auf diesen Tag vorbereitete. Irgendwann war er sogar in Bauers Büro aufgetaucht und hatte seinen Redeentwurf sehen wollen. Angeblich ging es ihm nur um das Auftrittsstichwort. Doch der Polizeiseelsorger wusste es besser. Lutz hatte alles darangesetzt, dass Bauers katholischer Amtskollege den geistlichen Beitrag des Präsidiums zur Feierstunde lieferte. Der gemütliche Monsignore Vaals schien berechenbarer. Doch die Polizeischüler hatten sich Bauer gewünscht. Seit einigen Monaten unterrichtete er Ethik an der Fachhochschule für öffentliche Verwaltung, Abteilung Duisburg. Es gab noch sechs weitere Standorte der Fachhochschule im Bundesland. Dem nun völlig verunsicherten jungen Mann in der ersten Reihe war er noch nie begegnet.

Bauer sah zu Lutz, der ihn aus den Kulissen heraus wild gestikulierend zum Weiterreden aufforderte. Dann blickte er wieder auf sein Manuskript, doch die Sätze, an denen er so lange gefeilt hatte, erschienen ihm auf einmal unecht. Es hatte ihm geschmeichelt, als man ihn für die Rede angefragt hatte. Doch das leise Unbehagen, das er ebenfalls verspürt hatte, war gewachsen, je näher der Termin gerückt war. Er hatte es als Lampenfieber abgetan. Aber es war etwas anderes, und nun spürte er es ganz deutlich:

Er gehörte nicht hierher. Er ließ das Pult los. Ein Raunen wehte durch die Halle, als er zum Bühnenrand ging und sich dort auf die Kante direkt vor die erste Reihe setzte.

»Sie würden am liebsten aufspringen und weglaufen, stimmt's? Ich sag Ihnen was: Mir geht's genauso.«

Für einen Moment erstarrte der junge Mann. Dann blickte er sich schnell um, ob vielleicht jemand anderes gemeint sein könnte. Aber seine Sitznachbarn sahen alle ihn an. Er wandte sich wieder Bauer zu.

»Meinen Sie mich?«, stammelte er.

»Ja. Wie heißen Sie?«

»Kevin ... Ich meine: Kommissaranwärter Fritzenkötter.«

»Klingt westfälisch.«

Kevin nickte. »Meine Eltern haben einen Hof in Altenbeken, Kreis Paderborn.«

»Ein schönes Fleckchen Erde.«

Ein Lächeln verdrängte kurz den Schreck von Kevins rundem Gesicht. »Sehr schön sogar!«

»Wieso sind Sie nicht dort geblieben?«

Sofort war seine Unsicherheit wieder da. »Ich, äh ... Weil ich Polizist werden wollte?«

»Hat Ihnen niemand gesagt, dass Polizeibeamte zur Berufsgruppe mit dem höchsten Risikopotenzial gehören?«

»Ich weiß nicht ...«

»Posttraumatische Belastungsstörungen, Depressionen, Burn-out, Suizid – in allen entsprechenden Statistiken belegen Polizisten regelmäßig Spitzenplätze. Und das sind nur die Folgerisiken. Sie haben auch gute Chancen, im Dienst verletzt zu werden. Ich rede hier nicht mal von besonderen Gefahrenlagen wie bei Großdemos mit gewaltbereiten Chaoten oder Alarmfahndungen nach Terrorverdächtigen. Fragen Sie Ihre künftigen Kollegen vom Wach- und Streifendienst, wer von ihnen noch nie bei einem völlig harmlosen Einsatz bespuckt, geschlagen oder getreten wurde. Sie werden kaum einen finden.«

Von den Rängen kam zustimmendes Gemurmel. Unter den Angehörigen von Polizeischülern fanden sich in der Regel überdurchschnittlich viele Polizeibeamte.

»Wollen Sie sich das wirklich antun? Sie bringen sich in Gefahr. Warum?«

»Irgendjemand muss es tun.« Der Kommissaranwärter wollte markig klingen. Doch über Bauers Ansteckmikro kleckerte nur eine dünne Entschuldigung aus den Lautsprechern in die Halle.

»Wieso ausgerechnet Sie?«

Kevin schwieg. Verstohlen schielte er zur Seitentribüne. Vermutlich saßen dort seine Eltern, Landwirte aus einer kleinen Gemeinde am Fuß des Eggegebirges. Der Sohn hatte sie stolz machen wollen. Nun fürchtete er, sie zu blamieren.

Bauer beantwortete seine Frage selbst: »Weil Sie etwas wissen, das die meisten Menschen vergessen haben.«

»Ich hab's offenbar auch gerade vergessen«, sagte Kevin und erntete vereinzelte Lacher.

»Haben Sie nicht. Sie wären sonst gar nicht hier.« Bauer sah auf. Nun, da er nicht mehr im direkten Licht der Bühnenscheinwerfer stand, konnte er die Stuhlreihen besser überblicken. »Sie alle wären nicht hier. Vielleicht ist es Ihnen nicht bewusst, aber Sie sind anders als die meisten Leute. Sie haben eine andere Einstellung zum Leben. Und damit zum Tod.«

Hinter der Bühne stöhnte jemand auf. Bauer musste nicht lange raten, wer: Lutz. Er fürchtete um seinen Auftritt. Erst die Schilderung des harten Polizeialltags und dann auch noch das Gerede über den Tod – der Pfaffe machte die Stimmung kaputt. Der Polizeidirektor war bestimmt nicht der Einzige in der Halle, der so dachte. Es war Bauer egal.

»Wir haben Wohnungen mit einbruchsicheren Türen, fahren Autos mit acht Airbags und setzen unseren Kindern Helme auf, wenn sie Tretroller fahren. Gefahren schalten wir aus, damit uns nur ja nichts passiert. Heil nach Hause zu kommen, halten wir für alltäglich und Sicherheit für den Normalzustand. Doch wir machen uns etwas vor. Sie wissen das. Oder fühlen es. Es kann immer etwas passieren, wir können verletzt werden, wir können sterben – jeden Tag, jeden Moment.«

Bauer sah Zustimmung in Kevins Gesicht und in den Reihen hinter ihm hier und da sogar ein Kopfnicken.

»Das Leben ist riskant. Sie sind bereit, dieses Risiko einzugehen. Nicht nur für sich, auch für Ihre Mitmenschen. Eigentlich wollte ich Ihnen etwas über Nächstenliebe erzählen und was Jesus darunter verstanden hat. Ich schätze, das ist überflüssig.«

Er blickte Kevin an.

»Ich bin ein Fan von Ihnen.«

Er erhob sich.

»Von Ihnen allen!«

Dann drehte Bauer sich um und ging von der Bühne. Der Polizeidirektor erwartete ihn mit Wut im Blick und roten Flecken auf der gereizten Gesichtshaut. Einen Schritt, bevor Bauer ihn erreichte, setzte, heftig wie ein Platzregen, Applaus ein und schwemmte die bösartige Bemerkung, die Lutz im selben Moment abfeuerte, einfach weg.

Die Halle lag in der Mittagshitze wie ein Ufo aus einem Fünfzigerjahrefilm. Auf der Spitze der Dachkuppel drehte sich träge die Werbetafel der Union-Brauerei. Das acht Meter hohe gelbe U kreiste dort seit 1968. Vor ein paar Jahren hatte es eine neue Rückseite bekommen, ein blaues C, das Logo einer Versicherungsgesellschaft. Die Betreiber der traditionsreichen Veranstaltungshalle hatten den Deal einen »Brückenschlag zwischen Tradition und Moderne« genannt und als »Symbol für den Strukturwandel« verkauft.

Bauer kniff die Augen zusammen und blies Rauch in die flimmernde Luft. Auf dem Parkplatz vor dem Haupteingang gab es nur wenige schattige Flecken. Sie waren alle von den unterschiedlichsten Einsatzfahrzeugen belegt. Im Rahmenprogramm der Vereidigungsfeier präsentierte die Polizei ihren Fuhrpark, vom Krad der Motorradstreife über den Geländewagen der Bereitschaftspolizei bis zum Wasserwerfer. Noch war der Platz menschenleer, aber in einer halben Stunde würden die Besucher aus der Halle strömen und sich um die Fahrzeuge scharen. Die meisten vermutlich um den schwarzen Truck des SEK, eine Spezialanfertigung aus den USA. Das auf dem Dach montierte »Mobile Adjustable Ramp System«, kurz »MARS«, machte den Wagen zur fahrbaren Rampe. Er war erstmals bei der Erstürmung des Hells-Angels-Hauptquartiers vor einigen Jahren zum Einsatz gekommen, aber bisher nie in der Öffentlichkeit gezeigt worden. Nun stand er in der Mitte des Platzes, und die Sonne brannte darauf nieder wie auf Bauers alten Passat, der abseits parkte und mindestens so fehl am Platz wirkte, wie der Polizeiseelsorger sich fühlte. Er hatte alle Türen des Wagens aufgerissen, um die Hitze entweichen zu lassen, und sich eine Zigarette angezündet.

Früher hatte Bauer sich nur erlaubt zu rauchen, wenn er bei seiner Arbeit mit Sterbenden oder Toten konfrontiert worden war. Früher hatte er immer nur eine einzelne Zigarette bei sich getragen, in einer Aluminiumhülle. Früher, das war die Zeit, bevor er selbst einen Menschen getötet hatte und bevor seine Familie zerbrochen war. Neun Monate war das nun her. Seitdem steckte er jeden Tag eine ganze Schachtel in seine Tasche.

»Wenn man Sie so predigen hört, könnte man meinen, diese Grünschnäbel wären die letzten Wohltäter der Menschheit.«

Bauer hatte Verena Dohr nicht kommen hören. Keine fünfzig Meter entfernt rauschte auf dem Rheinlanddamm, einem kurzen Teilstück der A 40, der Freitagsverkehr vorbei.

»Vielleicht sind sie's.«

»Blödsinn. Die Arschlochdichte ist bei der Polizei mindestens so hoch wie beim Rest der Bevölkerung. Nach meiner Erfahrung sogar höher. Haben Sie eine für mich?«

Sie deutete auf die Zigarettenschachtel, die Bauer in der Hand hielt. Er reichte sie ihr und gab ihr Feuer.

Sie inhalierte tief. »Sie verpassen übrigens gerade den Höhepunkt der Veranstaltung.«

»Sie doch auch.«

»Von mir ist Lutz Kummer gewohnt. Bei Ihnen dagegen …« Sie ließ den Satz in einer Qualmwolke hängen.

Bauer sah die Hauptkommissarin irritiert an: »Ich dachte, er sieht mich als seine persönliche biblische Plage.«

»Ja, als Sie noch von Brücken gesprungen sind. Jetzt unterrichten Sie Ethik an der Polizeischule und halten Reden auf Vereidigungsfeiern.«

Sie machte sich über ihn lustig. Nur klang sie nicht lustig. Eher vorwurfsvoll. Er übernahm ihren nur oberflächlich lockeren Ton. »Sie haben sich doch immer beschwert, dass ich mich in Ihre Arbeit mische. Ich wollte Ihnen das Leben leichter machen.«

»Wohl eher Ihrer Frau«, erwiderte sie trocken. »Wann ist es denn so weit?«

»In zehn Tagen.«

Sie nickte nur und nahm noch einen tiefen Zug. Schweigend rauchten sie weiter. Schließlich trat Verena ihre Kippe auf dem Asphalt aus.

»Kommen Sie wieder mit rein?«

Er schüttelte den Kopf. »Geburtsvorbereitungskurs. Fängt heute Nachmittag an und geht das ganze Wochenende.«

»Verlernt man das Kinderkriegen? Sie haben doch schon eins.«

»Sarah möchte sich einfach sicher fühlen.«

»Sieht so aus. Dann viel Spaß.«

»Danke.«

Sie wandte sich zum Gehen, drehte sich aber noch einmal um. »Gute Rede übrigens.«

»Wollen Sie mich verarschen? Ich hatte den Hänger des Jahrhunderts. Ich habe nur noch gesagt, was mir gerade einfiel.«

»Wie früher.« Damit ging sie.

Bauer sah ihr nach, bis sie im Haupteingang verschwunden war. Dann schnippte auch er seine Kippe weg, klappte die Türen des Wagens zu und setzte sich hinters Steuer.

Er brauchte fast eine Stunde für die Rückfahrt und wäre noch länger unterwegs gewesen, wenn er, wie sonst auf seinem Heimweg, die staugefährdete Rheinbrücke Neuenkamp hätte passieren müssen. Aber seine Frau wartete nicht zu Hause auf ihn. Sie hatte sich und Bauer eine Auszeit verordnet, um ihre Ehe zu überdenken. Das tat sie im Apartment ihrer besten Freundin Karla – seit acht Monaten. Genauso lange war Karla nun schon in den USA, um ihre Karriere voranzutreiben.

Sarah hatte damals mit ihr Abschied gefeiert und war erst spät in der Nacht nach Hause gekommen. Bauer war noch wach gewesen, nicht aus Sorge, sondern weil er nicht wusste, wohin mit seinem Glück. Sie hatte es ihm am selben Morgen gesagt.

»Wir bekommen noch ein Kind.«

Wie ferngesteuert war Bauer in sein Auto gestiegen und ins Präsidium gefahren. Sarahs Worte erreichten ihn erst nach und nach. Doch als er abends heimkehrte, lief sein Herz längst über. Aber Sarah war schon bei der Abschiedsfeier, und die sechzehnjährige Tochter Nina übernachtete bei einer Klassenkameradin. Das Haus war leer gewesen, Bauer allein. Da hatte er noch nicht geahnt, dass es bald oft so sein würde. Stundenlang hatte er sich alte Fotos angesehen. Von den ersten Jahren gab es noch Alben mit Papierabzügen, aufgenommen mit einer billigen Kleinbildkamera. Zu Ninas Einschulung hatte Bauers Frau der Familie dann eine digitale Spiegelreflexkamera gegönnt. Seitdem gab es viel mehr Bilder, häufig Dutzende von demselben Motiv, aber nur noch auf Festplatte. Immer wieder hatte sich Bauer vorgenommen, misslungene Aufnahmen auszusortieren und nur die besten aus den Serien von gleichen Schnappschüssen zu behalten. An diesem Abend war er froh, es nicht getan zu haben. Er freute sich auch noch über die schiefste Grimasse von Nina und das albernste Grinsen seiner Frau.

Er war glücklich gewesen. Dann war Sarah heimgekommen.

»Ich kann das so nicht mehr«, hatte sie gesagt.

Bauer wechselte von der A 40 für wenige Hundert Meter auf die A 59 und nahm die Ausfahrt Duissern. Auf dieser Seite der Autobahn war die Schallschutzwand aus Glas, dahinter lag der Stolz der Stadtentwickler: der Innenhafen. Hier, am Kopfende des lang gezogenen Hafenbeckens, ragte die historische Speicherzeile wie ein Backsteingebirge in den wolkenlosen Himmel. Nur einen Steinwurf neben der Abbiegespur stand die Küppersmühle, sie hatte den einstigen Ruf des Innenhafens als Brotkorb des Ruhrgebiets begründet. Anfang der Siebziger wurde der Mühlenbetrieb eingestellt. Nur die Speicher waren weiterhin genutzt worden, von der Regierung, um im Kalten Krieg die eisernen Kornreserven einzulagern. Mit der Perestroika verlor die Mühle auch diese Daseinsberechtigung. Wie der gesamte Innenhafen lag sie jahrelang brach. Erst kurz vor der Jahrtausendwende wurde sie glanzvoll wiedereröffnet, als Museum für moderne Kunst.

Dies war nur ein Schritt auf dem Weg zur Umnutzung des Innenhafens in einen multifunktionalen Dienstleistungspark gewesen. Den Masterplan dazu hatte der Londoner Architekt Sir Norman Foster geliefert: Arbeiten und Wohnen, Kultur und Freizeit in attraktiver Lage direkt am Wasser.

Vom Hafenbecken zweigten drei neu angelegte, künstliche Grachten ab. Sein Hemd klebte am Rücken, als er ausstieg. Er überquerte die Straße und bog in die Hansegracht ab. Hier schien es kühler, die Uferpromenade lag im Schatten junger Bäume, im Wasser wuchsen Schilf und Seerosen, auf dem Dach des preisgekrönten Wohngebäudes Gräser und Wildkräuter. Hell verputzte Wände, große Fensterflächen, viel Holz.

Bauer drückte die Klingel und lächelte in die Linse der Videogegensprechanlage. Der Türsummer ertönte. Ein Fahrstuhl brachte ihn geräuschlos in das oberste Wohngeschoss mit Sonnenterrasse und Dachgarten. Angesagter konnte man in der Innenstadt kaum wohnen. Teurer auch nicht.

Karlas Wohnungstür stand offen. Innen war alles licht und großzügig, aber niemand war zu sehen.

»Sarah?«

»Moment!«

Er wartete an der Tür. Nach kurzer Zeit hörte er die Toilettenspülung. Dann kam seine Frau heran. Er sah ihre Silhouette vor der Fensterwand, eine gerade Gestalt, die einen enormen Bauch vor sich herschob.

»Entschuldige, Stepptanz auf meiner Blase ist ihr neuer Lieblingssport. Ich renne alle zehn Minuten aufs Klo! Warum kommst du denn nicht rein?«

Sie wirkte fremd auf ihn. Das war schon so gewesen, als er sie das erste Mal hier besucht hatte, und es hatte sich nicht geändert. Er hoffte, es lag an der Umgebung.

03

Das durchbohrte Herz blutete leuchtend rot. Der Anblick entlockte Vaals ein Lächeln – wie jeden ersten Freitag im Monat um Punkt 16 Uhr. Denn dann erschien das kleine Icon wie von Zauberhand auf dem Display seines Smartphones. Es erinnerte ihn daran, dass er am Abend die Messe lesen und dass der Kinderchor, den er leitete, in der Kirche singen würde.

Der Herz-Jesu-Freitag war der monatliche Höhepunkt im Leben des Monsignore und ihm buchstäblich heilig. Vaals mochte seine Arbeit als Polizeiseelsorger. Doch wenn seine Kraft nachließ, was in letzter Zeit immer öfter geschah, fühlte er sich nur noch als Kriseninterventionsbeauftragter. Die regelmäßigen Gottesdienste halfen ihm, sich wieder als Priester wahrzunehmen. Nirgends spürte er Gottes Gegenwart deutlicher als im Altarraum, wenn klare, reine Kinderstimmen das Lob des Herrn hinauf zum Kreuz trugen.

Vaals wischte mit einem Finger über das Display. Das Herz verschwand. Er hatte nie ganz verstanden, wie so ein Smartphone funktionierte, und war froh, dass er damit telefonieren und Textnachrichten verschicken konnte. Eines seiner Chorkinder, der zwölfjährige Jonas, hatte die elektronische Erinnerung mit dem Bild des Heiligsten Herzens programmiert. Er war Vaals' Liebling. Falls Engel eine Stimme besaßen, wovon der Monsignore überzeugt war, konnten sie kaum schöner klingen als Jonas, wenn er das Ave Maria sang.

Der katholische Seelsorger schaltete den überforderten Ventilator auf seinem Schreibtisch aus und erhob sich ächzend. Die anhaltende Hitze machte ihm zu schaffen. Er schlief schlecht, fühlte sich schon morgens wie gerädert und die schwüle Luft schien seine Brust zusammenzudrücken. Doch zuversichtlich ignorierte er das leise Schwindelgefühl. In der Kirche würde es kühler sein, und die Messe würde ihm Kraft geben. Er hoffte nur, dass kein Notfall dazwischenkam. Denn Vaals hatte Rufbereitschaft, was ganz und gar ungewöhnlich war. Schon seit Jahren übernahm Bauer den ersten Freitag jeden Monats, eine Absprache unter Kollegen. Aber heute war er auf der großen Vereidigungsfeier und danach mit seiner Frau bei einem Geburtsvorbereitungskurs.

Die uniformierten Beamten hinter dem Tresen wünschten ein schönes Wochenende, als Vaals das Präsidium verließ. Die Luft draußen schien verbrauchter als im Gebäude. Auf dem Parkplatz standen nur noch wenige Autos. Vaals hatte am Morgen einen Schattenplatz ergattert, trotzdem war die Temperatur im Wagen unerträglich. Er stellte die Klimaanlage auf die höchste Stufe und den Hebel des Automatikgetriebes auf Fahrbetrieb. Er ließ den zwanzig Jahre alten Benz gemächlich losrollen.

Als er am Haupteingang vorbeituckerte, stürmte einer der Polizisten vom Empfang winkend heran.

Kurz darauf raste ein Streifenwagen über das brache Gelände der vor zehn Jahren stillgelegten Zeche Walsum. Vaals saß auf dem Beifahrersitz. Er blickte hinauf zum Förderturm, der zum Schacht Franz gehörte. Vor den Seilscheiben an der Turmspitze strahlte ein weißer Schriftzug: »Kohle«.

Der Fahrer hielt auf die Maschinenhalle am Fuß des Stahlgerüsts zu. Dort parkte ein weiteres Einsatzfahrzeug. Vaals bremste unwillkürlich mit, als der Beamte den Streifenwagen kurz davor zum Stehen brachte.

»Schneller ging's nicht«, entschuldigte sich sein Fahrer.

Vaals rang sich ein Lächeln ab. Ihm war flau im Magen. Sie stiegen aus. Aus dem Backsteingebäude eilte ein Streifenpolizist heran.

»Monsignore Vaals!«

Vaals überlegte, ob er den Mann kannte. »Es tut mir leid, ich habe Ihren Namen vergessen.«

»Polizeihauptmeister Ziegler. Wir sind uns auch nur einmal begegnet, auf der Hochzeit von meinem Kollegen, Sie haben ihn letztes Jahr getraut: Polizeiobermeister Rogalla.«

»Jan Rogalla?« Vaals erschrak. Es gab nicht viele wirklich gläubige Katholiken unter den Beamten. Der junge Polizeiobermeister gehörte dazu.

Ziegler nickte. »Sie müssen ihn da unten rausholen.«

Während sie durch die Maschinenhalle eilten, lieferte Ziegler einen kurzen Bericht. Ein Ingenieur war zu Wartungsarbeiten an der Wasserhaltungsanlage eingefahren. Die Pumpen, die früher schon Stollen und Strecken vom Grubenwasser frei gehalten hatten, liefen nämlich noch – wie in vielen stillgelegten Zechen. Jahrhundertelang hatte der Bergbau den Untergrund der Region durchlöchert wie einen Schweizer Käse. Ausgekohlte Stollen brachen mit der Zeit ein, darüber liegende Gesteinsschichten rutschten nach, an der Oberfläche entstanden ausgedehnte Senken. Rhein und Ruhr flossen heute durch Gebiete, die nun zum Teil mehr als zehn Meter tiefer lagen als die Flüsse, die durch riesige Deiche eingedämmt worden waren. Sollte der Kohlenpott nicht komplett absaufen und zur Seenplatte werden, mussten die Pumpen weiterarbeiten, bis ans Ende aller Tage. Ewigkeitslasten nannten das die Betreiber des deutschen Steinkohlebergbaus. Sie hatten eine Stiftung gegründet, um die »Finanzierung der Ewigkeitsaufgaben« zu übernehmen.

Bei der Überprüfung der Anlage im Schacht Franz war der Ingenieur auf eine Leiche gestoßen und hatte die Polizei gerufen. Ziegler und Rogalla waren von der Wache

Hamborn losgefahren. Es gab auch eine Polizeistation in Walsum, keine fünf Autominuten von der Zeche entfernt. Nur hatten die Walsumer Beamten kein Auto. Ihre Dienststelle war im Zuge der letzten Sparmaßnahmen zur »Fußstreifenwache« degradiert worden.

Vor Ort hatte Polizeikommissar Rogalla entschieden, sich die Leiche selbst anzusehen und den Fundort zu sichern.

»Konnte ja keiner ahnen, dass der Junge Platzangst hat«, sagte Ziegler. »Offenbar wusste er es nicht einmal selbst. Jedenfalls ist er runter und bekommt eine Panikattacke. Der Ingenieur will ihn wieder nach oben bringen, kriegt ihn aber nicht mehr in den Fahrkorb, so heißt hier der verdammte Aufzug. Vielleicht schaffen Sie es ja.«

Am Führerstand neben dem Förderschacht wartete der Maschinist, der die Seilfahrten in die Tiefe steuerte. Wie Vaals schien er kurz vor der Rente zu stehen, hatte aber einen Händedruck wie eine Schraubzwinge.

»Glückauf, Herr Pfarrer. Sie machen heute den Heildiener und holen uns den Jungen wieder über Tage?«

»So Gott will«, lächelte Vaals tapfer. Er lebte lange genug im Revier, um zu wissen, dass Heildiener die Sanitäter des Bergbaus waren. Aber er war noch nie unter Tage gewesen. Offenbar sah man ihm das an.

»Es geht nur auf 120 Meter Teufe«, beruhigte ihn der Maschinist und setzte ihm einen Helm mit eingeschalteter Kopflampe auf. »Erste Sohle. Die Hölle liegt sicher noch ein ganzes Stück tiefer.«

»Ich hoffe es sehr«, erwiderte Vaals und blickte zögernd zu dem Polizisten.

Der hob entschuldigend die Schultern. »Ich muss gleich die Kollegen vom Dauerdienst einweisen, die müssen jede

Sekunde hier sein. Genau wie der Notarzt. Wollen Sie auf ihn warten?«

»Nein.« Vaals stieg in den Fahrkorb.

»Ist alles ziemlich eingerostet, ruckelt und rappelt also ein bisschen, aber keine Sorge: Runter kommen sie alle.« Der Maschinist riss am Rollgitter, das rasselnd zufiel, und eilte in den Führerstand.

Sekunden später fuhr Vaals der Schlag einer Glocke in alle Glieder. Nach zwei weiteren Schlägen sackte der Metallboden unter ihm weg. Das Gefühl zu fallen zog durch seine Brust. Ratternd ging es hinab in die Dunkelheit. Die Lampe auf seinem Helm war nun die einzige Lichtquelle. In ihrem Schein sah er durch das Drahtgeflecht des Fahrkorbs die Schachtwände vorbeirasen. Die Seilfahrt dauerte nur eine halbe Minute, doch sie kam Vaals endlos vor. Dann bremste der Korb ab und kam mit einem Ruck zum Stehen. Licht schien durch das Rollgitter, und es wurde hochgezogen.

»Glückauf. Sie sind der Pfarrer?« Der Ingenieur war ein breitschultriger Mann um die fünfzig.

Vaals nickte. »Monsignore Vaals.«

»Monsignore? Aha. Sie können jetzt loslassen.«

Vaals merkte, dass er sich noch immer an das Drahtgeflecht klammerte. Seine Finger schmerzten, als er sie löste.

»Kommen Sie!«

Vaals hatte Mühe zu folgen. Er hatte schwarzen Stein erwartet, stattdessen sah er raue Betonwände, an denen schmutzige Kabel und Leuchtstoffleisten hingen.

»Sind nur ein paar Schritte, aber der Junge wollte sich keinen Zentimeter mehr bewegen.«

Der Ingenieur bog in einen Stollen ab. Hier gab es keine

Neonröhren mehr, nur einen Handscheinwerfer, der in einigen Metern Entfernung auf dem Boden stand. Davor hockte ein Mann in Uniform. Er hatte seine Arme um die Knie geschlungen.

»Ich habe so was noch nie erlebt«, raunte der Ingenieur. »Er hat gehechelt und geschwitzt wie ein Marathonläufer. Ich hab versucht, ihn zurück zum Aufzug zu schaffen, aber da hat er losgebrüllt, als würde ich ihn abstechen.«

Vaals antwortete nicht. Er hatte noch etwas entdeckt, es lag im Halbdunkel zwischen ihnen und dem Scheinwerfer.

»Da gucken Sie besser nicht hin«, riet der Ingenieur. »Ich hab's getan, und ich werde garantiert Alpträume davon kriegen. Also Kopf oben halten und einfach dran vorbeigehen.«

Aber der Monsignore steuerte schon darauf zu. Der Lichtstrahl seiner Kopflampe zuckte über den rissigen Boden. Dann sah Vaals es und erstarrte. Es war ein Alptraum, er träumte ihn seit Jahren. In diesem Moment wurde er Wirklichkeit. Ein Stöhnen drang aus seiner Brust, es klang nicht menschlich.

Dann zerquetschte eine Faust aus Eis sein Herz.

04

Sommerglut über den Feldern, Lichtsprenkel in den Blättern der Bäume am Straßenrand, Fahrtwind in Sarahs Haar. Sie fuhren über eine Landstraße und hatten alle Fenster heruntergelassen wie früher, wenn sie in den Semesterferien in Italien oder Südfrankreich zum nächsten schönen Ort unterwegs gewesen waren. Sie hatten gezeltet, auf billigen Campingplätzen, oder einfach im Auto geschlafen. Schon damals hatten sie oft stundenlang nicht geredet. Aber es war kein Schweigen gewesen, sondern Einklang. Was war es heute?

Bauer musterte seine Frau von der Seite. Sie hielt das Gesicht in den Fahrtwind und hatte die Augen geschlossen. Ihre Wangen waren voller geworden, ihre Züge schienen weicher, das stand ihr gut. Hinter Sarah sah Bauer die schlanken Schlote der Kokerei Schwelgern. Auch sie wirkten beinah idyllisch und schienen direkt aus dem Naturschutzgebiet um die Blaue Kuhle emporzuwachsen.

»Wie findest du eigentlich mein Kleid?«, riss Sarahs Stimme ihn aus seinen Gedanken.

»Hübsch«, sagte er eilig, »sehr hübsch.«

Sie öffnete die Augen und sah ihn belustigt an. »Du hast nicht mal bemerkt, dass es neu ist, gib es zu!«

Ihre gute Laune ärgerte ihn. Zweieinhalb Tage Presswehen üben und Hechelatmung simulieren, als wären sie ein ganz normales Elternpaar! Waren sie überhaupt noch ein Paar? Würden sie irgendwann wieder eine Familie sein? Oder würde ihr zweites Kind auch zwischen Sarah und ihm hin- und herpendeln, wie Nina schon jetzt? Er wusste es nicht.

Sarah hielt ihn in der Schwebe, verlangte Geduld, verdammte ihn zur Untätigkeit. War das eine Art Prüfung? Ja, er hatte sein Leben aufs Spiel gesetzt, ja, er hatte einen Mörder in ihr Haus gebracht. Aber er hatte seine Familie beschützt, und er hatte das Haus wiederaufgebaut. Seit Monaten tat er alles, um Sarahs Sicherheitsbedürfnis zu genügen. Er hatte sogar diesen Lehrauftrag angenommen und seine Stundenzahl im Präsidium reduziert, begleitete nur noch selten potenziell gefährliche Einsätze, und wenn, riskierte er dabei nicht mehr als sein ängstlicher Amtskollege Vaals beim Segnen der Reiterstaffel!

»Was hältst du davon, wenn wir übers Wochenende dort bleiben?«

Überrumpelt blickte Bauer seine Frau an. »Wo?«

»Na hömma, du Flappmann, wohin fahren wir? In Oschau natürlich!« Sie grinste und sprach den Ortsnamen aus wie eine Einheimische.

Mit seinen hübschen alten Häusern, der Rheinpromenade und der historischen Festungsanlage war Orsoy ein beliebtes Ausflugsziel. Nur der Fluss trennte es vom Stadtgebiet, und man konnte mit der Fähre von Walsum aus übersetzen.

»Es ist kaum eine halbe Stunde Fahrt. Von unserem Haus wäre es sogar nur eine Viertelstunde.« Er konnte sich den Seitenhieb nicht verkneifen.

Aber sie war offenbar fest entschlossen, sich ihre gute Laune nicht verderben zu lassen. »Ich fände es gut, mal rauszukommen. Gut für uns beide.«

Ihre Stimme war ernst, doch schwang ein Ton darin mit, den er schon lange nicht mehr gehört und nach dem er sich gesehnt hatte. Nein, sie wollte ihn nicht quälen. Es ging nicht um ihn, es ging ihr nicht einmal um sich selbst. Sie wollte Sicherheit nicht für sich, sie sorgte sich um ihr Baby. Und darum, was für ein Vater er ihm sein würde.

»Klingt nach einer guten Idee«, sagte er.

»Dann trifft es sich ja, dass ich ein Zimmer reserviert habe.« Sie lächelte ihn an.

»Was ist mit Nina?«

»Sie ist fünfzehn, und es ist Wochenende. Ich glaube

nicht, dass sie uns vermisst.« Sarah schloss die Augen und hielt ihr Gesicht wieder in den Wind. »Außerdem weiß sie Bescheid. Sie hat mir gestern heimlich ein paar Sachen von dir geholt.«

Jetzt verstand er, warum Sarah eine so große Tasche dabeihatte, und er schämte sich für seinen Ärger. Auch bei Vaals entschuldigte er sich im Stillen. Bauers Teilzeitrückzug aus dem Präsidium hatte dem Monsignore erhebliche Mehrarbeit beschert, ohne dass er je ein Wort darüber verloren hätte. Heute setzte er mit dem Bereitschaftsdienst sogar seinen Herz-Jesu-Freitag aufs Spiel. Schuldbewusst beschloss Bauer, sich bei seinem Kollegen zu bedanken. Vielleicht mit einem guten Wein. Über einen Cuvee du Vatican würde sich ein katholischer Geistlicher bestimmt freuen. Traditionsgemäß schickte das Chateau Sixtine zu Ehren jedes neu gewählten Papstes eine Kiste davon nach Rom.

Sie kamen an einer Streuobstwiese vorbei. Im Schatten alter Apfelbäume grasten Pferde. Würzige Luft stieg Bauer in die Nase. Auf einmal roch er den Sommer, und das Urlaubsgefühl war nicht mehr nur eine Erinnerung. Er legte seine Rechte auf den kugelrunden Bauch seiner Frau. Sarah legte eine Hand auf seine.

So fuhren sie in den Ort hinein, der sich an einen der höchsten Flussdeiche Europas schmiegte. Bergsenken hatten das ehemalige Festungsstädtchen unter den Wasserspiegel des Rheins sacken lassen. Die Hebammenpraxis lag mitten im Zentrum.

»Du kannst hier nicht parken«, sagte Sarah.

»Ich will dich nur absetzen, dann suche ich einen Parkplatz.« Er lief um den Wagen und half ihr beim Aussteigen.

Ächzend zog sie sich an seinem Arm hoch. »Ich komme mir vor wie ein Flusspferd.«

»Du hast eindeutig die hübscheren Beine. Besonders in diesem tollen Kleid.«

»Schleimer«, erwiderte sie, aber sie lächelte dabei. »Gibst du mir meine Tasche?«

Er holte sie vom Rücksitz. »Ich hatte mich schon über dein Gepäck gewundert.«

Er fand einen Parkplatz vor der Kirche. Als er den Wagen abschloss, klingelte sein Handy. Er zögerte. Dann nahm er das Gespräch an.

»Bauer.«

»Hauptkommissar Marantz hier ...«

»Entschuldigung, wenn ich Sie gleich unterbreche, aber mein Kollege Monsignore Vaals hat Bereitschaft.«

»Wegen ihm rufe ich an.« Kurz und präzise schilderte der Hauptkommissar, was passiert war. »Hallo? Sind Sie noch dran?«

»Ja.«

»Wie schnell können Sie hier sein?«

»Ich bin genau gegenüber.«

»Wo gegenüber?«

»Auf der anderen Rheinseite.«

»Dann müssen Sie ja zurück bis zur Beeckerwerter Brücke ...«

»Muss ich nicht. Geben Sie mir zehn Minuten.«

Er legte auf. Zehn Minuten, das konnte er nur schaffen, wenn die Fähre gerade am hiesigen Ufer lag. Und wenn er nicht zurück zur Hebammenpraxis fuhr, um Sarah zu informieren.

Er sprang in den Wagen. Sekunden später raste er mit dem Passat zwischen den beiden kantigen Backsteinsäulen des Rheintors hindurch aus dem Ort. Von der Deichkrone sah er ein Gruppe Ausflügler herunterkommen.

Seine Hoffnung wuchs. Hupend scheuchte er die Radfahrer von der Straße. Sie gestikulierten wütend, als er an ihnen vorbeifuhr. Dann sah er die Fähre. Sie war noch leer, musste gerade angelegt haben. Er drosselte seine Geschwindigkeit erst kurz vor dem Anleger. Der Wagen schlingerte an den beiden fassungslosen Fährleuten vorbei auf das Schiffsdeck und kam kurz vor der rotweißen Schranke zum Stehen. Bauer sprang aus dem Auto. Der Kapitän kam aufgebracht auf ihn zu.

»Bist du bekloppt?«

»Ich bin Polizeiseelsorger.«

Der Mann sah ihn überrumpelt an. Bauer nutzte die Chance und erklärte in knappen Worten die Situation.

»Zeche Walsum?«, wiederholte der Mann. »Die liegt gleich hinterm Kraftwerk.«

»Ich weiß. Können Sie mich rüberbringen? Sofort?«

»Könnte eng werden.« Der Kapitän deutete auf den Fluss.

Von rheinabwärts stampfte ein tief liegender Frachtkahn heran, aus der anderen Richtung kamen dicht hintereinander zwei schwere Schubverbände. Sie waren etwas weiter entfernt, aber sie fuhren zu Tal und waren schnell. Bauer wollte sich wieder dem Kapitän zuwenden, aber der kletterte schon die Leiter zum Steuerstand hoch.

»Jochen«, rief er seinem Helfer zu, »fahr die Rampe hoch!«

»Aber ...«

»Mach's einfach!«

Der flache Schiffsrumpf vibrierte unter Bauers Füßen, als der Kapitän die Dieselmotoren startete und auf volle Fahrt brachte, noch bevor der Fährhelfer die Rampe hochgefahren hatte. Stahl schrammte kreischend über das

Kopfsteinpflaster des Anlegers, das Schiff kam frei und rauschte los. Bauer holte sein Handy aus der Tasche und wählte Sarahs Nummer. Beim ersten Freizeichen sprang die Mailbox an. Ganz gleich, wie er es formulierte, seine Frau würde nur hören, dass er sie im Stich ließ – wieder einmal.

»Sarah, ich muss zu einem Einsatz. Erkläre ich dir später.« Dann legte er auf.

Die Fähre näherte sich der Flussmitte. Gleichzeitig stampfte der tiefliegende Kahn heran. Er ließ warnend sein Horn ertönen. Der Kapitän gab das Signal zurück und hielt unbeeindruckt Kurs. Der Binnenfrachter ebenfalls, er kam immer näher, bis er endlich seine Fahrt verlangsamte und die Fähre passieren ließ. Doch das war kein Grund zum Aufatmen, denn schon tauchte vor ihnen der erste Schubverband auf, der zweite folgte in kurzem Abstand, und die Fähre machte immer noch volle Fahrt. Plötzlich begriff Bauer, was der Kapitän vorhatte: Er wollte zwischen den Verbänden hindurchsteuern!

Das hatte auch der Fährhelfer erkannt. »Das schaffen wir nie!«

Der Kapitän hielt quer zur Strömung auf den ersten Verband zu, die rostigen Bordwände kamen immer näher, bis endlich das Schubschiff auftauchte. Bauer sah den Partikulier wütend seine Faust schütteln, während sie kaum einen Meter hinter dem Heck in die Lücke zwischen den Verbänden stießen. Die Fähre schlingerte im Fahrwasser, Bauer riss seinen Kopf herum und klammerte sich fest, doch der erwartete Aufprall blieb aus. Stattdessen schien die Fähre einen Satz nach vorn zu machen, und im nächsten Augenblick schwammen sie in freiem Wasser und der zweite Schubverband glitt hinter ihnen vorbei.

Der Fährhelfer lachte erleichtert. Bauer konnte nicht anders, er stimmte in das Lachen mit ein. Es war wie eine Befreiung, so lebendig hatte er sich seit Monaten nicht mehr gefühlt. Seit acht Monaten. Er blickte hoch zum Steuerstand. Der Kapitän bedeutete ihm, ins Auto zu steigen, und nickte seinem Gehilfen zu.

»Sie müssen es echt hölleneilig haben«, meinte dieser kopfschüttelnd.

»Kann man so sagen«, antwortete Bauer und schwang sich in seinen Wagen. Die Anlegestelle lag im Schatten eines fast zweihundert Meter hohen Kühlturms. Er gehörte zu dem Kraftwerk, für das die Zeche Walsum bis vor ein paar Jahren den Brennstoff geliefert hatte. Inzwischen verfeuerte man Importkohle, die um den halben Erdball hertransportiert wurde.

Der Fährhelfer ließ die Rampe runter, Bauer gab Gas. Der Wagen setzte hart auf. Bauer trieb ihn den Deich hinauf und umkurvte den Kühlturm. Das Fördergerüst über Schacht Franz wirkte mickrig im Vergleich zu den Kraftwerksanlagen. Das Tor an der Zufahrt stand weit offen. Er hielt auf den Förderturm zu. Davor parkten Fahrzeuge von Polizei, Feuerwehr und Rettungsdienst und der Bergwerksgesellschaft wild durcheinander.

Bauer brauchte niemanden, der ihm den Weg zeigte. Sein Vater hatte über dreißig Jahre unter Tage malocht. Dann war er bergfertig gewesen – Staublunge. Den Tag, an dem er zum ersten Mal mit in den Berg durfte, hütete Bauer als seine kostbarste Kindheitserinnerung.

Vor dem Führerstand, in dem die Seilfahrten gesteuert wurden, standen, heftig diskutierend, die Besatzungen der Einsatzfahrzeuge. Wortführer waren ein Brandmeister und ein Mann im Geschäftsanzug, offensichtlich vertrat er die Bergbaugesellschaft. Die beiden stritten darüber, ob die Höhenrettung der Feuerwehr oder die Zentrale Grubenwehr für eine eventuelle Bergung zuständig war.

Kurz bevor Bauer die Gruppe erreichte, bemerkte ihn ein kantiger Mittfünfziger und kam ihm entgegen.

»Pfarrer Bauer?«

Bauer bejahte.

Der Mann reichte ihm die Hand. »Marantz, wir haben telefoniert. Sind Sie geflogen?«

»Es gibt eine Fähre.«

»Wusste ich nicht. Ich bin noch nicht so lange hier. Kommen Sie!« Marantz eilte an der diskutierenden Gruppe vorbei.

Bauer folgte ihm. »Was ist mit meinem Kollegen?«

»Der Notarzt hat über Grubentelefon mit dem Ingenieur unten gesprochen. Es ist nur eine Ferndiagnose, aber er ist sich ziemlich sicher: schwerer Herzinfarkt.«

»Er lebt doch noch?«

Marantz nickte. »Die Frage ist, ob er überlebt. Im Moment kriegen wir den Arzt nicht runter und den Monsignore nicht rauf. Der Aufzug ist verreckt.«

Sie betraten den Führerstand.

»Fahrkorb«, dröhnte eine Stimme, »es heißt Fahrkorb. Und an dem liegt's nicht. Es ist die Steuerelektrik. Ich könnte schwören, dass irgendein Idiot dran rumgefummelt hat.«

Unter dem Steuerpult guckte ein kleiner drahtiger Mann im Rentenalter hervor.

»Glückauf. Sie sind der Fördermaschinist?« Weiter kam Bauer nicht.

Eine Klingel schrillte. Das Grubentelefon. Der Notarzt stürzte herein und riss den Hörer von der Gabel.

»Ja?«

Die Männer draußen verstummten.

»Haben Sie seinen Oberkörper hochgelagert? ... Okay, dann kontrollieren Sie weiter die Vitalfunktionen. Das ist sehr wichtig«, sagte der Arzt.

Er wirkte nervös. Er konnte nicht viel älter sein als die Kommissaranwärter, zu denen Bauer vor ein paar Stunden gesprochen hatte.

»Wenn die Atmung aussetzt, müssen Sie sofort eine Herzdruckmassage durchführen, verstanden? Und der Polizist soll sich zusammenreißen!«

»Lassen Sie mich mit dem Mann reden!«, sagte Bauer laut.

Der Notarzt blickte sich irritiert um. »Bitte?«

Bauer trat zu ihm und streckte fordernd die Hand aus.

»Geben Sie ihn mir!«

Überrumpelt gehorchte der junge Arzt.

»Danke.« Bauer hob den Hörer an sein Ohr. »Martin Bauer hier. Ich bin Polizeiseelsorger. Wie heißen Sie?«

»Stokowski, Walter.«

»Glückauf, Walter. Wie ist die Lage auf Sohle eins?«

»Beschissen. Ich habe hier Ihren Monsignore, der mir noch abnibbelt, wenn ihr uns nicht bald über Tage holt, und diesen Polizeifrischling, der völlig von der Rolle ist. Von der Leiche will ich gar nicht erst anfangen!«

»Zuerst kümmern Sie sich um Monsignore Vaals. Den Polizisten übernehme ich. Holen Sie ihn ans Telefon.«

»Wie denn? Wenn ich ihn anfasse, fängt er an zu toben.«

»Haben Sie Angst vor ihm?«

»Vor dem Jüngelchen? Der ist ja nicht mal Weltergewicht.«

»Und Sie?«

»Mittelgewicht. Also in meiner aktiven Zeit. Ist aber schon ein paar Jährchen her.«

»Gut«, sagte Bauer. »Zuerst nehmen Sie dem Jungen die Waffe ab. Kriegen Sie das hin?«

»Ich denke schon.«

»Wenn Sie die Pistole haben – und nur dann! – hauen Sie ihm eine runter.«

»Einen Schmerzreiz setzen«, entfuhr es dem Notarzt, der aufmerksam zuhörte. »Gute Idee.«

Bauer sprach unbeirrt weiter. »Danach geben Sie ihm was zu trinken, singen ihm das Steigerlied vor und schleppen ihn ans Telefon. Alles klar?«

»Jau«, gab Walter Stokowski zurück, dann knackte es im Hörer.

Bauer wandte sich an die Männer. »Wo ist der Kollege von dem Jungen?«

»Das bin ich.« Ein älterer Streifenbeamter drängte sich herein. »Polizeihauptmeister Ziegler. Der Junge heißt Jan. Polizeiobermeister Jan Rogalla.«

»Erzählen Sie mir, was Sie über ihn wissen. Aber machen Sie's kurz!«

Bauer betete am Grubentelefon mit Jan Rogalla zum siebten Mal denselben Bibelvers. Es war der Spruch, mit dem Vaals den jungen Beamten getraut hatte: *Seid getrost und unverzagt, fürchtet euch nicht und lasst euch nicht vor ihnen grauen; denn der HERR, dein Gott, wird selber mit dir ziehen und wird die Hand nicht abtun und dich nicht verlassen*[1].

Plötzlich verstummte Rogalla. Im Hintergrund hörte Bauer ein verzweifeltes Rufen.

---

1   5. Mose 31,6

»Was ist los?«

»Das ist der Ingenieur«, drang Rogallas Stimme panisch aus dem Telefon. »Er fühlt keinen Puls mehr.«

»Herzdruckmassage!«, schrie der Notarzt, der neben Bauer stand. »Er soll mit der Herzdruckmassage anfangen!«

Bauer hörte, wie Rogalla die Anweisung weitergab. Dann passierten zwei Sachen auf einmal.

»Er weiß nicht, wie man das macht«, stammelte Rogalla.

Gleichzeitig flammten die Kontrollleuchten am Steuerpult auf und der Fördermaschinist rief: »Ich hab's! Jetzt müsste es wieder gehen.«

»Dann fahren Sie mich runter!«, verlangte der Notarzt und wollte loslaufen.

Bauer hielt ihn zurück. »Das dauert zu lange. Der Korb sitzt unten!« Er sprach wieder in den Hörer: »Rogalla? Sie müssen Vaals raufbringen.«

»Ich? ... Ich kann nicht ...«

»Glauben Sie an Gott?«

»Ich ...«

»Glauben Sie an Gott?«, wiederholte Bauer scharf.

»Ja.«

»Dann vertrauen Sie auf ihn! Sprechen Sie weiter den Vers, sprechen Sie ihn laut, hören Sie nur auf die Worte, und dann laufen Sie zu dem Ingenieur und holen den Monsignore!«

»Okay, ich versuch's.«

»Und wenn Sie im Korb sind, übernehmen Sie die Herzdruckmassage, verstanden?«

»Verstanden«, gab Rogalla zurück. Er begann zu beten. »Seid getrost und unverzagt ...«

»Laufen Sie!«

Es knackte, dann war die Leitung tot. Bauer blickte sich um. Die Männer an der Tür starrten ihn gebannt an.

»Zum Schacht«, forderte er den Notarzt auf.

Der Arzt stürzte aus dem Steuerstand. Die Sanitäter folgten ihm mit einer Rolltrage. Auch die anderen Männer versammelten sich vor dem Schacht. Bauer blieb mit dem Fördermaschinisten im Steuerstand. Eine endlose Minute sprach niemand ein Wort. Dann klingelte das Grubentelefon. Bauer riss den Hörer von der Gabel.

»Herbert?«, keuchte der Ingenieur am anderen Ende der Leitung.

»Bauer.«

»Korb frei. Herbert soll zwei Schläge geben.«

Bauer sagte es dem Fördermaschinisten. Der drückte einen Knopf. Die Glocke am Aufzug schrillte zweimal, das Signal für die Aufwärtsfahrt. Der Maschinist legte vorsichtig einen Hebel um. Ein Ächzen war zu hören, das Stahlseil spannte sich.

»Er fährt wieder«, rief jemand aufgeregt.

Bauer eilte zum Schacht. Aus der Tiefe drang ein Rattern herauf. Kurze Zeit später setzte der Korb vor. Das Rollgitter wurde hochgerissen und der Ingenieur kam heraus. Vaals lag auf dem Boden, der junge Polizist kniete neben ihm.

»... denn der Herr, dein Gott, wird selber mit dir ziehen.« Rogalla presste die Worte im Rhythmus seiner Pumpstöße hervor.

Der Notarzt übernahm. Die Sanitäter hoben Vaals auf die Trage. Der Arzt hockte sich über Vaals und pumpte weiter.

»Abmarsch«, befahl er.

Die Sanitäter rollten die Trage im Laufschritt aus der Halle.

Bauer half Rogalla auf die Beine. »Gut gemacht.«

Der junge Polizist war aschfahl.

Er drückte Bauers Hand. »Danke.«

»Sorgen Sie dafür, dass er Hilfe bekommt«, sagte Bauer zu Rogallas älterem Kollegen.

Dann rannte er den Sanitätern hinterher.

05

Verena Dohr trat auf die Bremse. Im nächsten Moment schoss der Rettungswagen mit Blaulicht und Martinshorn aus dem Werkstor und fuhr mit hoher Geschwindigkeit davon. Was zum Teufel ging da vor? In der Einsatzmeldung war von einem Leichenfund die Rede gewesen, aber normalerweise wurden Tote weder in Rettungsfahrzeugen noch mit Blaulicht abtransportiert.

Sie hatte es nicht lange auf dem Sektempfang nach der Vereidigung ausgehalten. Noch am Morgen hatte sie sich eingeredet, dass ihr die Abwechslung guttun würde. Dann hatte sie die ganze Zeit über nur in einer Ecke gestanden und an ihren Lebensgefährten gedacht. Am Abend zuvor hatte sie Elmar in einer Suchtklinik im Sauerland abgeliefert. Sie hatte ihm keine Wahl gelassen. Entweder er ging in den Entzug oder sie würde ihn verhaften. Freiwillig konnte man das also nicht nennen. Sie wusste, was es für seine Prognose bedeutete. Aber sie war mit den Nerven am Ende gewesen. Als sie aus der Klinik zurück war, hatte sie das Haus durchsucht. Hinter der Steckdose im Bad war sie fündig geworden. Koks, nur zwei Gramm. Wahrscheinlich irgendein gestreckter Mist, den sie finden sollte. Am liebsten hätte sie sich einen Drogenspürhund ausgeliehen. Elmar kam vielleicht clean zurück, doch wenn im Haus noch irgendwo Stoff versteckt war, würde er sofort wieder rückfällig werden. Aber das wurde er wahrscheinlich sowieso.

Polizeidirektor Lutz schwänzelte um einen Staatssekretär aus dem Innenministerium herum. Er stellte sie als Leiterin ›seines‹ erfolgreichen KK 11 vor. Karrieretaktik. Mit ihr hatte das nichts zu tun. Im Präsidium gab es nur noch eine Person, die Lutz lieber losgeworden wäre als sie: Martin Bauer. Im Stillen beneidete Sie den Seelsorger. Mit seinem Auftritt hatte er einmal mehr bewiesen, dass er sich einen Dreck um die Hierarchien im Polizeiapparat scherte. Aber das musste er auch nicht, Lutz war nicht sein Vorgesetzter. Ihrer schon.

Irgendwann hatte sie es nicht mehr ertragen und sich mit dem Hinweis auf ihre Wochenendbereitschaft verabschiedet. Noch auf dem Parkplatz hatte sie sich bei der Leitstelle gemeldet. Viel zu früh, ihr Bereitschaftsdienst begann erst am Abend. So hatte sie von dem Leichenfund im Bergwerk erfahren. Der Fall fiel eigentlich in die Zuständigkeit des KK 11, aber Lutz hatte ja das halbe Präsidium zu dieser bescheuerten Feier beordert, vermutlich um Stärke zu demonstrieren. Der Kriminaldauerdienst hatte die Sache übernommen. Sie war sofort losgefahren.

Neben der Einfahrt der stillgelegten Zeche stand ein Streifenwagen. Die Besatzung stellte sicher, dass weder Schaulustige noch Reporter das eiserne Rolltor passierten. Einer der Uniformierten erkannte sie, winkte sie durch und deutete auf den Förderturm.

Sie fuhr über holprigen Asphalt, aus dessen Rissen Unkraut spross, vorbei an bröckelnden Ziegelbauten mit blinden Fenstern. Über dem ganzen Gelände lag die trostlose Stille einer untergegangenen Zeit. Vor der Maschinenhalle am Fuße des Förderturms parkten mehrere Fahrzeuge wild durcheinander, ein weiterer Streifenwagen, Pkws vom KDD und vom Erkennungsdienst – und Bauers blauer Passat.

Die Unruhe, die Verena beim Anblick des Rettungswagens erfasst hatte, verstärkte sich. Bauers Rede ging ihr durch den Kopf. Es stimmte, heutzutage hielten die meisten Menschen Sicherheit für den Normalzustand, glaubten sogar ein Recht darauf zu haben. Aber Bauer kannte die Risiken, die das Leben bereithielt, und er hatte selbst die Bereitschaft sie einzugehen.

Sie stieg aus dem Wagen. Ein Mann in Schutzanzug kam aus dem verwitterten Gebäude. Er streifte die Kapuze ab, strich sich über die kurz geschorenen Haare und atmete tief durch. Sie sah den Schock in seinem kantigen Gesicht. Hauptkommissar Marantz, Einsatzleiter beim KDD. Er und seine Kollegen standen rund um die Uhr in Bereitschaft, übernahmen den Auswertungsangriff nach dem Sicherungsangriff der Schutzpolizei, führten die ersten Ermittlungen wie Tatortbegehung, Einvernahme von Zeugen und Auskunftspersonen durch, ordneten Sofortfahndungen an und koordinierten die Spurensicherung. Der gut fünfzig Jahre alte Marantz war neu in Duisburg. Sie hatten erst einmal miteinander zu tun gehabt. Er zückte sein Handy. Als er sie sah, ließ er es sinken und kam auf sie zu. Sie ging ihm entgegen.

»Wo sind deine Kollegen?«, fragte er.

»Ich komme direkt von der Vereidigung.«

Marantz nickte, als sei das eine Antwort.

Dohr deutete auf Bauers Pkw. »Der gehört dem evangelischen Polizeiseelsorger. Ist er hier?«

»Er war hier. Jetzt ist er auf dem Weg ins Krankenhaus.«

Sie erschrak.

»Er begleitet nur seinen katholischen Kollegen«, ergänzte Marantz eilig. »Monsignore Vaals hatte einen Herzinfarkt, unten im Stollen, direkt vor der Leiche.«

Sie starrte ihn an. »Was ist passiert?«

Kurz und präzise schilderte der Hauptkommissar die Ereignisse bis zu Bauers Eintreffen. »Der Kollege von der Wache Hamborn hatte die Idee, ihn dazuzuholen. Guter Typ, hat er gesagt, besser als der psychologische Dienst. Also habe ich ihn angerufen. Er war zehn Minuten später hier, keine Ahnung, wie er das angestellt hat. Er hat sich sofort ans Grubentelefon geklemmt. Er hat es tatsächlich geschafft, den durchgedrehten Kollegen im Bergwerk zu beruhigen. Hat ihn sogar dazu gekriegt, sich um den Priester zu kümmern, der den Herzstillstand hatte. Ist wirklich ein guter Typ.«

Dohr atmete durch. »Wie hast du die Leute rausgeholt?«

»Der Maschinist hat den verdammten Aufzug wieder in Gang gebracht. Der Notarzt hat dann Vaals übernommen, Bauer ist mitgefahren, und wir können uns endlich um das kümmern, warum wie hier sind: die Leiche.«

»Deine Leute sind unten?«

Er nickte. »War ich auch gerade. Ich will nur sehen, wo die Rechtsmedizin bleibt.«

Er machte den Anruf, dann gingen sie voraus zur Halle.

»Wie tief?« Verena litt nicht unter Platzangst, aber die

Vorstellung, wer weiß wie tief unter die Erde zu fahren, gefiel ihr trotzdem nicht.

»Erste Sohle, knapp hundert Meter. Du bist übrigens nicht die Einzige, die davon nicht begeistert ist.«

Sie fand keine Spur von Überheblichkeit in seiner Stimme. »Ist jemand unten, der sich auskennt?«

»Der Ingenieur, der die Leiche bei seinem Kontrollgang entdeckt hat. Ein Mitarbeiter der LINAG, zuständig für die Entwässerung stillgelegter Zechen.«

»Wie oft …« Wie oft diese Kontrollgänge stattfanden, wollte sie fragen, aber Marantz war schneller.

»Einmal pro Jahr. Außer den Leuten von der LINAG darf da keiner runter.«

Sie kamen am Führerstand der Schachtanlage vorbei. Der Maschinist nickte ihnen zu.

Vor dem Korb hielt Marantz an. »Du musst da nicht runter. Wir haben alles im Griff.«

»Würdest du eine Ermittlung leiten, bei der jeder den Tatort gesehen hat außer dir?« Sie stieg in den Fahrkorb.

Marantz folgte ihr. »Na, dann hoffen wir mal, dass das Ding hier heute keine Zicken mehr macht. Ich will nicht in einer Bombe rausgebracht werden.«

Er meinte die Dahlbuschbombe, eine Stahlkapsel von knapp vierzig Zentimeter Durchmesser, mit der man seit 1955 verschüttete Bergleute heraufholte. Marantz zog am Schutzgitter. Rasselnd fuhr es herunter. Eine Glocke schlug dreimal an, nichts Elektronisches, sondern echtes Metall. Mit einem Ruck setzte sich der Korb in Bewegung.

»Vier Meter pro Sekunde«, bemerkte Marantz.

Verena riss die Verpackung des Schutzanzuges auf, den Marantz ihr gegeben hatte.

»Halte dich bitte nirgends fest, hier haben wir noch keine Abdrücke genommen.«

Der Ruck beim Halten war schwächer, als sie erwartet hatte. Marantz öffnete das Schutzgitter. Sie streifte den Schutzanzug über. Im Bereich vor dem Fahrkorb hatten Marantz' Leute Scheinwerfer aufgestellt, die alles taghell erleuchteten.

Verena hatte erwartet, nackten Fels oder Geröll oder etwas in der Art zu sehen, aber Wände und Decken waren verkleidet. Überall liefen Kabel und Rohrleitungen entlang.

Marantz deutete nach rechts. »Da lang.« Er ging voraus.

Sie bogen um eine Ecke. Auch hier Scheinwerfer. Männer in Schutzanzügen sicherten den Tatort. Sie wirkten wie Statisten in einem Katastrophenfilm.

Verena hatte nicht die leiseste Ahnung, wie sie diesen Auffindeort in ihrem Bericht korrekt bezeichnen sollte – als Stollen, Schacht oder Streb.

Genauso wenig hatte sie einen Begriff für den bizarren, zutiefst abstoßenden Anblick, der sich ihr bot, als sie plötzlich und ohne Vorwarnung vor dem Leichnam stand. Sie wusste nur, dass sie den Anblick niemals wieder vergessen würde.

06

Bis zu diesem Tag hatte Bauer geglaubt, keine Angst vor dem Tod zu haben. Vor dem Sterben schon. Er hatte viele Menschen sterben sehen, nur wenige waren sanft gegangen. Die meisten waren aus dem Leben herausgerissen worden, ihre Körper verwundet, zermalmt, verbrannt. Aber der Moment, in dem die Hand, die er hielt, erschlaffte, in dem der Blick, der um Hilfe flehte, brach, diesen Moment hatte er immer als eine Art Rettung empfunden, nicht des Lebens, sondern der Seele. Hatte er sich getäuscht? Vielleicht hatte er ja nicht die Erlösung des Sterbenden gefühlt, sondern seine eigene Befreiung aus einer nur schwer auszuhaltenden Situation.

Im Rettungswagen hatte der Notarzt den Monsignore vom Tod ins Leben zurückgeholt. Vaals hatte plötzlich die Augen aufgerissen, und es war nichts Friedliches darin gewesen, sondern Angst und Entsetzen. Er hatte angefangen zu reden, wirr, aber mit einer verzweifelten Inbrunst und in einer Sprache, die Bauer erst nicht verstand. *Er redet in Zungen*, fuhr es Bauer durch den Kopf, und die biblische Metapher brachte ihn darauf: Der Monsignore zitierte Verse aus der Apokalypse auf Koine, dem Bibelgriechisch, in dem das Neue Testament vor fast 2000 Jahren verfasst worden war. Bauer hatte während seines Theologiestudiums das Graecum gemacht und dafür drei Semester lang zwanzig Stunden pro Woche gepaukt. Er war in der Lage, die griechischen Urtexte zu lesen, aber er hätte niemals fließend in der alten Sprache reden können.

Einen Vers wiederholte Vaals immer wieder: »*Und er öffnete den Schlund des Abgrunds, und ein Rauch stieg empor aus dem Schlund, wie der Rauch eines großen Schmelzofens, und die Sonne und die Luft wurden verfinstert von dem Rauch des Schlundes*[2].« Bauer hatte ihn beruhigen wollen, doch Vaals hatte ihn angestarrt wie ein Ertrinkender.

---

2   Offenbarung 9:2 (Bibel: Schlachter 2000)

»Es ist meine Schuld! Ich habe nicht aufgepasst ... fünfzehn Jahre ... nicht gut genug aufgepasst ...!«

»Worauf, Monsignore?«

»Josef Hartwig ...«

»Ist das ein Beamter, den Sie betreuen? Ich werde mich um ihn kümmern, machen Sie sich keine Sorgen!«

»So lange her ... Fünfzehn Jahre ... Fünfzehn Jahre! ... Ich habe Schuld! Ich bin verdammt ...« Er fuhr hoch und packte Bauers Arm. »Finden Sie ihn! Retten Sie mich! Bitte!« Dann war er wieder ins Koine-Griechisch verfallen. Sie hatten das Krankenhaus erreicht und waren im Laufschritt in den OP geeilt, wo das Operationsteam schon bereitstand. Die Sanitäter hatten ihm das Jackett in die Hand gedrückt, das der Notarzt Vaals bei der Reanimation vom Leib geschnitten hatte, und Bauer war allein auf dem Gang zurückgeblieben.

Da saß er immer noch. Die Tür des Operationssaals hatte sich nicht wieder geöffnet. Ständig kamen Schwestern und Ärzte vorbei, doch jeder ihrer Schritte vermittelte, dass sie unter keinen Umständen aufgehalten werden durften. Bauer sehnte sich nach einem Kaffee und einer Zigarette, und später, als die Abendsonne im Fenster am Ende des langen Gangs glühte, nach einem Bier, aber er wollte seinen Posten nicht verlassen.

Er kontrollierte sein Handy. Sarah hatte sich nicht gemeldet, obwohl der Kurs für diesen Tag längst beendet sein musste. Wahrscheinlich ging es ihr wie ihm, sie wollte nicht wieder dieses Gespräch führen, das sie schon unzählige Male ohne Lösung beendet hatten.

Auf einmal spürte er eine große Müdigkeit. Sarah und er bekamen ein Kind, und doch schafften sie es nicht, gute Eltern zu sein. Der Mann im Operationssaal hatte sein ganzes Leben seinem Glauben geweiht, und doch fürchtete er auf der Schwelle zum Tod, von Gott verdammt zu werden.

Bauer sprang auf. Er würde Sarah anrufen, noch heute Abend. Und er würde herausfinden, was Vaals so sehr quälte, dass er glaubte, nicht einmal Gott könne ihm verzeihen. Er würde es wieder in Ordnung bringen. Beides. Wenn es nicht zu spät dafür war.

Eine Schwester eilte über den Gang. Entschlossen stellte Bauer sich in ihren Weg.

»Verzeihung, können Sie für mich rausbekommen, wie es um Monsignore Vaals steht?«

»Um wen?«

»Den Mann im OP. Er hatte einen Herzinfarkt, wir sind mit dem Rettungswagen hergekommen, und er wird schon seit Stunden operiert.«

»Es tut mir leid, ich darf da nicht rein.«

»Aber vielleicht finden Sie ja jemanden, der es darf.«

In dem Moment hörte Bauer das Surren der Automatiktür. Ein Intensivbett wurde aus dem Operationssaal geschoben. Vaals wirkte kleiner, als Bauer ihn in Erinnerung hatte, seine sonst immer rosigen Wangen waren grau, seine geschlossenen Augen tief in die Höhlen gesunken.

»Kommen Sie«, sagte die Schwester. Sie führte Bauer in den Vorraum des Operationssaals. »Doktor Gehrmann? Der Herr hier gehört zu Ihrem Infarktpatienten.«

Der Arzt wusch sich die Hände. Auf seinem grünen OP-Kasack zeichneten sich dunkle Flecken ab. Schweiß. Und Blut.

»Sind Sie ein Verwandter?«

»Sein Kollege. Bauer, ich bin Polizeiseelsorger, wie der Monsignore.«

»Dann habe ich gerade einen katholischen Geistlichen operiert? Das passt ja«, sagte der Arzt freudlos.

»Wozu?«, fragte Bauer irritiert.

»Der Infarkt hat ein Loch in einen Papillarmuskel gerissen. Das hat zu einer akuten Mitralinsuffizienz geführt. Wissen Sie, woher die Mitralklappe ihren Namen hat? Von der Mitra.«

»Der Bischofsmütze?«

Der Arzt nickte. »So sieht sie nämlich aus.«

»Wie hat Monsignore Vaals die OP überstanden?«

»Noch gar nicht. Die nächsten 48 Stunden entscheiden. Wir haben ihn in ein künstliches Koma versetzt. Wenn er Angehörige hat, sollten Sie die verständigen. Und sprechen Sie ein paar Gebete. Kann nicht schaden.« Damit ging der Arzt.

Die Schwester sah Bauer entschuldigend an. »Er ist unser bester Herzchirurg. Soll ich Sie zur Intensiv bringen? Ich muss sowieso hin, und die Oberschwester ist bestimmt froh, wenn ihr jemand die Patientendaten geben kann.«

Eine Viertelstunde später verließ Bauer mit Vaals zerschnittenem Jackett unterm Arm das Klinikum. Er lief in die warme Abendluft wie in eine zähe Masse. Er blieb stehen und zündete sich eine Zigarette an.

Die Oberschwester hatte nach der Adresse gefragt. Bauer wusste, dass der Monsignore in Duissern wohnte, aber schon Straße und Hausnummer musste er im Kontaktverzeichnis seines Smartphones nachsehen. Auch einen nächsten Angehörigen konnte er nicht nennen. Er ging davon aus, dass Vaals keine engen Verwandten mehr hatte. So ließ Bauer sich selbst als »im Notfall zu benachrichtigen« eintragen. Er würde sich darum kümmern, dass

Vaals alle nötigen persönlichen Sachen hatte, wenn er von der Intensiv- auf die Pflegestation verlegt wurde.

Bauer schnippte Asche in einen Betonkübel, der neben dem Eingang stand. Aus dem Sand ragten Zigarettenkippen wie kleine Grabsteine. Plötzlich schmeckte ihm die Zigarette nicht mehr, und er steckte sie zu den anderen. Dann rief er Sarah an. Wieder nur die Mailbox.

»Ich bin's. Monsignore Vaals hatte einen Herzinfarkt. Ich bin mit ins Krankenhaus gefahren. Er ist operiert worden, aber der Arzt kann noch nicht sagen, ob er es schafft. Ich ... Ich hoffe, dir geht es gut.«

Er legte auf und sah sich nach einem Taxistand um. Er musste sein Auto holen.

Das Kraftwerk leuchtete wie ein futuristischer Vergnügungspark. Gelbe Laternen an den Werkstraßen, weiße Neonröhren an den endlosen Rohrleitungen und Förderbändern, rote Signalfeuer an den Schloten. Die stillgelegte Zeche gleich daneben lag im Dunkeln. An der Zufahrt stand ein Streifenwagen. Die Beamten erkannten den Polizeiseelsorger und ließen ihn passieren. Der Förderturm war nur ein Schatten vor dem nachtblauen Himmel, doch aus dem offenen Tor zur Maschinenhalle drang noch Licht. Zwei Männer kamen mit einem Transportsarg heraus und schoben ihn in den Sprinter des Rechtsmedizinischen Instituts. Daneben stand der VW-Bus der Kriminaltechnik, die anderen Einsatzfahrzeuge waren verschwunden.

Als Bauer aus dem Taxi stieg, kam Dr. Jürgens aus der Halle. Er lehnte sich an Bauers Auto und atmete schwer durch.

»Guten Abend, Dr. Jürgens.«

Der Rechtsmediziner fuhr herum. In seinem Gesicht glaubte Bauer etwas wiederzufinden, das er bei dem Beamten gesehen hatte, der unter Tage den Klaustrophobieanfall erlitten hatte.

»Herr Bauer! Was machen Sie denn hier?«

»Meinen Wagen holen.« Er deutete auf den Passat. »Ist Ihnen nicht gut?«

»Doch, doch, alles in Ordnung. Ist nur die Hitze. Und die Luft da unten.« Er wirkte ertappt und riss sich sichtlich zusammen. »Wie geht's denn Ihrem Kollegen? Herzinfarkt, habe ich gehört?«

Bauer nickte. »Er wurde operiert. Jetzt muss man sehen.«

Jürgens nickte mitfühlend. »Das da unten ist nichts für schwache Nerven. So ein Anblick könnte schon einen Infarkt auslösen.« Der Motor des Sprinters sprang an. »Ich muss. Wird noch eine lange Nacht.«

»Dr. Jürgens?«, rief Bauer ihm nach. »Wissen Sie schon, wie lange die Leiche da unten gelegen hat?«

Jürgens sah ihn ungläubig an. »Das ist nicht Ihr Ernst! Ich habe sie noch nicht mal auf dem Tisch!

»Könnten es fünfzehn Jahre sein?«, fragte Bauer unbeirrt nach.

»Ganz sicher nicht!« Kopfschüttelnd kletterte Jürgens in den Sprinter.

Bauer sah den Heckleuchten nach, bis sie verschwanden. Es war nur ein Gedanke: Vielleicht hatte Vaals das Opfer gekannt. Vielleicht war es dieser Hartwig. Bauer überlegte, Verena Dohr anzurufen. Nein, er konnte sich auch noch am nächsten Tag lächerlich machen.

Er setzte sich ins Auto. Zu Hause wartete niemand auf ihn. Auch Vaals lebte allein. Bauer tastete das zerschnittene Jackett ab. Der Schlüsselbund steckte in der Seitentasche.

Die Allee lag am Fuß des Kaiserbergs, eine der wenigen natürlichen Erhebungen der Stadt. Schöne Altbauten, zum Teil mit Erkern und Stuckfassaden, auf der einen Seite der Straße, gegenüber der botanische Garten und dahinter der Zoo.

Er parkte seinen Wagen unter einem knorrigen Ahorn. Das schmiedeeiserne Gartentor war nicht abgeschlossen. Über der Eingangstür flammte eine Lampe auf. Die Klingelschilder waren aus Messing, das regelmäßig poliert zu werden schien. Der dritte Schlüssel, den er probierte, passte. Im Hausflur war es angenehm kühl. Die breite Holztreppe ächzte, als er sie hinaufstieg.

Vaals wohnte im ersten Stock. Diesmal fand Bauer den richtigen Schlüssel beim ersten Versuch. Er kam sich vor wie ein Eindringling. In der Wohnung roch es angenehm nach Bohnerwachs. Er knipste das Licht an. Eine geräumige Diele, honigfarbenes Fischgrätparkett, hohe Decken, Stuck. An der Garderobe hing ein Messgewand. Der Chor und die Gemeinde hatten heute vergeblich auf Vaals gewartet.

Im Wohnzimmer hätte das komplette Erdgeschoss eines Arbeiterhäuschens Platz gefunden. Durch die großen Fenster musste man tagsüber einen wunderbaren Blick auf die Parkanlagen des Kaiserbergs haben. Auf allen Fensterbänken standen Topfpflanzen, auf dem kleinen Tisch neben dem ledernen Chesterfield-Sofa eine Vase mit frischen Schnittblumen, im Erker ein Jugendstil-Harmonium. Die aufgeschlagene Partitur auf dem Notenständer verriet, dass es nicht zur Dekoration diente.

Am tiefsten beeindruckte Bauer ein schmuckloses Regal aus dunklem Holz, das vom Boden bis zur Decke reichte und eine ganze Wand einnahm. Den größten Raum beanspruchten Schallplatten. Es mussten Tausende sein, überwiegend sakrale Musik. Bauer fand zahllose Aufnahmen von Kinderchören.

Auf dem High-End-Plattenspieler lag eine Schallplatte mit einem Konzert, das die Regensburger Domspatzen für Papst Benedikt XVI. aufgenommen hatten. Bauer schaltete den Verstärker ein und setzte die Diamantnadel vorsichtig auf die Rille. Im nächsten Moment wähnte er sich in einem weiten Kirchenschiff, durch das glasklar die hellen Stimmen schwebten. Während der Chor Bruckners Ave Maria sang, sah Bauer sich weiter um. Über dem Sofa hingen zahlreiche gerahmte Fotografien, im Zentrum ein altes Familienfoto. In dem Einzelkind erkannte Bauer den kleinen Rüdiger Vaals. Von Vater und Mutter gab es ein Paarportrait. Es war mit einem schwarzen Band verziert. Andere Fotos dokumentierten Stationen aus dem Leben des Monsignore, seine Erstkommunion, das Abitur, die Priesterweihe, seine Kinderchöre. Von einem lächelte er zusammen mit Johannes Paul II. herab. Es gab ein Luftbild des Petersdoms und das Foto einer Nachkriegskirche. Unter dem ersten stand Vatikan 1980–1982, unter dem anderen St. Elisabeth 1983–2002.

Nachdenklich ließ sich Bauer in die Lederpolster des Sofas sinken. Offenbar hatte Vaals drei Jahre im Vatikan verbracht und anschließend fast zwei Jahrzehnte lang eine Kirchengemeinde geleitet. Er war ein leidenschaftlicher Sammler sakraler Musik, spielte Bach-Oratorien auf einem Harmonium und brachte Zimmerpflanzen zum Blühen. Die meisten Pflanzen auf Bauers Fensterbänken waren in den letzten Monaten eingegangen, und er wäre nie darauf gekommen, sich einen Blumenstrauß ins Wohnzimmer zu stellen. Vaals hatte hier ein Heim. Bauer hatte nur noch ein leeres Haus.

Er blickte wieder auf das Bild von St. Elisabeth, das er von der Wand genommen hatte. Bis 2002 war Vaals dort gewesen. Das war fünfzehn Jahre her. Fünfzehn Jahre …

Das Handy riss ihn aus seinen Gedanken. Sarah.

»Hallo.«

»Hallo.« Sie stutzte. »Wo bist du? In einem Konzert?«

»Nein, das ist nur eine Schallplatte.« Er stand auf und stellte die Musik ab. »Ich bin in der Wohnung von Monsignore Vaals. Ich packe ihm eine Tasche fürs Krankenhaus.«

»Wie geht es ihm denn?«

»Nicht gut. Er liegt im künstlichen Koma.«

»Das tut mir leid.« Sie klang ehrlich betroffen. »Was ist denn eigentlich passiert?«

»Er hatte einen Einsatz in einem Bergwerk und ist unter Tage zusammengebrochen.«

»Das klingt schlimm.«

»War es auch. Ich erzähle dir alles morgen. Um wie viel Uhr fängt der Kurs noch an?«

»Ich bin schon wieder zu Hause. Eigentlich brauche ich ja keine Geburtsvorbereitung. Ich dachte nur …« Sie brach ab.

Er wusste, was sie dachte. »Soll ich vorbeikommen?«

»Ich liege schon im Bett. Aber was hältst du davon, wenn wir am Sonntag etwas als Familie machen, mit Nina? Vielleicht irgendwo frühstücken gehen, hier am Hafen. Das haben wir schon ewig nicht mehr gemacht.«

»Das fände ich schön.« Er sagte nur die halbe Wahrheit. Sonntag war nur das halbe Wochenende. Alles war halb.

»Gut, dann bis Sonntag. Schlaf gut.«
»Du auch.«

Er legte auf. *Ich bin schon wieder zu Hause*, hatte sie gesagt und die Wohnung ihrer Freundin gemeint. Er konnte es nicht ändern. Aber er konnte eine Tasche für Vaals packen. Und herausfinden, wer Josef Hartwig war.

07

Liebe Mama,

du bist tot. Heute ist der Jahrestag. Das ist der Tag, an dem es ein Jahr her ist. Darum schreibe ich dir einen Brief. Wie wenn einer nicht da ist und Geburtstag hat. Das ist auch ein Jahrestag.

Du bist tot, weil du dich ermordet hast. Du hast dich in den Kanal gestürzt mit vielen Steinen in der Tasche, damit du untergehst. Denn du konntest schwimmen. Unter Wasser konntest du nicht atmen, weil keine Luft da war. Dann kam das Wasser in deine Lunge, und du bist gestorben. Ich hatte es im Schwimmunterricht ausprobiert. Aber ich musste husten, und Herr Cleve zog mich raus.

Oma hat gesagt, sich selbst ermorden ist eine Sünde, und man kommt in die Hölle. Opa hat gesagt, dann ist Gott ein Schweinehund. Dann haben Oma und Opa sich gestritten, und ich ging alleine mit Opa zum Friedhof. Es lagen keine schönen Blumen mehr auf deinem Grab wie bei der Beerdigung. Wir zündeten eine Kerze an für deine Seele. Danach waren wir ein Eis essen, weil ich Ferien habe. Nach den Ferien komme ich in die neue Schule. Aber da will ich nicht hin. Ich gehe auch nie mehr zum Chor. Ich will keine Lieder mehr singen für Gott.

Vielleicht hattest du die Krankheit mit Traurigsein. Dann bin ich nicht schuld, wenn du geweint hast, weil ich ungezogen war. Eine Frau war in der Schule und hatte mir das erklärt. Es kann nicht nur der Körper krank werden, auch das Herz. Dann tut es ganz weh, und man kann es nicht mehr aushalten. Dann macht man Selbstmord.

Mein Herz tut auch ganz weh.

08

Samstag

Verena Dohr hatte den großen Besprechungsraum gewählt, weil einige Kollegen vom Kriminaldauerdienst dabei sein würden. Ihre eigenen Leute waren spät am Fundort eingetroffen. Sie hatte entschieden, sie nicht mehr einfahren zu lassen. Die Gefahr, den sehr speziellen Fundort zu kontaminieren, war zu groß. Und je weniger Kollegen später mit der Dahlbuschbombe rausgeholt werden mussten, desto besser. Sie hatte sich darauf verlassen, dass die Kollegen vom KDD genauso gut arbeiteten wie sie und ihr Team. Sie vertraute Hauptkommissar Marantz. Und sie merkte, dass sie sich darauf freute, ihn wiederzusehen.

Außer ihr war noch niemand im Besprechungsraum. Der Ordner mit den vorläufigen Berichten der Kollegen von KDD, Forensik, KTU und Gerichtsmedizin lag vor ihr. Auch der Ordner mit den Ausdrucken der Tatortfotos.

Der Anblick des Opfers hatte sie tief verstört. Wie damals als Teenager, als sie wochenlang Alpträume gehabt hatte, nachdem sie die Klassiker des amerikanischen Horrorschriftstellers H. P. Lovecraft gelesen hatte. Alpträume würde sie auch jetzt wieder haben.

Sie betrachtete die Fotos erneut, diesmal mit professioneller Distanz. Der Tote war bis auf eine weiß-blau gestreifte Socke am rechten Fuß nackt. Sein Körper war von oben bis unten mit einer transparenten Substanz überzogen. Wie Bernstein, hatte sie unten im Bergwerksstollen unwillkürlich gedacht. Aber es war kein Bernstein, sondern Honig. Der Tote war von Kopf bis Fuß mit Honig übergossen worden.

»Na, Dr. Jürgens, haben Sie sich erholt?«

Als sie den Sektionssaal betrat, schabte der Gerichtsmediziner den Honig gerade mit einem glänzenden Spatel von der Haut des Opfers. Er schaute auf. Er wusste, worauf sie anspielte. Nicht auf den Zustand der Leiche. Dr. Jürgens hätte neben einer schon halb verflüssigten Wasserleiche sein Buttercroissant verzehrt. Aber er litt unter Platzangst. Das wusste sie, seit sie in einer Tauchglocke auf dem Grund des Rheins eine in einen Teppich gewickelte Frauenleiche gehoben hatten.

Er nickte ihr zu, in stillschweigendem Einvernehmen, dass zu dem Thema nichts weiter zu sagen war. »Sehen Sie die Schnitte?«

Unter dem Honig war die Haut mit mehreren Dutzend zwei Zentimeter langen halbmondförmigen Schnitten übersät. Blut sah man keins.

»Zuerst die Schnitte, dann der Honig?«

»Ja. Hätte der Täter den Honig in die offenen Wunden gegossen, wäre das Opfer vor Schmerzen wahnsinnig geworden.«

Dr. Jürgens war ganz automatisch in den Singular und ins männliche Personalpronomen gerutscht. Ein männlicher Einzeltäter. Ein Verrückter. Das dachten die meisten, aber noch sprach es niemand aus.

»Vielleicht hatte er das ja ursprünglich vor.«

Der Gerichtsmediziner zuckte mit den Achseln. »Die Schnitte wurden dem Opfer post mortem zugefügt. Mit etwas sehr Scharfem, vielleicht einem Cutter oder einem chirurgischen Instrument.«

»Sie meinen, der Täter hat eine medizinische Ausbildung?«

»Eher nicht.« Dr. Jürgens' Blick wanderte über den toten Körper, als prüfe er den Lack eines Gebrauchtwagens, den er kaufen wollte. Er winkte sie heran. »Hier, sehen Sie sich das an.« Er deutete auf den Unterbauch des Opfers.

Sie trat näher.

»Sie müssen schon dichter rangehen.« Er beugte sich über die Stelle. Widerstrebend tat Dohr es ihm nach.

»Sehen Sie das?«

Dohr sah mehrere kleine Schnitte. Die Spannung der Haut hatte die Ränder auseinandergezogen, sodass man darunter das rohe Fleisch sehen konnte.

»Was meinen Sie?«

Dr. Jürgens deutete auf ein Hautareal am rechten Oberschenkel. »Erkennen Sie den Unterschied?«

Sie hatte Mühe überhaupt hinzusehen, und jetzt sollte sie auch noch auf die Feinheiten achten? »Ja-a ...?«

Dr. Jürgens richtete sich auf und sah sie spöttisch an. »Macht nichts. Sonst könnten Sie meinen Job ja gleich mit übernehmen.«

Dohr war froh, nicht mehr auf die Wunden starren zu müssen.

»An einigen Körperstellen sind die Schnitte präzise. Man könnte sagen, sie wirken entschlossen. An anderen sind sie ungleichmäßig, so als hätte der Täter gezögert. Und bei einigen Schnitten hat er zweimal angesetzt.«

»Das heißt?«

»Ist das nicht offensichtlich? Entweder haben mehrere Personen an dem armen Kerl herumgeschnippelt, oder der Täter übt noch.«

»Sie meinen, er macht das zum ersten Mal?«

Zwei Stunden später stand Hauptkommissarin Dohr im Besprechungsraum und fasste für die anwesenden Kollegen die bisherigen Ergebnisse zusammen.

Die KTU hatte noch nicht alle Spuren ausgewertet. Der Tote war bisher nicht identifiziert worden. Alter zwischen dreißig und vierzig. Haarfarbe schwarz. Keine besonderen Merkmale. Er war bis auf die Socke nackt gewesen, aber ein paar Meter entfernt hatten sie Männerunterwäsche, eine Hose, ein Hemd, leichte Bootsschuhe und ein Leinensakko gefunden. Die DNA-Analyse würde klären, ob die Kleidungsstücke ihm gehörten.

Die Bestimmung des Todeszeitpunkts erwies sich laut Dr. Jürgens als schwierig. Eigentlich war der Fundort ideal. Die für den Verwesungsprozess entscheidenden Parameter Lufttemperatur und Luftfeuchtigkeit waren unter Tage konstant. Leider machte der Honig diesen Vorteil zunichte. Es gab bisher keine Vergleichsdaten darüber, wie sich Honig auf den Verlauf der Verwesung auswirkte. Nicht einmal auf amerikanischen Bodyfarmen war man bisher auf die Idee gekommen, Leichen in Honig einzulegen. Damit die Ermittler etwas hatten, womit sie arbeiten konnten, ließ sich Dr. Jürgens zu einer groben Schätzung hinreißen: Der Tote im Bergwerk war vermutlich innerhalb der letzten zwei bis vier Monate gestorben. Toxikologie negativ. Keine Anzeichen von körperlicher Gewalt.

Bei der Todesursache tappte er noch im Dunkeln. Bisher war nur klar, dass der Mann an Herzversagen gestorben war. Doch über den Auslöser konnte der Gerichtsmediziner noch nichts sagen. Möglicherweise hatte er an einem nicht diagnostizierten Herzfehler gelitten. Keiner der Schnitte war tödlich gewesen. In ihrer Summe hätten sie bei einer geschwächten Person einen Schock auslösen können. Aber da sie dem Opfer post mortem zugefügt worden waren, schied Schock als Todesursache aus.

»Das heißt, es könnten auch nur ein paar Verrückte gewesen sein, die sich irgendwo eine Leiche besorgt haben«, warf Hauptkommissar Karman ein, der bisher wenig Interesse an Dohrs Vortrag gezeigt hatte.

»Leichenschändung«, sprang ihm sein Partner, Oberkommissar Herwig, bei. »Ein paar Spinner mit krankem Humor.«

»Oder irgendeine abgedrehte Sekte«, ergänzte Karman.

Sie konnten recht haben, aber Dohr glaubte es nicht.

»Wäre nicht das erste Mal, dass eine Leiche abhandenkommt«, sagte Marantz.

Also gut. »Klär das ab, Guido. Anatomische Institute, Krankenhäuser, Beerdigungsinstitute. Zeitraum: vor zwei bis vier Monaten. Im Umkreis von, sagen wir mal, zweihundert Kilometern.«

Karman stöhnte auf.

Dohr fuhr mit ihrer Zusammenfassung fort.

Es gab Fußabdrücke im Kohlenstaub, aber es würde fast unmöglich sein, die des Täters oder der Täter von denen des Ingenieurs, des Polizisten und Monsignore Vaals zu unterscheiden. Alle waren verwischt oder überlagert. Im Förderkorb hatte man, wie zu erwarten, ein paar Dutzend Fingerabdrücke gesichert. Solange sie nicht über Vergleichsabdrücke von Tatverdächtigen verfügten, waren sie nutzlos. Am Körper des Toten, in der Honigschicht, waren keine Abdrücke gefunden worden, dafür verschmierte Stellen, die darauf hindeuteten, dass der oder die Täter glatte Handschuhe getragen hatten, als sie den Leichnam umdrehten, um ihn überall mit Honig zu übergießen. Bei dem Honig handelte es sich um eine handelsübliche dünnflüssige Sorte. Der oder die Täter hatten die Gefäße, in denen sie den Honig mitgebracht hatten, wieder mitgenommen. Ansonsten hatte die Spurensicherung nur noch festgestellt, dass die Steuerung des Fahrkorbs manipuliert worden war, damit man sie nicht nur vom zehn Meter entfernten Bedienstand, sondern auch aus dem Korb heraus selbst bedienen konnte.

»Laut Aussage des Fördermaschinisten kriegt man das nur hin, wenn man mit der Technik vertraut ist«, ergänzte Marantz. Offensichtlich hatte er keine Zeit verschwendet. Der Mann wurde ihr immer sympathischer.

»Danke, Kollege.« Sie wandte sich an die junge Frau, die sich etwas abseits einen Platz gesucht hatte.

»Senta?«

Alle wandten sich zu der attraktiven unbekannten Kollegin um.

»Das ist übrigens unsere neue Kollegin, Oberkommissarin Senta Coenes«, sagte Dohr. Sie kommt vom KK 21 aus Bonn zu uns.« An die Oberkommissarin gewandt fuhr sie fort: »Stell fest, wer so eine Maschine bedienen könnte. Erst mal nur für unsere Region.«

Die Angesprochene nickte.

»Ich helfe gern, wenn du Ortskenntnisse benötigst. Wir greifen Rheinländern mit Vergnügen unter die Arme.« Karman, natürlich. Der doppeldeutige Unterton war unüberhörbar und wurde mit vereinzelten Lachern belohnt.

Oberkommissarin Coenes verzog keine Miene. Verena straffte sich. »Ich bin sicher, dass die Kollegin auch ohne deine Hilfe klarkommt. Oder bist du scharf auf eine Beschwerde wegen sexueller Belästigung?«

Erschrockene Stille. Karmans launige Miene gefror.

Der Vorwurf, eine Kollegin sexuell belästigt zu haben, konnte für die Karriere gravierende Konsequenzen haben. Ihn zu äußern, selbst in einem nicht ganz ernst gemeinten Kontext, war keine Lappalie. Aber wenn schon. Der Satz war ihr zwar ungewollt herausgerutscht, aber sie wusste, dass Hauptkommissar Karman ständig an ihrem Stuhl sägte und gegen sie intrigierte. Sollte er ruhig merken, dass sie nicht stillhalten würde. »Es gibt vier Zufahrten zum Zechengelände. Die Tore sind immer verschlossen. Die Kollegen vom KDD haben festgestellt, dass sich niemand gewaltsam Zutritt verschafft hat. Der oder die Täter dürften also höchstwahrscheinlich über Schlüssel verfügen. Bezieh das mit ein, Senta.«

Coenes nickte. »Geht klar.«

Bei einer vorläufigen Tatrekonstruktion kamen sie zu dem Schluss, dass sie es entweder mit einem sehr kräftigen und ausdauernden Täter oder mit mehr als einem zu tun hatten. Eine fast achtzig Kilogramm schwere Leiche in einem Auto zu verstauen, auf dem Zechengelände auszuladen, zum Förderkorb zu schleppen und unten bis zum Ablageort zu schleifen, war ein hartes Stück Arbeit.

Verena Dohr bedankte sie sich bei Hauptkommissar Marantz und den Kollegen vom KDD. Die Männer nickten allen zu und gingen. Dann besprachen sie die weitere Arbeitsaufteilung.

»Harald, versuch du mal etwas über die Kleidungsstücke herauszufinden. Und bleib mit Dr. Jürgens in Kontakt. Er spricht mit einem IT-Spezialisten, der eventuell das Gesicht rekonstruieren kann. Vielleicht kriegen wir doch noch ein Bild, mit dem wir an die Öffentlichkeit gehen können.«

Herwig nickte. »Geht klar.«

»Mario – du überprüfst die Vermisstenkartei. Und wenn die KTU was Neues hat, will ich das sofort wissen.«

Aast notierte etwas auf seinem Schreibblock.

»Senta, du weißt, was du zu tun hast. Harald kann dir helfen, wenn er Zeit hat.«

Karman, der bisher lässig in seinem Stuhl gehangen hatte, hob einen Finger, als sei er in der Schule. »Was ist mit mir, Chefin?«

»Keine Angst, Guido, ich habe dich nicht vergessen. Du suchst das Fahrzeug, mit dem das Opfer aufs Zechengelände transportiert wurde. Leute, die vielleicht was gesehen haben. Für den Zeitraum von vor zwei bis vier Monaten. Und mach Verkehrs- und Überwachungskameras ausfindig, an allen Straßen, die zur Zeche oder daran vorbeiführen.«

Karman stöhnte auf. »Das müssen ein paar Dutzend sein.«

»Umso besser.« Fußarbeit für eine Woche. So lange würde Karman ihr hier nicht auf die Nerven gehen. »Ich sorge dafür, dass du Unterstützung kriegst.« Sie wandte sich an alle. »So weit alles klar?«

Oberkommissarin Coenes hob die Hand.

Verena nickte ihr zu. »Du brauchst nicht aufzeigen. Guido meinte das ironisch.«

Coenes räusperte sich. »Ist vielleicht etwas weit hergeholt, aber ich habe versucht auszurechnen, wie viel Honig nötig war, den Mann komplett zu begießen. Ich komme auf ungefähr drei Kilo.« Coenes sah sie fragend an.

Sie hatte Dohrs Aufmerksamkeit. »Weiter.«

»Die Ladenkassen in den meisten Supermärkten sind über ein firmeninternes Netzwerk mit der Zentrale verbunden. Da wird alles gespeichert. Vielleicht finde ich jemand, der mir alle Käufe größerer Mengen Honig hier in der Gegend rausfiltert.«

Verena dachte eine Moment lang nach. Dann sagte sie: »Ausgezeichnete Idee. Versuch's!« An alle gewandt fügte sie aufmunternd hinzu: »Wenn wir damit durch sind, haben wir hoffentlich einen Ermittlungsansatz. Das war's fürs Erste. Legen wir los.«

Die Kommissare klappten ihre Notizblöcke zu und steckten ihre Stifte ein, bis auf Karman, der wütend vor sich hin brütete.

»Nur eins noch.«

Alle hielten inne.

»Wir wissen nicht, ob das Opfer infolge eines Verbrechens zu Tode gekommen ist. Vielleicht wurde seine Leiche gestohlen, vielleicht ist er einfach an seiner Herzkrankheit gestorben und seine Hinterbliebenen haben sich diese gruselige Form der ›Bestattung‹ für ihn ausgedacht. Sehr wahrscheinlich ist das allerdings nicht. Für mich sieht das Ganze mehr danach aus, als habe jemand eine bizarre Fantasie ausgelebt. Wir müssen also in Betracht ziehen, dass er sein Opfer dieser bizarren Prozedur eigentlich bei lebendigem Leib unterziehen wollte. Vielleicht ist nur irgendwas schiefgegangen. Was die Schnitte betrifft, meint Jürgens, der Täter habe möglicherweise noch geübt. Hoffen wir, dass wir es nicht mit dem ersten einer Reihe ähnlicher Verbrechen zu tun haben.«

09

Schuld, Hölle, Verdammnis und ein Name, der das alles zu verbinden schien: Josef Hartwig. Bauers erste Gedanken, als er am Morgen aufwachte, galten Vaals.

Nach einer kurzen Dusche und einer schnellen Tasse Kaffee fuhr Bauer los. Zuerst ins Krankenhaus, um die Tasche abzugeben, die er für seinen Kollegen gepackt hatte. Vaals Zustand war unverändert. Bauer fuhr weiter zum Präsidium.

Er hatte in Vaals Wohnung keinen Hinweis auf einen Josef Hartwig gefunden. Zu Anfang war es ihm nicht leicht gefallen, in den privaten Dingen des Monsignore herumzuschnüffeln. Doch dann hatte er sich gefragt, was er an dessen Stelle gewollt hätte, wenn er um sein Seelenheil gefürchtet und jemanden um Hilfe angefleht hätte.

Zwei Stunden lang hatte er alle Räume durchsucht, Fotoalben und Aktenordner durchgeblättert und die Korrespondenz des Monsignore durchgesehen. Einen Computer besaß Vaals nicht. Am Ende wusste Bauer eins ganz sicher: Vaals hatte sein Leben voll und ganz der Kirche gewidmet. Und selbst die wenigen privaten Unternehmungen des Monsignore hatten mit seinem Glauben zu tun: Wallfahrten nach Rom oder Jerusalem, Pilgerreisen nach Santiago de Compostela oder Lourdes – und natürlich seine Chorarbeit. Es gab ganze Alben voller Fotos, die den Monsignore mit rosigen Wangen im Kreise seiner Sängerkinder zeigten. Was fehlte, war ein Anhaltspunkt, wie Bauer den Mann, der für Vaals so wichtig war, finden sollte.

Vielleicht würde er im Büro des Monsignore mehr Glück haben.

Er sperrte die Tür mit Vaals' Schlüssel auf. Eine Viertelstunde später gab er enttäuscht auf. Weder im Tischkalender, in den sein Kollege seine Termine eintrug, noch in dem altmodischen Rolodex, mit dem er seine Kontakte verwaltete, noch sonst wo war ein Josef Hartwig verzeichnet.

Bauer wechselte in sein eigenes Dienstzimmer, setzte sich an den Schreibtisch und legte seine Hände auf die Computertastatur. Was nun? Er betrachte seine Finger, die darauf warteten, dass er ihnen sagte, was sie tun sollten. Er war schon ewig nicht mehr beim Training gewesen. Er hatte die Boxhalle gemieden, obwohl er nicht vergessen hatte, wie gut er sich fühlte, wenn er sich körperlich verausgabte. Passte Boxen nicht mehr zu seinem neuen gezähmten Selbst, mit dem er versuchte, seine Frau zurückzuholen? Sein Blick wanderte zu dem gerahmten Foto auf seinem Schreibtisch. Sarah kniff leicht die Augen zusammen, es musste im Sommer gemacht worden sein, vielleicht in einem Sommer, der genauso heiß war wie der jetzige. Auf dem Foto daneben kletterte eine achtjährige Nina in den oberen Ästen des Kirschbaums herum, kurz bevor Sarah ihn angeschrien hatte, er solle sie sofort da herunterholen. Da war es wieder, das schmerzhafte Ziehen in der Brust, in dem sich seine Liebe zu den beiden manchmal zeigte.

Er zog die Sommerjacke aus, hängte sie über die Stuhllehne, ging zum Fenster und öffnete es. Die hereinströmende Luft war stickiger als die im Zimmer. Nachdem er das einfache Holzkreuz über der Sofaecke geradegerückt hatte, fuhr er seinen Rechner hoch und loggte sich ins polizeiliche Intranet ein. Nach der ergebnislosen Suche in Vaals' Büro glaubte Bauer kaum noch daran, dass Hartwig ein Polizeibeamter war, den sein Kollege betreute. Trotzdem kontrollierte er die Telefonverzeichnisse aller Wachen, die in ihrem Zuständigkeitsbereich lagen. Das Ergebnis war wie erwartet negativ.

Es schockierte ihn immer noch, wie wenig er über seinen langjährigen Kollegen wusste. Vaals arbeitete seit fünfzehn Jahren im Präsidium. Es musste doch jemanden geben, der den Monsignore besser kannte als Bauer selbst! Nachdem er eine Stunde im Haus herumtelefoniert hatte, kam er zu dem Schluss, dass dem nicht so war. Nicht einmal der streng katholische Hauptwachtmeister in der Waffenkammer, der jede von Vaals organisierte Polizeiwallfahrt mitmachte, war dem Seelsorger persönlich nähergekommen.

Bauer gab auf gut Glück den Namen Josef Hartwig in die Vermisstendatei ein. Kein Treffer. Sein Diensttelefon läutete. Es war noch einmal der Hauptwachtmeister aus der Waffenkammer. Der Monsignore habe mal erwähnt, dass er eine Kirchengemeinde in Bergkamen geführt habe, bevor er Polizeiseelsorger geworden sei.

Bauer bedankte sich und startete eine Internetsuche. Er gab den Namen der Kirche, die er auf dem Foto in Vaals' Wohnzimmer gesehen hatte, und »Bergkamen« ein. Volltreffer. Die katholische Gemeinde St. Elisabeth hatte eine eigene Internetseite, die Pfarrkirche sogar einen Wikipedia-Eintrag. ›Ortsbildprägend‹ wurde der klobige Klinkerbau aus den Fünfzigerjahren darin genannt. Dort also war der Monsignore bis vor fünfzehn Jahren Gemeindepfarrer gewesen. Und er hatte diesen Zeitraum mit dem Namen Josef Hartwig verknüpft. Das konnte Zufall sein. Oder eine Spur.

Die ehemalige Bergarbeiterstadt lag am Nordrand des Ruhrgebiets. Auf der A2 brauchte man am staufreien Samstagvormittag eine knappe Stunde. Er versuchte sich zu erinnern, wann er das letzte Mal in dieser Gegend gewesen war. Ein Ausflug fiel ihm ein, zu dem Nina ihn und Sarah überredet hatte. Sie waren an Bergkamen auf dem Weg zu dem berühmten Hindufest im Sri-Kamadchi-Ampal-Tempel in Hamm vorbeigefahren. Seine Tochter hatte im Religionsunterricht den Hinduismus durchgenommen und wollte die Religion einmal live erleben. Sie war gerade elf geworden und sehr beeindruckt. Wochenlang hatte sie sich bei jeder Gelegenheit darüber ausgelassen, wie grau und öde der evangelische Gottesdienst war.

An der Ausfahrt 15 verließ Bauer die Autobahn und wechselte auf eine Landstraße. Sie führte durch Weizenfelder. Keine Anzeichen dafür, dass er sich einer der ehemals größten Bergarbeiterstädte Europas näherte. Kurz darauf rollte er auf aufgeräumten Wohnstraßen an gepflegten Einfamilienhäusern in großzügigen Gärten vorbei. Nichts erinnerte an die Bergarbeitersiedlung, in der er selbst wohnte. Dann kamen sie doch noch, die klassischen Reihenhäuser mit den handtuchgroßen Gärten dahinter. Alles kleinbürgerlich friedlich und perfekt, um Kinder großzuziehen. Dazwischen wirkte der hässliche Betonklotz eines Kaufland-Einkaufszentrums wie ein feindliches Raumschiff. Das Navi kündigte an, sein Ziel sei nur noch fünfhundert Meter entfernt. Eine Straßenbaustelle machte ihm einen Strich durch die Rechnung. Er folgte der Umleitung, und plötzlich fuhr er durch Straßen, in denen alle Geschäfte türkische Namen trugen. Zwei Minuten später stieg er vor der Kirche aus dem Wagen.

Das Pfarrhaus lag gleich dahinter. Gut möglich, dass es

hier niemanden mehr gab, der sich an Vaals erinnerte. In fünfzehn Jahren konnte auch kirchliches Personal mehr als einmal wechseln. Nach Josef Hartwig zu fragen, schien ziemlich aussichtslos.

Bauer drückte auf die Klingel. Auf einem schlichten Schild stand der Name ›Körner‹. Eine kleine rundliche Frau von Anfang sechzig, aber offensichtlich berstend vor Energie, öffnete. Die Haushälterin. Er stellte sich als evangelischer Polizeiseelsorger vor. Sie musterte ihn scharf.

Wahrscheinlich fragte sie sich, ob ein Polizeipfarrer, noch dazu ein evangelischer, überhaupt ein richtiger Geistlicher war. Erst als er Monsignore Vaals erwähnte und ihn als Kollegen bezeichnete, entspannte sich ihre grimmige Miene ein wenig.

»Der Monsignore ist jetzt auch Polizeipfarrer? Das wusste ich nicht.«

»Dann waren Sie wohl nicht seine Haushälterin?«

»Nein, damals hat ja mein Willi noch gelebt. Ich habe erst nach seinem Tod wieder angefangen zu arbeiten. Aber ich habe lange die Messen des Monsignore besucht, am liebsten die am ersten Freitag im Monat.«

»Dem Herz-Jesu-Tag.« Dass er den katholischen Brauch der Verehrung des Heiligen Herzen Jesu kannte, schien ihm weitere Pluspunkte einzutragen.

»Da hat immer sein Kinderchor gesungen. Wunderschön …« Sie lächelte versonnen, wurde aber sofort wieder ernst. »Es tut mir leid, aber Pfarrer Körner ist nicht da. Er kommt erst heute Abend zurück.«

»Vielleicht können Sie mir ja helfen«, schlug Bauer vor.
»Ich? Wobei denn?«
»Monsignore Vaals hatte einen Herzinfarkt.«
»Oh Gott! Ist er …«

»Er lebt«, sagte Bauer schnell. »Aber es steht nicht gut um ihn.«

Sie sah ihn betroffen an. Dann wischte sie sich entschlossen die Hände an ihrer Schürze ab, bat ihn herein und komplimentierte ihn in die Küche. Sie bot Bauer ein Stück frisch gebackenen Streuselkuchen und eine Tasse Kaffee an. Nachdem er beides angemessen gelobt hatte, kam er zum Grund seines Besuchs. Als er Josef Hartwig erwähnte, veränderte sich etwas im Gesicht der Haushälterin.

»Zwischen Leben und Tod hat der Monsignore immer wieder Hartwigs Namen genannt. Ich weiß nicht, in welcher Beziehung er zu dem Mann steht. Vielleicht ist er ein alter Freund ...«

»Das kann ich mir kaum vorstellen«, unterbrach ihn die Haushälterin. Ihr Ton war wieder so abweisend wie an der Tür. Doch er galt nicht Bauer.

»Sie kennen ihn?«

»Ich kannte seine Frau. Aus der Kirchengemeinde, ihre Tochter hat im Chor gesungen.«

»Kannte?«

»Sie ist ins Wasser gegangen. Das muss schon dreißig Jahre her sein, aber ich erinnere mich noch genau. Eine Tragödie war das.«

»Sie hat sich umgebracht?«

»Ungefähr ein Jahr nach der Scheidung. Der Mann hat sie sitzen lassen. Mit dem Kind. Er hatte sich nie richtig gekümmert, war immer auf Reisen und hat irgendwelchen Kram verkauft.«

»Er war Handelsvertreter?«, vermutete Bauer.

»So nennt man das wohl. Die arme Frau. Stürzt sich in den Kanal, wo die Kähne mit den riesigen Schiffsschrauben fahren ...« Sie verstummte. Die Erinnerung schien sie aufs Neue zu erschüttern. Schließlich sprach sie leise weiter. »Ich kann mir schon vorstellen, dass man einfach nicht weiterweiß – und wenn man dann seine Stimme nicht hört ...«, sie zeigte mit dem Finger nach oben. »Es ist ja eine Todsünde. Aber ich glaube nicht, dass Gott so engherzig ist. Ich glaube, er hat sie verstanden und ihr verziehen.« Damit war die dogmatische Fragestellung für sie erledigt. Ohne zu fragen, füllte sie seine Tasse auf.

»Was wurde aus dem Kind?«, fragte Bauer.

»Sie war mit der Kleinen vorher zu den Großeltern gezogen. Da ist sie dann auch geblieben. So ein hübsches Mädchen und so eine wundervolle Stimme ... Sie hat nie mehr gesungen. Armes Ding. Nach dem Tod der Großeltern ist sie von hier weggegangen. Da muss sie gerade achtzehn gewesen sein.«

»Und ihr Vater?«

»Der ist ein paar Jahre später weggezogen. Aber mit seiner Tochter hatte das nichts zu tun. Soweit ich weiß, hatte er schon seit der Scheidung keinen Kontakt mehr zu dem Mädchen.«

Mehr konnte ihm die Haushälterin nicht sagen. Sie wusste weder, wo Josef Hartwig hingezogen war, noch wie die Tochter mit Vornamen hieß oder was aus ihr geworden war. Bauer bedankte sich. Die Haushälterin drängte ihn, etwas von dem Kuchen mitzunehmen – für seine Frau. Er sei doch bestimmt verheiratet. Bei ›ihnen‹ sei das doch erlaubt. Wahrscheinlich habe er sogar Kinder.

»Eine Tochter«, bestätigte Bauer.

»Vielleicht ist das besser«, meinte sie beim Abschied nachdenklich. »Dann ist es leichter für die Priester, und bei vielen Dingen wissen sie wenigstens, wovon sie reden.«

Mit drei Stück in Alufolie verpacktem Streuselkuchen ging er zurück zu seinem Auto. Die Kirche lag gegenüber der Stadtbücherei. Auf dem Platz davor hatten sich ungefähr zwei Dutzend Einheimische um einen Infostand der Caritas versammelt, alle im Rentenalter oder kurz davor. Genau die Altersgruppe, in die Monsignore Vaals und, nach Auskunft der Haushälterin, auch Josef Hartwig fielen. Einen Versuch war es wert. Er ließ den Kuchen im Auto und überquerte den Platz. Auf dem Pappaufsteller neben dem Infotisch stand: Demenz – eine Krankheit, mit der zu rechnen ist.

»Demenz? Kannse vergessen«, witzelte einer von drei alten Männern, die das Ganze anscheinend für eine gelungene Theatervorstellung hielten. Seine Kumpels zogen stoisch an ihren Selbstgedrehten. Man sah ihnen an, dass sie ihr Leben lang körperlich hart gearbeitet hatten.

Bauer stellte sich zu ihnen und zündete sich eine Zigarette an. »Tach auch.«

»Tach«, kam es synchron zurück, ohne dass sich einer der Männer die Mühe machte, den Kopf zu drehen. Sie trugen billige Altmänner-Windjacken, Schuhe, in denen man auch mal schnell in der Werkstatt irgendwas reparieren konnte, und auf den Köpfen flache Kappen, wie sie schon vor hundert Jahren zur Malocheruniform gehört hatten. Wäre sein Vater nicht vor zwanzig Jahren gestorben, sähe er heute genauso aus, dachte Bauer.

Die Dame hinter dem Infostand erinnerte eher an eine Parfümerieverkäuferin aus den Fünfzigern als an die Caritas. Sie kam gerade zum Ende ihres Vortrags. »Es gibt viele verschiedene Formen von Demenz. Aber alle führen über kurz oder lang zum Verlust der geistigen Leistungsfähigkeit.«

»Die muss dich kennen, Tino«, sagte der Alte, der sich auf eine Gehhilfe stützte.

»Genau. Du baust ab, Tino«, mischte sich der Dritte ein.

»Nach zehn Grappa, Zielinski, nach zehn Grappa«, konterte der Angesprochene.

»Deine Olle hat dich doch trockengelegt«, stieg der Mann mit der Gehhilfe wieder ein.

Die Dame vom Demenz-Stand begann, Informationsbroschüren zu verteilen.

»Ich hol mir so'n Heft. Man kann ja nie wissen.« Zielinski wackelte Richtung Infostand.

Tino holte eine verbeulte Blechdose aus der Tasche und klappte sie auf. Die Männer drückten ihre Zigarettenreste darin aus.

»Darf ich auch?«

Die Männer schauten auf.

Bauer drückte seine Zigarette in der Dose aus. »Immer schön die Straßen sauber halten.«

Rudi zuckte mit den Achseln. »Watt soll'n wir machen? Is doch jetzt alles piekfein und geleckt hier.«

»Riecht nicht ma' mehr nach Schwefel. Meine Olle findet dat gut. Lass ma' sehen.«

Zielinski kam zurück. Tino nahm ihm die Broschüre aus der Hand.

»Finden die Frauen alle«, sagte Rudi. »Schon wegen die Wäsche.«

Tino schüttelte den Kopf. »Meine hat'n Trockner.«

Die drei schwiegen nachdenklich.

»Ihr wart auf Monopol?«, vermutete Bauer.

Tinos Miene hellte sich auf. »Grimberg 4, bis sie Sechsundneunzig abgeschlossen haben.«

»Danach auf Heinrich-Robert. Seit 2005 bergfertig.

Kleiner Zusammenstoß mit 'nem Hund.« Rudi klopfte mit dem Fuß der Gehhilfe gegen seinen Unterschenkel.

›Hunde‹ waren die eisernen Förderwagen unter Tage. Bauer kannte sie wegen seines Vaters.

»Und du? Womit verdienst du deine Brötchen?«, fragte Rudi.

»Ich bin Pfarrer.«

Die drei musterten ihn mit einem Hauch von Überraschung.

»Bei der Polizei, als Polizeiseelsorger. Martin Bauer.« Er streckte die Hand aus.

Rudi schlug ein. Der ehemalige Bergmann hatte immer noch einen Händedruck wie ein Schraubstock.

»Rudi Wiesmann. Rudi reicht.«

»Sollen Sie den Laden da übernehmen? Die Bude wieder vollmachen?« Rudi deutete in Richtung Kirche.

»Bleiben wir ruhig beim Du. Habt ihr 'ne Stammkneipe?«

Rudi sah ihn an, als wäre er gerade vom Himmel gefallen. »Mann, wo leben Sie denn?«

»Die sind alle weg.« Zielinski zählte an den Fingern ab. »Union-Eck, Pilsstube, Bei Else, Rathenau-Eck. Erst die Zechen, dann die Kneipen.«

»Schnöselbuden gibt's dafür genug.« Rudi verzog das Gesicht.

»Lief ja schon lange nicht mehr rund«, sagte Tino. »Nur noch alte Säcke mit klammen Renten.«

»Und dann kommen die Grünen mit ihrem Rauchverbot um die Ecke«, knurrte Rudi.

»Seitdem stehen mehr draußen, als drin trinken. Vielen Dank auch, Claudia.«

»Und wo geht ihr sonst hin?«, fragte Bauer.

Der Tchibo-Laden lag in der verkehrsberuhigten Präsidentenstraße. Rotes Straßenpflaster, ein paar dünne Bäumchen und alle hundert Meter eine Sitzbank und ein Mülleimer. Links und rechts die üblichen Filialen von Ladenketten. Die Männer steuerten auf einige Resopaltische zu und setzten sich. Bauer fragte, was sie trinken wollten. Alle bestellten Kaffee »ohne neumodische Sperenzchen«. Als Bauer mit dem Tablett zurückkam, zündeten sich die Männer gerade ihre Zigaretten an.

Tino stieß den Rauch aus und sah Bauer nachdenklich an. »Nu mal Tacheles, Jungchen. Den Kaffee gibbet doch nich für lau.«

Bauer musste lächeln. »Ich bin auf der Suche nach jemandem, der mal hier gewohnt hat und der ungefähr in Ihrem Alter sein müsste: Josef Hartwig.«

Tino musste nicht lange überlegen. »Sacht mir nix. Euch?«

Er sah seine Kumpels an. Doch auch die blickten ratlos.

»War der denn Berchmann?«, fragte Rudi.

»Soweit ich weiß, Handelsvertreter.«

»So ne' Leute kennen wir nich«, sagte Zielinski. »Wat wolln'se denn von den Staubsaugerheini? Wie hieß der noch?«

»Hartwig, du Flappmann!« Tino gab Zielinski die Demenz-Broschüre zurück. »Hier, du kannst die echt brauchen.«

Bauer sah, dass die Bedienung, eine korpulente Frau mit eisgrauer Dauerwelle, aufhörte, Tische abzuräumen, und herüberblickte. »Kennen Sie ihn vielleicht?«

»War das nicht der Mann von der Frau?«

»Von welche Frau?«, fragte Rudi.

»Na, die in den Kanal gegangen ist! Stand damals sogar in der Zeitung. Ist aber bestimmt schon dreißig Jahre her.«

Jetzt fiel bei den anderen ebenfalls der Groschen. Hartwigs Frau hatte sich Steine in die Taschen gesteckt und war von der Brücke in Bergkamen-Rünthe in den Datteln-Hamm-Kanal gesprungen. Über Hartwig selbst konnte niemand etwas sagen.

»Sie haben uns immer noch nich erzählt, wat Sie von den Mann wollen«, sagte Zielinski.

»Ich suche ihn für einen Freund.«

»Und warum sucht der nich selbst?«

»Er liegt im Krankenhaus. Bis vor fünfzehn Jahren war er hier Gemeindepfarrer: Monsignore Vaals.«

»Den kenn ich!«

Alle drei erinnerten sich an Vaals. Zielinski wusste sogar, dass er den Kinderchor geleitet hatte. Viel mehr konnten sie ihm jedoch nicht erzählen. Sie gingen nur in die Kirche, wenn getauft, geheiratet oder gestorben wurde.

»Watt wollt ihr mit den Vaals?«

Die Frage kam vom Nebentisch und klang abschätzig.

»Hallo, Jupp«, sagte Toni. »Wie geht et deine Olle?«

»Reha. Dritte Hüfte. Bad Wildungen.«

»Du kennst den Pfarrer auch noch?«

Der Mann rückte mit seinem Stuhl an ihren Tisch. »Na, watt denn. Klar kenn ich den Monsignore. Ich habe früher direkt gegenüber vom Pfarrhaus gewohnt. Da krisse alles mit.«

»Was meinen Sie?«, fragte Bauer.

Jupp deutete auf Bauer. »Wer ist der?«

»Martin Bauer, Polizeiseelsorger. Monsignore Vaals ist mein Kollege«, stellte sich Bauer vor.

»Polizei? Dahin ist er also abgehauen.«

»Abgehauen?«, fragte Bauer.

»Und ob.« Jupp erzählte. Vaals war von heute auf morgen aus der Gemeinde verschwunden, quasi über Nacht. Ein paar Tage später hatte im Gemeindeblättchen gestanden, dass er vom Erzbischof kurzfristig wegen einer wichtigen Aufgabe abberufen worden war.

»Aber mir hat einer geflötet, wat da wirklich hinter war. Ham die von der Kirche natürlich alles stickum untern Teppich verschwinden lassen. Kennt man ja. Erst alles abstreiten, dann lügen und die Betroffenen mit Geld mundtot machen.«

Bauer hatte zunehmend irritiert zugehört. »Betroffene? Was denn für Betroffene?«

»Mann, der feine Monsignore hat den Kinderchor gemacht. Alles klar? Katholische Priester und Zölibat und so?«

Bauer war wie vor Kopf geschlagen. »Wollen Sie damit sagen, Vaals ist ein ...?«

»Ein Kinderschänder! Genau dat.«

10

Hauptkommissarin Verena Dohr hatte in ihrem Dienstzimmer beide Fensterflügel geöffnet. Das Gebäude besaß immer noch keine Klimaanlage. In der dafür zuständigen Behörde glaubte man anscheinend nicht an die globale Erwärmung. Also konnte sie nur die Fenster aufreißen und auf Durchzug hoffen. Aber die Luft rührte sich nur, wenn man sich selbst bewegte, und die Nachmittagssonne knallte unbarmherzig in ihr Büro.

Sie ließ die Jalousien herunter. Andernfalls hätte sie auf ihrem veralteten Dienstrechner überhaupt nichts erkannt. Sie starrte auf den Monitor. Sie würde die Ausdrucke der Tatortfotos später an ihre Pinnwand heften. Den USB-Stick, der zusammen mit dem Ordner gekommen war, hatte sie sofort eingestöpselt. Darauf waren die Ergebnisse des letzten Schreis der Tatortfotografie gespeichert. Eine digitale HDR-Spezialkamera hatte den Fundort vollsphärisch aufgezeichnet, 360 Grad horizontal und 180 Grad vertikal. Jetzt konnte man dort mit der Computermaus quasi herumspazieren, jedes Eckchen aus jedem beliebigen Winkel in Augenschein nehmen, an jedes beliebige Detail heranzoomen und die räumlichen Beziehungen der Tatortspuren zueinander von allen Seiten betrachten. Das tat sie nun schon seit einer halben Stunde. Weitergebracht hatte es sie noch nicht. Ihre Hand lag auf der Maus, aber der Cursor bewegte sich nicht mehr.

Sie dachte an Elmar. Sah ihn vor sich, wie er sich schlaflos und schweißnass im Bett wälzte und am ganzen Körper zitternd gegen Krämpfe und Übelkeit ankämpfte. Die Bilder hatten sich ihr eingebrannt, als er zum ersten Mal versucht hatte clean zu werden. Sie hatten es selbst gemacht, nur Elmar und sie, ein kalter Entzug, zu Hause, ohne ärztliche Betreuung. Es war furchtbar gewesen. Sie hatte sich drei Tage lang nicht von seiner Seite gerührt. So oder gar nicht, hatte er gesagt. Er würde sich in keiner Klinik einsperren lassen.

Jetzt war Elmar doch in einer Klinik. Zum zweiten Mal in seiner Drogenkarriere. Die Ärzte würden ihm Medikamente geben und so seine Entzugssymptome auf ein Minimum reduzieren. Vielleicht würde er diesmal durchhalten und clean bleiben. Sie hoffte es wirklich. Aber es war ein reiner Willensakt. Sie hatte es schon erlebt. Er würde nach Hause kommen und diese Euphorie mitbringen. Verkünden, dass er es endlich kapiert hatte. Wie wunderbar es war, in der Realität zu leben. Sich nicht mehr selbst zu belügen, nicht mehr in die eigenen emotionalen Fallen zu tappen. Und mit jeder seiner Deklamationen würde ihre Angst vor dem Rückfall größer werden.

Es konnte nicht funktionieren. Nicht, ohne den Beruf zu wechseln. Aber Jazzmusiker zu sein, war mehr als ein Beruf. Es war sein Leben. Darum würde er immer wieder dahin zurückkehren, wo die Drogen waren. Und irgendwann würde er von einem Gig nach Hause kommen, und sie würde es ihm sofort ansehen, und er würde sich einreden, dass sie es nicht merkte.

Sie riss sich aus ihren Grübeleien.

Die Polizeischeinwerfer hatten den Bergwerksstollen gleißend hell ausgeleuchtet. Dennoch – die Hightech-Suche nach Tatspuren funktionierte nur, wenn es auch Spuren gab. Sie hieb auf die Tastatur. Das Bild verschwand, die Desktop-Oberfläche erschien und in der Mitte ihre Liste mit den abzuarbeitenden Ermittlungsaufgaben. Neben keiner war ein Häkchen. Sie nahm ihren Kaffeebecher, goss den kalten Rest in den Papierkorb und machte sich auf den Weg zur Kaffeeküche.

Die Tür von Aasts Dienstzimmer stand offen. Sein Platz war verwaist, am Schreibtisch gegenüber übertrug die neue Oberkommissarin handschriftliche Notizen von einem gelben DIN-A4-Block in den Rechner. Aus ihren gelben In-Ear-Kopfhörern drangen leise die Rhythmusanteile eines aufgepeppten Bossanova-Klassikers, den Elmar auch in seinem Repertoire hatte. Senta Coenes wippte dazu mit dem rechten Fuß. Sie trug gelbe Sneaker. Der Rucksack, der hinter ihr an der Wand lehnte, war rot-gelb gestreift. Gelb war anscheinend ihre Lieblingsfarbe. Neben der Tastatur stand eine geöffnete Frischhaltedose. Salat. Sojasprossen, Räuchertofu, geraspelte Möhren. Selbst gemacht.

Verena Dohr hatte sie zu Aast ins Zimmer gesetzt. Karman kam nicht infrage, bei Herwig war sie sich nicht im Klaren, wo er in Bezug auf seinen notorisch sexistischen Kollegen stand.

Sie klopfte an den Türrahmen.

Die Oberkommissarin schreckte hoch, drückte eine Taste auf ihrem Smartphone und zog die Kopfhörer aus den Ohren. »Ja …?«

Dohr bedeutete ihr mir einer Handbewegung, entspannt zu bleiben. »Ich wollte nur mal sehen, wie es dir bei uns geht. Ist alles in Ordnung?«

Die neue Kollegin dachte nach. Sie würde sie nicht mit einer Floskel abspeisen, das sah Verena. Die Frau war ihr sympathisch.

»Eigentlich ja. Bis auf den Rechner. Der ist noch langsamer als der beim KK 21.«

In Bonn hatte Senta Coenes beim Kommissariat Schwerstkriminalität und qualifizierte Bandenkriminalität gearbeitet.

»Mein eigener ist mindestens zehnmal so schnell.«

Verena seufzte. »Meiner auch. Und wenn wir irgendwann mal neue kriegen, sind die auch schon wieder veraltet.« Genug Small Talk. Sie deutete auf den Schreibblock. »Kommst du voran?«

»Geht so. Ich habe die Supermarktketten in der Gegend abtelefoniert. Leider ist in den Zentralen, wo die Daten zusammenlaufen, am Wochenende niemand zu erreichen. Ich bekomme also frühestens übermorgen was.«

»War wohl nicht anders zu erwarten.« Verena versuchte, ihre Enttäuschung zu verbergen. Offenbar gelang ihr das nicht allzu gut.

»Ich habe aber noch eine Idee«, fuhr Coenes eilig fort.

»Raus damit!«

»Wir suchen in erster Linie Fördermaschinisten. Das sind Bergleute mit Spezialausbildung. Sie bedienen die Fördermaschinen. Ich gehe davon aus, dass der Täter maximal sechzig Jahre alt ist. Das heißt, ich konzentriere mich auf Zechen, die nach 1980 dichtgemacht haben. Wer damals 25 Jahre alt war, wäre jetzt knapp sechzig.«

»Von wie vielen Zechen reden wir?«

»Etwa fünfundzwanzig. Manche haben mehr als einen Förderturm.«

Verena rechnete. »Bei drei Schichten pro Förderturm sind das etwa ...«

»Hundert bis hundertfünfzig. Wird nicht leicht, an die Personalakten zu kommen. Die Unternehmen haben vor über dreißig Jahren dichtgemacht.«

Dohr versuchte ein verbales Schulterklopfen. »Du schaffst das schon.« Hatte das jetzt zu von oben herab geklungen? Die neue Kollegin blieb konzentriert bei der Sache.

»Ich versuch's über die Rentenanstalt. Vielleicht können die ehemalige Fördermaschinisten rausfischen.«

»Nicht, wenn deren Computer sind wie unsere.«

Die Oberkommissarin lachte nicht. »Das kann ich aber auch erst Montag erledigen. Bis dahin probiere ich was anderes.«

Die Oberkommissarin drehte den Monitor in Dohrs Richtung. Dohr trat näher heran. Sie schaute auf eine kurze Liste mit Namen, Personendaten und Berufsbezeichnungen. Fördermaschinisten, Berg- und Maschinenmänner, Bergbauingenieure.

»Wo hast du die her?«, fragte Verena.

»Bergleute sind in Knappenvereinen organisiert. Und die ›Pflege von Bergbau- und Bergwerkstraditionen‹ findet auch am Wochenende statt.«

Verena nickte anerkennend. »Gute Idee.« Sie deutete in Richtung des leeren Drehstuhls. »Mit Mario kommst du klar?«

Wieder dachte Senta Coenes einen Moment lang nach. Dann sagte sie: »Alles bestens.«

»Gut.« Sie hob die Hand, in der sie ihren Becher hielt. »Dann hole ich mir mal was von dem, was wir hier Kaffee nennen.«

Für einen Moment verschwand die konzentrierte Spannung aus Coenes Gesicht. »Also der Kaffee ist bei euch eindeutig besser.« Sie lächelte.

Na also, ging doch. Sie lächelte zurück und wandte sich zum Gehen.

»Kann ich dich was fragen?«

Verena blieb stehen. »Klar. Schieß los.«

Der Oberkommissarin schien es schwerzufallen weiterzusprechen.

»Bei der Besprechung heute morgen ...«

»Ja?«

»Warum hast du den Kollegen so angegangen ... vor allen anderen, meine ich? Ich habe mich eigentlich nicht blöd angemacht gefühlt.«

Verena zögerte. Sie wusste selbst, dass sie übers Ziel hinausgeschossen war. »Ich habe meine Erfahrungen mit Guido.«

Coenes nickte nachdenklich. »Okay. Aber, bei allem

Respekt – ich halte mir solche Männer lieber selbst vom Leib.«

Natürlich. Sie wollte nicht beschützt werden. Sie würde den Respekt der Kollegen verlieren. »Du hast recht. Tut mir leid.«

»Schon gut.« Coenes drehte den Monitor wieder in ihre Richtung und begann zu tippen. Verena ging hinaus.

Die Glaskanne unter dem Auslauf der Kaffeemaschine war leer, wie meistens. Statistisch mochte es zwar nicht zutreffen, aber so fühlte es sich an. Zwei Drittel der männlichen Kollegen fühlten sich nach wie vor nicht zuständig, wenn es ums Kaffeekochen ging. Sie füllte Wasser in den Behälter der Maschine, riss ein frisches Paket Pulverkaffee auf, da die dafür vorgesehene Schere mal wieder in eins der Dienstzimmer entführt worden war, und füllte den Filter. Kurz darauf tröpfelte der Kaffee in die Kanne. Sie überlegte, ob es sich lohnte, zurück in ihr Büro zu gehen und wiederzukommen, wenn der Kaffee durchgelaufen war. Wenn sie Pech hatte, war die Kanne dann aber schon wieder leer. Egal, sie hatte keine Lust, zehn Minuten untätig herumzustehen.

Sie wollte die Küche gerade verlassen, als Herwig hereinkam. Der dreißigjährige Oberkommissar war in vielem das Gegenteil Karmans. Ein sorgloser Teamplayer, der im Polizei-Achter ruderte, sich mit jedem verstand und auch noch ziemlich gut ausgesehen hätte, wäre da nicht das fliehende Kinn gewesen. Wieso er am liebsten mit diesem intriganten Kotzbrocken zusammenarbeitete, war ihr ein Rätsel.

Herwig sah, dass gerade Kaffee in die Kanne lief, und schnalzte mit der Zunge. »Perfektes Timing.«

Verena nutzte die Gelegenheit, um sich von ihm auf

den neusten Stand bringen zu lassen. Der DNA-Test hatte es bestätigt – die Kleidungsstücke, die neben dem Opfer gelegen hatten, waren von ihm getragen worden. Alles ›Made in Britain‹: Barbour, Carraig Donn, Brisbain Moss, Burlington und Clarks. Der Tote war nach Herwigs Meinung entweder Engländer oder anglophil gewesen.

»Nur seine Unterwäsche war Feinripp von Schießer.«
»Und wie sieht's bei Karman aus? Hat er schon was?«
»Keine Ahnung. Da musst du ihn selbst fragen.«

Ihr war klar, was der abweisende Unterton bedeutete. Herwig missbilligte ihre öffentliche Attacke auf seinen Kollegen und solidarisierte sich reflexhaft mit ihm. Na schön, daran konnte sie jetzt auch nichts ändern.

»Gibt's was Neues von Dr. Jürgens?«

Toxikologie und Serologie hatten nichts ergeben. Aber der Spezialist aus Frankfurt war eingetroffen. Das Gesicht des Toten zu rekonstruieren, würde dauern. Herwig fiel noch etwas ein. Dr. Jürgens hatte unter der Honigschicht zwei Papierfetzen entdeckt. Die KTU untersuchte sie schon.

Der Kaffee war durchgelaufen, beide füllten ihre Becher, Herwig trank ihn schwarz, Verena fügte reichlich Milch und Zucker hinzu, dann machten sie sich auf den Rückweg zu ihren Dienstzimmern.

Auf dem Flur kam ihr Oberkommissar Aast entgegen. Er schniefte und hustete. Frühling und Sommer waren für den Hyper-Allergiker die Hölle, im Herbst machten ihm Feuchtigkeit und Pilzsporen das Leben schwer. Außerdem achtete er sehr genau darauf, was er aß. Im Land von Currywurst und Pommes-Schranke konnte das sehr einsam machen. Aber vielleicht fanden er und die neue Kollegin ja über Tofu und Sojasprossen einen Draht zueinander.

»Irgendwas in den Vermisstenlisten, Mario?«

Aast schüttelte den Kopf, was einen neuerlichen Hustenanfall auslöste.

»Und was gab's bei der KTU? Was ist mit Fußabdrücken?«

Er räusperte sich den Hals frei. »Da kommt wohl nichts. Alles verwischt und überlagert. Aber sie sind noch dran.« Er zog eines seiner unzähligen Stofftaschentücher aus der Tasche und schnäuzte sich.

»Wie läuft's mit der neuen Kollegin?«

»Bis jetzt gut. Sie benutzt kein Parfüm.« Die Erleichterung war ihm anzuhören.

Verena nickte. Aast ging weiter. Sie nippte an ihrem Kaffee. Er schmeckte grauenhaft. Wenn der Kaffee beim KK 21 noch schlechter gewesen war, konnten einem die Kollegen dort nur leidtun.

Es lief nicht gut. Der Tag war fast vorbei, und sie hatten immer noch keinen Ermittlungsansatz.

11

Vaals ein Kinderschänder? Alles in Martin Bauer sträubte sich gegen diese Vorstellung. Wie betäubt war er zurück zu seinem Auto gegangen. Es war nur ein Gerücht. Aber es gelang ihm nicht, den Gedanken einfach wegzuschieben. Der Monsignore hatte Angst um sein Seelenheil, daran zweifelte Bauer keinen Augenblick. Angst, wegen etwas, das vor fünfzehn Jahren passiert war. Wegen dem er vielleicht Hals über Kopf seine Gemeinde verlassen hatte. Vielleicht hatte Vaals plötzlicher Abgang in der Presse Spuren hinterlassen. Bei seinen Vorgesetzten hatte er das bestimmt. Für den Monsignore war damals das erzbischöfliche Generalvikariat in Paderborn zuständig gewesen.

Bauer telefonierte. Beim Zeitungsarchiv der Westfälischen Rundschau konnte er sofort vorbeikommen. Auch beim Generalvikariat bekam er, nachdem er sein Anliegen umrissen hatte, einen Termin für den späten Nachmittag. Er verließ Bergkamen und fuhr zurück auf die A 2.

Nach zwei Stunden im Archiv war er im Bergkamener Lokalteil der Regionalzeitung fünf Mal auf Vaals' Namen gestoßen. Jedes Mal ging es um auswärtige Auftritte des Kinderchors. Bis auf die letzte Meldung. Sie war nur ein paar Zeilen lang und zitierte die Pressestelle des Bistums. Der langjährige Gemeindepfarrer von St. Elisabeth, Monsignore Vaals, sei kurzfristig von seiner Stelle abberufen worden, um neue wichtige Aufgaben zu übernehmen. Wenn tatsächlich etwas vertuscht worden war, dann gründlich.

Bauer wollte die angenehm temperierten Räume des Zeitungsarchivs schon verlassen, da fiel ihm etwas ein. In dreißig Jahre alten Ausgaben wurde er fündig. Ein ausführlicher Artikel im Lokalteil berichtete vom Suizid einer Einwohnerin Bergkamens. Ihre Initialen waren S.H. Das musste sie sein. Die Frau hatte sich Steine in die Taschen gesteckt und war in den Datteln-Hamm-Kanal gesprungen. Wochen später hatte die Schiffsschraube eines niederländischen Gastankers ihren Leichnam hinter der Autobahnbrücke der A 1 nach oben gedrückt.

Eine gute Stunde später traf Bauer in Paderborn ein. Der siebenhundert Jahre alte Dom und das Geviert des erzbischöflichen Generalvikariats dominierten das Zentrum Paderborns. Bauer fand vor dem Vikariat einen freien Parkplatz. Der Pförtner nannte ihm die Nummer des Büros, in dem er erwartet wurde, und wies ihm den Weg. Er führte in einem Kreuzgang um einen begrünten Innenhof. Während Bauer über die glasierten Fliesen schritt, wurde ihm bewusst, dass sein Anliegen möglicherweise schwer zu vermitteln war.

Er las die Messingschilder an den Türen. Pastorale Grunddienste, Seelsorge in den Generationen, Bischöfliches Jugendamt, Seelsorge in besonderen Lebenslagen, Kranken- und Krankenhausseelsorge – sie addierten sich zu einem Organigramm des Generalvikariats. Auf dem Schild neben der Tür von Zimmer 1.2.2 stand *Geistlicher Rat Dr. G. Herder – Seelsorge und pastorales Personal* und darunter etwas kleiner *Bischöflicher Beauftragter für Priester im Ruhestand und erkrankte Priester*.

Der Mann, der ihm die Tür öffnete, war etwa in Vaals Alter. Seine Wangen waren von einem Netz feiner blauer Äderchen durchzogen, die breite Nase schimmerte violett. Seine Soutane war verblichen, das Kollar dafür blütenweiß.

»Herr Bauer?«

Bauer nickte.

»Dr. Gottfried Herder. Wie der Universalgelehrte. Meine Eltern hatten etwas zu große Hoffnungen in mich.« Er lachte humorlos. »Treten Sie ein, Herr Kollege.« Bauers Überraschung, hier als Kollege bezeichnet zu werden, musste zu sehen gewesen sein, denn im nächsten Moment erklärte der Geistliche Rat verbindlich: »Wir sind Anhänger der Ökumene.« Er umrundete einen alten englischen Schreibtisch, ließ sich in den dazu passenden Drehsessel aus dunkelrotem Leder fallen und deutete auf einen bequem aussehenden Stuhl. Bauer setzte sich.

Natürlich wisse man im Generalvikariat vom Herzinfarkt des Monsignore, erklärte der Dekan. Man habe Verständnis dafür, dass Bauer großen Anteil an Vaals' Schicksal nehme und das Bedürfnis verspüre, gerade jetzt mehr über seinen Kollegen zu erfahren. Das freue ihn, erwiderte Bauer höflich, desgleichen, dass man der Ökumene positiv gegenüberstehe. Fast automatisch fiel er selbst in den gespreizten Sprachstil seines Gegenübers. Schließlich seien sie alle Christen. Es gebe da allerdings einen den Monsignore betreffenden unangenehmen Punkt, den er leider ansprechen müsse. Der Geistliche Rat neigte aufmerksam den Kopf und bat Bauer weiterzusprechen.

»Auf dem Weg ins Krankenhaus war der Monsignore nur halb bei Bewusstsein. Aber er hat gesprochen, oder deliriert, könnte man sagen.« Für einen Moment huschte so etwas wie Besorgnis über das Gesicht seines Gegenübers. Bauer fuhr fort. »Er hatte große Angst, war fast in Panik.«

»Das kommt mir nicht ungewöhnlich vor. Der Monsignore hatte einen Herzinfarkt. Er war in Todesangst.«

»Es war mehr als die Angst vor dem Tod. Es war etwas aus seiner Vergangenheit, etwas Persönliches. Etwas, das ihn sehr belastete.« Er machte eine Pause, doch vom Geistlichen Rat kam keine Reaktion. »Monsignore Vaals fürchtet um sein Seelenheil.«

Dr. Herder trommelte mit den Fingern auf seiner rotledernen Schreibunterlage. Schließlich sagt er: »Ich weiß wirklich nicht, wie ich Ihnen da helfen kann, Herr Pfarrer.«

»Ich komme gerade aus Bergkamen. Da hat man mir erzählt, der Monsignore habe seine Gemeinde von einem

Tag auf den anderen verlassen – Hals über Kopf sozusagen.«

Die Miene des Geistlichen blieb völlig ausdruckslos. »So etwas kommt vor – wenn die Umstände es erfordern. Ein Priester wird abberufen und an anderer Stelle eingesetzt.«

»Können Sie mir sagen, welche Umstände das waren?«

Das Trommeln auf die rotlederne Schreibunterlage hörte auf. »Tut mir leid, aber es ist mir nicht möglich, Personalentscheidungen der Diözese mit Außenstehenden zu besprechen. Außerdem betrifft es auch die Privatsphäre unserer Mitarbeiter. Datenschutz, Sie verstehen.«

Bauer nickte. Er verstand. Es sei nur so … er stockte kurz. In Bergkamen kursierten Gerüchte, setzte er neu an, Monsignore Vaals habe die Gemeinde wegen sexueller Übergriffe gegen Kinder verlassen müssen.

Der Geistliche Rat schien in seinem Ledersessel zu erstarren. Als er wieder sprach, hatte seine Stimme alles Verbindliche verloren. »Ich kann Ihnen versichern, dass nichts Derartiges der Grund für die kurzfristige Abberufung Monsignore Vaals war. Ich muss Sie jetzt leider bitten zu gehen, ich habe noch einen anderen Termin.«

Bauer begriff, dass es keinen Zweck hatte, weitere Fragen zu stellen. Er stand auf. Dr. Herder geleitete ihn zur Tür. Seine Körpersprache zeigte, dass es zu keinem weiteren Handschlag kommen würde. Bauer bedankte sich für das Gespräch. Er war schon halb aus der Tür, als er sich umwandte. »Ist Ihnen im Zusammenhang mit Monsignore Vaals mal der Name Josef Hartwig untergekommen?«

»Nein.« Dr. Herders Blick war leer und kühl. »Diese Gerüchte sind nichts weiter als boshafte Unterstellungen und Ausdruck der zunehmenden Hetze gegen unsere Mutter Kirche.«

Die Tür schloss sich hinter Bauer. Er stand wieder im Kreuzgang. Die Luft war immer noch frisch, aber Bauer war sich nicht mehr sicher, ob er sie noch angenehm fand.

Er fuhr langsam. Aber seine Gedanken rasten. Ein ungeheuerliches Gerücht, ein Mann, über den niemand etwas zu wissen schien, seine Frau, die vor dreißig Jahren ins Wasser gegangen war, ein Chormädchen, das seine Mutter verloren hatte, ein Geistlicher Rat, der redete aber nichts sagte, ein Leichenfund in einem Bergwerk – und Vaals, ein tiefgläubiger Priester, bei dem alles zusammenzulaufen schien und in dessen Vergangenheit es etwas gab, das so dunkel war wie die Hölle, die er nun fürchtete.

Bauer versuchte gar nicht erst, Ordnung in das Chaos seiner Gedanken zu bringen. Es hatte keinen Sinn, die Fetzen festzuhalten und zusammenzufügen, sie würden kein Gesamtbild ergeben, es fehlten zu viele Teile.

Nach zwei Stunden Fahrt verließ er die Autobahn. Er war müde. Aber zum Krankenhaus war es nur ein kleiner Umweg. Der riesige Gebäudekomplex mit seinen Reihen erleuchteter Fenster schwamm wie ein fremdartiges Kreuzfahrtschiff in der violetten Abenddämmerung. In seinem Kopf kreisten Bilder. Vaals mit grauem Gesicht im Krankenhausbett, Vaals mit rosigen Wangen und glücklichem Lächeln zwischen Chorkindern.

Es war nicht nur ein Gerücht. Bauer wendete den Wagen und fuhr heim. In sein leeres Haus.

12

Liebe Mama,

sie lügen! Wenn jemand Selbstmord begeht, hinterlässt er einen Abschiedsbrief. Ich fragte Oma, wo deiner ist. Sie sagte: »Es gab keinen.« Erst glaubte ich ihr. Aber jetzt nicht mehr. Du hättest mir einen Abschiedsbrief geschrieben. Ich schreibe dir ja auch jedes Jahr. Heute ist dein 2. Todestag.

Opa lügt auch. Er hatte versprochen, dass ich immer bei ihnen bleiben kann. Aber eine Frau vom Jugendamt war da. Sie saßen im Wohnzimmer. Sie bemerkten mich nicht, weil Mathe ausfiel. Ich belauschte sie. Opa sagte: »Ich weiß nicht, wie lange ich noch habe. Meine Frau schafft das nicht alleine mit einem Teenager.« Damit meinen sie mich. Opa wird sterben. Ich weiß es. Er hustet immer und raucht. Er hat bestimmt Krebs. Dann gibt Oma mich ins Heim. Ich mag sie nicht mehr. Sie kauft mir immer nur Jeans von C&A. Aber das sind keine echten Jeans. In der Schule lachen mich alle aus und ich habe keine Freunde.

Ich glaube, du bist vielleicht gar nicht tot. Vielleicht war der Vater da und holte dich auch. Denn das machte er mit mir, als ich ein Kind war. Ich hatte es dir schon geschrieben, doch ich durfte nicht sagen, wer es war. Das ist viele Jahre her und er ist bestimmt gestorben, denn er war ein schlechter Mensch. Vielleicht hattest du Amnesie. Das bedeutet, dass man sein Gedächtnis verliert. Ich verlor es. Ich erinnere mich nur, dass es ein unterirdischer Keller war. Dann hatte ich einen Schock und darum habe ich alles vergessen. Vielleicht hattest du auch einen. Dann konntest du dich an gar nichts mehr erinnern. Auch nicht an mich. Aber manchmal fällt einem alles wieder ein.

Dann kommst du zurück und ich muss nicht ins Heim.

13

Sonntag

Verena Dohr blieb überrascht in der Tür stehen und nahm die Sonnenbrille ab. Polizeidirektor Lutz, Leiter Gefahrenabwehr und ihr Vorgesetzter, saß hinter ihrem Schreibtisch und betrachtete die Fotos an der Pinnwand.

»Was für eine Sauerei«, sagte er statt einer Begrüßung.

Er trug Freizeitkleidung. Was wollte er hier? Seit er ein Kajütboot sein Eigen nannte, ließ er sich sonntags fast nie im Präsidium sehen. Es lag in einem Yachthafen, wo er nun seine Wochenenden verbrachte. Ein Kollege von der Wasserschutzpolizei hatte ihr verraten, dass er nach einer Beinah-Kollision mit einem Schubverband das Hafenbecken kaum noch verließ.

Er wandte ihr sein chronisch gerötetes Gesicht zu. »Da sind Sie ja.« Er mochte sie nicht, hatte sie nie gemocht und würde sie nie mögen. »Hauptkommissar Karman war bei mir.«

Natürlich. Die perfekte Gelegenheit, an ihrem Stuhl zu sägen. Karman hatte damit gerechnet, neuer Leiter des KK 11 und damit auf Besoldungsstufe A 13 befördert zu werden. Lutz hatte sich für ihn starkgemacht. Sie hatte den gleichen Dienstgrad wie er, er hatte ein paar Dienstjahre mehr. Dann war die Wahl auf sie gefallen. Die Entscheidung konnte nur auf einer geheimen Frauenquote beruhen und nicht etwa darauf, dass sie die bessere Ermittlerin und Teamleiterin war. Karman hatte vor Wut gegen einen Aktenschrank getreten und sich den Fuß verstaucht. Seither untergrub er ihre Autorität und sabotierte sie, wo er nur konnte.

»Sie wissen, warum.«

Sie schwieg. Ihm blieb nichts übrig, als weiterzusprechen.

»Was haben Sie sich dabei gedacht? Einem Kollegen vor versammelter Mannschaft mit einer Beschwerde wegen sexueller Belästigung zu drohen!« Sein Gesicht wurde noch röter. »Können Sie mir das erklären?«

Sie überlegte. Sie hatte mühsam gelernt, nicht jeden Fehdehandschuh aufzuheben, den man ihr hinwarf. »Es war ein Scherz, Herr Direktor. Eine Replik auf etwas, das Karman zu der neuen Kollegin gesagt hatte. Er hat das wohl in den falschen Hals gekriegt.«

Lutz starrte sie an. Er hatte noch nicht ganz begriffen, wo ihre Verteidigungslinie verlief. »Sie glauben doch nicht, dass Sie sich damit rausreden können?«

»Hat er denn offiziell Beschwerde eingereicht?«

Lutz schwieg. Also nicht. Er und Karman waren sich wohl noch nicht im Klaren, wie sie ihr am meisten schaden konnten.

»Es ist ja allgemein bekannt, dass der Kollege gern ... flirtet.« Sie ließ es harmlos klingen. »Ich kenne einige Kolleginnen, die schon unfreiwillig in den Genuss seiner Aufmerksamkeit gekommen sind.«

Sie sah, dass es hinter seiner Stirn arbeitete. Bei einer offiziellen Anhörung würden diese Frauen möglicherweise aus der Deckung kommen. Für Karman und jeden, der sich für ihn starkmachte, konnte das übel ausgehen.

Schließlich knurrte er: »Sie entschuldigen sich bei ihm!« Sein Befehl hätte mehr Eindruck gemacht, wenn er kein knallbuntes Hawaiihemd getragen hätte. Ohne eine

Antwort abzuwarten, trabte er auf Bootsschuhen hinaus und knallte die Tür hinter sich zu.

Ein paar Blätter flatterten vom Tisch. Dohr hob sie auf. Es war noch mal gut gegangen. Sie bezweifelte, dass die Kolleginnen sich für sie in die Bresche werfen würden. Sie würde sich entschuldigen. Damit konnte sie leben. Aber über kurz oder lang musste sie Karman loswerden.

Ihr Smartphone schlug an. Ihr neuer Klingelton. So hatten früher die schwarzen Telefone in den alten Edgar-Wallace-Filmen geklungen.

Der stellvertretende Leiter der KTU war dran. »Ich hab was für Sie.«

Dr. Albrecht war bester Laune. Er arbeitete gern an Wochenenden, selbst an den schönsten Sommertagen. Er war unverheiratet. Dass er außerhalb der Arbeit irgendwelche sozialen Beziehungen unterhielt, galt als unwahrscheinlich.

»Ich schlage vor, Sie kommen rüber.« Er legte auf.

Nach einer Viertelstunde war sie zurück, fünf Minuten später hatte sie ihr Team im Besprechungsraum versammelt.

Sie befestigte das Foto, das Dr. Albrecht ihr gegeben hatte, an der Pinnwand. Es war die fototechnisch optimierte Aufnahme eines Kassenzettels aus einem Aldi-Markt. Er zeigte die Adresse der Filiale, Datum und Uhrzeit des Einkaufs sowie die gekauften Produkte: Vibelle Babywindeln mini 2, laktosefreie H-Milch, Frischkäse, Schokolade, Glanzspülung, Vitaleckbrötchen, Toilettenpapier 4-lagig und Honig mit Fairtrade-Siegel. Aber nur ein Glas. Trotzdem war das unscheinbare Stück Papier randvoll mit Informationen. Dohr spürte den Energieschub, den es dem ganzen Team versetzte.

»Entweder gehört der Kassenzettel dem Opfer oder dem Täter«, konstatierte Aast in seiner pedantischen Art das Offensichtliche.

»Er oder sie oder eine ihr nahestehende Person hat ein Baby«, stellte Oberkommissarin Coenes fest.

»Die Person steht auf Öko und Fairtrade«, nahm Herwig den Ball auf.

»Das ist eine Frau. Hundertpro. Glanzspülung!« Karman schüttelte ungeduldig den Kopf.

»Sie leidet vielleicht an Laktoseintoleranz.« Damit kannte Aast sich aus.

»Oder bildet es sich ein.« Karmans Ton war aggressiv. Er war offensichtlich sauer, weil sie sich noch nicht bei ihm entschuldigt hatte.

Sie ignorierte seinen Kommentar. »Wir haben Datum und Uhrzeit. Die Chance ist zwar gering, aber vielleicht erinnert sich in der Filiale jemand an den Einkauf. Aber was wichtiger ist – wir können jetzt den Todeszeitpunkt genauer eingrenzen.«

»Schon mal nicht vor dem Datum auf dem Kassenbon.« Wieder sprach Aast das Offensichtliche aus.

»Wie lange würde man so einen Bon behalten, wenn nichts draufsteht, das man vielleicht von der Steuer absetzen will?«, fragte Dohr in die Runde.

Herwig zuckte mit den Achseln. »Maximal drei oder vier Tage.«

»Ich werfe ihn noch im Laden weg«, sagte Coenes.

»Gut, sagen wir eine Woche. Das heißt, unser Opfer starb zwischen dem 28. April und 5. Mai. Damit haben wir für die Suche nach Zeugen und Aufzeichnungen von Sicherheitskameras ein Zeitfenster. Darauf konzentrieren wir uns. Harald und Mario, ihr unterstützt ab sofort Guido. Er kennt die Örtlichkeiten schon. Er macht die Einteilung, welche Straßen und Überwachungskameras und so weiter. Guido, du kannst mich auch verplanen. Das hat jetzt Priorität.« Sie wandte sich wieder an alle. »Übrigens gibt es noch ein zweites Stück Papier. Die KTU ist dran. Albrecht sagt, es sei eine Art Bildchen, vielleicht eine von diesen Sammelkarten.«

Karman stand auf. »Wenn das alles ist ...«

»Nein, bitte, bleibt sitzen. Ich habe noch etwas zu sagen.« Sie nahm das ganze Team in den Blick. »Ich möchte mich bei Guido entschuldigen, ganz offiziell und in aller Form, für meine blöde Bemerkung gestern während der Besprechung. Das war ein Scherz, unpassend und völlig deplatziert.« Sie ließ ihren Blick von einem zum anderen wandern. Alle wussten, dass sie es ernst gemeint hatte. Gut so. »Es tut mir leid, Guido.« Das war's. Keine Rechtfertigungen, keine Schnörkel. Und es klang kein bisschen nach Niederlage.

Alle sahen Karman an. Damit hatte er nicht gerechnet, sie hatte ihn kalt erwischt, und nun war er am Zug. Sie sah, dass es in seinem Kopf arbeitete. Wenn er die Entschuldigung annahm, hatte sie gewonnen, wenn nicht, stand er als kleinlich und nachtragend da. Mit welcher Replik konnte er die Niederlage in einen Sieg ummünzen?

Er drückte sich von seinem Stuhl hoch. »In Ordnung.« Er fixierte sie. »So etwas kann einem die ganze Karriere versauen.«

Die Show war vorbei, alle erhoben sich.

Er hatte offengelassen, ob er seine Karriere gemeint hatte oder ihre. Und es hatte wie eine Drohung geklungen.

14

So früh war um den Innenhafen mit seinen historischen Speichergebäuden und modernen architektonischen Großtaten noch wenig los. Sie schauten auf das spiegelglatte Wasser und warteten – Sarah auf ihren Decaff-Latte-Macchiato, er auf seinen Cappuccino, dazu zweimal das komplette französische Frühstück. Nina war noch oben in der Wohnung, sie würde gleich nachkommen. Eine ganz normale Familie. Beinah.

»Nicht zu heiß?«, fragte Bauer. »Ich kann die Kellnerin bitten, den Sonnenschirm aufzumachen.«

Sie schüttelte den Kopf. »Später vielleicht. Noch finde ich die Sonne ganz angenehm.«

Die Bedienung kam mit einem großen Tablett und brachte alles geschickt auf dem Tisch unter. Sie begannen Butter, Marmeladen und Honig auf Baguette und Croissants zu verteilen. Ein junger Vater schob gähnend einen Kinderwagen die Uferpromenade entlang. Offenbar ließ er seine Frau heute ausschlafen. Als Nina noch ein Baby gewesen war, hatte Bauer es an seinen freien Tagen ebenso gemacht.

»Sollten wir nicht langsam die Sache mit der Elternzeit klären?«

Er bekam einen scharfen Blick von Sarah als Antwort. Warum? Dachte sie, er wolle sie unter Druck setzen? Dann begriff er: Vor der Entscheidung, wer von ihnen wann in Elternzeit ging, musste das Grundsätzliche geklärt werden: Würden sie wieder zusammenleben?

Plötzlich verzog Sarah schmerzhaft das Gesicht und legte eine Hand auf ihren Bauch.

»Was ist los?«

Ihre Miene glättete sich wieder. »Schon vorbei. Sind nur Übungswehen.«

»Übungswehen?« Nina war hinter ihnen herangekommen. »Muss man die Schmerzen auch noch trainieren?«

Sarah lächelte etwas gequält. »Noch tut es ja gar nicht weh. Ist nur unangenehm. Setz dich.«

Nina ließ sich in den geflochtenen Stuhl fallen.

Bauer schob ihr die Speisekarte hin. »Sie haben hier tolle Waffeln mit selbstgemachtem Kompott.«

Nina rümpfte die Nase. »Waffeln und Kompott? Ich habe mir einen Cappuccino bestellt.«

Sarah sah sie irritiert an. »Sonst isst du morgens doch immer ein halbes Toastbrot.«

»Ich hau gleich wieder ab«, erklärte Nina.

Nun wunderte sich auch Bauer. »Warum das denn?«

»Ich möchte euch nicht stören. Ihr wollt doch sicher was klären. Wird ja auch langsam Zeit.«

Nina blickte erwartungsvoll zwischen Sarah und Bauer hin und her. Sarah schwieg. Also hielt auch er seinen Mund.

»Hallo?«, setzte Nina ungläubig nach. »Ihr kriegt ein Kind, Leute! Und das ziemlich bald!«

»Jetzt würde ich aber gern erst mal frühstücken«, sagte Sarah.

»Und auf heile Familie machen? Danke, das muss ich mir nicht geben.« Nina sprang auf. Der Kellner kam mit ihrem Cappuccino. »Können Sie mir den to go machen? Sorry, ich komme auch mit rein.«

Ohne sich noch einmal umzudrehen, rauschte sie davon. Am liebsten hätte es Bauer genauso gemacht. Er begriff, dass er mit derselben Erwartung hergekommen war wie seine Tochter. Doch Sarah würde auch heute keine Entscheidung treffen. Ärger stieg in ihm auf. Er verschwendete seine Zeit. Nein, nicht seine, die von Monsignore Vaals, und der hatte vielleicht nicht mehr viel davon.

Sarah riss ihn aus seinen Gedanken: »Woran denkst du?«

Er sah sie an. »Was zum Teufel machen wir hier, Sarah?

»Ich dachte, wir frühstücken.«

»Nein, Nina hat recht: Wir tun nur so!« Er stand so abrupt auf, dass er gegen den Tisch stieß und das Geschirr schepperte. »Du musst dich endlich entscheiden, Sarah. Denn wenn du es nicht tust, ist das auch eine Entscheidung – gegen mich. Gegen uns!«

Damit stürmte er davon.

Er stellte seinen Wagen direkt vor dem Haupteingang auf dem Platz ab, den der Polizeidirektor in einer seiner ersten Amtshandlungen für sich reserviert hatte. Lutz nahm es persönlich, wenn jemand dort parkte. Aber am Sonntag bestand kaum die Chance, dass er es bemerken würde. Was Bauer an diesem Morgen fast bedauerte.

Bis auf den Hauptwachtmeister am Empfang war die Eingangshalle menschenleer. Auf der dritten Etage stieg er aus dem Fahrstuhl. Eine Tafel listete auf, wo sich welches Dezernat befand. Bauer ging an ihr vorbei, ohne einen Blick darauf zu werfen. Vaals und er statteten dem KK 11 häufiger Besuche ab als allen anderen Abteilungen. Nicht weil die Beamten hier religiöser waren. Aber sie führten Todesermittlungen durch und zogen die Polizeiseelsorger oft heran, um den Hinterbliebenen die Nachricht vom Tod eines Angehörigen zu überbringen.

So hatte Bauer Hauptkommissarin Dohr kennengelernt.

Mittlerweile verband sie mehr als professionelle Kollegialität. Ob es Freundschaft war, hätte er nicht sagen können. Sie teilten keine Freizeitaktivitäten, tauschten sich kaum über ihr Privatleben aus, luden sich nicht gegenseitig nach Hause ein. Aber Verena hatte immer toleriert – wenn auch zähneknirschend –, dass er ab und zu Grenzen überschritt und in ihrem Revier wilderte. Mehrere Male hatte sie ihn sogar gedeckt und unterstützt. Das Zweite, was sie verband, war die Feindschaft von Polizeidirektor Lutz.

Er klopfte an die Tür ihres Dienstzimmers. Nichts rührte sich. Er öffnete die Tür. Sie war nicht da. Er wollte schon wieder gehen, da fiel sein Blick auf die Pinnwand. Wie unter Zwang trat er näher heran.

Die gestochen scharfen, DIN-A4-großen Fotoausdrucke zeigten einen Abgrund puren Schreckens. Ein nackter Mensch, die Augen weit aufgerissen, die Hände vor der Brust gefaltet, die Beine seltsam verdreht, überzogen mit einer halbtransparenten Substanz, die an Bernstein erinnerte und die Konturen des toten Körpers aufzulösen schien. Unter der amorphen Schicht Dutzende Schnitte in Haut und Fleisch, der Leichnam wie übersät von kleinen, hellrot aufgerissenen Mündern. Bauer schossen die alptraumhaften Gemälde durch den Kopf, in denen Hieronymus Bosch seine Vorstellungen von der Hölle verewigt hatte.

Das war es also, was Vaals gesehen hatte. Und nicht nur auf Fotografien, sondern leibhaftig, tief unter der Erde, in der Dunkelheit und der erstickenden Enge eines Bergwerksstollens. Man musste nicht an die Hölle glauben, um von diesem Anblick bis ins Mark erschüttert zu werden.

»Kein Wunder, dass sein Herz ausgesetzt hat.«

Bauer fuhr herum. Verena Dohr stand im Türrahmen

und musterte ihn prüfend. Sie trat neben ihn. Einige Atemzüge lang herrschte Stille.

Dann sagte sie: »Post mortem. Das Opfer war schon tot.«

Er verstand, was sie meinte. Die Schnitte, der Honig – alles ohne Tortur. Er verspürte keine Erleichterung.

»Und woran ist er gestorben?«

»Herzversagen. Mehr kann Dr. Jürgens noch nicht sagen.« Verena wandte sich ab und umrundete ihren Schreibtisch. »Wie geht es dem Monsignore?«

Er riss sich von dem entsetzlichen Anblick los und ließ sich in den Besucherstuhl sinken. »Er liegt im künstlichen Koma. Sie wissen nicht, ob er es schafft.«

Verena atmete tief ein und wieder aus. »Der arme Monsignore.« Sie lehnte sich zurück und ihre Züge bekamen etwas Weiches.

Bauer war überrascht. Eine derart emotionale, beinah hilflose Reaktion kannte er nicht von ihr. Normalerweise war sie sachlich und kontrolliert. Oder wütend.

»Ich brauche Ihre Hilfe«, sagte er.

Schlagartig kehrte die Spannung in ihren Körper zurück. »Was ist es diesmal? Werde ich Ärger kriegen? Oder meinen Job verlieren?«

»Ich hoffe nicht«, erwiderte er ehrlich. Dann erklärte er, worum es ging. Als er fertig war, legte sie die Hände vor sich auf den Schreibtisch und verschränkte die Finger.

»Ich verstehe das nicht ganz. Sie wollen diesen Hartwig finden, weil ...?«

»Weil es für Vaals wichtig ist! So wichtig, dass er im vielleicht letzten Augenblick seines Lebens von ihm spricht. Und mich praktisch anfleht, ihn zu finden!« Er ließ ihren Blick nicht los. »Er hat Angst! Angst, in die Hölle zu kommen!«

Verena hatte sich gefasst. Sie ließ sich ihre Betroffenheit nicht mehr anmerken.

»Er hat halluziniert.«

»Möglich. Aber soll ich seinen Wunsch deshalb ignorieren?«

Sie dachte nach. »Und wenn sie den Kerl gefunden haben?«

»Rede ich mit ihm. Finde raus, warum er für Vaals so wichtig ist, und bringe ihn zu ihm.«

Sie sah ihn skeptisch an.

»Wenn der Monsignore dann noch lebt«, fügte er leise hinzu. Da spürte er, dass er zu ihr durchgedrungen war.

»Was wollen Sie von mir?«

»Können Sie Hartwig für mich finden?«

»Tut mir leid. Ich habe keine Zeit, ich habe das da.« Sie deutete auf die Pinnwand.

»Dann sagen Sie mir wenigstens, was ich tun kann.«

Sie zögerte. »Haben Sie nur einen Namen?«

»Und einen Wohnort. Aber von dort ist er schon vor Jahren weggezogen.«

»Wenden Sie sich ans Einwohnermeldeamt. Das Archiv. Da liegen die alten Daten.«

»Heute ist Sonntag.«

Sie sah ihn ungläubig an. »Ist das Ihr Ernst?«

»Nun kommen Sie schon. Sie stellen ihre Ermittlungen am Wochenende doch auch nicht ein.«

Sie seufzte. »Wir haben einen eigenen Zugangscode für die Online-Recherche.«

Er sah sie erwartungsvoll an.

Sie schüttelte entschieden den Kopf. »Vergessen Sie's! Das läuft nur bei offiziellen Ermittlungen. Ich kriege massiven Ärger mit unserem Datenschutzheini.«

»Können Sie denn ausschließen, dass Josef Hartwig mit dem Fall zu tun hat?«

»Wollen Sie mich verarschen?« Verena kniff die Augen zusammen.

Stumm hielt er ihrem Blick stand.

»Sie machen mich noch mal wahnsinnig, wissen Sie das?« Ein Hieb auf die Tastatur weckte den Rechner aus dem Schlafmodus. Lächelnd umrundete Bauer den Schreibtisch.

»Weggucken!«

Bauer wandte das Gesicht ab.

Sie tippte ein Passwort ein. »Jetzt können Sie wieder hersehen.«

Ein Programm öffnete sich. Das Aktenzeichen der Ermittlung wurde abgefragt. Sie gab es ein. Dann durchwühlte sie zwei Schubladen, förderte ein gut fünfzigseitiges Handbuch zu Tage und drückte es ihm in die Hand.

»Wenn Sie fertig sind, loggen Sie sich wieder aus, verstanden?«

Sie machte ihren Bürostuhl frei, Bauer setzte sich. Im selben Moment ging die Tür auf. Karman kam mit einem Blatt Papier in der Hand herein.

»Deine Straßen und Kameras.« Bei Bauers Anblick hielt er inne und grinste. »Wenn ich störe, kann ich auch später ...«

»Red' keinen Quatsch.« Verena riss ihm die Liste aus der Hand.

Karman stierte auf das Buch in Bauers Hand. Bauer versuchte es zu verbergen. Zu spät.

Auch Verena hatte Karmans Blick bemerkt. »Sonst noch was?«

Er schüttelte den Kopf. »Ich würde dann mit Herwig schon mal losfahren.«

»Dann mach das!«

Die Tür fiel hinter Karman ins Schloss.

Verena dreht sich zu Bauer um. »Herzlichen Dank auch, Herr Pfarrer!«

15

Plötzlich kamen Bauer Zweifel. Der moderne Flachdachbau war mitten auf der grünen Wiese errichtet worden, am südlichen Rand der Stadt. Mit dem bis zum Giebel verglasten Eingangsbereich erinnerte das Gebäude an ein freundliches Möbelhaus. Doch das war es nicht. Es war ein Ort zum Sterben.

Verena Dohrs persönlicher Code hatte ihm Zugang zu allen möglichen Datenbanken verschafft. Er begnügte sich mit den Online-Archiven der Meldeämter und startete seine Suche in Bergkamen. Über zwei Jahrzehnte hatte Hartwig dort gewohnt, unter drei verschiedenen Adressen. Aus der Stadt weggezogen war er vor fünfzehn Jahren. Wieder dieser Zeitraum! Bauer folgte Hartwigs Spur durch die Register und fand, neben einer alten Geschäftsadresse in Hochemmerich, vier weitere Wohnsitze in den folgenden Jahren: Oberhausen, Essen, Moers und Huckingen. Der letzte Eintrag war erst drei Monate alt. Falls Hartwig noch lebte, dann in dem Haus, vor dem Bauer nun stand. Aber durfte er ihn hier behelligen? An diesem geschützten, endgültigen Ort?

»Trauen Sie sich nicht rein?«

Bauer wandte sich überrascht um. Er hatte die Frau, die unter einem Baum saß und rauchte, nicht bemerkt. Ihre Frage ließ Freundlichkeit und Mitgefühl erwarten. Nichts davon fand er in ihrem Gesicht. Trotzdem, vielleicht auch deshalb, war sie schön. Aber hinter dieser Schönheit spürte er etwas, das er nicht benennen konnte. Trauer war es nicht, die kannte er, in allen ihren Formen, keine davon erschreckte ihn noch. Das, was in den Augen dieser Frau verborgen lag, dagegen schon.

»Es ist nicht so, wie man es sich vorstellt«, sagte sie.

»Wie, glauben Sie, stelle ich es mir vor?«

»Keine Ahnung. Düster, traurig ... Das denken bestimmt die meisten Leute, wenn sie zum ersten Mal herkommen. Aber ich will Ihnen natürlich nichts unterstellen.« Nun klang sie abweisend.

Er trat zu ihr in den Schatten und deutete auf die Holzbank. »Darf ich?«

Sie hob gleichgültig die Schultern. »Bitte.«

Er setzte sich zu ihr und zündete sich eine Zigarette an. »Arbeiten Sie hier?«

»Ich? In einem Hospiz?«, erwiderte sie, als wäre das eine völlig absurde Vorstellung. »Nein, im Gegenteil ...«

Was meinte sie? Was war das Gegenteil von Sterben? »Sie sind Hebamme!«

Sie musterte ihn verblüfft. »Und Sie hätten bei Robert Lembke mitmachen können.«

Er schmunzelte. »Kennen Sie das nicht? Wenn man selber ein Kind bekommt, entdeckt man plötzlich überall Schwangere.«

»Oder Hebammen?«

»Scheint so.«

Sie war älter, als er gedacht hatte. Die feinen Fältchen in ihren Zügen entdeckte man erst, wenn man genau hinsah. Dann bemerkte er, dass sie sich unwohl fühlte.

»Entschuldigung, ich wollte Sie nicht anstarren«, sagte er und versuchte, den Gesprächsfaden wiederaufzunehmen. »Ich habe als Kind auch immer ›Was bin ich?‹ geguckt. Ich durfte dafür sogar länger aufbleiben. Meine Eltern waren große Fans.«

»Besuchen Sie einen von beiden hier?« Sie deutete auf das Hospiz.

»Nein. Sie?«

»Meinen Vater.« Ihre Worte schienen geradewegs aus einem Tiefkühlschrank zu kommen. Auch ihre Züge wirkten plötzlich wie erfroren.

»Sie haben wohl kein gutes Verhältnis«, vermutete er vorsichtig.

»Bis vor ein paar Monaten wusste ich nicht einmal, dass er noch lebt. Und das war gut so!« Sie sog an ihrer Zigarette und stieß heftig den Rauch aus. »Entschuldigen Sie, ich habe keine Ahnung, warum ich Ihnen das erzähle.«

Sie warf die Kippe auf den Boden, trat sie aus und stand auf.

»Weil Sie es loswerden wollen?«, schlug er vor.

»Schönen Tag noch«, antwortete sie und wollte gehen. Doch dann zögerte sie. »Das sollte nicht zynisch klingen.«

»So habe ich es nicht verstanden. Ich glaube, dass man hier einen schönen Tag haben kann, selbst wenn es der letzte ist.«

»Warum gehen Sie dann nicht rein?«

Er erhob sich ebenfalls. »Nehmen Sie mich mit?«

»Ich war schon drin. Wie gesagt, es ist nicht schlimm. Für die meisten Menschen jedenfalls.«

Sie schien sich selber auszunehmen. Warum? Sie wirkte nicht wie jemand, der Angst vor dem Tod hatte. Als Hebamme hatte sie ihn vermutlich schon erlebt, hautnah, in einer seiner brutalsten Formen – der Totgeburt.

»Machen Sie's gut.« Sie drehte sich um und ging.

Ihr grünes Kleid leuchtete in der Sonne, ihre Bewegungen verrieten die Kraft, die in ihrem schlanken Körper steckte. Bauer sah ihr nach, bis sie hinter der Hecke zum Parkplatz verschwand. Dann betrat er das Hospiz.

An der kleinen Empfangstheke saß eine rundliche Frau mittleren Alters. Sie strahlte Herzlichkeit aus – wie alles in dem Gebäude.

»Guten Tag. Martin Bauer, ich bin evangelischer Seelsorger.«

»Guten Tag, Herr Pfarrer. Sie möchten bestimmt zu einem unserer Gäste?«

»Ja. Sein Name ist Hartwig, Josef Hartwig.«

Leichte Irritation huschte über ihr fröhliches Gesicht. »Ich dachte, Herr Hartwig wäre katholisch.«

»Ich komme im Auftrag meines Amtskollegen, Monsignore Vaals.« Das war nicht mal gelogen, Bauer betrachtete es als seinen Auftrag, sich um das Seelenheil des Monsignore zu kümmern. »Er ist schwer erkrankt.«

»Oh, das tut mir leid.« Ihr Mitgefühl ließ ihr offenbar keine Zeit, sich darüber zu wundern, wie ein evangelischer Priester zu einem katholischen Amtskollegen kam.

»Meinen Sie, Sie könnten Herrn Hartwig fragen, ob ich ihn besuchen darf?«

»Natürlich.« Sie griff zum Telefon.

Wenig später führte sie Bauer aus dem Eingangstrakt in das Haupthaus. Es hatte nur ein ebenerdiges Stockwerk und war um einen großen Innenhof herum gebaut.

»Alle unsere Zimmer liegen zum Patio hin und haben eine große Terrassentür«, gab sie stolz Auskunft. »An einem Tag wie heute fühlt man sich wie im Süden.«

Vor einem der Zimmer, an denen sie vorbeikamen, brannte eine große Kerze.

»Einer unserer Gäste ist heute morgen gestorben«, erklärte die Empfangsdame. »Wir zünden dann immer eine Kerze an und lassen sie brennen, solange der Verstorbene noch bei uns ist.«

Bauer nickte. »Ich kenne den Brauch.«

»Entschuldigung. Sie sind bestimmt nicht zum ersten Mal in einem Hospiz.«

»Nein. Aber Sie müssen sich nicht entschuldigen.«

Sie traten auf den Innenhof. In der Mitte plätscherte ein Brunnen, überall wuchsen gut gepflegte Pflanzen in großen Terrakottatöpfen, Sonnenschirme spendeten Schatten. Es waren viele Besucher da, es wurde geredet, hier und da sogar gelacht, zwei Kinder spielten Fangen um den Brunnen, und doch schien der Sonntagnachmittag stillzustehen, als hätte die Zeit eine Vollbremsung gemacht. Sie spielte an diesem Ort keine Rolle mehr, weil niemand, der hier »zu Gast« war, sie noch hatte.

»Die Schwester hat Sie angekündigt. Er erwartet Sie schon.« Die Empfangsdame deutete auf einen Mann im Rollstuhl, der am anderen Ende des Innenhofs allein vor seiner Terrassentür saß.

Hartwig musterte ihn, als Bauer auf ihn zusteuerte. Der sterbende, alte Mann musste einmal groß und kräftig gewesen sein. Nun waren die Schultern eingesunken, der breite Rücken gekrümmt, Haut und Sehnen hingen dünn und schlaff von den knochigen Armen. Die Haut über dem mächtigen Schädel dagegen wirkte wie straff gezogen, ihre Oberfläche zwischen den tiefen Altersfurchen durchscheinend und seltsam unscharf. Aber sein Blick war hellwach.

»Pfarrer Bauer, wie schön!«

Hartwig empfing ihn mit einem routinierten Lächeln, das Bauer das Gefühl vermittelte, den Mann zu kennen, obwohl er ihm noch nie begegnet war. Der ehemalige Handelsvertreter für Geschenkartikel musste in seinem Job ziemlich erfolgreich gewesen sein.

»Guten Tag, Herr Hartwig.«

»Entschuldigen Sie, dass ich Ihnen nicht die Hand gebe. Ich würde ja gern, aber meine alte Freundin lässt mich nicht mehr.«

Bauer sah ihn irritiert an.

»MS«, erklärte Hartwig, »Multiple Sklerose. Saugt mir schon seit zwei Jahrzehnten das Mark aus den Knochen. Aber am Ende ist der Krebs dann doch schneller. Bitte, setzen Sie sich doch.«

Nichts in seinem Plauderton ließ auf etwas anderes als Freundlichkeit schließen, es lagen weder Bitterkeit noch Bedauern darunter. Es gab nur die Oberfläche. Bauer zog sich einen Gartenstuhl heran und nahm Platz.

»Hat Ihnen die Schwester gesagt, warum ich hier bin?«

»Sie meinte, es geht um Monsignore Vaals.«

»Sie kennen ihn also?«

»Kennen wäre übertrieben. Er war Pfarrer in Bergkamen, und meine Tochter hat in seinem Kinderchor gesungen. Aber das ist dreißig Jahre her. Was ist denn mit ihm?«

»Er hatte einen Herzinfarkt.«

»Oh, das tut mir leid.«

»Ich war bei ihm, auf der Fahrt ins Krankenhaus. Er hat immer wieder Ihren Namen genannt.«

»Tatsächlich?« Hartwig schien überrascht. »Meinen Namen? Warum?«

»Ich hatte gehofft, Sie könnten mir das verraten.«

»Da muss ich Sie enttäuschen.« Er wirkte ratlos. »Das ist ja seltsam ... Hat er sonst noch etwas über mich gesagt?«

»Nicht über Sie. Aber etwas schien ihn sehr zu belasten. So sehr, dass er fürchtete, er hätte sein Seelenheil verloren«

»Für einen Priester muss das schlimmer sein als der Tod, oder?«

Bauer nickte. »Vermutlich.«

»Ist er denn gestorben? Natürlich! Sonst könnten Sie ihn ja selbst fragen, wie er auf mich gekommen ist.«

»Er lebt, aber er liegt im künstlichen Koma.«

»Dann wünsche ich Ihnen, dass er wieder aufwacht. Er scheint Ihnen nahezustehen.«

Bauer zögerte. »Wir sind langjährige Kollegen. Ich bin Seelsorger bei der Duisburger Polizei, wie der Monsignore.«

Zum ersten Mal schwieg Hartwig sekundenlang. Bauer verstand nicht, warum. Als er schon nachfragen wollte, kam eine große, grobknochige Frau heran. Ein Schild auf ihrem Schwesternkittel verriet ihren Vornamen: Christa.

»Herr Hartwig? Möchten Sie jetzt Ihre Spritze?«

»Ich denke, ich versuche es noch ein Weilchen ohne.«

»Sie wissen doch, dass bei uns niemand leiden muss«, erwiderte Schwester Christa aufrichtig besorgt und so, als habe sie diesen Satz schon oft zu ihm gesagt.

»Ich rufe Sie, wenn ich Sie brauche, einverstanden?« Er schenkte auch der Schwester sein routiniertes Lächeln.

Sie gab es herzlich zurück. »Einverstanden. Haben Sie die Zeitung ausgelesen? Soll ich sie mitnehmen?«

Sie deutete auf ein Sonntagsblatt, das zerfleddert auf seinem Schoß lag.

Er nickte. »Das wäre nett.«

Sie nahm die Zeitung und ging wieder.

»Heutzutage hat jeder Angst vor Schmerzen«, sagte Hartwig abfällig.

»Sie nicht?«

»Wie gesagt, sie begleiten mich schon zu lange. Und die Spritzen nehmen einem die Klarheit. Glauben Sie, Jesus am Kreuz hätte Morphium gewollt?« Er stutzte. »Oh, habe ich mich etwa gerade im Beisein eines Kirchenmannes mit Gottes Sohn verglichen? Das war auf keinen Fall meine Absicht, bitte um Vergebung, Herr Pfarrer!«

Er lachte auf. Bauer gelang es nicht mitzulachen, was nur zum Teil daran lag, dass im nächsten Moment ein kurzes, heftiges Zucken durch Hartwigs ausgemergelten Körper lief.

»Soll ich die Schwester rufen?«, fragte Bauer rasch.

Hartwig schüttelte stumm und mit zusammengekniffenen Lidern den Kopf. Als er seine Augen wenige Sekunden später wieder öffnete, waren sie trüb.

»Verzeihen Sie.«

»Nein, ich muss mich entschuldigen«, sagte Bauer. »Ich sollte Sie nicht länger belästigen.«

»Das tun Sie nicht, wirklich nicht. Das ist das Gute am Tod: Niemand kann einem noch etwas anhaben. Es gibt nichts Größeres mehr.«

Bauer schwieg – und wunderte sich über sich selbst. Er hätte widersprechen müssen, aber er wollte mit diesem Mann nicht über seinen Glauben reden. Warum nicht? Er wusste es nicht.

»Eine Frage habe ich noch«, sagte er. »Ihre Tochter hat

im Chor des Monsignore gesungen. Wie war sein Verhältnis zu den Kindern?«

»Was genau meinen Sie?«

»Hatten Sie je den Eindruck, dass sein Verhalten irgendwie ... unangemessen war?«

Mit einem Mal war Hartwigs Blick wieder so scharf wie zuvor. »Sie reden von Missbrauch?«

»Nein, ich nicht«, erwiderte Bauer fest. »Doch es gibt Leute in seiner ehemaligen Kirchengemeinde, die das tun.«

Hartwig antwortete nicht gleich. Und als er es tat, schien er seine Worte sorgfältig zu wählen. »Dann ist das nur ein Gerücht?«

»Offenbar«, bestätigte Bauer und wartete darauf, dass Hartwig fortfuhr. Aber das tat er nicht. Stattdessen kniff er wieder die Augen zusammen.

»Vielleicht nehme ich heute doch eine Spritze«, presste er hervor.

»Ich schicke Ihnen die Schwester.«

»Das wäre nett.«

Bauer erhob sich. »Vielen Dank, dass Sie mit mir geredet haben.«

»Gern. Grüßen Sie den Monsignore von mir, wenn er wieder aufwacht!«

Erneut klang er, als rede er von einem alten Bekannten, und Bauer spürte dieselbe Irritation wie schon bei der Begrüßung. Aber offenbar war dies nur die professionelle Höflichkeit des Handelsvertreters. Bauer ließ seine Visitenkarte da und verabschiedete sich.

Schwester Christa schob ihren Medikamentenwagen über den Gang vor den Zimmern. Sie schien erleichtert, dass Hartwig es sich anders überlegt hatte.

»Ich gehe sofort zu ihm. Ich verstehe wirklich nicht, warum er es sich so schwer macht.« Sie nahm eine Ampulle aus einer Schachtel auf dem Wagen und griff nach einer Spritze. »So ein netter und höflicher Mann, und bekommt so wenig Besuch!«

»Vielleicht hat er niemanden mehr.«

»Doch, eine Tochter.« Die Schwester ließ ihre Abneigung deutlich spüren. »Aber die lässt sich kaum blicken. War heute erst zum zweiten Mal da, dabei ist Herr Hartwig schon drei Monate bei uns. Und dann bringt sie ihm nur so eine blöde Zeitung und ist nach fünf Minuten wieder verschwunden. Manche Menschen sind wirklich nur von außen schön!«

Bauer kam ein Gedanke. »Reden Sie von der Frau im grünen Kleid?«

»Sie haben sie noch gesehen?«, fragte sie verwundert.

»Nur im Vorbeigehen.«

Der Blick der Schwester ließ keinen Zweifel daran zu, wie sehr sie es missbilligte, dass selbst ein Geistlicher auf Äußerlichkeiten hereinfiel.

»Ich würde meinen Vater jedenfalls nicht so behandeln«, fertigte sie Bauer ab und ging.

Bauers Blick fiel auf die Zeitung, die auf dem Medikamentenwagen lag. Es war das Sonntagsblatt, das die Schwester von Hartwigs Schoß genommen und wieder ordentlich gefaltet hatte. Er schlug es auf. Das Bild auf der Titelseite schockte ihn, obwohl er es bereits kannte.

Er hatte es am Morgen an der Wand in Verena Dohrs Büro gesehen.

16

Hauptkommissar Karman schleuderte den halbgeschmolzenen Schokoriegel in die Büsche. Zum Glück gab es auf der Brache zwischen den Lagerhallen genug davon. Vorsichtig zog er die Liste mit den Straßen, die er abklappern sollte, aus der Hosentasche und versuchte, sich die mit Schokolade verschmierten Finger daran abzuwischen. Diese dämliche Kuh! Ihr verdankte er es, dass er an einem Sonntag bei fünfunddreißig Grad hier herumstolpern musste. Damit hatte er schon gestern den halben Tag verschwendet. Selbst mit dem Zeitfenster war das hier kein Ermittlungsansatz, sondern der Griff nach einem verdammten Strohhalm. Sie verplemperte die Ressourcen des Kommissariats. Sobald er den Laden leitete, war das vorbei. Das würde er Lutz auch genau so sagen. Schweißtropfen rannen von seinem Haaransatz abwärts. Er wischte sich über die Stirn. Mit der Schokoladenhand. Scheiße.

Das Ganze war Zeitverschwendung. Die Schlösser an den Zufahrtstoren waren intakt. Es gab daran jede Menge Fingerabdrücke, aber keiner davon war irgendwo gespeichert. Entweder hatte der Täter einen Schlüssel, oder er wusste, wie man Schlösser öffnete, ohne Spuren zu hinterlassen. Und er klapperte die Gegend ab und fragte jeden, der ihm über den Weg lief, ob ihm zwischen dem 27. April und dem 5. Mai irgendwas aufgefallen war. Vor zwei Monaten! Die Standardantwort war: Wollen Sie mich verarschen, wenn auch ab und zu mit anderen Worten. Oder sie gruben irgendwelche obskuren Erinnerungen aus. Das

Zeug zu überprüfen, würde Wochen dauern. Noch mehr verschwendete Ressourcen.

Bevor sie losgezogen waren, hatte diese Neue jedem ein DIN-A4 Blatt in die Hand gedrückt. Eine Liste mit Ereignissen aus dem relevanten Zeitraum, um die Erinnerung der Befragten zu »triggern«, hatte sie erklärt. Tanz in den Mai, Schalke gegen Leverkusen, das Finale irgendeiner Castingshow, der Motorschaden der Walsumer Rheinfähre. Sie fing früh an mit dem Punktesammeln. Er hatte den Wisch gleich in den nächsten Papierkorb geworfen.

Für heute hatte er genug. Nun war Feierabend. Er überlegte, wo er seinen Wagen geparkt hatte. Dann rief er Herwig an.

Um 17.47 Uhr hatten sie einen Durchbruch.

Gegen 17.00 Uhr stand die Hauptkommissarin an einer Kreuzung. Links ging es zur Rheinfähre, rechts zu einem Gasthof. Sie hatten achtzig Prozent der Straßen abgearbeitet. Der bisherige Ertrag war enttäuschend. Die wenigen Hinweise würden sich als Flops erweisen, das wusste sie jetzt schon. Ihre Seidenbluse klebte auf der Haut, und ihre Füße taten weh. Sie holte ihr Smartphone heraus und drückte eine Kurzwahltaste. Aast meldet sich.

»Hör mal, Mario. Hier gibt es einen Biergarten. Ich lade euch ein. Sag den anderen Bescheid.«

Zehn Minuten später saß sie mit Oberkommissarin Coenes und Oberkommissar Aast im Schatten einer Kastanie an einem Biergartentisch. Karman und Herwig hatten sich abgemeldet.

Aast sah blass aus. Coenes wirkte erstaunlich frisch. Ihr könne es gar nicht heiß genug sein, erklärte sie gleichmütig, sie mache gern Urlaub in der Wüste. Im letzten Jahr sei sie drei Wochen mit einer Kamelkarawane in der Ténéré gewesen, das war die große Sandwüste in der Sahara.

Der Biergarten lag auf der Rückseite des Gasthofs. Das zweistöckige Haus aus dem 19. Jahrhundert stand im Schlagschatten des fast zweihundert Meter hohen Kühlturms, als habe man es durch Zeit und Raum transportiert und hier abgesetzt. In der Satellitenansicht der Landkarten-App erinnerte es Dohr an das berühmte unbesiegbare gallische Dorf aus dem Comic. Ein passender Vergleich, erklärte Aast. Der Wirt kämpfe seit Jahren mit den Kraftwerksbetreibern um die Verlängerung seines Pachtvertrags.

Dohr vergrößerte den Kartenausschnitt. Der Gasthof war kaum hundert Meter von einem der vier Zugangstore entfernt. Hatten Karman oder Herwig die Leute hier schon befragt? Aast und Coenes wussten es nicht.

Eine kräftige junge Frau in Jeans und schwarzem Top brachte die Getränke. »Dreimal Apfelschorle, groß.«

Jeder griff nach seinem Glas.

»Sonst noch was?«

»Haben Sie hier Überwachungskameras?«, fragte Dohr.

Die junge Frau grinste. »Sie sind von der Polizei. Hab ich gleich gesehen. Wegen der Honigleiche, stimmt's?«

»Honigleiche?«

Die Frau griff nach einer Sonntagszeitung, die jemand auf dem Nebentisch zurückgelassen hatte und legte sie vor Dohr auf den Tisch. »Hier!« Jemand rief nach der Rechnung. »Komme!« Sie ging.

Der Redakteur hatte für das Foto die halbe Titelseite frei gemacht. In der zehn Zentimeter hohen Schlagzeile hatte er dem Opfer einen Namen verpasst, den es nie mehr loswerden würde.

»Die Honigleiche«, las Coenes laut. »Das ist nicht gut, oder?«

Aast atmete hörbar aus. »Lutz wird ausrasten.«

»Ich auch«, sagte Dohr. »Sobald ich rausfinde, wer das rausgegeben hat ...« Sie überflog den dreispaltigen Text. Das meiste war frei erfunden. Viele Leute hatten Zugang zu den Tatortfotos. Ihr Team, die Kollegen vom KDD, die von der Gerichtsmedizin und der KTU. Jeder konnte es gewesen sein. Aber Lutz würde sie dafür verantwortlich machen. Sie musste die undichte Stelle finden. Dann wusste sie es plötzlich. Karman. Das war seine Retourkutsche.

Die Bedienung kam wieder an ihren Tisch. Sie hatte einen aus der Form gegangenen etwa vierzigjährigen Mann in Kochschürze und auf dem Rückzug befindlichen Haaransatz im Schlepptau.

»Der Chef.«

Verena wiederholte ihre Frage.

»Überwachungskameras? Klar haben wir die. Schon wegen der Versicherung. Mit Festplattenrekorder.«

Verena war plötzlich gar nicht mehr erschöpft. »Nach vorne raus?«

»Jau. Hat ein irres Weitwinkel. Der Gästeparkplatz soll ja drauf sein.« Der Mann klang stolz.

»Auch das Tor vom Zechengelände?«

Der Mann runzelte die Stirn. »Die Straße runter? Das wird doch schon ewig nicht mehr benutzt.«

»Aber ist es drauf?«

»Da geht's um die Ecke, und da sind die Hecken davor.« Er schaute in drei enttäuschte Gesichter. »Aber man sieht die Stelle, wo man abbiegen muss.«

Verenas Hoffnung kehrte zurück. »Wie lange speichert der Rekorder?«

»Der ist super! Volle zehn Tage, dann wird alles überschrieben.«

Peng! Die Seifenblase war geplatzt.

Aast nahm einen großen Schluck.

Der Mann zuckte mit den Achseln. »Aber die Anlage ist sowieso kaputt. Also der Empfänger. Musste ich einschicken. Ist zwar auf Garantie, aber ich warte schon fast zwei Monate. Und wenn jetzt eingebrochen wird? Zahlt die Versicherung dann überhaupt? Das müssten Sie doch wissen.«

Verena dachte nach, allerdings nicht über das, was dem Wirt auf der Seele lag. »Wann ist der Empfänger kaputtgegangen? Wissen Sie das noch?«

»Und wie! Am ersten Mai. Beim Tanz in den Mai. Wir hatten eine coole Metal-Coverband. Die Bässe haben den Laden fast zerlegt. Bei *Whole lotta love* ist das Empfängerteil aus dem Regal geflogen. Ganz klar ein Garantiefall, oder?«

»Aber der Rekorder ist okay?«

»Logo.«

Sie packten das Gerät ein und fuhren zurück ins Präsidium. Sie hatten Glück. Die noch gespeicherte Aufzeichnung reichte vom Morgen des 25. April bis in die Nacht zum 1. Mai. Um 02:41 Uhr hatte Led Zeppelin der Sache ein Ende bereitet.

Sie sahen sich die Aufnahmen im Schnelldurchlauf an. Für sechzehn Minuten brauchte man sechzig Sekunden, für vierundzwanzig Stunden neunzig Minuten, bei sechs Tagen machte das zwölf Stunden reine Sehzeit. Verena, Aast und Coenes wechselten sich ab. Um 21 Uhr schickte Verena die beiden nach Hause. Aast lächelte dankbar. Er war müde. Morgen früh um neun würde er wieder da sein.

Coenes schüttelte den Kopf und drückte wieder auf Start. Verena ließ Coenes vor dem Monitor allein. Kurz darauf kam sie mit zwei Pappbechern Caffè Latte und einem Dutzend Profiteroles zurück.

»Damit du heute wenigstens einmal richtigen Kaffee trinkst.« Sie stellte einen Becher vor Coenes auf den Tisch und zog den Plastikdeckel ab. Kaffeeduft stieg auf. »Und das.« Sie schüttete die Profiteroles auf einen Teller zu drei vertrockneten Keksen.

»Danke.«

Auf dem Monitor war Nacht. »Bei welchem Tag sind wir?«

»Neunundzwanzigster April. Circa ein Uhr nachts.« Coenes biss in ein Profiterole und nahm einen Schluck aus dem Pappbecher. »Mhm. Der ist gut.«

Der Parkplatz beim Gasthof war verlassen. Auf der Straße fuhr langsam ein Pkw vorbei. Zu langsam. Beide waren schlagartig hellwach. Wagentyp oder Farbe ließen sich nicht ausmachen, so weit reichte das Licht der Außenbeleuchtung nicht. Die Bremslichter flammten auf. Die beiden roten Punkte rückten aufeinander zu, bis sie zu einem verschmolzen, der plötzlich verschwand – der Pkw war in die Zufahrt zum Tor eingebogen. Am Rand des Kamerablickfelds war das Scheinwerferlicht als heller Schimmer zu erkennen. Nach ein paar Sekunden erlosch er, der Fahrer hatte den Motor ausgeschaltet.

Coenes notierte die Zeit. »Vielleicht nur ein Pärchen, das Sex hat.«

Als drei Minuten lang nichts weiter passiert war, sagte Verena: »Lassen Sie vorlaufen.«

Coenes drückte die Taste auf der Fernbedienung. Die Aufzeichnung wurde wieder auf die sechzehnfache Geschwindigkeit beschleunigt. Ab und zu huschten tanzende Autoscheinwerfer vorbei. Die Frauen warteten und nippten an ihrem Kaffee. Minuten verstrichen, jede eine Viertelstunde lang.

Nach sechs Minuten brach Coenes das Schweigen. »Vielleicht ist er woanders wieder raus.«

Acht Minuten. Verena nahm einen letzten Schluck. Sie bückte sich, um den Pappbecher in den Papierkorb zu werfen.

»Da!« Am Rand der Zufahrt war ein Schatten aufgetaucht. Sie fuhr hoch, stieß mit dem Kopf gegen die Tischkante und unterdrückte einen Schmerzensschrei. Langsam rollte der Schatten auf die Straße, dann flammten Scheinwerfer auf. Der Wagen fuhr langsam in die Richtung davon, aus der er gekommen war.

Verena drückte die Stopptaste. »Zwei Stunden. Die schnelle Nummer war das jedenfalls nicht.« Sie stand auf. »Bring das zur KTU. Wir brauchen Fahrzeugtyp und Kennzeichen. Und mach Dampf.« Sie hielt inne. »Oder lass mal. Ich geh besser selbst.«

17

Auf dem Hospizparkplatz hatte Bauer seiner Tochter eine WhatsApp-Nachricht geschickt. Nach der Regelung, die er mit seiner Frau getroffen hatte, würde Nina auch noch die kommende Woche bei ihr wohnen und danach wieder vierzehn Tage bei ihm. Doch Nina sah die Absprache eher als grobe Richtschnur, und Bauer war froh darüber. Er hatte sie gefragt, ob sie mit ihm zu Abend essen wolle. Sie hatte noch in derselben Minute geantwortet. Wie die meisten Teenies benutzte auch seine Tochter ihr Smartphone wie einen zusätzlichen Körperteil.

»Bin verplant. Sorry – auch wegen heute Morgen. Trotzdem schönen Abend. TV-Dinner ist doch auch cosy«, las er. Aber der Gedanke, allein vor dem Fernseher zu essen, hatte für ihn nichts Gemütliches.

Als er vor dem Präsidium aus dem Auto gestiegen war, hatte er Verenas Dienstwagen nirgends entdecken können. Offenbar hatte sie schon Feierabend gemacht. Keine Chance, sich für den Zugangscode zu bedanken und ihr von Hartwig zu berichten. Wozu auch? Er war keinen Schritt weitergekommen und hätte sie eh nur genervt.

Bauer hatte mit dem Beamten hinter dem Empfangstresen ein paar Worte über den Zusammenhang zwischen anhaltender Hitzewelle und gesteigerter Gewaltbereitschaft gewechselt, war dann durch stickige, leere Gänge in sein Büro gegangen, hatte den Rechner hochgefahren und sich an die Vorbereitung seines nächsten Ethikseminars gesetzt. Er hatte sich durch philosophische Schriften gequält und versucht, unter dem Titel von Kants »Grundgesetz der reinen praktischen Vernunft« seine neue Seminarreihe zu entwickeln: »Handle so, dass die Maxime deines Willens jederzeit zugleich als Prinzip einer allgemeinen Gesetzgebung gelten könnte.« Er war nur mühsam vorangekommen. Seine Gedanken waren immer wieder abgeschweift, zu Hartwig, zu den Fotos der gesichtslosen Leiche, zu Vaals, zu der Frau im grünen Kleid.

Nach zwei Stunden gab er auf. Er schloss das Dokument und öffnete die Webseite einer Suchmaschine. Er wusste nicht viel über Hartwigs Tochter, nur ihren Familiennamen, falls sie nicht geheiratet und einen anderen angenommen hatte, und ihren Beruf. Er gab beides in die Suchmaske ein. In 0,57 Sekunden lieferte die Maschine 32 400 Treffer, keiner davon in Duisburg. Aber einer in unmittelbarer Nachbarschaft – in Mülheim.

Sie hieß Ute mit Vornamen und hatte ihren Nachnamen nicht geändert. Bauer war kein Experte für die Homepages von Hebammen. Er kannte nur eine, die der Praxis in Orsoy, auf der er vor zwei Tagen die Adresse für den Vorbereitungskurs nachgesehen hatte. Im Vergleich dazu wirkte Ute Hartwigs Webseite geradezu karg. Keine Pastelltöne, keine Engelsflügel, keine weich gezeichneten Fotos, stattdessen klares Schwarz-Weiß, eine sachliche Schrifttype und Momentaufnahmen von zerknautschten Neugeborenen, die so echt und unmittelbar wirkten, dass Bauer sich durch die ganze Galerie klickte. Sie war überschrieben mit einem Zitat, das er seit der Kindheit seiner Tochter in Erinnerung behalten hatte. Es war das Motto ihrer Kindertagesstätte gewesen: »Wir sind nicht auf der Welt, um so zu sein, wie ihr uns haben wollt.« Wenn seine Frau ihre Hebamme aufgrund der Webseite ausgesucht hätte, wäre ihre Wahl auf Ute Hartwig gefallen, davon war Bauer überzeugt – noch bevor er den Menüpunkt »Über mich« anklickte.

Ute Hartwigs Referenzen waren hervorragend. Ihren Beruf hatte sie an der Frauenklinik Wuppertal erlernt, war an der Uniklinik Düsseldorf und im Hebammenkreißsaal eines Klinikums in Velbert tätig gewesen und hatte vor ihrer Selbstständigkeit mehrere Monate als EU-Stipendiatin auf der afrikanischen Insel Mayotte gearbeitet, einem französischen Übersee-Departement an der Straße von Mosambik. Zu ihren Zusatzqualifikationen gehörten

Ausbildungen als systemische Beraterin, Akupunkteurin, Yogalehrerin, und, ganz aktuell, ein begonnenes Studium der Hebammenwissenschaften.

Am meisten beeindruckte Bauer jedoch wiederum ein Schnappschuss. Er zeigte Ute Hartwig mit neugeborenen Zwillingen, ein Baby in jedem Arm und in ihren Augen ein Lachen, das vor Lebensfreude funkelte. Den Blick, der Bauer vor dem Hospiz erschreckt hatte, hätte er der Frau auf diesem Foto niemals zugetraut. Was hatte sie so verändert? Und was ging ihn das an? Gar nichts.

Trotzdem rief er die Sparte »Aktuelles« auf. Der jüngste Eintrag war über ein halbes Jahr alt: »Auch Hebammen bekommen Kinder. Ich verabschiede mich für ein Jahr in die Mutterschaft. Bitte haben Sie Verständnis, dass ich Anfragen in dieser Zeit nicht bearbeiten kann. Sollten Sie Schwierigkeiten haben, eine Hebamme zu finden, melden Sie dies bitte als Versorgungsnotstand den Krankenkassen. Weitere Infos siehe unten.«

Ute Hartwig war vor sechs Monaten Mutter geworden. Auch das überraschte Bauer. Wenn sie etwas nicht ausgestrahlt hatte, dann junges Mutterglück. Je länger er darüber nachdachte, desto sicherer schien es ihm, dass das, was er in ihren Augen gesehen hatte, mit Tod zu tun hatte. Aber wohl kaum mit dem Sterben ihres Vaters. Vielleicht war ja etwas mit dem Baby geschehen … Nein, stopp! Das wollte er sich nicht vorstellen. Nicht so kurz vor der Geburt seines eigenen Kindes.

Er fuhr den Computer herunter. Als der Bildschirm erlosch, merkte er, dass schon der Abend dämmerte. Reglos saß er im Halbdunkel. Er konnte nicht genau sagen, wann die Schwere sich in seinen Körper geschlichen und dort eingenistet hatte. Als Sarah gegangen war? Oder schon vorher, als der Mörder in sein Haus gekommen und durch seine Hand gestorben war? Seit Monaten versuchte er, die unbestimmte Last loszuwerden. Manchmal half Beten.

Er wuchtete sich hoch und verließ sein Büro. Der »Raum der Stille« lag nur eine Tür weiter. Sie war nie verschlossen. Jeder durfte hinein, gleich welcher Konfession er angehörte, und beten oder meditieren oder auch nur Ruhe finden. Manchmal führte Bauer hier seine Gespräche mit Polizisten, die geistlichen Beistand suchten oder moralischen Rat brauchten, die von schweren Einsätzen traumatisiert oder vom harten Berufsalltag überfordert waren, oder »einfach mal reden« wollten. Auch Trauergottesdienste für im Dienst verstorbene Beamte, deren Angehörige die Kollegen nicht auf der Beerdigung sehen wollten, hatte er in diesem Raum schon abgehalten.

Er schaltete das Licht ein. Keine Neonröhren wie in den Büros, sondern warmweiße LED-Birnen. Er blickte auf das Wandgemälde, das den schlichten Raum beherrschte. Es zeigte eine von Wind und Wetter gebeugte Bergkiefer, die sich gerade noch am Rand eines Felsens festkrallte. Doch heute sah Bauer weder die Kraft in dem trotzigen kleinen Baum noch die jungen Knospen auf seinen knorrigen Ästen. Er zögerte kurz, dann löschte er das Licht wieder und ging.

Auf dem Weg zu seinem Auto vibrierte das Handy in seiner Hosentasche. Eine Nachricht von Nina, verziert mit zwei Emojis, dem eines Fernsehers und einer Fertigpizza: »Wie ist der Tatort?« Er musste lächeln und schämte sich gleichzeitig. Seine Tochter dachte an ihn, er nur an sich.

Es gab einen Ort für sein Gebet. Und jemanden, der Gottes Beistand wirklich brauchte.

Die Plastikschläuche waren auf Vaals grauen Wangen festgeklebt und verschwanden in seiner Nase und seinem Mund. Er trug ein hellblaues Krankenhaushemd. Aus einem kleinen Schlitz auf Brusthöhe kamen die Kabel der Messelektroden hervor. Sie liefen zu einem Monitor, der die Vitalfunktionen anzeigte und in dessen rechter unterer Ecke das kleine Icon eines Herzens pulsierte.

Die Tasche, die er für den Monsignore gepackt hatte, fand Bauer unberührt in einem schmalen Schrank des Intensivzimmers. Er holte Vaals alte Bibel hervor und zog einen Stuhl ans Krankenbett. Es war ein schönes Buch, eine Erstausgabe der *Privilegierten Württembergischen Bibelanstalt* von 1920, mit Goldschnitt und einem schlichten, geprägten Kreuz auf dem abgegriffenen Ledereinband, und es fühlte sich gut an.

Wenn er selbst Rat oder Trost in der Bibel suchte, pickte Bauer gern mit geschlossenen Augen einen Vers heraus und musste dann mit dem Ergebnis zurechtkommen, selbst wenn es oft anders ausfiel als erhofft. »Bibelroulette« nannte er das. Aber jetzt ging es um Vaals und Bauer wollte kein Risiko eingehen. Er schlug das elfte Kapitel des Johannesevangeliums auf. Der Text war in Frakturschrift gesetzt. Die dicken Buchstaben mit ihren altmodischen, wohlgeformten Schnörkeln passten zum Monsignore. Bauer fing an zu lesen.

»Herr, siehe, den du lieb hast, der liegt krank …«

Er las und las und hörte auch nicht auf, als die Nachtschwester hereinschaute und Infusion und Schläuche kontrollierte, er vertraute sich der Kraft des uralten Textes an, ließ sich tragen vom Rhythmus der Worte, bis das monotone Auf- und Abschwellen der Beatmungsmaschine wie eine friedliche Brandung klang.

Nachdem er zu Ende gelesen hatte, fühlte er sich wach wie lange nicht mehr, obwohl die Digitaluhr auf dem Überwachungsmonitor schon die ersten Minuten des neuen Tages zählte. Er griff vorsichtig nach Vaals' Hand.

»Alter Freund«, sagte er und kam sich dabei kein bisschen kitschig vor.

Dann ließ er die Hand wieder los, lehnte sich zurück und blätterte weiter in dem alten Buch, nur um über das zarte Papier zu streichen, bis er am Ende bei den historischen Karten von Arabien und Kanaan anlangte. Danach kamen nur noch die linierten Blätter einer Familienchronik. Die handschriftlichen Einträge füllten nicht einmal zwei Seiten. Sie begannen mit der Eheschließung von Vaals' Eltern und endeten mit dem kleinen Rüdiger, seiner Geburt, seiner Taufe, seiner Kommunion und seiner Priesterweihe. Bauer wusste selbst nicht, warum er die Chronik durchblätterte. Auf der letzten Seite stieß er überrascht auf drei weitere Einträge, in einer anderen Handschrift. Bauer erkannte sie sofort. Drei Zeilen, drei Datumsangaben, drei Adressen. In Oberhausen, Essen und Moers.

Während er noch auf die Zeilen starrte, wurde die Tür schwungvoll geöffnet, und der Arzt, der Vaals operiert hatte, kam herein.

»So spät noch im Namen des Herrn unterwegs?«, spöttelte Dr. Gehrmann überrascht.

»Sie sind doch auch noch hier«, erwiderte Bauer mechanisch.

»Ich werde dafür bezahlt.« Gehrmann deutete auf die Bibel in Bauers Händen. »Haben Sie Ihrem Kollegen vorgelesen?«

Bauer nickte. »Johannes 11.«

»Helfen Sie mir auf die Sprünge«, bat Gehrmann und

wandte sich dem Monitor zu. »Ich habe die Märchenbücher schon mit der Kindheit abgehakt.«

»Die Erweckung des Lazarus.«

»Das ist doch die Geschichte, in der Jesus Christus jemanden reanimiert, der schon vier Tage tot ist, richtig?«

»Richtig.«

»Tja, das habe ich noch nie geschafft. Aber Ihren Monsignore kriege ich wieder hin.« Er sah Bauer gutgelaunt an. »Ich denke, wir können ihn morgen früh ›erwecken‹. Dauert aber ein bisschen länger als bei Jesus.«

»Wie lange?«

»Schon ein paar Stunden. Ich sage im Schwesternzimmer Bescheid. Die sollen Sie anrufen.«

»Danke.«

So dynamisch, wie er hereingekommen war, verließ der Arzt das Zimmer. Bauer blickte wieder auf die letzte Seite der Familienchronik.

Die dreizeilige Liste enthielt, in chronologischer Reihenfolge, die Adressen von Josef Hartwig seit dessen Wegzug aus Bergkamen. Fünfzehn Jahre lang hatte Vaals jeden Wohnortwechsel des Mannes notiert, mit Datum und genauer Anschrift. In seiner Familienbibel.

18

Der Mann saß in seinem Lieferwagen und starrte zu dem dunklen Fenster im ersten Stock hinauf. Der volle Müllsack im Laderaum hinter ihm knisterte. Noch immer bewegte er sich, aber die Klagelaute waren fast verstummt.

Er würde den Sack mit nach Hause nehmen, die schmale Treppe hinabsteigen und ihn ausleeren wie die anderen in den Nächten zuvor. Die Sommerhitze war ein Problem, selbst der Keller hatte sich aufgeheizt, und der Geruch verbreitete sich schneller, als er gedacht hatte.

Als er sich am Nachmittag auf den Weg gemacht hatte, hatte ihn die alte Pizolka im Vorgarten abgepasst. Ob ihm nicht auch wieder dieser Gestank auffiele? Bei diesen Temperaturen sei er noch unerträglicher als sonst. Der Kanal müsse endlich saniert werden, es sei einfach nicht mehr auszuhalten! Sie wisse nicht, wie viele Briefe sie schon an die Verwaltung geschrieben habe, aber passiert sei bis heute nichts. Er arbeite doch manchmal für die Stadt, habe er da keine Beziehungen?

Er hatte ihr versprochen, sich darum zu kümmern. Natürlich würde er das nicht tun, aber er war der stets höfliche und unscheinbare Nachbar, und das wollte er auch bleiben. Den Verdacht, dass der Abwasserkanal schuld an dem Geruch sei, hatte er selbst gesät, als er vor ein paar Jahren hergezogen war. Das verkommene Viertel war ideal für ihn. Die ehemalige Arbeitersiedlung war keine von denen, die auf der »Route der Industriekultur« auftauchten. Die Kokerei Hassel hatte schon vor zwei Jahrzehnten dichtgemacht, doch auf den Fassaden der kleinen Häuser klebte noch immer der Dreck der Schwerindustrie. Heute wohnten hier nur noch scheintote Rentner, die nichts mehr mitkriegten, und Kanaken, die man jetzt Migranten nennen musste und die sich so wenig um ihn scherten, wie er sich um sie. Die Pizolka hatte ihm noch ein Stück von ihrem trockenen Marmorkuchen aufgenötigt, dann war er in seinen Lieferwagen gestiegen und zur Arbeit gefahren.

Die Vergrämungspaste benutzte er erst seit ein paar Monaten. Vorher hatte er mit messerscharfen Edelstahlspikes, transparenten Perlondrahtnetzen und Elektroimpulssystemen gearbeitet. Er galt als Experte für elektrische Abwehranlagen. Das lag nicht nur daran, dass er sie fachkundiger installierte als andere, er bot sie auch günstiger an. Das konnte er, weil er das Herzstück des Systems, den Stromstoßgeber, nicht teuer einkaufen musste. Er lötete die kleinen Generatoren selbst zusammen.

Bis auf Küche und Bad hatte er das gesamte Erdgeschoss seines Hauses zur Werkstatt umfunktioniert, das Dachgeschoss gleich darüber diente als Lager. Wochenlang hatte er an lebenden Objekten mit der Stromstärke experimentiert. Handelsübliche Geräte erzeugten nur harmlose Impulse, die nicht verletzten, sondern vergrämten, also verscheuchten. Er wollte mehr. Am Ende hatte er die perfekte »Dosierung« gefunden. Sie tötete nicht, verursachte aber schwere Verbrennungen an den Hautpartien, die mit den Drähten in Kontakt kamen, und vermutlich auch Schäden am Herzen, denn einige seiner Probanden aus der letzten Versuchsreihe verreckten innerhalb weniger Stunden. Wenn er die Gebäude besuchte, die er mit seinen Elektroimpulsanlagen ausgestattet hatte, fand er im Umkreis immer wieder frische Kadaver. Doch die interessierten ihn nicht. Seine Besuche galten den Überlebenden, die mit verkrüppelten Füßen und geschädigtem Herzmuskel das Futter aufpickten, das er großzügig streute.

Ein erheblicher Aufwand für ein kleines Vergnügen. Ein ähnliches Ergebnis ließ sich viel einfacher mit herkömmlichen Spikes erzielen. Doch Elektronik hatte ihn schon immer fasziniert. Nach der Schule hatte er sein Hobby sogar zum Beruf machen wollen. Leider war er am Ende der Ausbildung durch die dämliche psychologische Eignungsprüfung gerasselt, die in der Bergverordnung gefordert wurde. Eigentlich eine Routineangelegenheit, nur bei ihm hatten sie eine große Sache daraus gemacht, wegen dieser Anzeige, die sein verdammter Nachbar ihm angehängt hatte. Damals war er noch unerfahren gewesen, hatte nicht gewusst, wie laut so ein Vieh werden konnte, wie ein gequältes Baby hatte es geklungen. An die Schreie erinnerte er sich immer noch, hütete sie wie andere Menschen ihr ›erstes Mal‹, denn das war es für ihn gewesen. Ein paar Tage nach dem Test war dann der Meister zu ihm gekommen und hatte gesagt, dass man ihn nicht übernehmen könne. Eine räudige Nachbarkatze hatte ihn seine Zukunft gekostet.

Danach war es bergab gegangen. Er hatte Stütze kassiert und mit Gelegenheitsjobs ein paar Mark nebenher verdient, schwarz natürlich, und das Geld sofort wieder versoffen. Als er völlig am Boden gewesen war, war ER in sein Leben getreten, in seiner versifften Stammkneipe, und war sein neuer Meister geworden. IHM hatte er alles anvertrauen können, seine geheimsten Fantasien, ER hatte ihn aus dem Tief geholt und ihm eine Welt eröffnet, in die er sich selbst nie getraut hätte. Es war eine lange, aufregende Zeit gewesen, die aufregendste seines Lebens und die schönste, aber am Ende hatte auch ER ihn fallen gelassen, am Ende war auch ER nicht so mächtig gewesen, wie er gedacht hatte.

Vielleicht hatte ihn diese Erkenntnis vor einem erneuten Absturz bewahrt. Plötzlich war alles vorbei gewesen und seine Welt war wieder klein geworden, aber er hatte sich beschieden und schließlich sogar eine Arbeit gefunden, die ihn ein wenig befriedigte. Besonders, seit er die Vergrämungspaste entdeckt hatte. Als er sie das erste Mal eingesetzt und die hilflosen, verklebten Leiber und den schimmernden Glanz darauf gesehen hatte, waren die Erinnerungen in ihm aufgestiegen, lebendiger als je zuvor. Die Erregung, die er verspürt hatte, war zwar nur ein Abglanz dessen gewesen, was er zum letzten Mal vor fünfzehn Jahren gefühlt hatte, aber immerhin. Und dann war alles noch viel besser geworden, und das Unglaubliche war geschehen: ER war zurückgekehrt. Aber diesmal waren die Rollen anders verteilt, denn ER brauchte Hilfe. Seine Hilfe. Ein letztes Mal, hatte ER gesagt.

Aber seit er heute Morgen die Zeitung aufgeschlagen hatte, ahnte er, dass es noch nicht vorbei war. Etwas würde passieren. Mit diesem Gefühl war er losgefahren. Unterwegs hatte er den Kuchen der alten Pizolka aufgegessen. Als er an dem riesigen Einkaufszentrum angekommen war, wurden die Schatten schon länger. Er hätte auch früher anfangen können, sonntags war die Shoppingmall geschlossen, aber dann wäre ihm die Zeit bis zum Einbruch der Dunkelheit noch länger vorgekommen.

Er hatte seinen Lieferwagen direkt vor dem Haupteingang geparkt. Die Leute vom Wachschutz ließen ihn herein, sie kannten ihn mittlerweile. Im »Mitteldom«, der gläsernen Kuppel über dem Kreuzungspunkt von Haupt- und Neben-Mall, hatte sich ein Taubenschwarm eingenistet. Über eine fest installierte und durch die ganze Kuppel schwenkbare Leiter hatte man Zugang zur Dachkonstruktion. Er war noch immer ein guter Kletterer, und die Arbeit in Extremlagen gab ihm das Gefühl, Kontrolle über Leben und Tod zu haben – wenn es auch nur sein eigenes Leben war. Er hatte die Metallträger, an denen die Scheiben befestigt waren, großzügig mit der transparenten

Paste bestrichen und darauf verzichtet, sie mit Quarzsand zu versetzen, wie der Tierschutz es eigentlich erforderte. Die Geschäftsleitung, die ihn beauftragt hatte, wusste nichts von dem Verstoß. Oder wollte nichts davon wissen, solange die Tauben verschwanden und den Kunden nicht mehr auf die Köpfe schissen.

Heute war seine Ausbeute gering gewesen, nur drei Tiere, vermutlich die letzten des Schwarms. Trotzdem hatte er die ganze Dachkonstruktion kontrolliert und dort, wo die Paste verwischt war, neue aufgetragen. Als er mit der zuckenden Tüte wieder in sein Auto gestiegen war, hatte er auf die Uhr im Armaturenbrett geblickt und entsetzt festgestellt, wie spät es schon war.

Nun parkte er seit einer halben Stunde an der stark abschüssigen Straße oberhalb des Mietshauses. Sie wohnte im ersten Stock. Doch die Fenster waren immer noch dunkel. Hatte er sie verpasst, ausgerechnet heute, die Frau, die ER vor zwei Monaten in sein Leben gebracht hatte? Er wollte schon aufgeben, da ging ein schwaches Licht an. Er stieg aus und schloss leise die Wagentür. Es war eine ruhige Wohngegend, nachts war niemand unterwegs. Trotzdem war er vorsichtig. Er kletterte über den Zaun des weiter oben am Hang liegenden Nachbargartens und huschte zu dem Gebüsch, das ihn zur Straße hin abschirmte. Von hier aus hatte er den perfekten Blick. Wochenlang hatte er nur ihren Schatten auf dem Vorhang gesehen, wenn sie das Baby herumtrug, weil es nicht einschlafen wollte. Doch seit die Temperaturen auch nachts nicht mehr unter 25 Grad fielen, ließ sie das Fenster weit offen und alle Gardinen zurückgezogen. Er war wohl der einzige Mensch im Ruhrgebiet, der hoffte, die Hitzewelle würde anhalten.

Sie saß im Bett, hatte das Baby schon auf dem Arm, die

Nachttischlampe tauchte beide in weiches Licht. Er holte das kleine Fernglas aus seiner Tasche. Er hatte es zum ersten Mal dabei, obwohl er es schon vor Tagen im Internet bestellt hatte. Als es am Freitag immer noch nicht angekommen war, hatte er eine Mail geschickt. Die Antwort war gestern gekommen. Der Postbote hatte das Paket bei einer der »Migrantenfamilien« in der Nachbarschaft abgegeben, und die hatten es einfach vergessen.

Er sah, wie die Frau einen Träger des Männerunterhemds, das sie zum Schlafen trug, von der Schulter streifte. Eilig setzte er das Glas an seine Augen. Als er die Optik scharf gestellt hatte, verdeckte der Kopf des Kindes ihre Brust. Doch sie würde es auch an der anderen Seite anlegen. Still stand er im Gebüsch. Sie betrachtete ihr Baby mit halb geschlossenen Augen. Er glaubte, das Saugen und Schmatzen zu hören, so nah brachte das Fernglas ihm das friedliche Bild. Nach einer Weile löste sie das Kind, das sofort protestierte, schob eilig den zweiten Träger von der Schulter und legte es an die andere Brust. Als es sich satt getrunken hatte, zog sie das Hemd wieder hoch und löschte das Licht. Er wartete noch eine Weile, aber das Fenster blieb dunkel. Das Baby war wieder eingeschlafen.

Als er heimkehrte, war er hellwach. Die Stille lag in seiner Straße wie in einer Gruft. Er nahm die Mülltüte von der Ladefläche des Kleintransporters und ging ins Haus. In seiner Werkstatt im Erdgeschoss zog er sich ganz aus. Der Geruch würde sich sonst in den Kleidern festsetzen. Nackt stieg er die Kellertreppe hinab und öffnete die Tür zu seinem Raum. Dort leerte er die Mülltüte aus. Das war nicht einfach, die Paste haftete auch an Plastik, er musste kräftig schütteln, bis die Tauben zu den anderen auf den Boden klatschten. Er ließ die Tür offen, als er wieder hinausging, setzte sich auf sein Bett und betrachtete von dort die verklebten Leiber. Nur einer bewegte sich noch.

Dann hörte er ein entferntes Klingeln. Sein Handy! Die Erregung fuhr wie ein Stromstoß in seinen Körper. Kunden riefen um diese Zeit nicht an. Andere Anrufe bekam er nicht. Nur einmal, vor zwei Monaten. Er rannte die Treppe hinauf, riss das Handy von der Werkbank und sah auf das Display. ER.

19

Es war fast Mitternacht, als Verena Dohr dem einsamen jungen Mann von der Wochenendnachtschicht des Dezernats Bildtechnik der KTU den Rekorder auf den Tisch stellte. Sie hatte ihm erklärt, worum es ging. Er quittierte es mit einem »Ah, die Honigleiche«. Da wusste sie, dass die Wortkreation des Redakteurs am Montagabend Allgemeingut sein würde.

Der junge Beamte kam frisch von der Fortbildung. Dohrs Hinweis, dass die Ergebnisse seiner Arbeit für die Ermittlungen von entscheidender Bedeutung sein könnten, reichte ihm als Motivation. Eine Viertelstunde später hatte er mittels eines selbst programmierten Algorithmus im unscharfen Halbdunkel der Überwachungsaufzeichnung einen dunkelblauen VW Polo identifiziert. Verena war enttäuscht. Dunkelblaue Polos gab es wie Sand am Meer. Der junge Mann schlug ihr vor, draußen eine Zigarette zu rauchen. Als sie zurückkam, präsentierte er ihr die letzten beiden Ziffern des Fahrzeugkennzeichens.

»Das müsste eigentlich reichen.«

Er hatte recht. Mithilfe des Teilkennzeichens und des Zentralregisters des Kraftfahrtbundesamtes grenzte sie die Zahl infrage kommender Fahrzeughalter auf drei Personen ein. Einer lebte in Sachsen und ging auf die Achtzig zu, eine Neunzehnjährige in Erlangen hatte ihren Wagen gerade erst angemeldet. Der dritte hieß Julian Slomka, geboren am 13.07.1987, und wohnte kaum drei Kilometer vom Präsidium entfernt.

Kurz nach eins stiegen sie und Oberkommissarin Coenes vor Slomkas Wohnung aus ihrem Dienstwagen. Er wohnte in einem Stadtteil, der zwischen der A3 und der Bahntrasse der Hauptstrecke Köln-Dortmund lag. Lauter schmalbrüstige Mietshäuser mit niedrigen Vierzimmerwohnungen auf sechzig Quadratmetern, die in den letzten Jahren mehr und mehr von Studenten übernommen worden waren. Im Haus, vor dem sie standen, kündeten in drei Etagen verkantete Jalousien und vor den Fenstern befestigte Bettlaken davon, dass die kleinbürgerliche Vergangenheit des Viertels endgültig vorbei war. Nur im ersten Stockwerk hingen richtige Gardinen.

Neben vier von sechs Klingelknöpfen klebten jeweils mindestens drei Namen, alle von Hand auf Post-its gekritzelt. Slomkas Name stand auf einem Messingschild, zusammen mit einem zweiten Namen – Camilla Herding. Verena drückte auf den Klingelknopf. Nichts geschah. Sie versuchte es erneut, diesmal länger. Wieder nichts. Sie drückte auf den Klingelknopf direkt daneben.

Der Hausflur war mit einem halben Dutzend kaum noch fahrtüchtigen Rädern zugestellt. Keine Kinderwagen. Vor der Wohnungstür im Erdgeschoss standen Bier- und Wasserkästen, Schuhe und ein Skateboard. Namen suchte man neben der Türklingel vergebens. Anders auf der ersten Etage. Die Bewohner hatten darauf verzichtet, Teile ihres Hausstandes auszulagern. Neben einer mit einem Grateful-Dead-Poster verzierten Wohnungstür fristete eine zerzauste Yuccapalme ihr Dasein. Die gegenüberliegende Tür war undekoriert, verfügte über einen Türspion und das Gegenstück zum Klingelschild aus Messing an der Haustür.

Dohr ließ Coenes den Vortritt. Die Oberkommissarin läutete. Ein Mehrklang-Gong ertönte. Coenes legte ihr Ohr an die Tür. Sie schüttelte den Kopf. Verena nickte ihr zu. Sie wechselten zur gegenüberliegenden Tür. Irgendwo in der Wohnung hustete sich eine Frau die Lunge aus dem Hals. Coenes streichelte die braunen Blätter der Palme, dann schlug sie mit der flachen Hand gegen die Tür.

Aufgrund des Plakats hätte Dohr einen Althippie mit schütterem Haarzopf erwartet. Stattdessen öffnete eine hübsche junge Frau in Hippie-Verkleidung, mit Rastalocken und schwarz umrandeten Augen.

»Das ist nicht Judith!«, rief sie zurück in die Wohnung und lächelte Verena unschuldig an, als stehe sie nicht in einer Marihuana-Wolke, die aus der Diele ins Treppenhaus zog. »Ja?«

Verena zückte ihren Dienstausweis.

»Oh.«

Irgendwo in der Wohnung explodierte ein neuer Hustenanfall.

»Sie sollten mal lüften«, schlug Verena freundlich vor.

»Wer ist denn da?« Ein zweites, ähnlich gestyltes Mädchen tauchte im Flur auf. Sie hatte eine Dose Prosecco in der einen und einen angezündeten Drei-Blatt-Joint in der anderen Hand.

»Polizei«, flüsterte das erste Mädchen betreten.

»Oh Gott!«

»Wie heißen Sie?«, fragte Verena.

»Eva Albrecht«, kam es kleinlaut zurück.

»Franziska Timm.«

Die jungen Frauen standen da wie begossene Pudel.

»Wohnt sonst noch jemand hier?«

Sie nickten. Judith Manz, aber die sei nicht mit auf der Party gewesen, sie habe für eine Klausur gelernt, sei aber anscheinend doch noch weggegangen.

»Ihnen ist schon klar, dass Cannabis in Deutschland noch immer illegal ist, oder?«

Jetzt sprudelten die Worte nur so heraus. »Wir nehmen eigentlich keine Drogen!«

»Haben wir noch nie, ich schwöre!«

»Wir sind auch keine Hippies! Das Outfit ist vom Kostümverleih! Hier!« Das Mädchen, das die Tür geöffnet hatte, zog sich die Perücke vom Kopf. »Wir waren auf einer Mottoparty für Studienanfänger.«

Dohr deutete auf den Joint. »Und das?«

»Ich habe dir gesagt, wir sollten das nicht annehmen!« Sie funkelte ihre Mitbewohnerin an.

»Aber der Typ war so süß!«

»Welcher Typ?«, fragte Coenes.

»Ein Junge, auf der Party. Er meinte, ohne Joint wäre unser Kostüm nicht komplett.«

»Wir wollten bloß mal probieren. Wir studieren angewandte Informatik.«

»Wir rauchen nicht mal!«

»Hört man. Jetzt machen Sie das Ding mal aus.«

Nachdem Dohr und Coenes den jungen Frauen versichert hatten, sie hätten keine Anzeigen wegen Drogenbesitzes zu erwarten, beruhigten sich die beiden. Jetzt saßen sie zusammen in der winzigen Küche und tranken Früchtetee.

Die Studentinnen kannten Julian Slomka. Als sie eingezogen waren, hatte er ihnen ein paar Tipps gegeben. Über coole Cafés und so. Er arbeitete für die Zeitung und kannte sich in der Stadt aus. In letzter Zeit sei er ziemlich deprimiert gewesen, erklärte Eva.

»Seine Freundin hat ihn verlassen.« Franziska schüttete Tee nach.

»Die Camilla vom Klingelschild?«, fragte Dohr.

Eva nickte. »Schon vor drei Monaten.«

»Wann haben Sie ihn zuletzt gesehen?«, wollte Coenes wissen.

»Moment!« Eva eilte aus dem Zimmer und kam mit einem Schuhkarton zurück. Slomkas Post. Der Briefkasten sei übergequollen, da hätten sie ihn regelmäßig geleert, das Schloss sei kaputt. Coenes zog den Karton zu sich heran und begann, den Inhalt durchzusehen.

»Haben Sie sich nicht gewundert, dass er so lange nicht mehr hier war?«

Hatten sie nicht. Er sei doch Reporter. Bestimmt recherchiere er für irgendeine spannende Geschichte.

Eva riss die Augen auf: »Oh Gott, hat er sich ... umgebracht?«

Verena schüttelte den Kopf. »Keine Sorge.«

Coenes zog einen Umschlag aus dem Karton. »Der früheste Poststempel stammt vom 28. April.«

Aus dem Flur war zu hören, wie sich ein Schlüssel im Schloss drehte, dann Schritte und die Stimme einer jungen Frau: »Seid ihr schon zurück? Mein Gott, wonach riecht das denn hier?«

Die Frau betrat die Küche. »Was ist denn hier los?«

Dohr und Coenes wiesen sich aus.

»Polizei? Etwa weil ihr ...?«

»Alles cool, Judith, sie suchen nur Slomka.«

»Haben Sie Ihren Nachbarn auch seit dem 28. April nicht mehr gesehen?«, fragte Coenes.

Judith sah sie überrascht an. »Wieso? Er müsste eigentlich da sein. Ich habe gehört, wie er nach Hause gekommen ist.«

»Wann?«

»Vor einer halben Stunde.«

Dohr sprang auf. »Ist er wieder weggegangen?«

»Keine Ahnung, ich war am Kiosk.«

Dohr hämmerte mit der Faust gegen die Wohnungstür. »Aufmachen! Polizei! Machen Sie auf, Herr Slomka!«

Oberkommissarin Coenes kramte in ihrem gelben Rucksack. Sie sah die Hauptkommissarin fragend an. »Gefahr im Verzug?«

Dohr nickte und schlug wieder gegen die Tür. »Machen Sie auf, Herr Slomka!« Sie drehte sich zu den drei jungen Frauen um, die mit großen Augen bestaunten, was sich vor der Wohnungstür ihres Nachbarn abspielte. »Rein und Tür zu!«

Die drei rührten sich nicht. Dohr zog ihre Dienstwaffe. Mit einem Knall flog die Tür zu.

Coenes förderte ein 14-teiliges Lockpicking-Set zu Tage. Sie wählte zwei Picks und einen Spanner. Dreißig Sekunden später schnappte das Schloss auf. Ein ekelerregender Geruch schlug ihnen entgegen. Irgendwo in der Wohnung faulte etwas vor sich hin.

»Herr Slomka! Wir kommen jetzt rein!« Dohr stürmte in die Diele.

Coenes folgte ihr mit gezogener Waffe. Es gab vier Türen. Verena riss die erste auf – ein winziges Bad, leer. Hinter der nächsten Tür lag die Küche, leer. Das Arbeitszimmer, leer. Das Schlafzimmer, ebenfalls leer. Das Fenster stand weit offen. Von unten tönte ein dumpfes Geräusch herauf, als sei etwas auf den Boden gefallen. Mit einem Satz war Dohr am Fenster. Der ummauerte Hof lag im Dunkel. Dann erkannte sie, dass sich in der Schwärze etwas noch Schwärzeres bewegte. Der Schatten richtete sich auf.

»Er ist im Hof!«

Sie rannte zurück in die Diele und stieß fast mit Coenes zusammen. Ohne sich die Zeit zu nehmen, im Treppenhaus den Lichtschalter zu suchen, stürzte Dohr im Dunkeln die ausgetretene Holztreppe hinunter. Auf dem Weg zur Hoftür riss sie mehrere Wasserkästen um. Coenes, die ihr gefolgt war, ging fluchend zu Boden. Dohr wollte die Hoftür aufreißen, aber sie war verschlossen.

»Scheiße!«

Sie machte kehrt und sprang über Coenes hinweg, die sich gerade wieder aufrappelte. Sie hatte die Haustür fast erreicht, als sie durch die Riffelglasscheibe sah, dass draußen jemand davorstand. Sie hörte, wie ein Schlüssel ins Schloss geschoben wurde. Sie hechtete zur Türklinke. Das metallische Schließgeräusch war schneller. Hilflos rüttelte sie an der Tür, während der Schattenriss der Gestalt verschwand.

»Scheiße, Scheiße, Scheiße!« Sie schrie. »Ich brauche einen Schlüssel! Jemand muss die verdammte Tür aufschließen!«

Coenes rannte die Treppe wieder hinauf.

Als sie drei Minuten später aus dem Haus stürzten, war

die Straße menschenleer. In der Ferne hörten sie das Geräusch eines PS-schwachen hochdrehenden Motors, das sich schnell entfernte.

Dohr alarmierte die Einsatzzentale und veranlasste eine Sofortfahndung. Dann holte sie zwei Paar luftdicht verpackte Einweghandschuhe aus dem Kofferraum. Sie wollte Coenes eins davon geben, aber die Oberkommissarin hat sich bereits aus den Tiefen ihres Rucksacks selbst versorgt.

»Ich wette, da drin sind auch noch Absperrband und Spurensicherungsbeutel?« Es hatte anerkennend klingen sollen, war ihr aber irgendwie ins Sarkastische verrutscht.

Der herausfordernde Blick der jüngeren Kollegin bejahte ihre Frage.

Sie kehrten zurück in die Wohnung und begannen, sich methodisch durch ein Zimmer nach dem anderen zu arbeiten. Eine Garderobe gab es nicht. Stattdessen hatte jemand wahllos ein halbes Dutzend Haken an die Wohnungstür geschraubt. Auf jedem hingen Jacken, Mäntel, Hosen, Hemden und Unterwäsche durcheinander. Schwer vorstellbar, dass hier eine Frau gelebt hatte. Dohr ging durch die Taschen jedes einzelnen Kleidungsstücks.

Coenes verschwand in der Küche. Dort war der Gestank kaum zu ertragen. Sie riss das Küchenfenster auf. In der Spüle stapelte sich benutztes Geschirr. Auf dem Küchentisch standen Brot, Wurst und Margarine, als sei gerade jemand vom Frühstück aufgestanden, nur dass alles mit grünlichem Schimmel überzogen war. Alle nicht von Büchern oder Computerausdrucken belegten Flächen wirkten klebrig. Persönliche Fotos an den Wänden gab es nicht. Sie fand einen Beutel mit verfaulten Kartoffeln, stopfte ihn zusammen mit verfaultem Gemüse in einen

Müllsack, den sie unter der Spüle fand, und stellte ihn ins Treppenhaus.

In der Diele und im Arbeitszimmer verschwanden die Wände hinter deckenhohen Regalen. Hier sah es aus, als sei ein Wirbelsturm hindurchgefegt. Bücher, Leitzordner, Zeitschriften und Zeitungen, Ausdrucke und Fotokopien – jemand hatte alles aus dem Regal gerissen. Das ganze Zeug nach Hinweisen zu durchsuchen, würde Wochen dauern.

Coenes sah Dohr fragend an. »Vandalismus?«

Dohr hob einen Aktenordner auf und blätterte ihn durch. Er enthielt Recherchematerial für einen Bericht über Gewalt gegen Schiedsrichter bei Fußballspielen der Kreisklasse.

»Vielleicht hat Slomka etwas gesucht.«

»Dann muss er aber in Panik gewesen sein.«

Das Arbeitszimmer hatte höchstens zwölf Quadratmeter. Eine Küchenarbeitsplatte vor dem Fenster diente als Schreibtisch. Das HDMI-Kabel des Flachbildschirms war mit keinem Rechner verbunden. Auf einem Sideboard stand ein Multifunktionsdrucker, daneben ein Karton mit diversen Ladegeräten und Zubehör für mobile Endgeräte, die zugehörigen iPhones, Macbooks und iPads waren nirgends zu finden. Alle Geräte, auf denen man digitale Daten speichern konnte, waren verschwunden.

Das einzige Persönliche waren zwei Fotos und Slomkas Diplom von der Deutschen Journalistenschule auf dem Fensterbrett, alle drei hinter Glas gerahmt. Die Fotos zeigten eine dunkelhaarige Frau in Slomkas Alter, einmal allein vor einem Reihenhaus mit Garten, einmal zusammen mit Slomka an einem menschenleeren Strand vor einem grauen Meer, vielleicht der Nordsee. Vermutlich Slomkas Ex.

Coenes fotografierte mit ihrem Smartphone die mit Post-its übersäte Pinnwand aus Kork. Sie studierte die gelben Zettel eine Minute lang. Einen, auf dem eine Telefonnummer stand, nahm sie vom Brett. »Amerikanische Vorwahl. Vielleicht die Ex-Freundin.«

»Sehr gut.«

Im Schlafzimmer fanden sie einen zweitürigen IKEA-Schrank und ein Doppelbett, von dem nur eine Hälfte bezogen war. Die Bettwäsche hätte vor Wochen gewechselt werden müssen. Die Schranktüren standen offen. Der Inhalt lag vor dem Schrank auf einem Haufen.

»Wir brauchen Slomkas DNA«, sagte Dohr.

»Ich check mal das Bad.« Coenes verschwand.

Als sie eine Stunde später auf die Straße hinaustraten, hatte die Luft sich immer noch nicht abgekühlt. Verena Dohr war wütend auf sich selbst. Slomka war da gewesen, nur durch eine Tür von ihnen getrennt. Sie hatte ihn sogar gesehen, als Schatten hinter einer Riffelglasscheibe. Aber er war ihnen entwischt. Sie hatten keinen Fehler gemacht – aber dennoch.

In der Wohnung hatten sie nichts gefunden, was ihren Bewohner mit dem Fundort der Leiche oder dem Toten selbst in Verbindung brachte. Kein blutiges Messer, keine leeren Honiggläser. Morgen würden sie sich die Wohnung noch einmal vornehmen.

Es gab mehr Fragen als Antworten. Die entscheidende war allerdings: War das die Wohnung eines Mannes, der einen toten Körper in einem Bergwerksschacht mit Dutzenden Messerschnitten verstümmelt und mit Honig übergossen hatte?

20

Du warst eine Scheißmutter!

Heute ist dein 3. Todestag und das ist mein letzter Brief an dich.
   Du hast mich im Stich gelassen. Ich war dir egal. Ich hoffe, Oma hatte recht und du bist in der Hölle.

Ich hasse dich für immer!

21

Montag

Verena Dohr war erst um drei ins Bett gekommen. Sie hatte von Elmar geträumt. Und von Hauptkommissar Marantz. An Details konnte sie sich nicht erinnern, nur an die beklemmende Stimmung und einen bitteren Nachgeschmack. Nachdem sie sich dreieinhalb Stunden lang schweißnass herumgewälzt hatte, reichte es ihr. Sie stand auf und spülte die Nacht mit einer kalten Dusche und einem heißen Kaffee weg.

Um Viertel vor acht saß sie hinter ihrem Schreibtisch. Sie war froh, dass ihr auf dem Flur niemand begegnet war, mit dem sie hätte reden müssen.

Sie starrte auf das leere Blatt Papier vor ihr auf dem Schreibtisch. Was war in Slomkas Wohnung geschehen? Alles hatte nach einer überhasteten, fast panischen Flucht ausgesehen. Aber irgendetwas stimmte nicht. Seit der Tat war Slomka offensichtlich nicht mehr in seiner Wohnung gewesen. Dafür sprach die Post, die sich angesammelt hatte. Warum war er abgetaucht, obwohl er davon ausgehen konnte, dass man sein Opfer nicht so bald finden würde? Das heißt, falls er mit dem Rhythmus der Sicherheitsüberprüfungen unter Tage vertraut war. Das hatte sie angenommen, weil er sich in der Zeche so gut auskannte. Die außerplanmäßige Überprüfung hatte ihn aber anscheinend überrascht. Plötzlich stand die Honigleiche auf den ersten Seiten der Zeitungen. Ein ausgezeichneter Grund, um in Panik zu geraten und die Flucht zu ergreifen.

Aber wieso das Chaos in Slomkas Wohnung? Wann war es entstanden? Wohl kaum während sie sich nebenan mit den Studentinnen unterhalten hatten. Dann hätten sie etwas davon mitkriegen müssen. Aber wenn Slomka schon zu einem früheren Zeitpunkt alles auf den Kopf gestellt hatte, wieso dann jetzt diese Panik?

Etwas stimmte da nicht! Alles an der Tatausführung sprach für einen Täter, der kompetent und organisiert war. Vor allem das Verbringen der Leiche an den Fundort musste akribisch vorbereitet worden sein. Dazu benötigte er Kenntnisse der Örtlichkeiten, technisches Wissen, die Mittel, sich unbemerkt Zugang zu verschaffen, und er musste große Mengen Honig mit sich führen. Bis auf den zurückgelassenen Kassenbon war ihm kein Fehler unterlaufen. Das Chaos in der Wohnung passte einfach nicht dazu! Immerhin – wenn man diese Widersprüche außer Acht ließ, hatten sie einen Ermittlungsansatz und einen Verdächtigen, den sie nur noch finden mussten.

Sie begann, sich Notizen zu machen.

Sie mussten herausfinden, wo sich Slomka während

der vergangenen zwei Monate aufgehalten hatte. Aast und Coenes würden sich die Wohnung noch mal vornehmen. Schwer vorstellbar, dass ein Mensch, der ständig schrieb, nicht irgendwo etwas über ein so ›spektakuläres‹ Vorhaben notiert hatte. Oder sollte sie Coenes mit Karman losschicken? Die Oberkommissarin war offensichtlich eine fähige Ermittlerin. Selbstständiges Denken, eine wache Beobachtungsgabe, eine gute Intuition und ein Schuss Kreativität. Viele männliche Kollegen würden sich bedroht fühlen. Karman sowieso. Auf jeden Fall würde sie das Gefüge des Ermittlungsteams verändern.

Sie fragte sich, wie sich das auf ihre eigene Position auswirken würde. Das hing davon ab, ob Coenes ihre Fähigkeiten an der Sache ausrichtete oder an ihrem Ehrgeiz. Wenn sie ihre neue Chefin als Konkurrentin betrachtete, würde es schwierig werden. Wollte sie Senta Coenes vielleicht deshalb von Karman fernhalten? Aus Angst, er könne sie auf seine Seite ziehen? Sie schob den Gedanken beiseite.

Sie notierte weitere Punkte, darunter den Oberbegriff ›Umfeld‹. Sie mussten Slomkas Freunde und Verwandte, seine Auftraggeber, die Redaktionen, für die er arbeitete, befragen. Viel Arbeit.

Ihr Telefon läutete. Sie sah auf die Uhr. 8.35 Uhr.

»Hauptkommissarin Dohr?«, tönte es aus dem Hörer. Der Mann sprach mit einem erdigen niederrheinischen Akzent.

»Am Apparat.«

»Moin, Moin. Hauptwachtmeister Leenens hier, Polizeistation Kevelaer.« Der Sprecher verstummte, vielleicht um ihr Zeit zu lassen, die Informationsflut zu verarbeiten.

»Was kann ich für Sie tun, Herr Hauptwachtmeister?«

»Nix. Aber wir für Sie.«

Wieder Stille. Dohr wartete. Als nichts mehr kam, sagte sie: »Dann mal los, Herr Kollege.«

Der Mann räusperte sich. »Also, ich habe mir bei Dienstantritt die neuen Fahndungen angesehen.« Sie hörte Papier rascheln. »Mach ich immer. Man weiß ja nie, wer hier so durchkommt.«

»Meinen Sie zum Beten?« Kevelaer war ein weltberühmter Wallfahrtsort.

Einen Moment Stille, dann reagierte der Hauptwachtmeister. »Würde den meisten bestimmt guttun. Aber nee, das ist es nicht. Es geht um Folgendes: Der, den Sie gestern ausgeschrieben haben, der ist bei uns als vermisst gemeldet.«

»Julian Slomka?«

»Genau der. Slomka, Julian, geboren am 13. Juli 1987, wohnhaft in Duisburg, Grabenstraße 121b. Vom Vater, Ferdinand Slomka, vermisst gemeldet am 23. Mai. Netter alter Herr. Wohnt hier ganz in der Nähe.«

Dohr ließ sich die Adresse durchgeben. Eine Stunde später hatte sie die neuen Aufgaben verteilt und war unterwegs nach Kevelaer.

Laut Navi wohnte Ferdinand Slomka im Zentrum des Wallfahrtsortes. Gegen Ende des Dreißigjährigen Krieges hatte ein holländischer Händler auf Anweisung einer körperlosen Stimme an einer Wegkreuzung in der Kevelaer Heide eine Marienkapelle bauen lassen. Seitdem riss der Strom katholischer Pilger nicht ab, die sich von der Gottesmutter Maria Consolatrix Afflictorum, Trösterin der Betrübten, Beistand erhofften. Derzeit wurde das niederrheinische Städtchen mit seinen 30 000 Einwohnern jährlich von 800 000 Trostsuchenden überrannt.

Dohr stellte ihren Wagen auf dem Parkplatz der Polizeistation ab, sagte Hauptwachtmeister Leenens kurz guten Tag und machte sich dann zu Fuß auf den Weg. Er führte direkt über den Kirchplatz mit der berühmten Gnadenkapelle, dem Zentrum des Städtchens.

Dohr war nicht katholisch, nicht mal Christin. Ihre Eltern waren in der DDR aufgewachsen. Dohr war weder getauft noch einem Kommunions- oder Konfirmationslehrer zur Indoktrination überlassen worden. Daher war das Treiben Fähnchen schwingender Priester und Nonnen, die Pilgergruppen aus aller Herren Länder zwischen Devotionalienhandlungen, Kapellen, Basilika, altem Rathaus und Klarissenkloster herumdirigierten wie Hütehunde ihre Herde, bizarr und komisch zugleich. Vor einer Kirche aus roten Ziegeln stauten sich die Menschen. In rußgeschwärzten Nischen flackerten auf schwarzen Eisendornen Hunderte Kerzen in allen Stadien des Niederschmelzens, Herabtropfens, Umsinkens, Verlöschens und Erstarrens. Dohr musste an mittelalterliche Folterstätten und Scheiterhaufen denken – und eine mit Honig überzogene Leiche.

Ferdinand Slomka wohnte im zweiten Stock eines dreistöckigen Hauses. Nach Aussage des Hauptwachtmeisters war er Mitte sechzig, aber Dohr hätte ihn zehn Jahre älter geschätzt. Vielleicht lag es an dem ausgemergelten, irgendwie in die Länge gezogenen Gesicht. Der Mann hielt sich kerzengerade, wobei ihn nur der graue dreiteilige Schneideranzug mit den zu breiten Jackenaufschlägen und grimmige Selbstdisziplin aufrecht zu halten schienen.

Sie stellte sich vor und wies sich aus. Ferdinand Slomka führte sie ins Wohnzimmer. Der Raum war mit Möbeln vollgestopft, als habe jemand den Inhalt einer Vierzimmerwohnung auf einer halb so großen Grundfläche verteilt. Die Möbel stammten aus den Fünfzigern und schimmerten im Glanz ungezählter Schichten Möbelpolitur. Es roch nach Bohnerwachs. An den Wänden zählte Dohr ein Dutzend gerahmte Fotografien. Alle zeigten dieselbe Frau, immer allein, bis auf drei, auf denen sie einen kleinen Jungen an der Hand hielt. Ferdinand Slomka war auf keinem zu sehen.

Sie hatte ihren Besuch angekündigt, er wusste, dass es um seinen Sohn ging. Mit einer Handbewegung forderte er sie auf, Platz zu nehmen. Bisher hatte er kein Wort gesagt. Er sah sie abwartend und abwesend zugleich an.

»Ist das Julian?« Sie deutete auf eins der Fotos. »Das ist am Drachenfels, oder?«

Ferdinand Slomka nickt stumm. Dann sagte er: »Sein dreizehnter Geburtstag.« Er stand auf. »Einen Moment bitte.« Er trat vor eine massive Anrichte mit gedrechselten Füßen und Marmorplatte. Er öffnete eine Schublade und kehrte mit einem Kristallaschenbecher, einem Tischfeuerzeug aus Onyx und einer flachen Zigarettenpackung an den Tisch zurück. Dohr war überrascht. Sie hatte nirgends in der Wohnung kalten Rauch gerochen. Er öffnete die Schachtel und nahm eine Zigarette mit ovalem Querschnitt heraus. »Von meiner Frau.« Er zündete sie mit dem Tischfeuerzeug an. Der Tabak war strohtrocken und verbrannte knisternd. Er nahm einen Zug und musste husten. Dann sah er ihr in die Augen und sagte: »Sie haben Julian gefunden, nicht wahr? Ihm ist etwas passiert.« Es klang, als habe er sich bereits mit jedem Schicksalsschlag abgefunden, der ihn noch treffen könnte.

»Nein, Herr Slomka, tut mir leid. Wie wissen nicht, wo ihr Sohn ist. Wir suchen ihn als möglichen Zeugen.«

Sie hatte beschlossen, ihm vorerst nicht die Wahrheit zu sagen.

»Als Zeugen? Er ist seit zwei Monaten verschwunden.« Seine Stimme war tonlos und ohne Emotion.

»Ich darf Ihnen leider nicht sagen, worum es geht. Aber ihr Sohn ist möglicherweise um den 28. April herum Zeuge einer Straftat geworden.«

»Wie kommen Sie darauf?«

»Sein Wagen wurde gesehen.«

Er nickte abwesend. Er hatte die Zigarette auf dem Rand des Aschenbechers abgelegt und vergessen.

»Haben Sie irgendeine Idee, wo er sich aufhalten könnte?«

Er zuckte mit den Achseln.

»Ein Ort, wo er sich gern aufhält, wo er vielleicht mal im Urlaub war?«

Ferdinand Slomka schwieg.

»Vielleicht ist er beruflich unterwegs, für eine Recherche zum Beispiel?«

»Als er mit dem Studium angefangen hat, da hatte er noch Flausen im Kopf.«

»Was meinen Sie?«

»Ein großer Reporter und Journalist wollte er werden, einer, der aus den entferntesten Ecken der Welt berichtet. Wie Peter Scholl-Latour, Gerd Ruge, Kronzucker, Terzani. Das waren seine Helden. Er hat ihre Bücher verschlungen.« Er brach ab. »Jetzt schreibt er für Lokalzeitungen.« Die Schultern des Mannes sackten nach unten. Die Willenskraft, mit der bisher Haltung bewahrt hatte, war aufgebracht.

Es tat ihr leid, den Mann zu quälen, aber sie war noch nicht fertig. »Hat er mal etwas über Bergbau oder über Zechen geschrieben oder recherchiert?«

Statt zu antworten, stand er erneut auf, ging zur Anrichte und kam mit einer großformatigen Präsentationsmappe zurück. Er schlug sie auf. Dohr staunte. Ferdinand Slomka hatte jeden Artikel gesammelt, den sein Sohn jemals verfasst hatte, seit er die Redaktion der Schülerzeitung übernommen hatte. Während er eine Klarsichthülle nach der anderen umblätterte, zählte er alles auf, worüber Julian je geschrieben hatte, von entlaufenen Hunden bis zu Bingo-Turnieren. Bergbau oder Zechen waren nicht dabei.

Schließlich unterbrach ihn Dohr. »Wie hat er es verkraftet, dass seine Lebensgefährtin ihn verlassen hat?«

Ferdinand Slomka ließ sich in den Sessel zurücksinken. »Nicht gut.«

Mehr war ihm zu dem Thema nicht zu entlocken. Dohr änderte erneut die Richtung. »Hat er vielleicht Freunde im Ausland, die er besuchen könnte?«

Ferdinand Slomka schüttelte den Kopf. »Nicht dass ich wüsste. Sie denken, er ist im Ausland?«

»Das wäre doch möglich. Oder können Sie sich erklären, warum er sich seit zwei Monaten nicht bei Ihnen gemeldet hat?«

»Ihm muss etwas passiert sein«, antwortete Ferdinand Slomka mit fester Stimme. »Sonst hätte er angerufen. Er hat immer angerufen, jeden 13. Mai.«

»Ist das Ihr Geburtstag?«

Slomka richtete sich auf. »Das ist der Tag, an dem seine Mutter verschwunden ist.«

»Sie ist verschwunden?«

Slomka sackte wieder zurück. »Sie ist immer mit dem Bus zur Arbeit gefahren. An dem Tag ist sie nicht nach Hause gekommen. Julian war vierzehn. Wir haben gewartet. Dann habe ich sie als vermisst gemeldet. Fünfzehn Jahre ist das her.«

»Hatten Sie Probleme in der Ehe? Ist sie deshalb weggegangen?« Sie versuchte, ihre Stimme so weich wie möglich klingen zu lassen.

Ferdinand Slomka schüttelte den Kopf. Es war ein Ausdruck der Ratlosigkeit, nicht der Verneinung. Sie hatten gerade ihren Urlaub geplant, an der Ostsee. Er hatte gedacht, alles sei gut, sie seien glücklich. Aber er hatte Frauen nie wirklich verstanden. Vielleicht war es ihr mit ihm einfach nur langweilig geworden. »Danach hat Julian nicht mehr an Gott geglaubt. Wir sind katholisch, wissen Sie.«

»Sie haben nicht wieder geheiratet?«

»Nein. Sie hätte ja zurückkommen können.« Er verstummte.

Natürlich. Er war katholisch. Er konnte sich nicht scheiden lassen. Stattdessen lebte er seit fünfzehn Jahren allein mit sich und seinen Gedanken.

»Julian glaubt nicht, dass sie uns verlassen hat.«

Dohr sah ihn an. »Wie meinen Sie das?«

»Er war immer davon überzeugt, dass ihr etwas passiert ...« Er stockte. Es kostete ihn Überwindung weiterzusprechen. »Ein Verbrechen.« Das Wort fiel schwer zwischen sie. »Er sollte damals bei den Jugendmeisterschaften mitspielen. Tischtennis, wissen Sie. Sie hatte ihm versprochen zuzusehen. Es wäre das erste Mal gewesen.«

Sie schwiegen, dann sagte er: »Wenn ihr etwas passiert wäre, müsste ich das doch fühlen, oder nicht?« Er studierte ihre Miene, als suche er darin eine endgültige Vergewisserung. Die würde sie ihm nicht liefern können. Sie würde dem gebrochenen Mann nicht sagen, weswegen sie seinen Sohn wirklich suchten. Er würde es noch früh genug erfahren. Sie stand auf und bedankte sich.

Er führte sie zur Tür. Als sie aus der Wohnung ins Treppenhaus trat, berührte er sie an der Schulter und sagte: »Bei Julian fühle ich es.«

Auf dem Rückweg umging sie den Trubel und wanderte im Zickzack durch Gassen und Sträßchen zurück zu ihrem Wagen.

Zuerst war die Ehefrau des Mannes spurlos verschwunden. Das jahrelange qualvolle Warten auf eine Antwort musste furchtbar sein. Und jetzt der Sohn. Zu diesem zweiten unbegreiflichen Schicksalsschlag würde er vielleicht bald Antworten erhalten. Aber keine, die er würde hören wollen.

Sie blieb an einer Kreuzung stehen.

Eine seltsame Begegnung, ein seltsamer Mann. Ferdinand Slomkas Ehefrau war seit fünfzehn Jahren verschwunden, aber der Mann glaubte fest daran, dass sie noch lebte. Aber er war sicher, dass sein Sohn tot war, nach nur zwei Monaten.

Julian Slomka hatte in seiner Jugend eine traumatische Erfahrung gemacht. Aber war sie im Elternhaus des Honigmörders gewesen? Hatte sie etwas gesehen oder gespürt, das aus einem Heranwachsenden jemanden machen konnte, der sich in bizarre Fantasien verstrickte und sie schließlich in die Tat umsetzte?

Sie erreichte den Polizeiparkplatz.

War Julian Slomka gefährlich?

Sie mussten ihn schnellstens finden.

Als sie auf die A 40 fuhr, summte ihr Smartphone. Eine SMS vom stellvertretenden Leiter der KTU. Dr. Albrechts

Nachricht klang rätselhaft verheißungsvoll: *Ich habe eine Überraschung für Sie! Beeilen Sie sich!*

Unter dem Bildschirm klebte ein kleines Plastikschild: Eigentum von Dr. Albrecht. Man erzählte sich, Albrecht habe ihn mitgebracht, weil er es satthatte, auf eine zeitgemäße technische Ausstattung seines Arbeitsplatzes zu warten. Ungläubig starrte Verena Dohr auf den Computermonitor, auf dem zwei DNA-Profile zu sehen waren. »Das ist nicht Ihr Ernst.« Sie konnte es einfach nicht glauben.

Dr. Albrecht lächelte. »Und ob. Sie haben Glück, dass wir es überhaupt entdeckt haben. Wir hatten die DNA ihres Opfers schon abgelegt. Irgendwann wären wir wahrscheinlich noch darauf gestoßen, aber wer weiß. Dann hat uns Ihre neue Oberkommissarin die Zahnseide aus der Wohnung des Tatverdächtigen angeschleppt. Übrigens ziemlich durchsetzungsfähig, Ihre Kollegin. Wir haben die DNA extrahiert und mit den Datenbanken abgeglichen. Das macht unser Auszubildender.« Dr. Albrecht schmunzelte.

Es war einer seiner typischen Witze. Nicht jeder fand sie komisch. Vor allem der genannte ›Auszubildende‹, der wahrscheinlich ein naturwissenschaftliches Studium absolviert und zusätzlich eine Polizeiausbildung hinter sich gebracht hatte.

»Ein fähiger junger Mann. Verfügt über ein erstaunliches visuelles Gedächtnis. Weil er früher immer mit seinen Geschwistern Memory spielen musste, sagt er. Als er das Profil aus der Zahnseide gesehen hat, hat es beim ihm Klick gemacht. Er hat die Profile verglichen …« Dr. Albrecht schob die beiden DNA-Profile per Computermaus übereinander. Die Übereinstimmung war hundertprozentig. »... und er hatte recht. Der Tatverdächtige ist in Wirklichkeit ...«

»... das Opfer.«

Verena Dohr schossen ein Dutzend Gedanken durch den Kopf. Sie hatten einen Fehler gemacht. Die Person, die geflüchtet war, war nicht Slomka. Der Täter hatte den Wagen seines Opfers benutzt. Julian Slomka war kinderlos. Der Kassenzettel gehörte dem Täter. Versorgte er einen Säugling? War der Täter eine Frau?

Sie nickte Dr. Albrecht zu. »Danke.« Sie ging.

»Wir haben jetzt auch den zweiten Papierfetzen«, rief Albrecht ihr hinterher.

Papierfetzen? Dohr war gerade mit anderem beschäftigt. »Schicken Sie's rüber.«

22

Am Morgen fasste Bauer einen Entschluss.

Die ganze Nacht hatte eine Frage in seinem Hinterkopf rumort: Warum notierte Vaals die Wohnorte eines Mannes, der behauptete, ihn kaum zu kennen? Noch dazu hatte er sie nicht in irgendein Adressbuch geschrieben, sondern in seine Familienbibel, die ihm im wahrsten Sinne des Wortes heilig sein musste.

Bauer frühstückte vor dem Laptop und ging seine Notizen für das Ethikseminar durch, das er an diesem Vormittag halten musste. Er kam sich vor wie zu Schulzeiten, wenn er morgens noch schnell versucht hatte, sich den Stoff für eine Klausur wenigstens in groben Zügen anzueignen. Als er seinen Kaffee ausgetrunken hatte, klappte er den Laptop mit demselben Gefühl zu wie damals seine Schulbücher.

Dann stand er auf der Terrasse und rauchte. Wieso schaffte er es nicht, sich auf seine eigentliche Aufgabe zu konzentrieren? Immer kam etwas dazwischen, räumte er anderen Dingen Vorrang ein. Nein, nicht Dingen – Menschen. Früher hatte er die Schule vernachlässigt, weil es ihm wichtiger gewesen war, Zeit mit Freunden zu verbringen. Heute ging er schlecht vorbereitet in ein Seminar, weil er einem Kollegen hatte helfen wollen. Doch das war ihm nicht gelungen. Er hatte keine Antworten gefunden, nur neue Fragen. Was sollte er nun damit anfangen?

Die Erkenntnis kam, als er die Zigarette ausdrückte. Er musste das Rätsel, das Vaals ihm im Krankenwagen aufgegeben hatte, nicht mehr lösen. Der Monsignore kannte alle Antworten, und er würde heute aufwachen und weiterleben. Es war so einfach, dass Bauer über sich selbst lachen musste. Er ging zurück in die Küche, packte den Laptop in seine Tasche, nahm das Handy vom Ladegerät und sah, dass er eine Nachricht hatte.

»Heute Abend hätte ich Zeit.«

»Ich auch«, schrieb er seiner Tochter zurück. »Freu mich!«

Als er in seinen Wagen stieg, spürte er nicht mehr die zu kurze und zu heiße Nacht in seinen Knochen. Er sah einen Sommertag vor sich, Arbeit, die er gern machte, einen Besuch im Krankenhaus bei seinem Kollegen, der wieder gesund werden würde, und einen entspannten Grillabend mit seiner Tochter. Er würde sich auf seine Aufgaben konzentrieren, als Polizeiseelsorger und als Vater.

Kaum hatte er diesen Entschluss gefasst, lief sein Tag wie am Schnürchen. Der Sender im Autoradio spielte Songs, die er mochte, der Stau am Kreuz Duisburg löste sich auf, an der Fachhochschule ergatterte er einen Parkplatz im Schatten, und Kants staubtrockenes »Grundgesetz der reinen praktischen Vernunft« entfachte unter seinen Studenten eine lebhafte Diskussion. Am Ende musste er das Seminar sogar abbrechen, weil er die Zeit vergessen und um eine Viertelstunde überzogen hatte.

Anschließend fuhr er zur Autobahnpolizeiwache Mülheim. Am Morgen hatte er in seinen Mails eine Nachricht des Dienstgruppenführers gefunden, der um Bauers Besuch bat. Zwei Kollegen waren am Wochenende zu einem schweren Verkehrsunfall am Breitscheider Kreuz ausgerückt und noch vor den Rettungskräften eingetroffen. Eine ganze Familie war in ihrem Wagen eingeklemmt gewesen. Die Beamten hatten zusehen müssen, wie die Mutter starb. Den Vater und die beiden kleinen Kinder hatte die Feuerwehr schwerverletzt aus dem Autowrack geschnitten.

Jeder Autobahnpolizist, den Bauer kannte, hätte den Juli am liebsten aus dem Kalender gestrichen. Die Ferienzeit trieb die Zahl der ›Unfälle mit Personenschäden‹, wie es nüchtern in den Unfallberichten hieß, auf den höchsten Stand des Jahres. Für die Beamten war dies nicht nur eine Statistik. Sie mussten mit den schrecklichen Bildern leben.

Bauer verbrachte über eine Stunde mit den Mülheimer Polizisten, die beide selbst Familienväter waren. Er tat das, was er konnte: ihnen zuhören, mit ihnen reden und, als es nichts mehr zu sagen gab, mit ihnen schweigen. Er hatte das Gefühl, dass in der Stille, die er mit den Männern teilte, mehr Trost lag als in allen Worten.

Als er die Wache verließ und auf den Rastplatz trat, an dem die Polizeistation lag, schlug ihm der Lärm des vorbeirauschenden Verkehrs entgegen. Er stieg in seinen Wagen, steckte den Schlüssel ins Zündschloss, startete den Motor jedoch nicht. Stattdessen griff er zum Handy und rief seine Frau an. Es wurde ein kurzes Gespräch. Er entschuldigte sich für seinen brüsken Abgang beim Sonntagsfrühstück und lud sie für den Abend zum Grillen mit Nina ein. Zu seiner Überraschung freute Sarah sich über seinen Anruf und sagte zu, ohne lange nachzudenken. Auf dem Weg zurück ins Präsidium fühlte sich Bauer wie ein Teenager vor einem Date.

Zu seiner offenen Sprechstunde kam er eine Viertelstunde zu spät. Im Raum der Stille saß, mit gefalteten Händen und geschlossenen Augen, Jan Rogalla. Er schreckte zusammen, als Bauer hereinkam. Die Panikattacke, die der junge Polizist beim Anblick der Leiche unter Tage erlitten hatte, hatte ihn völlig aus der Bahn geworfen. Nun suchte er Zuflucht im Glauben. Vergeblich, wie er meinte, die Gebete halfen nicht. Der Polizeiseelsorger widersprach, ein Bibelvers aus dem 5. Buch Mose habe Rogalla unter Tage die Kraft gegeben, einen Menschen zu retten. Die Nachricht von der günstigen Prognose für Vaals' Genesung machte dem Polizeikommissar so viel Mut, dass er seine Angst offenbaren konnte, versagt zu haben und ungeeignet für seinen Beruf zu sein. Der Beamte brauchte therapeutische Hilfe nötiger als seelsorgerische. In einem behutsamen Gespräch gelang es Bauer, die Ursachen für Rogallas Klaustrophobieanfall zu ergründen. Neben dem Stress, den der Polizeialltag mit sich brachte, belastete ihn auch ein privates Problem. Die junge Ehe des Beamten steckte in ihrer ersten Krise. Bei einer Shoppingtour, mit der Rogalla seine Frau für seine vielen Überstunden hatte entschädigen wollen, war ein Streit ausgebrochen, der im Fahrstuhl eines Parkhauses kulminierte. Seine Frau hatte in der Enge des Aufzugs gedroht, ihn zu verlassen. Eine traumatische Erfahrung für den sensiblen jungen Mann und, so banal es sein mochte, vermutlich der Nährboden für seine Panikattacke. Mit dem Einverständnis des Beamten rief Bauer eine befreundete Verhaltenstherapeutin an und verschaffte ihm kurzfristig einen Termin.

Bauer gab Rogalla zum Abschied die Hand: »Sie schaffen das.«

Der Polizeikommissar ging. Bauers Blick fiel auf das Wandgemälde. Die Bergkiefer schien ein paar winzige neue Triebe bekommen zu haben. Als er auf den Gang trat, hörte er das Telefon in seinem Büro klingeln. Mit wenigen Sätzen war er an seinem Schreibtisch.

»Bauer.«

»Guten Tag, Herr Pfarrer, mein Name ist Küpper. Sie waren bei uns im Hospiz.«

Bauer erkannte die Anruferin. »Und Sie saßen am Empfang, richtig?«

»Da sitze ich auch heute wieder«, sagte die Anruferin mit einem Lächeln in ihrer Stimme. Dann wurde sie ernst. »Herr Hartwig hat mich gebeten, Sie zu fragen, ob Sie ihn noch mal besuchen kommen könnten.«

Bauer war überrascht. »Hat er gesagt, wann es ihm passt?«

»Wann immer Sie die Zeit finden. Wenn ich Ihnen einen Rat geben darf: Schieben Sie es nicht auf.«

»Ich mache mich gleich auf den Weg.«

Die Empfangsdame bedankte sich und legte auf.

Es war ein guter Tag. Vielleicht wurde er sogar noch besser.

23

Sie war dafür verantwortlich.

Sie hatte einen Anfängerfehler gemacht. Hatte aus der Tatsituation einen falschen Schluss gezogen. Den Schluss, dass der Halter des dunkelblauen Polo der Täter sein musste. Schließlich war er seit dem vermuteten Todestag des Opfers nicht mehr gesehen worden. Daraus hatte sie einen Ermittlungsansatz abgeleitet und die entsprechenden Aufgaben an ihr Team verteilt.

Sie hatte sich voreilig auf eine einzige Lesart der Fakten festgelegt. Ein gefundenes Fressen für Karman.

Inzwischen war die Fahndung nach Julian Slomka abgeblasen, die nach dem Polo auf das angrenzende Ausland ausgedehnt.

Sie hatte ein Meeting angesetzt, um die neue Situation zu besprechen. Sie sah auf ihre Uhr. Noch zehn Minuten. Karman und Herwig waren im Haus, Aast und Coenes mussten mittlerweile auch zurück sein. Sie hatten die Durchsuchung von Julian Slomkas Wohnung abgebrochen und an die Kollegen von der Spurensicherung übergeben. Möglicherweise war die Wohnung ja der Ort, an dem Slomka zu Tode gekommen war. Sie konnte nur hoffen, dass sie und Coenes am Vortag nicht wichtige Spuren zerstört hatten.

Es klopfte. Sie reagierte nicht. Sie wollte jetzt mit niemandem sprechen. Es half nichts. Die Tür ging auf, Martin Bauer stand im Türrahmen.

»Was wollen Sie denn?«

Bauer lächelte. »So schlimm?«

Sie nickte. »Fragen Sie nicht.«

»Noch kein Durchbruch?«

Dohr ließ die Hände auf die Tischplatte fallen. »Wie man's nimmt. War's das, Herr Pfarrer?«

Bauer hob abwehrend die Hände. »Schon gut. Ich will mich nur bei Ihnen bedanken.«

Dohr hob die Augenbrauen. »Wofür?«

»Ihre Hilfe. Ich habe den Mann gefunden.«

»Vaals alten Freund ... wie hieß er noch ... Hartwig?«

»Richtig. Aber ein alter Freund ist er wohl nicht. Seine Tochter hat in Vaals Chor gesungen.«

»Dann haben Sie ihrem Kollegen also nicht zu seinem Seelenheil verholfen?« Sie merkte, dass ihrer Frage der Unterton fehlte, der sie zu einer kameradschaftlichen Frotzelei gemacht hätte.

»Sind Sie sauer auf mich, Frau Hauptkommissarin?«

Sie kam zu sich. »Nur auf mich selbst. Ich war heute bei einem Mann, dessen Frau vor fünfzehn Jahren verschwunden ist. Jetzt soll ich ihm sagen, dass sein Sohn ein ... ja, was? ... ein Ritualmörder ist? Vor zwei Monaten hat er ihn als vermisst gemeldet. Aber er ist davon überzeugt, dass er schon tot ist. Ich habe ihn belogen, hab gesagt, wir suchen ihn nur als Zeugen. Jetzt stellt sich heraus, er ist nicht der gesuchte Täter, sondern das Opfer, und ich muss seinem Vater mitteilen, dass er recht hatte.« Während sie es aussprach, beschloss sie, Hauptwachtmeister Leenens diese Aufgabe zu überlassen.

Bauer nickte. »Kein guter Tag.«

»Außerdem glaube ich, Karman hat Sie gestern an meinem Rechner gesehen.«

»Meinen Sie, er macht Ihnen deshalb Ärger?«

»Wenn er kann, bestimmt.« Sie sah wieder auf ihre Uhr. »Tut mir leid, Teambesprechung.«

Mit einem elektronischen Räuspern machte ihr Computer auf sich aufmerksam. Eine Nachricht von Dr. Albrecht. Ein Foto öffnete sich. Eine Folge von Ziffern und Buchstaben am Rand ordnete es dem Fall zu, den sie gerade bearbeitete. Das Foto eines Papierbildchens. Größe vier mal sieben Zentimeter. Es war die Reproduktion eines mittelalterlichen Gemäldes. Es zeigte einen bis auf ein Lendentuch nackten jungen Mann. Sein braunes lockiges Haar fiel ihm auf die Schultern. Seine Arme waren nach hinten verdreht und mit einem Tau an einen Baum gefesselt. Sein Körper war übersät mit blutenden Wunden, aus denen die gefiederten Enden von Armbrustbolzen ragten. Er litt fürchterliche Qualen, daran ließen seine verzerrten Gesichtszüge keinen Zweifel.

In seiner Mail erklärte Dr. Albrecht, es handele sich um ein Votivbild, wie sie an Wallfahrtsorten verkauft würden, die Reproduktion eines Tiroler Altarbildes.

Bauer trat näher heran. »Das ist der Heilige Sebastian. Christlicher Märtyrer aus dem dritten Jahrhundert. Schutzpatron gegen die Pest, außerdem zuständig für Brunnen, Polizisten, Soldaten, Kriegsinvaliden und Sterbende.«

»Tolle Kombination. Dafür, dass Sie in dem anderen Verein spielen, kennen Sie sich bei den Katholen gut aus.«

»Er war römischer Soldat. Er bekannte sich zu Christus und wurde dafür von Pfeilen durchbohrt. Die Bogenschützen dachten, er wäre tot, war er aber nicht. Später hat man ihn dann in Rom erschlagen.«

Ein nackter, von Wunden übersäter Körper. So ein Zufall. Wenn es bisher noch kein Ritualmord gewesen war, konnte es jetzt einer werden.

»Tut mir leid, ich komme schon zu spät.« Sie schob Bauer auf den Flur und schloss die Tür. Zu den Aufzügen ging es nach rechts, zum Besprechungsraum nach links.

»Wenn Sie sich fragen, wo man solche Bildchen bekommt – die nächste Sebastianskirche finden Sie in der Nähe von Aachen.«

Eine Stunde später war die Besprechung vorbei. Alle waren gebrieft und auf dem gleichen Stand, jeder kannte den neuen Ermittlungsansatz und wusste, was er zu tun hatte. Davor hatte es eine angeregte Diskussion gegeben. Alle waren so überrascht gewesen wie sie, dass Slomka nicht der Täter, sondern das Opfer war.

Eine Frage musste so schnell wie möglich geklärt werden: Welche Verbindung hatte zwischen Opfer und Täter bestanden? War der Journalist ein Zufallsopfer, war er vom Täter aufgrund bestimmter Kriterien gezielt ausgesucht worden oder hatten sich die beiden gekannt? Dazu würden sie sich mit Slomkas sozialem Umfeld, seinen zeitlichen Routinen und seinen bevorzugten Aufenthaltsorten beschäftigen. Vielleicht lieferte auch die genauere Durchsuchung von Slomkas Wohnung darauf die Antwort. Das Durcheinander in der Wohnung erschien nun auch in einem neuen Licht. War es möglicherweise der Täter, der vor ihnen geflohen war, hatte er die Wohnung auf den Kopf gestellt, und wenn ja, was hatte er gesucht?

Die Suche nach Personen, die sich auf dem Zechengelände auskannten, Zugang dazu hatten und in der Lage waren, eine Förderanlage zu manipulieren, ging weiter, ebenso die Fahndung nach Slomkas Wagen.

Das Votivbild gab der Tat nun definitiv eine rituelle Komponente, darin waren sich alle einig gewesen. Bis auf Hauptkommissar Karman. Der hatte während der gesamten Besprechung kein einziges Wort von sich gegeben. Nicht einmal, als sie vor versammelter Mannschaft eingestanden hatte, der Ermittlung durch ihre voreilige Festlegung auf eine Interpretation der Faktenlage geschadet zu haben. Karman hatte nur dagesessen und keine Miene verzogen. Das machte ihr beinah mehr Sorgen, als hätte er sie mit sarkastischen Bemerkungen attackiert.

Sie brauchte sofort einen Kaffee oder, besser, einen Tee. In der Kaffeeküche reinigte Oberkommissarin Coenes gerade die Kaffeemaschine.

»Mach das bloß nicht regelmäßig.«

Coenes lächelte halbherzig. »Keine Sorge.«

Dohr füllte den Wasserkocher auf. »Die Kollegen können das inzwischen nämlich ganz gut.«

»Aber sobald eine Frau im Team ist, denken sie, sie haben damit nichts mehr zu tun. Ich kenne das.«

Dohr warf einen Teebeutel in einen halbwegs sauberen Becher und wartete darauf, dass das Wasser kochte. Coenes setzte den gefüllten Wasserbehälter wieder in die Kaffeemaschine und griff nach einem frischen Paket Kaffee. Sie sah sich suchend um.

»Vergiss es. Die Schere wird immer geklaut.« Dohr nahm das Paket, riss es auf und gab es Coenes zurück. Die Oberkommissarin füllte großzügig Kaffee in den Filter. Ihr Zeigefinger wanderte zum Startknopf. »Ich fand das sehr mutig.«

»Was meinst du?«

»Na, einen Fehler zuzugeben. Das hätte mein Chef beim KK 21 nie gemacht. Aber er konnte anderen super ihre Fehler vorhalten.« Sie drückte den Knopf. Die Maschine nahm gurgelnd ihre Arbeit auf.

»Danke«, antwortete Dohr überrascht.

Coenes nickte nur, schob sich an ihr vorbei und verließ die Küche.

Als Leiterin eines Kommissariats stand man meistens allein da, mit den Entscheidungen, die man traf, und mit der Verantwortung. Das war okay. Man erwartete keine Anerkennung oder Verständnis. Schon gar nicht, wenn man einen Fehler gemacht hatte. Aber wenn die Anerkennung dann aus heiterem Himmel doch kam, fühlte sich das wirklich gut an.

Ihr Teewasser kochte. Sie ließ es langsam in die Tasse laufen.

Unter Polizisten kam das selten vor. Gefühle zu zeigen, war Schwäche, und das widersprach dem Selbstbild der meisten Polizeibeamten. Ihrem eigenen mittlerweile auch. Vielleicht wenn sie eine Freundin gehabt hätte, eine weibliche Vertraute. Aber die waren ihr im Laufe der Jahre alle abhandengekommen. Polizisten lebten in einer Subkultur. »Zivilisten« verstanden das nicht. Irgendwann hatte man sich nichts mehr zu sagen.

Niemand wusste von Elmars Problem. Und sie würde sich hüten, mit irgendjemandem darüber zu sprechen. Wenn im Präsidium bekannt wurde, dass ihr Lebensgefährte drogensüchtig war, war es mit ihrer ohnehin wackeligen Karriere vorbei. Der Verdacht, sie könnte ihren Partner bei illegalen Aktivitäten decken oder mit Stoff versorgen, stünde immer im Raum.

Aber konnte man überhaupt irgendjemandem vertrauen? Fast jeden Tag war sie mit allen möglichen Varianten von Verrat, Dummheit und Täuschung konfrontiert. Unter den richtigen Umständen hauten sich selbst die besten Freunde gegenseitig in die Pfanne. Die Einzigen, denen man sich gefahrlos anvertrauen konnte, waren Pfarrer und Priester. Die mussten von Berufs wegen schweigen. Blieb nur ein Problem: Wenn man es tat, war eine Beziehung auf Augenhöhe nicht mehr möglich.

Wieso hatte Karman nicht einen seiner boshaften Kommentare abgegeben?

Sie warf den Teebeutel in den Mülleimer und machte sich auf den Weg zu ihrem Dienstzimmer.

Hauptkommissar Karman war auf dem Weg zur Kantine.

Dohr hatte Mist gebaut. Aber wie dämlich musste man sein, um sich auch noch hinzustellen und das öffentlich auszuposaunen. Ihm konnte es nur recht sein. Die Klappe zu halten war ihm schwergefallen. Aber vielleicht war das hier ja seine Chance. Wenn er schlau war und sich zurückhielt, würde die falsche Personalentscheidung ja doch noch zu seinen Gunsten korrigiert.

Als er aus dem Aufzug trat, stand der Polizeidirektor gerade am Empfang und sprach mit dem Hauptwachtmeister, der dort Dienst tat. Das passte ja hervorragend. Karman zückte sein Smartphone und tat, als tippe er etwas ein. Dabei ließ er Lutz nicht aus den Augen. Als sich der Polizeidirektor nach links wandte und auf den Durchgang zur Verwaltung zusteuerte, setzte sich Karman in Bewegung. Ihre Wege würden sich kreuzen. Aber er würde es Lutz überlassen, ihn anzusprechen.

Es klappte.

»Na, Herr Hauptkommissar, wie läuft's mit der ›Honigleiche‹?« Karman blieb stehen. »Eine Sauerei, das mit dem Foto. Den Kerl, der es an die Presse verkauft hat, werde ich kreuzigen.«

»Oder die Frau«, sagte Karman.

Lutz sah Karman prüfend an. »Oder die Frau«, wiederholte er langsam.

»Für meinen Geschmack etwas ... holprig.«

Lutz war irritiert. »Was?«

»Die Ermittlungen.«

»Ach ja. Holprig? Was heißt das?«

Karman tat, als zögere er. »Nun ja, wir haben bisher in die falsche Richtung ermittelt. Zwei verlorene Tage.«

Lutz runzelte die Stirn. »Ach, ist das so?«

Karman zuckte mit den Achseln. »Ich habe es kommen sehen, aber nach Frau Dohrs öffentlicher Bemerkung über mich hatte ich den Eindruck, mein Input sei nicht erwünscht.«

Lutz rieb sich die Nasenflügel, eine Geste, die scharfes Nachdenken vortäuschen sollte. Dann sagte er: »Verstehe. Keine gute Teamführung.«

»Wenn Sie es sagen.« Karmans Miene blieb neutral. Dann fügte er wie beiläufig hinzu: »Vielleicht liegt es an diesem Polizeiseelsorger.« Lutz hasste Bauer, das war kein Geheimnis.

Die Miene des Polizeidirektors verfinsterte sich. »Treibt der sich schon wieder auf Ihrer Etage rum? Oder hat er da dienstlich zu tun?«

»Nicht dass ich wüsste.« Karman machte eine Kunstpause. »Er suchte wohl was im Rechner der Hauptkommissarin.«

Das Gesicht des Polizeidirektors rötete sich. »Der Mann

weiß einfach nicht, wie man Grenzen respektiert. Oder er pfeift drauf. Er ist bei uns definitiv fehl am Platz.«

Karman nickte versonnen.

»Gut, dass ich Bescheid weiß. Am Ende fällt das doch alles auf mich zurück.« Lutz sah ihn verschwörerisch an. Fehlte nur noch, dass er ihm zuzwinkerte. »Wenn es im Team Schwierigkeiten gibt oder die Ermittlungen nicht rundlaufen, kommen Sie direkt zu mir. Meine Tür steht immer offen.« Dann setzte er seinen Weg mit entschlossenen Schritten fort.

Sie hatten sich verstanden. Lutz hatte ihn gerade als Spitzel rekrutiert. Damit hatte Karman kein Problem.

24

Die Augen in dem vom nahen Tod gezeichneten Schädel waren geschlossen. Hartwigs Atem ging flach und rasselte in seiner Lunge. An der Wand über seinem Bett hingen in einer geraden Reihe und exakten Abständen acht kleinformatige, einfache Holzrahmen, darin körnige Schwarz-Weiß-Fotos. Die darauf abgebildeten Fördertürme wuchsen wie Mahnmale in einen kalten grauen Himmel. Es waren alte Aufnahmen. Einige der stählernen Gerüste gab es längst nicht mehr, sie waren nach der Stilllegung der Schächte abgerissen worden.

Die Bilder standen im harten Kontrast zur freundlichen Einrichtung des Hospizzimmers. Die zweiflügelige Terrassentür war weit geöffnet, die leichten Vorhänge bewegten sich sanft in der Sommerluft. Bauer setzte sich an den kleinen Tisch neben dem Bett. Hartwig schlug die Augen auf.

»Herr Pfarrer! Das ging ja schnell.« Wie angeknipst erschien das Vertreterlächeln auf seinen wächsernen Zügen.

»Entschuldigung, ich wollte Sie nicht wecken.«

»Schlafen kann ich, wenn ich tot bin.«

Ein Geschenkartikelvertreter, der Fassbinder zitierte? Oder war es nur ein Spruch, den er aufgeschnappt hatte?

»Bitte verzeihen Sie, dass ich nicht aufstehe. Kein so guter Tag heute.« Hartwig betätigte die Fernbedienung seines Pflegebetts. Surrend fuhr das Kopfteil hoch und brachte ihn auf Augenhöhe.

Bauer deutete auf die Fotos. »Haben Sie die selbst geschossen?«

Er nickte. »Bergwerke haben mich immer fasziniert.«

»Es gibt Neuigkeiten, die Sie vielleicht freuen. Monsignore Vaals ist über den Berg. Die Ärzte holen ihn heute aus dem künstlichen Koma.«

Das Lächeln in Hartwigs Gesicht erlosch. »Warum sollte mich das freuen?«

»Weil ich denke, dass Sie ihn doch besser kennen, als Sie es mir gestern erzählt haben.«

»Und wie kommen Sie darauf?« Hartwig klang immer noch freundlich. Auf eine ähnliche Art wie Verena Dohr, wenn sie Verdächtige verhörte.

»Monsignore Vaals hat sich notiert, wo Sie wohnen. Fünfzehn Jahre lang, jede neue Adresse, in seiner Bibel. Ich bin zufällig auf die Einträge gestoßen.«

Hartwig sah Bauer sekundenlang reglos an, dann lachte er freudlos auf. »Der verfluchte Mistkerl.«

Bauer war irritiert. »Hören Sie, ich habe keine Ahnung,

was zwischen Ihnen und Monsignore Vaals vorgefallen ist. Aber es verfolgt ihn bis heute und ...«

»Er hat meine Tochter missbraucht.«

Einen Moment lang fühlte sich Bauer wie früher im Boxring, wenn er einen Wirkungstreffer kassiert hatte. »Gestern sagten Sie, der Missbrauchsvorwurf wäre nur ein Gerücht.«

»Weil Sie mir sowieso nicht geglaubt hätten. Und weil es niemandem nutzt, diese Geschichte wieder auszugraben, am wenigsten meiner Tochter. Aber da Sie es nun getan haben ...« Er deutete auffordernd auf das Schränkchen neben seinem Bett. »In der oberen Schublade.«

Bauer holte eine abgewetzte Dokumentenmappe aus dem Nachttisch. Er wollte sie Hartwig geben, doch der schüttelte den Kopf.

»Ich bin froh, wenn ich noch eine Zeitung umblättern kann.«

Bauer ließ das zierliche Messingschloss aufschnappen. Die Mappe enthielt ordentlich in Klarsichthüllen abgeheftete Urkunden, die Hartwigs Leben von seiner Geburt bis zum Tod seiner Frau dokumentierten.

»Ganz hinten.«

Durch die vom Alter verfärbte Folie sah er den Briefkopf einer Familienberatungsstelle in Bergkamen.

»Lesen Sie!«

Bauer zog die vergilbten, eng mit Maschine beschriebenen Blätter aus der Hülle. Es war der Bericht einer Therapeutin über eine Sitzung mit der neunjährigen Ute Hartwig. Als er ihn wieder sinken ließ, war er wie betäubt.

»Es gab nie eine richtige Ermittlung«, erklärte Hartwig, noch bevor Bauer danach fragte. »Es wurde alles vertuscht. Die Therapeutin hat Ihren Bericht später revidiert. Machen Sie damit, was Sie wollen.«

Bauer legte die Dokumentenmappe zurück in die Schublade. Die vergilbten Blätter steckte er ein. Dann erhob er sich.

»Ich danke Ihnen.«

Hartwig nickte nur.

An der Tür zögerte Bauer. »Warum, glauben Sie, hat Vaals Ihre Adressen immer wieder ausfindig gemacht?«

»Ich nehme an, er hatte immer noch Angst.«

»Wovor, wenn doch alles vertuscht wurde?«

»Vor mir«, sagte Hartwig ruhig. »Ich habe ihm damals gedroht, ihn umzubringen.«

Die Familienberatungsstelle existierte noch. Bauer hatte mit der Leiterin telefoniert. Nun saß er zusammen mit einem guten Dutzend mehr oder weniger verzweifelter Eltern in einem Seminarraum des Pestalozzihauses, das noch vor wenigen Jahren eine Grundschule gewesen war. Doch die hatte man schließen müssen, es gab nicht mehr genug Kinder in der einstigen Bergarbeiterstadt, die Zahl der Erstklässler hatte sich in den letzten dreißig Jahren halbiert. Inzwischen war das Gebäude in ein Zentrum für Jugend und Familie umfunktioniert worden – auch eine Art von Strukturwandel.

Die Fensterfront wies in Richtung Südwesten, das ehemalige Klassenzimmer hatte den ganzen Nachmittag Zeit gehabt, sich aufzuheizen. Statt Sauerstoff lag Schweißgeruch in der Luft, gemischt mit dem Restaroma versagender Deodorants. Der Dozentin des Elternkurses »Abenteuer Pubertät«, Frau Köhler, die auch die Beratungsstelle leitete, schien das nichts auszumachen. Trotz ihrer geschätzten sechzig Jahre strahlte sie eine Kraft und Lebenslust aus, die die meisten anwesenden Mütter und Väter im alltäglichen Kampf mit ihren halbwüchsigen Kindern verloren zu haben schienen.

Bauer war nicht gekommen, um seine Elternkompetenz zu erweitern. Frau Köhler hatte ihm die halbe Stunde vor ihrem Kurs eingeräumt. Doch genau diese Zeit hatte ihn der Feierabendverkehr gekostet. Er war erst zur Begrüßung der Teilnehmer in den überhitzten Kursraum gestolpert und notgedrungen der Aufforderung der Leiterin gefolgt, sich einen freien Platz zu suchen.

Es fiel ihm schwer, nicht gleich wieder aufzuspringen und die Veranstaltung zu unterbrechen. War der Mann, dem er noch vor Tagen sein Leben, ja, seine Seele anvertraut hätte, wie so viele Menschen, so viele Kinder es getan hatten, war dieser Mann ein Päderast? Vaals wurde in dem alten Bericht der Therapeutin nicht erwähnt. Es gab nur eine Andeutung, Hartwigs Aussage und die Gerüchte. Nur?

Bauer konzentrierte sich auf die Menschen im Raum und ihre Probleme, die so viel kleiner erschienen. Je länger er zuhörte, desto mehr schwand sein ohnmächtiger Ärger über den Zeitverlust und ein Gefühl von Dankbarkeit stellte sich ein. Im Vergleich zu dem, was einige der anwesenden Eltern mit ihren Teenies durchmachten, war die Pubertät seiner Tochter ein Spaziergang gewesen. Plötzlich wurde ihm klar, dass er diese Phase als vergangen betrachtete. Wann war Nina eigentlich erwachsen geworden? War sie wirklich schon so vernünftig, wie sie wirkte? Oder wollten er und Sarah es nur glauben, weil sie zu sehr mit sich selbst beschäftigt waren? Konnte es sein, dass Nina sie schonte, sie nicht mit dem belasten wollte, was sie selbst bewegte?

Schließlich meldete er sich selbst zu Wort. »Woran erkennt man eigentlich, dass die Pubertät vorüber ist?«

Frau Köhler lachte. Das tat sie oft und gern. »Glauben Sie mir, Sie werden es merken!« Dann wurde sie ernst. »Wenn Ihr Kind wieder mit Ihnen redet. Ich meine, wirklich redet! Über das, was ihm wichtig ist, seine Pläne, seine Zukunft. Wenn das passiert, haben Sie's geschafft. Und Ihr Kind auch.«

Wann hatte er mit Nina das letzte Mal über ihre Zukunftspläne geredet? Nicht in den vergangenen acht Monaten.

Am Ende der Stunde schienen die Eltern die drückende Hitze nicht mehr zu spüren. Bauer wartete, bis der Raum sich geleert hatte, dann trat er zu der Kursleiterin und stellte sich vor.

»Herr Pfarrer! Haben Sie es doch noch geschafft?«

Er reichte ihr den Bericht. Sie überflog die erste Seite, dann gab sie ihn zurück. Statt Freundlichkeit war nun Misstrauen in ihrem Blick.

»Die Mitarbeiterin, die das geschrieben hat, ist nicht mehr bei uns.«

»Sie erinnern sich an den Fall? Obwohl er so lange zurückliegt?«

»Was wollen Sie von mir wissen?«

»Der Vater glaubt, dass die Sache vertuscht wurde.«

»Da ist er nicht der Einzige. Trotzdem stimmt das nicht.«

»Aber es gab nie ein offizielles Verfahren.«

»Sagen Ihnen die ›Wormser Prozesse‹ etwas?«

Bauer nickte. Anfang der Neunziger war er noch Schüler gewesen, doch er erinnerte sich genau an die spektakulären Gerichtsverfahren gegen einen angeblichen Pornoring mit 25 Beschuldigten, denen Hunderte von Missbrauchsfällen an sechzehn Kindern zur Last gelegt wurden. Eine Mitarbeiterin einer Kinderschutzorganisation hatte die Lawine ins Rollen gebracht. Die Prozesse dauerten mehrere Jahre, rissen Familien auseinander, zerstörten die Leben vieler Beteiligten – und endeten mit Freisprüchen in sämtlichen Fällen. Das Gericht kam zu dem Schluss, dass es den massenhaften Missbrauch nie gegeben hatte.

»Meine Kollegin hat damals dieselben Techniken angewandt wie die Frau von dieser Kinderschutzorganisation. Anatomisch korrekte Puppen, Märchenerzählungen, Befragen mit impliziter Antwort – das ganze Programm. Das da«, sie deutete verächtlich auf den Bericht, »ist das Ergebnis dieser Verhörmethoden.«

»Sie scheinen Ihre Kollegin nicht besonders geschätzt zu haben.«

»Sie war eine beschissene Therapeutin.«

»Dann ist an diesem Bericht nichts dran?«

»Ich denke nicht. Mit Sicherheit kann ich Ihnen jedoch nur eins sagen: Die kleine Ute hatte etwas erlebt, das sie so extrem belastete, dass sich ihr Verhalten auffällig veränderte.«

»Wissen Sie, was das gewesen sein könnte?«

Sie schüttelte den Kopf. »Nach der ›Befragung‹ durch meine Kollegin war das Mädchen noch verstörter als vorher. Doch einige Monate, bevor dieser Bericht entstanden ist, hatten sich ihre Eltern getrennt. Schon das kann für ein Kind eine traumatische Erfahrung sein – je nachdem, wie die Erwachsenen mit so einer Trennung umgehen. Leider gibt es keinen Eignungstest für Erziehungsberechtigte.«

Bauer spürte einen Stich, der nichts mit Ute Hartwig zu

tun hatte. Gleichzeitig fing das Handy in seiner Tasche an zu summen. Er drückte den Anrufer weg, ohne das Telefon hervorzuholen.

»Armes Mädchen«, fuhr Frau Köhler fort. »Ein Jahr später hat sich ihre Mutter umgebracht, wussten Sie das?«

»Ich habe davon gehört.«

»Haben Sie eine Ahnung, was aus Ute geworden ist?«

»Hebamme. Ich glaube sogar, eine sehr gute. Und laut ihrer Webseite hat sie vor sechs Monaten ein Baby bekommen.«

Seine Antwort holte das Lächeln zurück auf das Gesicht von Frau Köhler.

Auf dem Weg nach draußen hörte Bauer seine Mailbox ab. Die Stationsschwester hatte angerufen. Monsignore Vaals war aufgewacht und ansprechbar.

25

Die Hitze lag wie ein gusseiserner Deckel auf dem Kohlenpott. Bauer fuhr über die A 2 auf die sinkende Sonne zu. Die Feinstaubpartikel in der Luft brachten den Himmel zum Glühen. Der Radiomoderator sprach von einer anhaltenden, austauscharmen Wetterlage und prognostizierte Ozonwerte in Rekordhöhe. Keine guten Aussichten für Menschen mit Herz-Kreislaufschwächen. Oder für Infarktpatienten.

Bauer grübelte, was er dem Monsignore erzählen sollte und vor allem: was nicht. Durfte er überhaupt etwas verschweigen? *Finden Sie ihn! Retten Sie mich!* Er hatte seinen

Auftrag erfüllt, er hatte Hartwig gefunden, aber nichts, womit er den Monsignore von der Angst um sein Seelenheil befreien konnte. Er versuchte sich einzureden, dass er Vaals' Worte überbewertet hatte, er hatte sie im Delirium gesprochen. Doch dann sah Bauer wieder die Szene im Rettungswagen vor sich, hörte das Flehen des Monsignore und spürte seine tiefe Verzweiflung fast körperlich.

Als er seinen Passat auf den Besucherparkplatz lenkte, versank die Sonne gerade hinter dem Krankenhaus. Auf dem Weg zum Haupteingang rollte ein Rettungswagen an ihm vorbei und hielt vor dem Tor zur Notaufnahme. Ein Sanitäter stieg aus. Mit drei Pizzakartons auf dem Arm verschwand er im Gebäude. Auf der Terrasse vor der Cafeteria klappte eine Frau in einer Kittelschürze die Sonnenschirme ein. Bauer holte seine Zigaretten aus der Tasche. Auf ein paar Minuten kam es nun nicht mehr an.

Der Mann hinter dem Empfangstresen sah das offenbar anders. Als Bauer eine Zigarettenlänge später den Eingangsbereich betrat, empfing er ihn mit einem strengen Blick.

»Die Besuchszeit ist vorbei.«

»Ich bin Seelsorger.«

Der Mann brummte und widmete sich wieder der Zeitung, die aufgeschlagen vor ihm lag. Bauer wertete dies als Einverständnis und folgte den Hinweistafeln in Richtung Herzchirurgie.

Die Klinik war in den letzten Jahren durch mehrere Neubauten erweitert worden. Alle grenzten an das ehemalige Haupthaus. So war ein Labyrinth von Gängen entstanden, in dem Bauer sich ohne die Beschilderung verlaufen hätte.

Auf den langen Fluren war es still. Die Kreppsohlen

seiner Schuhe quietschten auf dem PVC-Boden. Je weiter er sich vom Haupteingang entfernte, desto lauter erschien ihm das Geräusch. Er bemühte sich, seine Schritte flacher zu setzen, doch sie wurden nicht leiser. Er sah nur wenige Schwestern und Pfleger, sie beachteten ihn nicht, Besucher traf er nicht mehr. Offenbar war er wirklich der letzte.

Das Herzzentrum war in einem der hinteren, neuen Gebäudeteile untergebracht. War der Weg bis dorthin auch schon bei seinem Besuch am Abend vorher so lang gewesen? Hatten die Wände der Gänge und die zahllosen Türen darin tatsächlich diese Farbe gehabt? War er auch gestern an der Krankenhauskapelle vorbeigekommen? Wenn ja, warum hatte er sie nicht bemerkt? Wieso konnte er nirgends einen Hinweis auf die Fahrstühle entdecken? Hatte er das Schild verpasst? Er erwog, umzukehren und danach zu suchen, doch als er um die nächste Ecke bog, stand er unvermittelt vor der polierten Edelstahlfront des Aufzugs.

Er drückte den Anforderungsknopf, und die Tür öffnete sich geräuschlos. Er stieg ein und wählte den vierten Stock. Unmerklich setzte sich der Lift in Bewegung. Bauer spürte nicht den leisesten Ruck, auch nicht das übliche Ziehen im Magen. Erst ein Blick auf die Digitalanzeige überzeugte ihn davon, dass er wirklich nach oben fuhr. Er lehnte sich an die Kabinenwand. Ein Schauer kroch seinen Nacken hoch. Sein Hemd klebte nach der langen Autofahrt an seinem Rücken, und durch den feuchten Stoff spürte er die Kälte des Metalls.

Womöglich schlief der Monsignore ja schon. Bauer holte das Handy aus seiner Tasche um nachzusehen, wie spät es war. Das Display zeigte eine Nachricht von Nina. Er hatte die Verabredung mit seiner Tochter und seiner

Frau vergessen! Ein elektronischer Gong kündigte die vierte Etage an, und die Aufzugtür wischte zur Seite. Bauer starrte auf sein Handy. Eine Rollbahre prallte schmerzhaft gegen seine Schienbeine. Er schreckte auf und blickte in die Augen eines Pflegers. Mehr war von seinem Gesicht nicht zu sehen. Zwischen tief in die Stirn gezogener OP-Haube und Mundschutz blieb nur ein schmaler Schlitz. Bauer murmelte eine Entschuldigung und drückte sich an der Rollbahre vorbei. Sie war mit einem Tuch abgedeckt, unter dem sich die Umrisse eines menschlichen Körpers abzeichneten. Der Pfleger schob die Bahre wortlos in den Fahrstuhl.

Kaum war der Mann an ihm vorüber, schauderte es Bauer erneut. Es war ein Geruch, der ihn erschreckte. Er wusste sofort, woher er ihn kannte. Sein Beruf führte Bauer nur in Ausnahmefällen in die Pathologie, aber wer einmal die Ausdünstungen einer faulenden Leiche wahrgenommen hatte, vergaß das nie wieder. Unwillkürlich wandte er den Kopf, doch die Fahrstuhltüren schlossen sich bereits.

Er schüttelte den Ekel ab und öffnete die Textnachricht. Nina hatte sie schon vor einer halben Stunde geschickt.

Wo bleibst du? Mama sagt, du hast uns vergessen.

So schnell er konnte, schrieb er zurück.

Wurde aufgehalten. Komme jetzt!

Dann eilte er in die Krankenabteilung der Herzchirurgie. Es würde ein kurzer Besuch werden. Er musste nicht länger darüber nachdenken, was er Vaals erzählen sollte, er hatte keine Zeit für ein ernstes Gespräch. Bauer fühlte sich wie von einer Last befreit, und auf einmal freute er sich darauf, seinen alten Kollegen wiederzusehen, ohne um dessen Leben bangen zu müssen.

Bauer klopfte kurz, dann trat er ein. Das Bett war leer, aber zerwühlt, die Bettdecke zu Boden geglitten. Hatte er sich in der Zimmernummer geirrt? Da entdeckte er Vaals' alte Bibel. Auch sie war heruntergefallen. Irritiert hob Bauer sie auf, strich die geknickten Seiten glatt und legte das Buch auf den Nachttisch. Dann klopfte er an die Badezimmertür.

»Monsignore?«

Keine Antwort. Er drückte die Klinke herunter. Die Tür war unverschlossen, das Bad dunkel – und ebenfalls leer. Plötzlich hatte Bauer Angst. Er wusste nicht, wo sie herkam. Er drehte sich um und lief zum Schwesternzimmer.

»Wo ist Herr Vaals?«

Die Schwester sah ihn unwillig an. »Moment bitte, ich telefoniere.«

Er nahm ihr den Hörer aus der Hand. »Wo ist Monsignore Vaals?«

»Hey! Was erlauben Sie sich?«

»Wird er gerade untersucht?«

»Jetzt? Wie kommen Sie denn darauf?«

»Er liegt nicht in seinem Bett.«

»Unsinn! Ich war vor zehn Minuten bei ihm.«

»Kann er schon aufstehen?«

»Auf keinen Fall!

»Suchen Sie ihn!«

»Bitte?

»Er ist nicht in seinem Zimmer!«, schrie Bauer. »Suchen Sie ihn!«

Er rannte zum Aufzug und hieb auf den Anforderungsknopf. Das Display zeigte an, dass der Fahrstuhl aus dem Erdgeschoss heraufkam. Bauer wartete nicht. Er riss die Tür zum Treppenhaus auf, sprang in großen Sätzen die Stufen hinunter, lief durch die leeren Gänge im Erdgeschoss, fand den Weg zum Ausgang, ohne auf die Schilder zu achten, und stürmte in die Eingangshalle. Der Mann am Empfang schrak von seinem Kreuzworträtsel auf.

»Ist hier ein Pfleger mit einer Rollbahre vorbeigekommen?«, rief Bauer ihm entgegen.

Der Mann sah ihn verständnislos an.

Bauer rannte weiter und stürzte ins Freie. Schwer atmend blickte er sich um. Die Abenddämmerung hatte eingesetzt, und auf den Wegen und der Zufahrt zur Notaufnahme hatten sich schon die Laternen eingeschaltet. Sein Puls hämmerte hinter seinen Schläfen, in seiner Lunge spürte er schmerzhaft jede Zigarette der vergangenen Monate. Er kam sich albern vor. Was hatte er erwartet? Einen Kidnapper zu stellen, der sich sein Opfer in einer Klinik suchte und es auf einer Bahre aus dem Gebäude rollte? Und wer sollte Vaals denn entführen wollen? Wahrscheinlich gönnte sich der Monsignore nur einen Spaziergang. Gut, eigentlich durfte er noch nicht aufstehen. Doch wenn jemand Verständnis für das Brechen von Regeln hatte, dann Bauer. Die Kapelle fiel ihm ein. Vaals war quasi von den Toten auferstanden, vielleicht wollte er Gott dafür danken.

Irgendwo wurde ein Auto gestartet. Bauer wandte sich um. Der Rettungswagen, aus dem der Sanitäter mit den Pizzen gestiegen war, fuhr los. Das Licht der Laternen, die den Wendehammer vor dem Tor zur Notaufnahme ausleuchteten, fiel in das Führerhaus. Für einen Moment konnte er den Mann hinter dem Steuer deutlich sehen. Er trug eine OP-Haube und einen Mundschutz. Bauer sprang auf die Straße und hob die Hand, aber der Fahrer stoppte nicht. Im nächsten Moment flammten die Scheinwerfer des Wagens auf. Bauer ruderte mit beiden Armen. Mit aufheulendem Motor schoss das schwere Fahrzeug auf ihn zu. Er winkte und schrie, doch die gleißenden Lichter kamen immer näher. Im letzten Moment warf er sich zur Seite. Etwas streifte seinen Körper, wirbelte ihn herum und schleuderte ihn in die Hecke. Bauer hörte ein hässliches Knacken und hoffte, dass Äste brachen und nicht seine Knochen. Benommen blieb er liegen, er rang nach Luft, doch sein Zwerchfell krampfte sich zusammen. Panik stieg in ihm hoch, er kannte das Gefühl aus dem Boxring und drängte es zurück, versuchte ruhig zu bleiben und sich zu entspannen. Er hörte Schritte, die schnell herankamen, und riss die Arme hoch, um seinen Kopf zu schützen.

»Ganz ruhig, Mann, ganz ruhig! Ich will Ihnen helfen!«

Durch den Nebel vor seinen Augen erkannte er eine orangerote Gestalt und dann ein Gesicht, das sich zu ihm herabbeugte. Kein Mundschutz, keine Haube. Bauer ließ seine Deckung sinken.

»Haben Sie Schmerzen?«, fragte der Sanitäter.

»Überall«, keuchte Bauer. Er wollte sich aufrichten, doch er steckte in der Hecke fest. »Helfen Sie mir raus!«

»Besser, Sie bleiben liegen! Der Arzt ist gleich da.«

»Jetzt machen Sie schon!«

Bauer griff nach dem Arm in der orangeroten Jacke, zog sich daran aus dem Gebüsch. Der Sanitäter half ihm auf die Beine und stützte ihn besorgt.

»Noch alles ganz?«

Bauer reckte sich vorsichtig. Alles tat weh, aber es ließ sich noch bewegen. »Scheint so.«

»Sie haben einen verdammt guten Schutzengel. Ich war sicher, der hätte Sie plattgemacht.«

Bauer blickte zur Straße. Von dem Rettungswagen keine Spur. »Haben Sie gesehen, in welche Richtung er abgebogen ist?«

»Sorry. Ich dachte, ich kümmere mich erst um Sie.«

Der Notarzt kam mit einer schweren Tasche in der Hand angerannt.

»Wie können Sie den Mann aufstehen lassen?«, blaffte er den Sanitäter an.

»Mir geht's gut«, sagte Bauer. Er holte sein Smartphone aus der Tasche. Das Display war zersplittert.

Der Arzt zückte eine Stiftlampe und schaltete sie ein. »Sehen Sie mich mal an!«

»Später«, entgegnete Bauer. »Ich brauche Ihr Handy.«

26

Sherlock bohrte seine schwarze Nase tief in das Kissen. Er brauchte nur eine Sekunde, dann hob er seinen Kopf wieder und war bereit für den Befehl.

»Such!«

Mit einem Satz, der seine langen Ohren fliegen ließ, sprang er vom Bett und lief durch die offene Tür hinaus auf den Flur.

Bauer hatte Verena Dohr angerufen. Obwohl sie in ihrer ersten Reaktion seine Zurechnungsfähigkeit angezweifelt hatte, war sie nur wenige Minuten nach den Streifenwagen eingetroffen. Vor Ort hatte sie den gestohlenen Rettungswagen in die Fahndung gegeben, die Polizeibeamten das Krankenhaus nach Vaals absuchen lassen und sich die Bilder angesehen, die die Außenkamera der Notaufnahme aufgezeichnet hatte. Jedoch war darauf nicht zu erkennen gewesen, was der vermummte Mann, der zu keiner Zeit in die Kamera blickte, auf der abgedeckten Bahre in den Rettungswagen geschoben hatte.

»Bisher haben wir hier nur einen Autodiebstahl und eine abgängige Person«, hatte Verena gesagt und eins der sechs Mantrailer-Teams angefordert, die beim LAFP, dem Landesamt für Aus- und Fortbildung der Polizei in Schloss Holte-Stukenbrock stationiert waren. Wegen der Entfernung von fast 150 Kilometern hatte die Hauptkommissarin das Team mit dem Polizeihelikopter einfliegen lassen. Ein Beweis dafür, welche Dringlichkeit sie der Situation beimaß. Bauer hätte ihn nicht gebraucht. Hinter Dohrs professioneller Coolness spürte er ihre Sorge um den Monsignore.

Das auf Lebenszeit verbundene Zweierteam bestand aus Paul Grothe, einem erfahrenen Polizeihauptkommissar, und Sherlock, einem Bayerischen Gebirgsschweißhund. Die Fähigkeit des Rüden, das genetisch bedingte und somit unverwechselbare Geruchsprofil eines Menschen zu erkennen und aufzuspüren, machte ihn zum eigentlichen Spezialisten des Duos – zum Mantrailer. Sherlock verfolgte keine Fußabdrücke, er erschnüffelte eine unsichtbare Spur – Duftmoleküle, die den Zigtausenden von Hautzellen anhafteten, welche ein Mensch in jeder Minute verlor.

Der drahtige Mann in Cargohose und dunklem T-Shirt, das auf dem Rücken den Schriftzug »Polizei« trug, ließ Sherlock an einer meterlangen Nylonleine laufen. Diensthundeführer Grothe gab keine Kommandos, er überließ seinem Partner die Leitfunktion und begleitete die Jagd nach der Zielperson nur. Während für ›gewöhnliche‹ Polizeihunde unbedingter Gehorsam oberstes Gebot war, wurden Mantrailer dazu ausgebildet, eigenständig zu arbeiten.

Der kniehohe Schweißhund mit Schlappohren, hirschrotem Fell und der charakteristischen dunklen Gesichtsmaske trabte schwanzwedelnd über den Gang der Herzstation. Dabei hielt er die Nase nicht etwa dicht über den Boden, er reckte sie in die Luft, denn dort lag seine Fährte. Bauer und Dohr folgten mit dem Hundeführer in einigen Metern Abstand, um Sherlock nicht bei seiner Arbeit zu stören. Obwohl sich der erfahrene Mantrailer auch in einer überfüllten Fußgängerzone nicht von seiner Spur hätte ablenken lassen. Zielsicher strebte der Hund zum Aufzug. Dort kratzte er an der Edelstahltür.

Grothe blickte sich fragend um. »In welchem Stock geht's weiter?«

»Erdgeschoss«, antwortete Verena. »Ist aber bisher nur eine Vermutung, kein gesicherter Erkenntnisstand.«

»Gleich wissen Sie es sicher.«

Sherlock und sein Herrchen verschwanden im Fahrstuhl, Bauer eilte mit Verena zur Treppe. Auf dem Weg nach unten überholte ihn die Hauptkommissarin, seine Beine schmerzten bei jedem Schritt, ob vom Sturz in die Hecke oder dem Spurt vorher, wollte er gar nicht wissen. Als sie das Treppenhaus vier Stockwerke tiefer verließen, bogen Sherlock und Grothe gerade mit einem gehörigen Vorsprung in einen Seitengang ab. Verena legte einen Sprint ein. Bauer hinkte hinterher. An der Ecke blickt sie sich ungeduldig nach ihm um.

»Geht das auch ein bisschen flotter?«

»Heute nicht mehr«, erwiderte er durch zusammengebissene Zähne.

»Was hatten Sie da draußen eigentlich vor?«

»Wann?«

»Als der RTW auf Sie zugerast ist. Wollten Sie einen Viertonner mit der Kraft Ihres Glaubens aufhalten?«

»Der Herr ist meine Stärke und mein Schild«, zitierte Bauer den 28. Psalm. Etwas Besseres fiel ihm nicht ein.

Sie verdrehte die Augen und lief weiter. Bauer ärgerte sich. Sein Versuch, der Hauptkommissarin das waghalsige Manöver auf der Zufahrtsstraße zu verschweigen, war mindestens so dumm gewesen wie die Aktion selbst. Er biss die Zähne zusammen und hastete ihr nach. Obwohl das Personal von den Polizisten informiert worden war, hörte Bauer irritierte Kommentare. Der Mantrailer ließ sich nicht stören. Ohne ein einziges Mal zu zögern strebte er voran. Bauer hatte längst die Orientierung verloren und suchte vergeblich nach Wegweisern zur Notaufnahme. Dann passierten sie eine Automatiktür und standen auf einem breiten Gang, der durch ein offenes Tor direkt ins Freie führte. Sie kamen an einem Raum vorbei, dessen Tür offen stand. Bauer sah zwei Sanitäter an einem Tisch sitzen, auf dem leere Pizzakartons standen. Einer der Männer winkte. Es war der Sanitäter, der Bauer aus der Hecke gezogen hatte.

Sie folgten Sherlock durch das Tor nach draußen. Er lief zielstrebig zu der Stelle, wo der gestohlene Rettungswagen gestanden hatte. Dort verharrte der Mantrailer kurz. Dann fing er an, auf dem hellerleuchteten Wendehammer in größer werdenden Schleifen umherzustreichen.

»Wahrscheinlich ist die Zielperson hier in ein Fahrzeug gestiegen«, sagte Grothe, ohne die Augen von seinem Hund zu nehmen.

»Wenn, dann nicht freiwillig«, sagte Verena. »Wie sicher sind Sie?«

»Nicht ich, mein Hund. Er hat die Spur bis hierher verfolgt. In den USA wäre das ein gerichtsverwertbarer Beweis. Nur die Idee mit dem Fahrzeug ist eine Vermutung – meine.«

»Es war ein Rettungswagen, wir haben ihn auf Video«, klärte Verena den Hauptkommissar auf. Dann sah sie Bauer ernst an. »Sie hatten recht.«

Sie griff nach ihrem Handy. Bauer wusste, dass sie die Fahndung hochstufen würde. Es ging nun nicht mehr um einen Autodiebstahl, sondern um Menschenraub in einem besonders schweren Fall. Denn was auch immer der Täter mit seinem Opfer vorhatte – ohne medizinische Versorgung schwebte Vaals in Lebensgefahr.

Der Mantrailer zog an der Leine.

»Er ist noch nicht fertig«, sagte der Hundeführer und folgte Sherlock auf den Zufahrtsweg.

Bauer wartete, bis Verena ihr Telefonat beendet hatte. Irritiert sah sie dem Mantrailer-Team nach.

»Wo will er hin?«

»Ich nehme an, zur Straße«, antwortete Bauer.

Als sie an der Einmündung ankamen, hatte Grothe den Hund absitzen lassen. »Wir brauchen einen Wagen.«

»Wozu?«, fragte Verena.

»Der RTW ist nach rechts abgebogen.« Er deutete in die Richtung, in die Sherlock seine Nase hielt. »Wir halten an den Abzweigungen, lassen den Hund streichen und nehmen den Weg, den er vorgibt.«

Die Hauptkommissarin sah ihn ungläubig an. »Erzählen Sie mir gerade, Ihr Köter kann jemanden verfolgen, der in einem Auto abtransportiert wurde?«

In Grothes Miene zuckte nicht ein Muskel. »Wir haben gutes Wetter.«

»Was hat das verdammte Wetter damit zu tun?«

»Austauscharme Witterungslage«, vermutete Bauer. »Die Luft steht, und in ihr nicht nur der Feinstaub, sondern auch die Geruchspartikel.«

»Korrekt«, betätigte Grothe.

»Klugscheißer«, murmelte Verena. Es war nicht klar, wen sie meinte. Bauer vermutete, alle drei: ihn selbst, Grothe – und den Hund. Sie wandte sich ab und winkte dem Polizisten, der neben dem Haupteingang an seinem Streifenwagen lehnte.

Bauers Herz war schneller als sein Verstand. Es machte einen Satz, als er das Licht in der Küche sah. Doch schon sein nächster Gedanke erstickte die Hoffnung. Er konnte das Auto seiner Frau nirgends entdecken, bestimmt hatte sie nur vergessen, die Küchenlampe auszuschalten, als sie und Nina wieder gefahren waren. Er parkte seinen Wagen in der Einfahrt und schleppte sich ins Haus. Er fühlte sich wie von einem schmutzig kämpfenden, übermächtigen Gegner verprügelt. Er wollte zurückschlagen, aber er fand kein Ziel, er wollte losrennen und den Monsignore suchen, aber er wusste nicht wo. Er konnte sich nicht einmal in seine Ringecke retten, um sich zusammenflicken zu lassen. Es war niemand da, der ihm Mut machen würde.

Auf dem Küchentisch stand Nudelsalat, zubereitet mit Tomaten, Rucola und Parmesan. Sarahs Lieblingsrezept. Er stellte die Schüssel in den Kühlschrank und nahm sich ein Bier. Verena hatte ihn mit dem Versprechen heimgeschickt, sich sofort über das Festnetz zu melden, falls die Suche mit dem Mantrailer Erfolg haben sollte. Er betrat das Wohnzimmer, um den Anrufbeantworter zu kontrollieren.

Die Terrassentür stand weit offen. Draußen auf dem

Tisch leuchteten Lampions. Er ging hinaus. Nina war in einem der Gartenstühle eingenickt. In ihren entspannten Zügen fand er das Baby wieder, das sie vor sechzehn Jahren gewesen war. Er strich ihr über die Wange.

Sie schlug die Augen auf und sah ihn an. »Wo warst du? Ich habe dich tausendmal angerufen.«

»Mein Handy ist kaputtgegangen.«

Ihr Blick brachte ihn dazu, es aus der Tasche zu holen und ihr das zerstörte Display zu zeigen.

»Bist du wieder mal von 'ner Brücke gejumpt?«

»So ungefähr.«

»Mama war stinkwütend.«

Er setzte sich zu ihr.

»Kriege ich was ab?«

Sie deutete auf die Bierflasche. Er reichte sie ihr. Sie nahm einen großen Schluck und gab sie ihm zurück. Stumm sahen sie in den Garten. Der Schein der Lampions reichte gerade bis zu dem Kirschbäumchen, das er im Frühjahr gepflanzt hatte. An derselben Stelle hatte schon sein Vater eine Kirsche gesetzt. In dem Sturm vor acht Monaten war der alte Baum auf das Haus gestürzt.

»Ich möchte ein Austauschjahr machen.«

Er wandte sich Nina zu. »Wann?«

»Nächstes Schuljahr.«

»Du meinst aber das zweite Halbjahr?«

»Das erste.«

»Gleich nach den Sommerferien? Die sind in drei Wochen! Für so einen Austausch gibt es garantiert Bewerbungsfristen ...«

»Habe ich alle eingehalten«, unterbrach sie ihn, »und ich bin genommen worden. Ich habe eine Gastfamilie in Mexiko. Ihr müsst nur noch unterschreiben.«

Er starrte seine Tochter an. Sie redete mit ihm nicht über ihre Zukunftspläne, sie hatte sie längst gemacht.
»Was sagt denn deine Mutter dazu?«
Sie zögerte. »Könntest du mit ihr reden?«
»Du hast ihr noch nichts davon erzählt?«
»Sie ist total komisch drauf, seit sie schwanger ist. Das weißt du doch am besten.«
»Du hättest auch mit mir reden können.«
»Ach Scheiße, ihr seid doch beide die ganze Zeit voll mit euch selbst beschäftigt. Aber ihr kriegt es nicht auf die Kette, dass wir wieder wie eine Familie zusammenzuleben. Also was soll ich noch hier? Darauf warten, dass ihr meine kleine Schwester irgendwann so zwischen euch hin- und herschiebt wie mich in den letzten Monaten? Das muss ich nicht haben.«
Ihm fiel nichts ein, das er erwidern konnte. Er hatte versucht, alles, was kaputtgegangen war, zu reparieren, doch er hatte seine Frau nicht zurückgewonnen und seine große Tochter würde ebenfalls gehen. Er hatte versucht, seinem Kollegen zu helfen, doch als Vaals ihn wirklich gebraucht hatte, war er nicht da gewesen, und nun war der Monsignore ohne medizinische Versorgung in der Gewalt eines Kidnappers.
Bauer blickte in den dunklen Garten. Luther hatte sich geirrt. Es hatte keinen Sinn, Bäume zu pflanzen, wenn die Welt unterging.

27

Hallo Mutter.

Es ist nicht meine Idee, dir zu schreiben. An den Quatsch, dass du auf einer Wolke sitzt und auf mich runterguckst, glaube ich nämlich schon lange nicht mehr. Aber wenn ich nicht tue, was die sagen, lassen sie mich wahrscheinlich nie wieder hier raus. Sie haben mich eingesperrt und behaupten, es wäre zu meinem Besten. Stationäre Therapie nennen sie es. In Wahrheit ist es ein Gefängnis.

Es ist mir völlig egal, dass heute dein Todestag ist, aber die Psychotante meint, das wäre ein wichtiger Tag für mich. Ich könnte mich in den Hintern beißen, dass ich ihr von den Briefen erzählt habe. Die dumme Kuh ist natürlich voll drauf abgefahren. Sie meint, ich soll dir sagen, was ich fühle, auch wenn es Wut ist oder Enttäuschung. Ehrlich, ich bin nicht wütend, das ist schon lange vorbei. Ich fühle auch nichts mehr, dich nicht, mich nicht, gar nichts. Oft denke ich, ich bin gar nicht mehr da. Dann mache ich das, warum sie mich in die Klapse gesteckt haben. Es tut nicht mal weh, es tut nur gut, weil ich merke, dass es mich noch gibt.

Okay, jetzt habe ich dir geschrieben, und die Psychokuh kann sich toll finden. Und auf dich scheiße ich! Ich werde auch in tausend Jahren nicht kapieren, wie eine Mutter ihr Kind einfach im Stich lassen kann. Ich würde das nie machen, ganz egal, wie beschissen es mir geht. Aber ich will auch gar keine Kinder, niemals!

Es ist echt besser, wenn man gar nicht erst geboren wird.

28

Dienstag

Am Morgen ging die Sonne trotzdem auf.

Seine Tochter war über Nacht geblieben. Sie hatten nicht mehr geredet, aber noch eine ganze Weile auf der Terrasse gesessen und zusammen das Bier ausgetrunken. Irgendwann war Nina aufgestanden und hatte ihn lange umarmt.

»Gute Nacht, Papa.«

Dann war sie ins Haus gegangen. Bauer hatte sich noch ein Bier und das Telefon geholt und sich auf die Wiese gelegt. Das Dachfenster war erst hell und bald darauf wieder dunkel geworden. Er hatte die Halme des ausgedörrten Rasens durch sein Hemd gespürt. Am verschmutzten Nachthimmel waren nur wenige trübe Lichtpunkte zu sehen gewesen. Das Telefon hatte nicht geklingelt. Er war eingeschlafen.

Eine Amsel hatte ihn in der Dämmerung geweckt. Sie sang noch immer. Die Sonne kletterte über die Hausdächer. Sein Körper fühlte sich steif und spröde an. Er rollte auf die Seite und spürte einen stechenden Schmerz. Stöhnend kam er auf die Beine und richtete sich auf. Die Amsel verstummte und flog davon, als hätte sie ihr Werk getan. Er stakste ins Haus, stellte die Kaffeemaschine an und zog sich am Treppengeländer hinauf ins Bad. Das Telefon nahm er mit. Als er aus der Dusche stieg, sah er im Spiegel das Hämatom auf seiner linken Körperseite. Es reichte großflächig von den Rippen bis zur Hüfte.

Warum wurde ein schwerkranker katholischer Geistlicher, der über kein bekanntes Vermögen verfügte, entführt? Noch dazu aus einem Krankenhaus, was die Durchführung der Tat erschwerte, das Risiko für den Kidnapper erhöhte und die Überlebenschancen für seine Geisel verringerte? War dem Täter nicht klar, dass ein frisch operierter Herzpatient ohne medizinische Versorgung in Lebensgefahr schwebte? Oder war es vielleicht genau das, was der Entführer wollte? Bauer trocknete sich rasch ab und zog sich an.

Während er in kleinen Schlucken seinen Kaffee trank, rief er sich die Begegnung vor dem Aufzug ins Gedächtnis. Auf der Rollbahre hatte, abgedeckt mit einem Leintuch, der Monsignore gelegen, die Fährtensuche des Mantrailers hatte das bestätigt. Bauer hatte keine Bewegung unter dem Laken bemerkt. Doch er hatte auch nicht genau hingesehen, weil er unwillkürlich davon ausgegangen war, dass so nur Leichen transportiert wurden. Und wenn es tatsächlich so war? Wenn Vaals schon tot gewesen war? Wenn der Täter ihn im Krankenzimmer getötet hatte? Warum nahm er dann den Leichnam mit? *Post mortem* – die Schnitte am Körper der Honigleiche, *Herzversagen* – die Todesursache ...

Nein! Bauer weigerte sich, seinem Gedankengang weiter zu folgen. Er konzentrierte sich auf das, was er beobachtet hatte. Das war wenig genug. Er hatte nur die Augen des Entführers gesehen, im schmalen Schlitz zwischen Mundschutz und OP-Haube, aber er konnte nicht einmal sagen, welche Farbe sie hatten. Angestrengt durchforstete er seine Erinnerung nach Details. Plötzlich fiel ihm der Leichengeruch ein. Davon hatte er Verena Dohr nichts erzählt.

Er kippte den Rest seines Kaffees in die Spüle, schrieb

Nina eine Nachricht und platzierte sie auf dem Küchentisch. Dort lag auch sein Handy – mit dem zersplitterten Display. Er blickte auf die alte Küchenuhr. Die Geschäfte öffneten erst in zwei Stunden. Er überlegte kurz, dann eilte er die Treppe hinauf ins Dachgeschoss. Bei jeder Stufe spürte er seine Hüfte. Er versuchte erst gar nicht, den Schmerz zu ignorieren, er begrüßte ihn fast, denn er machte ihn wacher, als Dusche und Kaffee es vermocht hatten.

Nina schlief noch. Er hockte sich ans Bett und strich ihr die Haare aus dem Gesicht.

»Nina?«

»Muss ich etwa schon aufstehen?«, murmelte sie mit geschlossenen Augen.

»Du hast noch eine halbe Stunde. Kannst du mir dein Handy leihen?«

Schlagartig war sie wach. »Mein Handy?«

»Meins ist doch kaputt, und ich muss erreichbar sein.«

»Okay.«

»Danke.« Bauer wusste, welches Opfer das für ein sechzehnjähriges Teenie-Mädchen war. »Meins liegt auf dem Küchentisch. Ich tausche die Sim-Karten. In der Stadt gibt es Läden, die wechseln ein Display in wenigen Stunden. Wenn du es also noch vor der Schule hinbringst …«

Sie winkte ab. »Alles gut. Ich komme auch so klar. Aber ich lasse es gern reparieren, wenn du möchtest.«

»Du bist ein tolles Mädchen«, lächelte er. »Nein, falsch: eine tolle junge Frau.«

Sie erwiderte das Lächeln, dann wurde sie ernst. »Pass auf dich auf, ja?«

»Du auch.« Seine Tochter machte sich Sorgen um ihn. Andersherum wäre es richtig gewesen. Er drückte ihr einen Kuss auf die Stirn und erhob sich.

»Aber nicht meine Nachrichten lesen!«, rief sie ihm hinterher.

Der übernächtigte Beamte am Empfangstresen unterdrückte ein Gähnen, als Bauer ihm einen guten Morgen wünschte. Die Gänge des Präsidiums waren leer, das Büro von Hauptkommissarin Dohr ebenfalls. Aus einem der Nebenzimmer drang ein lautes Niesen.

Kriminalobermeister Aast saß mit geröteten Augen und müdem Gesicht hinter seinem Schreibtisch und telefonierte.

»Ja, ist angekommen. Ich drucke es gerade aus.«

Als er Bauer sah, winkte er ihn herein. In dem engen Büro roch es nach Schweiß und Kamillentee.

»Sonst habt ihr noch nichts?« Aast fingerte mit einer Hand ein Papiertaschentuch aus der Packung. »Gut, meldet euch!« Er legte auf und schnäuzte sich lautstark. Danach blickte er Bauer entschuldigend an. »Ich habe gelüftet, nur ganz kurz, die Luft hier drin war nicht mehr zu ertragen. Angeblich ist die Pollenbelastung in Städten morgens am geringsten. Ich halte das für ein Gerücht.«

Er holte ein einzelnes Blatt aus dem Drucker. Es war der Ausdruck eines stark vergrößerten Standbildes, das die Kamera vor der Notaufnahme aufgezeichnet hatte. Es zeigte das bis auf die Augenpartie verdeckte Gesicht des Entführers.

»Wo ist Frau Dohr?«, fragte Bauer.

»Wahrscheinlich noch im Bett. Hoffe ich jedenfalls für sie. Sie ist erst vor drei Stunden hier raus.«

»Dann gibt es noch nichts Neues?«

Aast schüttelte den Kopf. »Der Hund hat die Fährte nach einem guten Kilometer verloren, die Fahndung nach dem RTW läuft immer noch und die KTU hat auch noch nichts Nennenswertes.«

»Mir ist noch etwas zum Entführer eingefallen.«

»Und was?«

»Leichengeruch. Der Mann roch nach Verwesung.«

Aast überlegte. » Wir gehen davon aus, dass er seine Verkleidung irgendwo im Krankenhaus gestohlen hat. Vielleicht aus der Schmutzwäsche der Pathologie. Ich gebe das weiter.«

Er stand auf und heftete den Ausdruck mit dem Bild des Entführers an seine Pinnwand, gleich neben die Fotokopie eines Personalausweises.

»Wer ist das?«, fragte Bauer und deutete auf das Passfoto.

»Julian Slomka – der Tote aus dem Bergwerk. Wenn das hier so weitergeht, brauche ich bald eine längere Wand.«

Bauer hörte die letzte Bemerkung wie durch Watte. Eine Angabe auf dem Personalausweis war ihm ins Auge gesprungen.

Der Eintrag unter ›Geburtsort‹ lautete: Bergkamen.

29

Das war jetzt die dritte Nacht hintereinander, in der sie erst weit nach Mitternacht ins Bett gekommen war. In der Anfangsphase einer Ermittlung war das nicht ungewöhnlich. Aber ständiger Schlafmangel verringerte eindeutig die Konzentrationsfähigkeit und erhöhte die Reizbarkeit. Das musste ihr durch den Kopf gegangen sein, als sie viermal hintereinander die Schlummertaste gedrückt hatte.

Jetzt war sie wach. Sie wartete auf den Impuls aufzustehen, aber er kam nicht. Stattdessen sah sie Vaals vor sich. Er stand vor ihr, mit seinem freundlichen runden Gesicht, und sah sie mit dem verständnisvollen Lächeln an, das in jeder noch so schweren Verfehlung das Menschliche zu erspüren schien. Er war ganz anders als Bauer. Wo Bauers Blick scharf war, schaute der Monsignore milde und gütig. Wo Bauer Kampfgeist ausstrahlte, fühlte man sich in Vaals' Gegenwart nach einiger Zeit aufgehoben und geborgen, ganz gleich welche Krise, welche Schwäche oder welches Versagen einen in seine Sprechstunde geführt hatte.

Jetzt hing sein Leben an einem Faden, der jederzeit reißen konnte. Und er würde reißen, es sei denn, der Entführer verfügte über die medizinischen Kenntnisse und die Ausrüstung, um einen frisch operierten Infarktpatienten zu versorgen. Wie groß war die Wahrscheinlichkeit dafür? Warum war Vaals überhaupt aus dem Krankenhaus entführt worden? Was beabsichtigte der Entführer, was war sein Motiv? Lösegeld? Es gab Tausende Opfer, die lukrativer und erheblich leichter zu entführen und am Leben zu halten waren. Und wer sollte das Lösegeld zahlen? Die katholische Kirche? Seine Diözese? Und wenn es nicht um Geld ging, um was dann? Konnte es doch mit der Bergwerksleiche zu tun haben? Wie sollte das möglich sein?

Ihr Blick fiel auf ihr Kopfkissen. Es lag neben dem Bett. Worauf hatte sie dann geschlafen? Sie zog Elmars Kissen unter ihrem Rücken hervor. Seltsam. Als sie es wieder in seiner Hälfte des Bettes deponierte, hatte sie für einen Augenblick seinen unverwechselbaren Geruch in der Nase.

Karman. Der Gedanke an ihren intriganten Kollegen zuckte durch ihren Kopf. Das war die Gegenwart. Mit einem Ruck setzte sie sich auf und schob die Beine aus dem Bett.

Dann ging es ganz schnell. Duschen, Zähneputzen, fünf Minuten vor dem Spiegel, während der Kaffee durchlief. Feststellen, dass ihr Vorrat an noch nicht durchgeschwitzter Garderobe zur Neige ging. Sich eingestehen, dass sie in den nächsten Tagen nicht zum Waschen und Bügeln kommen würde. Alles an Schmutzwäsche zusammensuchen und in zwei große Plastiksäcke stopfen.

Sie war im Begriff, die Wohnung zu verlassen, als das Festnetztelefon läutete. Kaum noch jemand rief sie auf diesem Anschluss an. Nur Menschen, die ihr nahestanden und deren Anrufe sie nicht ignorieren konnte. Sie kannte die Vorwahl auf dem Display nicht. Dann fiel es ihr ein. Sie gehörte zu der kleinen Gemeinde in der Südeifel, an deren Rand die Entzugsklinik lag. Sie nahm den Hörer ab.

Elmars Stimme klang dünn und verletzlich, ihr fehlte die aufgesetzte Coolness, die sie hatte, wenn er auf Drogen war. Er wolle nur ihre Stimme hören, kam es leise aus dem Hörer, das Schlimmste sei vorbei, er habe den körperlichen Entzug hinter sich. »War es sehr hart?«, fragte sie. Gewöhnlich spielte er die Entzugsqualen herunter. Aber so weit war er noch nicht. Sie versuchte ihn aufzumuntern und zu motivieren und fragte sich dabei, ob sie an ihn dachte oder vor allem an sich selbst.

Als sie auflegte, waren fünfzehn Minuten vergangen. Mit einem Plastiksack in jeder Hand lief sie zum Auto. Dabei spürte sie bereits, wie ihr Deo versagte. Unterwegs erfuhr sie aus dem Autoradio, dass es in Paris die ersten Hitzetoten gegeben hatte.

Sie parkte in zweiter Reihe und hastete in die Wäscherei. Während sie darauf wartete, dass sie dran war, griff sie nach der Tageszeitung auf dem Tresen. Über Vaals stand nichts drin, die Redaktionen hielten sich an die bei Entführungen übliche Vereinbarung. Mal sehen, wie lange die Schutzmauer halten würde. Die gesamte Belegschaft des Krankenhauses durfte Bescheid wissen. Da war es nur eine Frage der Zeit, bis im Internet die ersten Postings zur Entführung auftauchen würden. Danach konnten sie froh sein, wenn Vaals Röntgenbilder nicht auf Seite eins erschienen.

Sie blätterte weiter. Die Honigleiche war nach hinten gewandert. Es gab nichts Neues. Der Autor verwurstete noch mal das, was er am Vortag schon geschrieben hatte. Was, wenn er von ihrem Ermittlungsfehler erfuhr, schoss es ihr durch den Kopf. Dann würde sie Karman umbringen.

Sie fand das Namenskürzel unter dem Artikel. »Haben Sie die Zeitung vom Samstag noch irgendwo?«, unterbrach sie die Verhandlungen einer alten Dame über die richtige Reinigung einer fliederfarbenen Organzabluse. Die Frau hinter dem Tresen deutet wortlos auf den Pappkarton mit dem Altpapier. Dohr fand die gesuchte Ausgabe. Das Kürzel unter dem Artikel, der das Tatortfoto begleitete, war dasselbe.

Endlich war sie an der Reihe. Sie entledigte sich ihrer Wäsche und nahm den Abholschein entgegen. Draußen entkam sie gerade noch einer Politesse, die ihren Wagen schon ins Visier genommen hatte.

Auf dem letzten Stück zum Präsidium sprang jede Ampel, der sie sich näherte, auf Rot. Sie atmete durch.

Die Fahndung nach dem Rettungswagen hatte bisher keinen Erfolg gehabt. Das Fahrzeug musste in irgendeiner Garage, einer Halle oder einem Schuppen verschwunden sein. Das war nicht gut. Vielleicht lag es auch bereits auf dem Grund eines geeigneten Gewässers. Hoffentlich ohne den Monsignore.

Die Überwachungskameras in der Klinik hatten die Entführung zum Teil aufgezeichnet. Der Täter war ein Mann gewesen, so viel stand fest. Aber dank Mundschutz, OP-Haube und -Handschuhen hatten sie weder sein Gesicht noch ein Fitzelchen Haut von ihm zu sehen bekommen. Anhand der Aufzeichnungen konnten sie nur sagen, dass er zwischen 171 cm bis 173 cm groß war.

Sie hatten die Fahrt des Rettungswagens mit Hilfe des Spürhundes sowie einiger Verkehrskameras fast anderthalb Kilometer weit verfolgen können. Dann war das Fahrzeug in ein Stadtviertel ohne Kameras abgebogen, wo auch Sherlock die Spur verloren hatte. Sie hielt die flächendeckende Überwachung ganzer Städte zwar für verfassungsrechtlich bedenklich, aber manchmal beneidete sie ihre englischen Kollegen.

Die Spurensicherung hatte nichts erbracht, aber das hatte sie auch nicht erwartet. Der Täter wusste offensichtlich, was er tat, und agierte extrem kaltblütig. Monsignore Vaals war verschwunden, und sie hatten keine Spur, der sie folgen konnten, um ihn zu finden.

Irgendwann kam Verena Dohr doch noch im Präsidium an.

Auf dem Flur kam ihr Karman entgegen. Das irritierte sie. Normalerweise saß sie schon lange an ihrem Schreibtisch, wenn er zum Dienst antrat. Anstelle des üblichen sarkastischen Grinsens wirkte er gelöst, ja, beinah zufrieden. Irgendetwas stimmte nicht. Er nickte ihr zu.

Sie nickte zurück. »Morgen, Guido.«

»Morgen auch.«

Nach den Ereignissen der gestrigen Nacht musste die Arbeit möglichst schnell neu koordiniert werden, überlegte sie. »Sag allen Bescheid, Besprechung um zehn.«

Karman blieb stehen. »Du solltest vielleicht erst rauf zu Lutz. Er hat nach dir gefragt.«

»Jetzt sofort?«

»Ich denke schon.« Karman verschwand in seinem Dienstzimmer und schloss die Tür hinter sich.

Das war merkwürdig. Auch Lutz galt nicht gerade als Frühaufsteher. Aber vielleicht ließ ihn die Entführung eines seiner Polizeiseelsorger ja einen Gang raufschalten.

Das Büro des Direktionsleiters im Rang eines Polizeidirektors lag auf der fünften Etage. Dohr nahm die Treppe. Sie betrat das Vorzimmer ohne anzuklopfen und blieb überrascht stehen. Frau Sebald, die schmallippige knochige Vorzimmerdame des Polizeidirektors, war nicht mehr knochig und schmallippig. Sie hatte mindestens fünf Kilo zugenommen, Lippenstift aufgelegt und eine neue Frisur.

»Tag, Frau Sebald. Tolle Frisur.«

»Danke, Frau Dohr. Gehen Sie durch, er wartet schon.«

Lutz saß mit grimmiger Miene an seinem Schreibtisch, hinter sich das verwaiste 300-Liter-Aquarium. Bonnie und Clyde waren vor Kurzem gestorben. Böswillige Zungen behaupteten, die beiden Kampffische hätten Selbstmord begangen, weil sie Lutz nicht mehr ertragen hatten. An der Wand mit den Urkunden, Auszeichnungen und Gold-, Silber und Bronzemedaillen des Polizeidirektors hing jetzt auch ein gerahmtes Foto der Verblichenen. Dohr hielt es zwar für unwahrscheinlich, aber vielleicht hatte Lutz ja doch ein Herz.

»Guten Morgen, Herr Direktor. Sie wollten mich sprechen?«

»Ja ja, guten Morgen. Jetzt setzen Sie sich schon.«

Sie ignorierte den unbequemen Schemel, den Lutz für untergeordnete Besucher bereithielt, und zog den Polsterstuhl heran, der Gleich- oder Höhergestellten vorbehalten war. »Ich nehme an, Sie wollen einen Bericht über die Entführung des Monsignore.«

Lutz schüttelte unwillig den Kopf. »Nicht nötig. Hauptkommissar Karman hat mich schon informiert.«

Dohr erstarrte. Was hatte das zu bedeuten? »Tatsächlich?«

Lutz beugte sich vor und stützte seine Ellenbogen auf den Tisch. »Erklären Sie mir erst mal, wie es kommt, dass Sie als Erste am Tatort waren und die Ermittlung an sich gerissen haben.«

Daher wehte der Wind. »Ich habe nichts an mich gerissen, Herr Direktor. Ich wurde alarmiert und ...«

»Von Ihrem alten Freund Bauer«, unterbrach Lutz sie grob.

»Er war vor Ort und war Zeuge der Tat. Der Entführer ist mit Vaals praktisch an ihm vorbeigegangen. Ich habe nur den ersten Angriff geleitet.«

Lutz lehnte sich zurück. »Schon klar, Frau Dohr. Ihr Freund hat Sie zum Tanzen eingeladen, da sind Sie natürlich sofort dabei. Sie haben sich bei Ihrer eigenen Ermittlung nicht gerade mit Ruhm bekleckert. Sie haben voreilig das Opfer für den Täter gehalten und drei Tage lang in die falsche Richtung ermittelt! Aus Arroganz! Das ist Ihr Problem. Sie lassen sich nichts sagen, Sie ignorieren die Anordnungen ihrer Vorgesetzten. Sie sind für den Posten, den Sie bekleiden, ungeeignet. Ich war dagegen, Sie mit der Leitung des KK 11 zu betrauen, und jetzt zeigt sich, dass ich recht hatte.«

»Herr Direktor ...«

Lutz schnitt ihr wieder das Wort ab. »Das hier wird kurz und schmerzlos.«

Dohr wusste, was das bedeutete.

»Karman stellt ein neues Team zusammen und macht bei der Honigleiche weiter.«

»Das ist meine Ermittlung.«

Lutz erhob sich. »Nicht mehr. Ich diskutiere das nicht mit Ihnen. Übergeben Sie alles an Karman. Wir machen einen frischen Anfang. Sie übernehmen mit Ihren Leuten die Entführung. Das dürfte Ihnen ja entgegenkommen.«

Dohr stand ebenfalls auf.

»Und falls ich erfahre, dass Sie die Tatortfotos an die Presse gegeben haben, kriegen Sie ein Disziplinarverfahren an den Hals, das sich gewaschen hat. Nur dafür habe ich schon eine Flasche Schampus im Kühlschrank.«

Dohr schloss die Tür hinter sich. Frau Sebald lackierte sich die Nägel. Sie schaute auf und lächelte der Hauptkommissarin bedauernd zu. Dohr versuchte zurückzulächeln, aber ihre Gesichtsmuskeln spielten nicht mit. Sie spürte, wie das Blut in ihren Schläfen pochte. Ihre Fäuste waren so fest geballt, dass sich die Nägel in ihre Handflächen bohrten.

Auf dem Flur kam ihr Dr. Jürgens entgegen.

»Alles in Ordnung, Frau Dohr?« Er klang besorgt. Sah man es ihr an?

Sie nickte ihm zu. »Alles bestens.«

Sie musste rauchen. Und denken. Allein. Sie fand die Waschräume für die weiblichen Mitarbeiter, schloss sich in einer Kabine ein und öffnete das winzige Fenster zum Innenhof. Auf ihrer Etage war es üblich, auf den Toiletten zu rauchen. Dafür wurden die Rauchmelder regelmäßig außer Betrieb gesetzt. Sie hoffte, dass die Kollegen hier genauso schlau waren, und steckte sich eine Zigarette an.

Karman hatte sie ausmanövriert. Der erste Schritt auf dem Weg zu seinem großen Ziel, sie aus dem Weg zu räumen und auf ihren Stuhl zu klettern.

Normalerweise war nichts dagegen zu sagen, dass Arbeit anders organisiert und verteilt wurde, wenn neue Ermittlungen es erforderten. Allerdings wäre es in diesem Fall naheliegender, Karman die Leitung der neuen Ermittlung zu übertragen. Es machte sie rasend, dass er den Fall ausgerechnet in dem Moment übernahm, an dem sie endlich wussten, in welche Richtung sie ermitteln mussten.

Der Wechsel würde nur eins signalisieren: Sie hatte versagt und wurde von Lutz abgestraft, ohne dass sie sich formal dagegen wehren konnte. Bestimmt würde Karman sein Bestes tun, die dazu passenden Gerüchte zu streuen. Ein netter Nebeneffekt war für ihn vermutlich, dass Aast, Herwig und Coenes indirekt auch davon betroffen waren. Nicht so sehr wie sie selbst, aber etwas würde auch an ihnen hängen bleiben. Sie würden sich fragen, warum Lutz sie ihren Fall nicht weiterbearbeiten ließ und Dohr ein neues Team gab. So konnte Karman hoffen, einen Keil zwischen sie und die drei zu treiben.

Gegenwärtig sah sie keine Möglichkeit, Karmans Intrige zu kontern. Aber sie würde etwas unternehmen müssen. Sie warf den Rest der Zigarette ins Klo und verließ den Waschraum.

Eine Stunde später hatte sie die neue Lage mit Aast, Herwig und Coenes besprochen. Karmans Spekulation war nicht aufgegangen. Aast und Herwig waren froh, an der Suche nach Vaals beteiligt zu sein. Für sie gehörte der

Polizeiseelsorger zur Truppe, also nahmen sie die Entführung persönlich. Auch Oberkommissarin Coenes wollte unbedingt dabei sein, obwohl sie den Monsignore noch nie getroffen hatte.

Sie machten sich an die Arbeit. Die Fahndung nach dem Rettungswagen lief auf Hochtouren. Fuß- und Fahrradstreifen waren verdoppelt worden. Auf Anweisung des Polizeidirektors war eine Suchmeldung mit dem Foto des gestohlenen Fahrzeugs an die Medien gegangen. Keine gute Idee, denn jedes Mal, wenn Rettungsfahrzeuge zu Einsätzen fuhren, gingen jetzt Dutzende Anrufe aufmerksamer Bürger ein, die überprüft werden mussten.

Ihr Smartphone läutete. »Ja?«

Es war unglaublich. Die Suchmeldung des verdammten Polizeidirektors hatte Erfolg gehabt. Ein Rentner hatte den Rettungswagen auf einem gesperrten Park & Ride-Parkplatz entdeckt.

30

Der hagere Mann, der Bauer die Tür öffnete, trug trotz der Hitze einen dreiteiligen Anzug.

»Guten Morgen, Herr Slomka. Mein Name ist Martin Bauer, ich bin Polizeiseelsorger. Ich komme wegen Ihrem Sohn.«

Das war nur ein kleiner Teil der Wahrheit. Nein, nicht einmal das. Er war nicht hier, um dem Mann, der sein einziges Kind verloren hatte, Trost zu bringen. Bauer erhoffte sich selbst etwas. Irgendetwas, das half, Vaals zu finden.

Es ging nicht mehr nur um die Seele des Monsignore, sondern darum, sein Leben zu retten.

Es war Bauer klar, dass er gerade gegen jede Vernunft handelte. Aber seit er den Geburtsort auf Julian Slomkas Ausweis gesehen hatte, bestand für Bauer kein Zweifel mehr: Die Leiche im Bergwerk, Vaals' Zusammenbruch, seine Flucht aus der Gemeinde vor fünfzehn Jahren und seine Entführung waren Teile desselben Rätsels. Wenn er es löste, würde ihn dies auf die richtige Spur führen.

»Sie sind Geistlicher?« Ferdinand Slomka sah Bauer an. Sein Blick war wie kalte Asche, in seinen Augen glomm kein Funken Leben mehr.

»Ja. Bei der Polizei.«

In der Wohnung begann ein Wasserkessel zu pfeifen.

»Ich koche gerade Kaffee«, erklärte Slomka. »Möchten Sie auch einen?«

»Sehr gern.«

Er führte Bauer in eine Küche, in der die Zeit seit Jahrzehnten stillzustehen schien.

»Bitte, nehmen Sie Platz.«

Bauer setzte sich auf die Eckbank am Küchentisch, auf dem eine Wachstuchdecke lag.

Slomka nahm den Kessel vom Herd. Das Pfeifen erstarb. Mit sorgfältigen, kreisenden Bewegungen goss er das heiße Wasser in den Plastikfilter, der auf einer goldrandverzierten Porzellankanne saß. Für eine Weile war das Tröpfeln des durchlaufenden Kaffees das einzige Geräusch. Obwohl er mit einem Fremden im Raum war, schien ihm die Stille nichts auszumachen.

Als Slomka den Wasserkessel wegstellte, sagte Bauer: »Was mit Ihrem Sohn passiert ist, tut mir sehr leid.«

»Wenigstens weiß ich diesmal Bescheid.«

Bauer erriet, was der Mann nicht sagte. »Wie viele Jahre ist es her?«

»Was meinen Sie?«

»Dass Ihre Frau verschwunden ist.«

»Am dreizehnten Mai waren es fünfzehn.«

Fünfzehn Jahre. Bauer verspürte keine Überraschung. »Sie wohnten damals noch in Bergkamen.« Auf Slomkas Blick hin ergänzte er: »Ich habe den Geburtsort Ihres Sohnes auf seinem Personalausweis gesehen.«

Ferdinand Slomka nickte, offenbar genügte ihm dies als Erklärung. »Ich bin hierhergezogen, als Julian nach München gegangen ist. Er war dort auf der Journalistenschule.« Er stellte zwei zur Kanne passende Tassen und eine ebensolche Zuckerdose auf den Tisch. »Es tut mir leid, Milch habe ich keine.«

»Schwarz ist gut«, sagte Bauer und sah ihn ernst an. »Herr Slomka, ich brauche Ihre Hilfe.«

»Meine Hilfe?«, fragte er irritiert. »Ich dachte, Sie wollten mir Ihren Beistand anbieten.«

»Das würde ich sehr gern. Aber es gibt jemanden, der ihn dringender braucht. Ich vermute, Sie kennen ihn. Er war bis vor fünfzehn Jahren Gemeindepfarrer von Sankt Elisabeth in …«

»Monsignore Vaals?«, unterbrach Slomka ihn. Der Schreck war das erste Lebenszeichen in seinem Blick. »Was ist mit ihm?«

»Ich bin nicht sicher, ob ich Ihnen das sagen darf.«

Slomka überlegte. »Dann geht es um ein Verbrechen?«

»Ja.«

»Hat es etwas mit meinem Sohn zu tun?«

»Das versuche ich herauszufinden.«

»Aber der Monsignore lebt doch noch?«

Bauer zögerte. »Ich hoffe es.«

Die Augen des alten Mannes erloschen wieder. So etwas wie Hoffnung gab es für ihn nicht mehr, sie kündigte nur den nächsten Schicksalsschlag an.

»Ich habe das Foto von Julian in der Zeitung gesehen. Ich habe ihn nicht erkannt. Meinen eigenen Sohn.« Er setzte sich an den Tisch. »Warum lässt Gott so etwas zu?«

Bauer hätte es sich leicht machen können. Er hätte sagen können, dass es Menschen waren, die anderen Leid zufügten, nicht Gott. In diesem Fall stimmte das sogar. Aber in vielen anderen Fällen eben auch nicht. Es war nicht leicht.

»Ich weiß es nicht«, antwortete er ehrlich.

»Und Sie können trotzdem glauben?«

»Ja.«

»Sie haben noch kein Kind verloren. Als Geistlicher brauchen Sie das ja auch nicht zu fürchten.«

»Es ist meine größte Angst. Ich bin evangelisch.«

Slomka sagte nichts. War er enttäuscht, dass Bauer einer anderen Konfession angehörte? Oder war es ihm nicht wichtig? Vielleicht war ihm nichts mehr wichtig.

»Darf ich Ihnen ein paar Fragen stellen?«

»Wenn ich Ihnen damit helfen kann.«

»Sagt Ihnen der Name Josef Hartwig etwas?«

Slomka dachte nach. Schließlich schüttelte er den Kopf. »Nein.«

»Wie gut kennen Sie den Monsignore?«

»Er war unser Gemeindepfarrer und mein Beichtvater. Mein Sohn hat in seinem Kinderchor gesungen.«

Auch das überraschte Bauer nicht mehr: Vaals hatte Julian Slomka gekannt. Im Bergwerk war er vor der Leiche des jungen Mannes zusammengebrochen. Konnte es sein, dass Vaals sein ehemaliges Chorkind wiedererkannt hatte?

»Hatten Sie oder Ihr Sohn noch Kontakt zum Monsignore, nachdem er die Gemeinde verlassen hatte?«

»Nein. Ich habe nie erfahren, wohin er abberufen wurde. Es ging alles so schnell. Was Julian angeht – ich weiß es nicht. Aber er hat nie etwas in der Art erwähnt.«

»Sie haben sicher von den Gerüchten gehört ...«

Slomkas Miene verfinsterte sich. »Ja. Widerwärtiges Zeug. Ich versichere Ihnen, ich bin nie einem besseren Menschen begegnet als dem Monsignore. Ohne ihn wären wir damals verloren gewesen. Ich war wie gelähmt, als meine Frau verschwand. Er hat sich in den ersten Wochen um Julian gekümmert. Und mir hat er auch Halt gegeben – im Glauben. Dann wurde er versetzt.«

»Gab es nie irgendeinen Hinweis, wo Ihre Frau abgeblieben sein könnte? Oder was mit ihr geschehen ist?«

»Nichts. Die Polizei hat absolut nichts gefunden. Doris ist wie immer morgens in die Boutique gegangen. Mittags hat mein Sohn sie dort noch besucht, auf dem Heimweg von der Schule. Das hat er oft gemacht, er hing sehr an seiner Mutter. Als sie abends nicht nach Hause kam, bin ich hingegangen. Aber es war schon abgeschlossen. Sie war einfach weg. Spurlos verschwunden.«

»Ihre Frau arbeitete in dieser Boutique?«

Slomka nickte. »Es war ein Laden für Geschenkartikel.«

Geschenkartikel. Etwas huschte durch Bauers Kopf. Doch er bekam es nicht zu fassen.

»Mein Sohn hat immer an ein Verbrechen geglaubt«, fuhr Slomka fort. »Als er seine Mutter mittags besucht hatte und dann nach Hause ging, muss wohl jemand in den Laden gekommen sein. Irgendein Kunde. Aber Julian machte aus ihm in seiner Fantasie den Mann, der seine Mutter geholt hatte. Der Junge war wie besessen, er hat schon als Fünfzehnjähriger versucht, Nachforschungen anzustellen. Schließlich habe ich es ihm verboten. Das war falsch, oder?«

»Sie wollten ihn beschützen«, sagte Bauer sanft.

»Danach haben wir nie mehr darüber geredet. Aber ich weiß, dass er nicht aufgehört hat, nach seiner Mutter zu suchen. Und jetzt ist er tot.« Slomka starrte auf die Wachstuchtischdecke. Plötzlich erhob er sich. »Verzeihung, ich bin Gäste nicht gewohnt.«

Er holte die Kanne und schenkte ein. Sie tranken. Der Kaffee war kalt geworden und schmeckte bitter. Slomka schien es nicht zu bemerken. Die Stille kehrte zurück. Bauer durchbrach sie nur noch, um sich zu verabschieden.

Als er zu seinem Auto ging, öffneten gerade die vielen kleinen Geschäfte und Cafés in den Gassen der Altstadt, und die ersten Pilger spazierten vorbei. Sie suchten das, weswegen vermutlich auch Slomka hergezogen war: Gnade, Trost, Erlösung. Der alte Mann hatte nichts davon gefunden. Nur neues Leid.

Bauer hatte vor einer Devotionalienhandlung geparkt. Während er die Fahrertür öffnete, betrachtete er das kitschig dekorierte Schaufenster. Geschenkartikel Gottes.

Plötzlich fiel es ihm wieder ein: Josef Hartwig war Handelsvertreter gewesen – für Geschenkartikel.

31

Der Park & Ride-Platz war nagelneu und noch nicht eröffnet. Er lag unter der Hochtrasse der A 59 in der Nähe der Regattabahn. Zufahrt und Parkfläche waren bereits asphaltiert, Markierungen und Beschilderung fehlten noch. Baumaschinen, Sand- und Kieshaufen warteten darauf, abtransportiert zu werden. Die Einfahrt war mit Absperrgittern gesichert, die so weit auseinandergeschoben waren, dass Pkws und kleinere Transporter hindurchpassten.

Am entfernten Ende der Parkfläche stand ein Streifenwagen vor einem der riesigen Betonpfeiler der A 59. Von der Besatzung war nichts zu sehen. Als die Hauptkommissarin neben dem BMW hielt, tauchte ein uniformierter Kollege hinter dem Pfeiler auf. Verena stieß die Tür auf.

»Haben Sie ihn aufgemacht?«

Der Mann erkannte sie. Er schüttelte den Kopf. »Wir wollten auf Sie warten.«

Sie riss eine Packung Latexhandschuhe auf. »Gehen Sie vor.« Im Gehen streifte sie die Handschuhe über.

Der Rettungswagen war direkt hinter dem Pfeiler außer Sicht abgestellt worden. Ein zweiter uniformierter Beamter wartete zusammen mit einem abgerissen aussehenden Mann am Heck des Fahrzeugs.

»Irgendwas angefasst?« Die drei Männer schüttelten die Köpfe.

Verena packte den Türgriff. Sie spürte, wie ihr Herz schlug. Wider besseres Wissen spürte sie einen Funken Hoffnung.

Eine kehlige Stimme hinter ihr sagte: »Is niemand mehr drin.«

Sie riss die Tür auf. Kein Vaals. Der Platz, wo die Rollbahre stehen sollte, war leer.

Sie drehte sich um und fuhr den verwahrlosten Mann an. »Woher wussten Sie das?«

Er schaute eingeschüchtert zu Boden.

Ein Obdachloser. Trotz der Hitze trug er zwei Hosen, einen löchrigen Pullover, eine Windjacke und einen Parka übereinander, alles verschlissen und genauso mit Schmutz überkrustet wie seine Hände. Sein Gesicht sah aus, als sei das Leben wie ein Panzer darüber hinweggerollt. Er war klein und schmächtig und wirkte, als sei er in ständiger Bereitschaft, Schlägen auszuweichen. Ein Mensch, der vom Tag seiner Geburt an nicht den Hauch einer Chance gehabt hatte.

»Ich habe mir von einem Kumpel das Handy geliehen und angerufen. Wegen dem Wagen da.« Es klang, als warte er immer noch auf das Lob, das nie gekommen war.

»Gut gemacht. Wie heißen Sie?«

Er sah aus, als müsse er überlegen. »Auf Platte nennen sie mich Frosti. Weil mir immer so kalt ist.«

Verena wollte nach seinem richtigen Namen fragen, aber er redete einfach weiter.

»Ich hatte auch mal eins. Ist geklaut worden. Im Asyl. Miese Schweine da. Bin da weg. Deshalb. Hab da geschlafen.« Er deutete auf einen Haufen Bausand, hinter dem man von der Straße aus nicht zu sehen war.

»Allein?«

Er nickte. »Bin ich meistens.« Er schob die dreifache Kleidungsschicht an seinem rechten Arm hoch und kratzte etwas, das eine entzündete Schuppenflechte sein konnte oder die Krätze. Vielleicht beides.

»Haben Sie irgendwas gesehen? Zum Beispiel, wer den Rettungswagen hier abgestellt hat?«

»Sie haben bestimmt nicht zufällig was zu Trinken dabei?« Der Ton seiner Stimme klang defensiv. Er rechnete nicht wirklich damit.

Verena zog einen Zehn-Euro-Schein aus ihrem Portemonnaie und gab ihn einem der Polizisten. Er sah sie ungläubig an.

»Nun machen Sie schon.«

Das genügte. Der Polizist begriff, dass es Zeit war für eine gute Tat. Er stieg in den Streifenwagen und fuhr los.

»Da kann man echt gut schlafen. Wegen dem Sand. Ich hatte noch 'ne Flasche Wein. Hab super geschlafen. Hab von meinem Hund geträumt, den hatte ich vor dem Kinderheim. Dann war da der Krankenwagen. Ich dachte, der ist auch in dem Traum. Dann war irgendwas mit Schaben und Mücken und dann kam der zweite Wagen.«

»Wissen Sie noch, was das für einer war oder welche Farbe?«

Der Obdachlose dachte nach. »So ein Lieferwagen.«

»Und die Farbe?«, fragte sie weiter.

»Hell irgendwie, fast weiß. Einer ist ausgestiegen, der hatte einen Kittel an, wie ein Arzt oder ein Apotheker. Er hat dieses Rollding aus dem Krankenwagen geholt und in den Lieferwagen geschoben. Dann ist er weggefahren. Ich hab weitergeschlafen.«

»Können Sie den Mann beschreiben?«

Frosti schüttelte den Kopf und setzte seine Plastiktüten ab. »Schlechte Augen. Hatte ich schon als Kind. Hat keiner gemerkt. Dachten, ich wäre dumm. Dann ist mein Vater gestorben. Meine Mutter hat getrunken. Vier Jahre, dann war die Leber kaputt. Im Kinderheim haben alle unheimlich heilig getan. Und nachts mit den Kleinen Schweinereien gemacht. War ganz normal. Ich war zum Glück zu alt. Gab auch ein paar Nette. Die haben einen Priester erwischt, der hat im Zeltlager im Mädchenzelt mit seinem Schwanz rumgewedelt. Die ihn erwischt haben, sind alle rausgeflogen.«

Er starrte ins Leere. Vielleicht waren die Betreuer, die gefeuert worden waren, der Grund dafür, dass er überhaupt noch am Leben war, dachte Dohr. »Wieso haben Sie die Polizei angerufen?«

Er kehrte zurück in die Gegenwart. »Als ich wach geworden bin, bin ich zum Kiosk. Weil, ich hatte Durst. Ich dachte, ich hätte irgendwo noch den Euro und die fünfzig Cent, aber die war'n weg. Dann habe ich die Überschrift gesehen. Ich dachte, vielleicht gibt's eine Belohnung.«

Verena ließ bedauernd die Schultern fallen. »Leider nicht.«

»Hätte ich mir denken können. Kann ich jetzt gehen?«

»Natürlich. Fällt Ihnen vielleicht noch irgendwas ein, was uns helfen könnte, den Mann oder den Wagen zu finden?«

Der Obdachlose schob wieder die Ärmel hoch und kratzte. Dabei schien er sich wirklich anzustrengen nachzudenken. Plötzlich riss er die Augen auf.

»Ja! Hinten drauf war so'n halb abgekratzter Aufkleber, gelb und rot, keine Ahnung wovon.«

Verena sah, dass da nichts mehr kommen würde. »Sagen Sie dem Kollegen, wo wir Sie in den nächsten Tagen finden können. Wie ist Ihr richtiger Name?«

Der Obdachlose sah sie überrascht an. Anscheinend hatte sich schon lange niemand mehr für seinen Namen interessiert. »Walter Hansen.« Er hob seine Plastiktüten auf.

»Moment noch.« Verena öffnete ihr Portemonnaie und zog einen Zwanziger heraus. Sie hielt inne. Wie legte man einen Betrag fest, der dem Schicksal dieses Mannes angemessen war? Im Scheinfach steckten noch ein Fünfziger und zwei Zehner. Sie zog alle Scheine heraus und drückte sie Walter Hansen in die Hand. Bevor er sich bedanken konnte, hatte sie den Rettungswagen umrundet. Sie fragte sich, ob sie dem Obdachlosen mit ihrer großzügigen Spende wirklich einen Gefallen getan hatte. In der Gesellschaft, in der er unterwegs war, konnte man für neunzig Euro zusammengeschlagen und ausgeraubt werden.

Sie öffnete die Fahrertür. Auf dem Fahrersitz lag ein Briefumschlag. Darauf stand in großen roten Buchstaben *Vaals*. Verena nahm den Umschlag. Er war nicht zugeklebt. Vorsichtig öffnete sie ihn. Er enthielt ein weißes Blatt billiges Druckerpapier. Sie zog es heraus und faltete es auseinander. Auf dem Blatt stand nur ein Satz. Dem Drucker musste gerade die Tinte ausgegangen sein, bei dem Wort *jetzt* hatte der Farbauftrag fast ganz ausgesetzt. Das war gut. Falls sie bei den Ermittlungen auf einen Drucker mit dem gleichen Druckbild stießen, hätte diese Tatsache Beweiskraft, dachte sich mechanisch. Sie las den Satz ein zweites Mal, aber der Schock ließ nicht nach.

Vaals das Schwein der dreckige Kinderschänder kriegt jetzt was er verdient

Ohne Punkt oder Ausrufezeichen.

Vorsichtig schob sie das Blatt zurück in den Umschlag.

Ihr war klar, dass sie diesen Brief vorerst niemandem zeigen durfte. Nicht, solange Informationen aus dem Präsidium an die Presse durchgestochen wurden. Sie durfte dieses entscheidende Beweisstück aber auch nicht zurückhalten. Sie würde etwas tun müssen, das ihr ausgesprochen zuwider war. Aber zuerst mal brauchte sie einen Spurenbeutel. Vielleicht musste sie den Streifenwagen noch mal losschicken, um im Supermarkt ein paar Gefrierbeutel zu besorgen.

Zum Glück war das nicht nötig, denn in diesem Moment rollte der Kombi der KTU auf das Baugelände. Die Kollegen würden ihr gern einen Spurenbeutel überlassen.

Widerwillig streifte Polizeidirektor Lutz die unbenutzten Latexhandschuhe über und verzog das Gesicht. Verena sah, warum. Lutz hatte sich offensichtlich einen Sonnenbrand an den Händen geholt. Wahrscheinlich war er zu lange mit seiner Jacht in der Marina auf und ab gegondelt.

Lutz brauchte zwei Minuten, um die vierzehn Wörter zu lesen und zu verdauen. Dann ließ er das Blatt sinken. »Kein. Einziges. Verdammtes. Wort.« Bei jeder Silbe stach sein Zeigefinger in ihre Richtung. »Ich will kein einziges verdammtes Wort davon in der Zeitung lesen«, wiederholte er sich. »Verstanden?«

Sie sagte nichts.

»Denken Sie bloß nicht, dass mir unsere Polizeiseelsorger plötzlich ans Herz gewachsen sind.« Der Zeigefinger durchbohrte wieder die Luft vor ihrem Gesicht. »Aber so einen Skandal können wir im Moment nicht gebrauchen.«

Sie wusste, was er meinte. Gerade war ein ganzer Zug der Bereitschaftspolizei wegen wüster Partys mit rassistischen Entgleisungen in die Medien geraten.

»Wer weiß davon?«

»Niemand. Außer mir. Und jetzt Sie.« Lutz ging es ausschließlich um das Ansehen der Behörde und damit um sein eigenes, wie immer. Dass sie dagegen vor allem das

Ansehen des Polizeiseelsorgers schützen wollte, solange der Wahrheitsgehalt der Anschuldigungen sich nicht bestätigt hatte, war ihm egal.

»Gut, gut.« Lutz dachte nach. »Belassen wir es vorerst dabei.«

Verenas Augenbrauen gingen nach oben. »Das ist eine entscheidende Spur, Herr Direktor. Wollen Sie, dass ich sie zurückhalte?«

Lutz funkelte sie an. »Reden Sie keinen Quatsch. Aber Ihre Abteilung ist leck wie ein Sieb, das haben wir bei der Honigleiche gesehen ...«

Karman, der Dreckskerl. Sie fuhr Lutz ins Wort. »Wir sind nicht die Einzigen, die mit dem Fall zu tun haben. KDD, KTU, Gerichtsmedizin – und die Direktion.«

Letzteres musste Lutz als persönlichen Angriff auffassen. Der ohnehin rötliche Farbton seines ständig gereizten Gesichts verdunkelte sich um eine weitere Stufe.

»Sie unterstellen mir, dass ...«

»Natürlich nicht Sie persönlich, Herr Direktor, aber auch hier arbeiten eine Menge Leute.«

Lutz fixierte sie wie einen giftigen Skorpion, den er gern zertreten hätte. Dann atmete er hörbar aus. »Sie können es anscheinend nicht lassen, an dem Ast zu sägen, auf dem Sie sitzen.« Er klang jetzt beinah zufrieden.

Sie hätte diesen Mann hassen können, wäre er in seiner Aufgeblasenheit nicht gleichzeitig so lächerlich gewesen. Dennoch hätte sie ihn liebend gern zusammen mit Karman hochgehen lassen. Aber solche Typen klebten an ihren Sesseln wie Pech. Oder sie wurden wegbefördert, auf Posten, für die sie noch weniger geeignet waren.

»Hören Sie auf, mich absichtlich falsch zu verstehen. Was ich sagen will: Niemand außer Ihnen und dem Chef der KTU sieht diesen Wisch. Ich werde ihn persönlich instruieren.«

Instruieren war eines seiner Lieblingswörter. Er instruierte gern seine Untergebenen.

»Offensichtlich geht es nicht um Lösegeld.« Er starrte auf das Blatt. Dann fügte er versonnen hinzu: »Jemand will sich rächen.«

War da etwa Betroffenheit in seiner Stimme? Wurde ihm erst jetzt die ganze Ungeheuerlichkeit der Anschuldigung bewusst? Vielleicht sah er in dem Monsignore in diesem Moment zum ersten Mal den Menschen, mit dem er jahrelang persönlich zu tun gehabt hatte.

Verena deutete auf das Blatt. »Können Sie sich vorstellen, dass es stimmt?«

Lutz schaute auf. »Das spielt doch überhaupt keine Rolle.«

Von wegen Betroffenheit. Sie hatte sich getäuscht.

32

Er hatte es sofort gespürt. Etwas war anders. Roch anders. Nicht nach Krankenhausbettwäsche und Desinfektionsmittel. Die Domitilla-Katakomben kamen ihm in den Sinn. Während seiner Zeit bei der Römischen Kurie hatte er sie oft besucht. Es war feucht da unten, und es roch modrig. Hier roch es genauso.

Auch die Geräusche waren verschwunden, die Schritte der Schwestern auf dem Flur, die dröhnende Stimme des schwerhörigen Patienten nebenan, wenn er mit seiner

Frau telefonierte, das Summen der Klimaanlage. Alle Geräusche. Es war vollkommen still. Totenstill.

Dafür waren die Schmerzen zurück. In der Brust, wo der Chirurg das Brustbein aufgesägt hatte. Im linken Unterarm, wo die Schwester den Zugang für die Infusion gelegt hatte. Warum wirkten die Schmerzmittel nicht mehr?

Er wusste nicht, wo er war, wie er hierhergekommen war oder warum. Er lag auf nacktem, kaltem Beton, wie lange schon, konnte er nicht sagen. Er hatte jedes Zeitgefühl verloren.

Jemand hatte eine Wolldecke über ihn geworfen. Sein Herz schlug gegen die Rippen, viel zu schnell und zu heftig, wie zu einer letzten großen Anstrengung. Bald würde seine Blase versagen.

Er starrte in die undurchdringliche Dunkelheit. Kein Schimmer, kein Funke, nicht mal das rote Stand-by-Licht des Fernsehgeräts, das jetzt etwas Tröstendes gehabt hätte.

Vielleicht war er tot. Medizinische Eingriffe liefen ständig schief. Selbst harmlose Routineoperationen.

So will auch ich euch dieses tun: Ich will euch heimsuchen mit Schrecken, mit Auszehrung und Fieber, dass euch die Angesichter verfallen und der Leib verschmachte[3]. Warum fiel ihm ausgerechnet diese Stelle aus der Lutherbibel ein?

Vielleicht war das hier die Hölle. Er hatte sich die Hölle nie mit Pech und Schwefel oder körperlichen Qualen vorgestellt. Die Hölle, das war die unwiderruflich endgültige Gottferne, ein Ort absoluter Einsamkeit und Verlorenheit, an den keine Liebe mehr drang. Aber vielleicht hatte er

---

3   3. Mose 26,16

sich geirrt. Vielleicht hatte sie doch eine körperlich-sinnliche Komponente und ließ einen modrige Luft atmen und Schmerzen erleiden.

Vielleicht hatte Gott entschieden, dass Rüdiger Vaals sich versündigt hatte, als er das Beichtgeheimnis und das eigene Seelenheil über die Menschlichkeit gestellt hatte, und hatte ihn verworfen. Schließlich war nicht er es, der das Beichtsiegel erschaffen hatte. Es waren Menschen gewesen, vor achthundert Jahren auf dem IV. Laterankonzil. Er hatte das natürlich gewusst. Darum hatte er gezweifelt, hatte sein Gewissen zermartert, wieder und wieder, all die Jahre über, und um Gewissheit gebetet. Aber Gewissheit war ihm nicht zuteil geworden.

Stattdessen hatte ihn die Erinnerung gequält, an das Grauen, das ihn erfasst hatte, während er die Beichte des Mannes gehört hatte und sich am liebsten die Ohren zugestopft hätte, vor dem Hohn und der Bosheit, mit denen der Mann jedes abscheuliche Detail ausgekostet hatte. Er hatte keine Absolution erwartet. Er hatte nicht bereut.

Auf seiner Seite des Beichtstuhls war er fast froh darüber gewesen. Er hätte nicht gewusst, wie er die Absolution hätte erteilen sollen.

Er hatte das Beichtgeheimnis gewahrt, aber die Angst und das Gefühl von Schuld hatten ihn seitdem nie mehr verlassen. Und dann, unten im Bergwerk, vor dem Leichnam dieses armen Jungen, hatte er erkannt, dass seine Angstträume Wirklichkeit geworden waren. Danach war da nur noch der stechende Schmerz in seiner Brust gewesen, und die überwältigende Angst, auf der Stelle sterben zu müssen, hatte alles andere fortgeschwemmt.

Nein, er war nicht gestorben, nicht unten im Bergwerk und auch jetzt nicht. Er fühlte, wie sein Herz gegen die

Rippen schlug. Das war nicht gut. Die Ärzte hatten es ihm erklärt: Stress wirkte auf das vegetative Nervensystem. Das bedeutete mehr Adrenalin, mehr Cortisol wurde ausgeschüttet, Herzfrequenz und Blutdruck stiegen. Nicht gut für ein geschädigtes Herz. Tödlich.

Er horchte in sich hinein, wartete auf Stolperer und Aussetzer.

Was hatte ihn hierher gebracht?

Das Letzte, woran er sich erinnerte, war der Arzt. Er hatte nicht angeklopft wie die anderen. Er hatte einen Mundschutz getragen, keiner der anderen Ärzte hatte das getan. Auch die Schwestern nicht. Sie lächelten ihm immer zu und nahmen sich Zeit für ein paar freundliche Worte.

Der Arzt mit dem Mundschutz war nicht freundlich gewesen. Ohne ein Wort zu sagen, hatte er eine Injektionsspritze aus der Tasche seines Arztkittels gezogen und den Inhalt in den Infusionsbeutel gespritzt. Dann hatte er ihn aus kalten Augen beobachtet, als warte er auf eine Reaktion. Sie war eingetreten, nur ein paar Sekunden später. Eine sengende Hitze hatte sich in seinem Körper ausgebreitet, als wollte er sich im nächsten Augenblick selbst entzünden. Ein Behandlungsfehler, war es ihm noch durch den Kopf geschossen. Der Arzt hatte die falsche Substanz gespritzt! Dann war ihm schwarz vor Augen geworden.

Er schreckte hoch. Ein Geräusch! Holz, das über Metall schabte. Die Dunkelheit war so undurchdringlich wie zuvor. Er versuchte sich aufzurichten, aber der Schmerz warf ihn zurück. Etwas knarrte. Eine Tür. Ein schwacher Lichtschimmer fiel herein, ein Luftzug strich über Vaals' Gesicht. Ein Hauch von Sommer, überlagert von einem anderen, widerwärtigen Geruch. Schlagartig erkannte er den Geruch wieder. Der Arzt mit der Injektionsspritze! Er hatte den gleichen Geruch von Tod und Verwesung verströmt!

Eine Gestalt erschien in der Türöffnung. Ein grelles Licht flammte auf, ein Strahl, der ihm direkt ins Gesicht leuchtete. Er ging vom Kopf der Gestalt aus, eine Stirnlampe.

»Wer sind Sie?«

Der Mann kam näher. Seine Stirnlampe blendete Vaals.

»Wohin haben Sie mich gebracht? Wo bin ich hier?«

Der Mann blieb neben ihm stehen.

Er war kein Arzt, das hatte er längst begriffen. Trotzdem sagte er: »Ich habe Schmerzen. Ich brauche Medikamente.«

Der Mann beugte sich zu ihm herunter. Der Geruch war kaum zu ertragen.

»Bitte, ich muss zur Toilette.«

Der Mann packte seine rechte Hand. Vaals glaubte, er wolle ihm aufhelfen, doch stattdessen legte er etwas hinein und richtete den Strahl seiner Lampe darauf.

Es waren keine Tabletten.

Es war ein buntes Bildchen. Ein Votivbild. Das Bild eines mit Wunden übersäten Heiligen.

Das Blut in seinen Adern verwandelte sich in Eiswasser. Er hatte es gewusst. Beim ersten Blick auf den verstümmelten Leichnam des jungen Mannes. Aber das konnte nicht sein! Es war unmöglich, und doch geschah es. Sein Herz krampfte sich zusammen.

Der Mann wandte sich ab. Der Schein der Stirnlampe streifte über nackte Betonwände. Mit Schablonen aufgebrachte Schriftzüge huschten vorbei. *Öffentlicher Schutzraum. Vorsicht! Feind hört mit!* Mit einem saugenden Geräusch fiel die Tür zu.

Schwärze und Entsetzen schlossen ihn wieder ein.

33

Sie hob ihre Waffe. Gleichzeitig ließ sie ein Drittel der Luft aus ihrer Lunge entweichen. Als sie ein korrektes Zielbild hatte, stoppte sie die Atmung und fokussierte ihren Blick auf die Visierung. Sie brachte die Kimme mittig und kantenbündig ins Korn. All dies geschah in einer einzigen, geschmeidigen Bewegung, während der sie stetig den Druck auf den Abzug erhöht hatte. Sie vermied es, den Schuss absichtsvoll zu lösen, er würde fast überraschend innerhalb der nächsten Sekundenbruchteile fallen. *Unbewusstes Abziehen* nannte man das. Eine plötzliche harte Abzugsbewegung hätte sich auf die Waffe übertragen und sie im entscheidenden Moment aus der Zielrichtung befördert. Die größte Herausforderung lag in der Geschwindigkeit.

Verena Dohr wusste, sie würde treffen. Für diesen einen Moment der Gewissheit war sie hergekommen.

Bauer stieg die Betontreppe hinab und hörte den gedämpften Knall eines Schusses. Weitere Schüsse folgten, in kürzer werdenden Abständen.

Die Schießbahn im Untergeschoss des Präsidiums wurde eigentlich nur noch von der Kriminaltechnik für ballistische Untersuchungen genutzt. Der reguläre Trainingsbetrieb war vor über einem Jahr eingestellt worden. Die Direktion hatte die Schließung als Vorsichtsmaßnahme deklariert, nachdem im Blut von Berliner Polizeibeamten, die jahrelang auf ähnlichen Anlagen trainiert hatten, erhöhte Antimonwerte festgestellt worden waren. Das krebserregende Schwermetall wurde im Pulverdampf freigesetzt, und die maroden, oftmals defekten Lüftungssysteme alter Schießstände vermochten nicht, es aus der Atemluft zu filtern. Ein Problem, das die Medien aufgedeckt hatten, das jedoch der Polizeiführung mutmaßlich schon länger bekannt gewesen war, ohne dass etwas dagegen unternommen worden wäre. Es war billiger, die Gesundheitsgefährdung der Beamten in Kauf zu nehmen, als die Abluftanlagen zu sanieren. Erst nachdem betroffene Polizisten, bei denen Krebserkrankungen diagnostiziert worden waren, Anzeige erstattet hatten, war Bewegung in die Sache gekommen. Seitdem ermittelte die Staatsanwaltschaft wegen schwerer und gefährlicher Körperverletzung – gegen unbekannt.

Bis Bauer das Ende des Kellergangs erreichte, zählte er elf Schüsse. Vier weitere fielen im Stakkato, als er die schwere Tür aufzog. Die Explosionsgeräusche und der scharfe Geruch verbrannten Schießpulvers schlugen ihm ungefiltert entgegen. Verena Dohr bemerkte ihn nicht, sie trug Schallschutzkopfhörer. Sie ließ ihre Waffe sinken und fuhr die Scheibe heran, auf die sie das fünfzehnschüssige Magazin abgefeuert hatte. Er blickte ihr über die Schulter. Ein Schuss saß perfekt im Zentrum, die anderen Treffer verteilten sich über die anderen Ringe.

»Verdammte Scheiße!«

Verena riss die Pappscheibe aus der Halterung. Ihre wütende Reaktion passte nicht zum Ergebnis ihrer Schießübung.

»Für mich sieht das gar nicht schlecht aus«, sagte Bauer laut.

Sie fuhr herum und starrte ihn an. Die steilen Falten zwischen ihren Augen kannte er gut, aber so tief hatte er sie selten gesehen.

»Weil Sie ja auch ein Experte sind«, giftete sie und nahm den Gehörschutz ab. »Warum halten Sie sich zur Abwechslung nicht einfach mal geschlossen, wenn Sie keine Ahnung haben?«

Ihre Wut galt nicht ihm, er war nur der Blitzableiter. Nachdenklich fragte er: »Was machen Sie hier?«

Sie atmete durch. »Ich brauchte Ruhe. Bis gerade hatte ich sie noch.«

»Bei dem Krach?« Bauer deutete auf die Pistole.

»Sie beten, ich schieße.«

Sie holte das leere Magazin aus der Pistole und setzte ein volles ein. Dann stieß sie ihre Waffe zurück ins Holster und sah ihn genervt an.

»Was wollen Sie?«

Bauer hatte Verena im ganzen Gebäude gesucht. Erst in der Kriminaltechnischen Abteilung hatte man ihm sagen können, wo sie war. Doch nun zögerte er.

»Vielleicht wollen Sie mir erst erklären, was mit Ihnen los ist.«

»Nichts Besonderes«, schnaubte sie. »Ich habe nur festgestellt, dass unser Polizeidirektor ein noch größeres Arschloch ist, als ich dachte. Er schert sich keinen Deut um seine Leute. Ob sie entführt werden, ob sie Dreck am Stecken haben – es ist ihm scheißegal. Hauptsache ›seine‹ Direktion steht nach außen schön sauber da.«

Eine böse Ahnung stieg in Bauer hoch. »Was ist passiert?«

Aufgebracht berichtete sie, dass Lutz ihr den Mordfall entzogen und Karman gegeben hatte, und dass der Krankenwagen gefunden worden war. Während sie zusehends ruhiger wurde, wuchs Bauers Besorgnis. Zum Schluss zückte Verena ihr Handy und zeigte ihm ein

Foto des Schreibens, das der Entführer zurückgelassen hatte.

»Vaals das Schwein der dreckige Kinderschänder kriegt jetzt was er verdient«, las er vor. Dann sah er Verena an. »Glauben Sie das?«

»Es geht nicht darum, was ich glaube«, erwiderte sie irritiert. »Fakt ist, dieses Schreiben liefert ein Motiv für die Entführung: Rache. Und dazu einen möglichen Täterkreis: die Missbrauchsopfer beziehungsweise deren Angehörige. Ich nehme an, Sie wissen, dass Vaals einen Kinderchor leitet.«

»Das macht er schon seit dreißig Jahren.«

»Das erweitert den Kreis der Verdächtigen«, schloss sie nachdenklich. »Um ehemalige Chormitglieder, die inzwischen erwachsen sind.«

»Sie kennen Monsignore Vaals! Können Sie ernsthaft glauben, dass er Kinder vergewaltigt?«

»Und wieso nicht? Weil er ein Priester ist? Ich sage nur: Regensburger Domspatzen. Da wurden mehr als fünfhundert Kinder Opfer schwerster körperlicher und sexueller Gewalt – und das sind nur die dokumentierten Fälle. Jahrzehntelang wurde systematisch gequält, geprügelt, gedemütigt und missbraucht, in einer kirchlichen Einrichtung, von Erziehern, Lehrern – und Geistlichen! Vielleicht können Sie ja nur nicht glauben, was Sie nicht glauben wollen.«

Bauer hatte keine Zeit für diese Diskussion. So wenig wie er Zeit hatte, darüber nachzudenken, ob er sich irrte. Er hatte entschieden, seinem Gefühl zu vertrauen. Es schien ihm der einzige Weg, wenn er den Monsignore retten wollte. Doch dazu brauchte er Verenas Hilfe.

»Vaals kannte das Opfer«, sagte er unvermittelt.

Verena stutzte überrumpelt. »Welches Opfer?«

»Den Toten aus dem Bergwerk. Die Honigleiche. Julian Slomka hat als Kind im Kirchenchor von Vaals' damaliger Gemeinde gesungen.«

Sekundenlang starrte die Hauptkommissarin ihn an.

»Der Missbrauchsvorwurf gegen den Monsignore ist nichts weiter als ein altes Gerücht. Aus seiner Zeit als Gemeindepfarrer in Bergkamen«, fuhr Bauer fort.

»Aber Sie wussten davon«, sagte Verena langsam.

»Ich habe es erst vor drei Tagen erfahren.«

Ihre Augen verengten sich. »Und ich habe ernsthaft gedacht, Sie hätten damit aufgehört.«

»Womit?«

»Sich in meine Arbeit einzumischen.«

»Ich habe nur versucht herauszubekommen, was den Monsignore so gequält hat, als er ...«

»Halten Sie den Mund«, unterbrach sie ihn. Sie deutete auf einen Stuhl, der an der Wand stand. »Setzen Sie sich!«

Bauer wollte protestieren.

»Hinsetzen«, wiederholte sie scharf.

Bauer gehorchte. Sie zog einen zweiten Stuhl heran und platzierte sich ihm gegenüber.

»So, und jetzt erzählen Sie mir, was Sie ›ermittelt‹ haben. Alles. Jedes Detail, verstanden?«

Er ließ nichts aus. Als er geendet hatte, wirkte Verena ratloser, als er sie je erlebt hatte. Aber nur für einen Moment. Dann straffte sie sich.

»Okay. Dröseln wir es von hinten auf. Sie vermuten also, dass es einen Zusammenhang zwischen Vaals' Entführung und dem Tod von Julian Slomka gibt.«

»Ich bin überzeugt davon. Irgendetwas ist in Bergkamen passiert, etwas, das so schrecklich war, dass Vaals seine Gemeinde aufgegeben hat.«

»Ein Missbrauchsvorwurf scheint mir ein ziemlich guter Grund dafür zu sein.«

»Dem bin ich ja auch nachgegangen ...«

»Nur in einem einzigen Fall, dem von Ute Hartwig. Und mit der haben Sie gar nicht gesprochen, oder?«

»Nein. Aber mit der Leiterin der Familienberatung, und sie hat den Missbrauchsvorwurf entkräftet!«

»Nicht wirklich. Sie hat eine Meinung geäußert, so wie ihre Kollegin vorher. Aber gut, lassen wir das mal außer Acht. Was haben Sie sonst noch? Zwei Kinder, die ihre Mütter verloren haben: Ute Hartwigs Mutter hat sich umgebracht. Julian Slomkas Mutter ist spurlos verschwunden.«

»Wie Vaals.«

»Nein, nicht wie Vaals. Er wurde entführt.«

»Wer sagt, dass Slomkas Mutter nicht auch entführt wurde?«

»Die Polizei! Wenn ich Sie richtig verstanden habe, gab es nicht den kleinsten Hinweis auf ein Verbrechen – nur die verzweifelte Fantasie eines traumatisierten Kindes. Der Junge hat sich eine Erklärung gebastelt, die er ertragen konnte und die sein Bild von der geliebten Mutter nicht beschädigte. Das Gleiche machen Sie jetzt mit Vaals!«

Konnte es sein, dass Verena recht hatte? Alles in Bauer sträubte sich dagegen. »Nein, das tue ich nicht. Ich versuche nur, Vaals zu finden.«

»Ich weiß«, erwiderte Verena. »Aber in dem ganzen Chaos, das Sie da ausgegraben haben, sehe ich nichts, was helfen könnte – außer vielleicht Ute Hartwig.«

»Was ist mit dem, was ich über Slomka erfahren habe? Spielt das gar keine Rolle?«

»Möglicherweise für die Todesermittlung, und ich würde dem mit Sicherheit nachgehen – wenn das noch mein Job wäre. Aber den hat ja jetzt Karman.«

Bauer schwieg. Er hatte Verena bitten wollen, ihm Zugang zu Slomkas Wohnung zu gewähren. Slomka war Journalist gewesen. Wenn er auch noch als Erwachsener versucht hatte herauszufinden, was mit seiner Mutter geschehen war, musste es Aufzeichnungen geben, Rechercheunterlagen, irgendetwas, das den Schlüssel enthielt, den Bauer zu finden hoffte. Er war sicher, dass Verena ihm geholfen hätte, sogar jetzt noch. Doch damit würde sie gegen die ausdrückliche Anweisung des Polizeidirektors handeln und sich in einen Fall einmischen, in dem nun Karman ermittelte. Und wenn der es herausbekam, würde er Verena mit Freuden auffliegen lassen. Dann konnte sie ihre Karriere endgültig vergessen.

Er spürte ihre Hand sanft auf seinem Arm und blickte überrascht auf.

»Ich tue, was ich kann, um den Monsignore zu finden«, sagte sie. Es klang wie ein Versprechen. »Doch es wäre falsch, sich dabei von Gefühlen leiten zu lassen.«

»Es ist mehr als ein Gefühl.«

Sie nahm ihre Hand wieder weg. »Kommen Sie mir jetzt wieder mit Ihrem Glauben an Gott?«

»Nein. Mit dem Glauben an die Menschen. Vaals ist kein Kinderschänder.«

»Ich wünsche mir und vor allem Ihnen, dass Sie recht haben. Denn falls nicht, nagele ich Vaals persönlich ans Kreuz, wenn ich ihn gefunden habe.«

34

Verena Dohrs Blick wanderte zu der Wanduhr, die sie bei ihrem Umzug in ihr neues Dienstzimmer über der Tür aufgehängt hatte. Die Zeit lief ihnen davon. Mit jeder Stunde wurde Monsignore Vaals' Chance, die Entführung lebend zu überstehen, kleiner.

Dr. Jürgens hatte eine Extraschicht eingelegt. Aber er machte ihnen wenig Hoffnung. Der Briefumschlag und das Papier waren Massenware. Fingerabdrücke hatte er keine gefunden.

»Bringen Sie mir eine Schriftenprobe aus dem Drucker eines Verdächtigen«, hatte er am Telefon gesagt. »Dann kommen wir ins Geschäft.«

Die Puzzlestücke, die sie hatten, passten nicht zusammen, wahrscheinlich gehörten sie nicht einmal zum selben Puzzle. So kam es ihr jedenfalls vor. Das Einzige, was einem Ermittlungsansatz nahekam, war eine Frau, die *möglicherweise* ein Motiv hatte: Ute Hartwig. Eine Spur, die sie nur Bauers Schnüffelei verdankte. Nun gut, sie würde der Sache nachgehen.

Sie überlegte, wen sie mitnehmen sollte. Aast war noch erschöpft von seiner Nachtschicht und hauptsächlich mit Niesen und Naseputzen beschäftigt. Herwig verschwendete irgendwo seine Zeit, indem er Hinweisen aufmerksamer Bürger nachging, die gesehen haben wollten, wie ungeliebte Nachbarn zu nachtschlafender Zeit Krankenhausbetten in ihre Häuser oder Garagen geschoben hatten. Blieb Oberkommissarin Coenes.

Wieder mit Coenes rauszufahren, war nicht unproblematisch. Auf keinen Fall durfte der Eindruck entstehen, sie arbeite ab jetzt nur noch mit der neuen Kollegin. Das wäre ein gefundenes Fressen für Karman. Sie konnte sich ohne Weiteres ausmalen, welche abartigen Gerüchte er daraus fabrizieren und in den Flurfunk einspeisen würde. Aber das würde er sowieso, also war es egal.

Oberkommissarin Coenes warf ihren gelben Rucksack auf den Rücksitz und stieg ein. Ihre Tür war noch nicht ganz zu, da rollte Verena schon vom Parkplatz des Präsidiums und drängte sich in den Verkehr.

Coenes angelte nach dem Sicherheitsgurt. »Das mit dem Leichengeruch habe ich übrigens gecheckt.«

»Leichengeruch?«

»Der Kollege hat es nicht an dich weitergegeben?«

»Welcher Kollege?«

Coenes zögerte. »Ist das wichtig?«

Offenbar wollte sie ihren Kollegen nicht reinreiten. Sie fragte, worum es bei dem Leichengeruch ging.

Coenes berichtete. Der Zeuge der Entführung hatte sich an den Geruch erinnert. »Ich bin der Sache nachgegangen.« Sie erzählte, was sie herausgefunden hatte. »Die in der Pathologie ziehen sich anscheinend ständig um, weil der Geruch sofort in die Kleidung zieht. Deshalb gibt es da Unmengen benutzte Arbeitskleidung. Ist schwer, den Überblick zu behalten. Aber soweit sich das sagen lässt, fehlt nichts. Alle Leute, die da arbeiten, haben übrigens Alibis.«

Verena warf ihr einen überraschten Blick zu. »Du hast das schon überprüft?«

Coenes überging die Frage. »Ich könnte bei Bestattern und Totengräbern weitermachen, die haben auch professionell mit Leichen zu tun.«

Verena musterte Coenes. Meinte sie das ernst? Dann sagte sie: »Die heben wir uns für später auf – wenn wir noch verzweifelter sind als jetzt.«

Coenes nickte. Dann wollte sie wissen, wie Verena auf Ute Hartwig gestoßen war. Verena erklärte es ihr. Coenes hob die Augenbrauen. »Sie soll den Priester entführt haben, weil er sie vor …?«

»… achtundzwanzig Jahren …«

»… missbraucht hat?«

»Reichlich dünn, ich weiß.«

»Außerdem: Falls Vaals wirklich ein Kinderschänder ist, muss es noch andere Opfer geben. Die hätten alle dasselbe Motiv.«

»Richtig. Aber die kennen wir nicht.«

»Sie müsste Hilfe gehabt haben. Was ist mit Verwandten, ihrem Vater?«

»Der liegt im Sterben.«

»Brüder? Ein Ehemann?«

»Anscheinend nicht.«

Die Oberkommissarin runzelte die Stirn. »Vorausgesetzt der Missbrauch hat überhaupt stattgefunden.«

Das war der Schwachpunkt. »Das Ganze ist vage. Im Grunde nicht mehr als ein Strohhalm. Aber ich will mir später nicht vorwerfen, ich hätte etwas unterlassen, nur weil es zu unwahrscheinlich schien.«

Coenes nickte zustimmend. »Und das wissen wir alles von dem anderen Polizeiseelsorger? Kommt mir irgendwie merkwürdig vor.«

Verena hatte das Gefühl, sie müsse Bauer verteidigen. »Vaals und Bauer sind Kollegen. Sie arbeiten seit Jahren zusammen. Für Bauer ist das persönlich.«

»Er überschreitet seine Grenzen.«

Verena entschied sich, die Bemerkung unkommentiert zu lassen. Eine Baustelle zwang sie, von ihrer Route abzuweichen. Sie überlegte, ob sie das Navi einschalten sollte.

»Stehen Sie sich nah?«

Die Frage traf Verena völlig unvorbereitet. Coenes musste irgendeine feine Schwingung aufgefangen haben. Dabei wusste sie selbst nicht, ob sie und Bauer sich nahestanden. Was sollte sie antworten? »Wir haben schon oft zusammengearbeitet, zum Beispiel beim Überbringen von Todesnachrichten, und ich schätze ihn sehr.«

Coenes Blick verriet, dass sie dazu noch einiges zu sagen hatte, aber sie ließ es auf sich beruhen. »Der Vater behauptet also, Vaals hat seine Tochter missbraucht.«

»Da war sie ungefähr acht. Das Mädchen ist untersucht worden. Die Therapeutin hat posttraumatische Symptome attestiert. Einen Missbrauch belegen konnte sie nicht.«

»Und ihre Vorgesetzte sagt, dass sei sowieso alles Quatsch. Was denkst du?«

»Wenn ich ehrlich bin, den Vaals, den ich kenne, bringe ich mit so was nicht zusammen.« Das stimmte, aber sie hatte oft genug hinter die makellosen Fassaden wohlanständiger Bürger geblickt und nichts als Sumpf und Morast gesehen.

Den Rest der Fahrt herrschte Schweigen. Verena fand einen Parkplatz. Sie schaltete den Motor aus, legte den ersten Gang ein und zog die Feststellbremse an. Sie stiegen aus.

Coenes las die Namen neben den Klingeln. »U. Hartwig.«

Sie wollte läuten, aber Verena hielt sie zurück. »Wenn möglich, sieh dich gleich in der Wohnung mal um. Vielleicht kriegen wir eine Handschriftprobe, ohne es offiziell zu machen. Und wenn da ein Drucker ist, wäre ein Ausdruck nicht schlecht.«

Coenes nickte und drückte den Klingelknopf.

Die Frau, die ihnen öffnete, sah dem Foto, das Verena Dohr von der Internetseite kannte, nur entfernt ähnlich. Wenn eine Geburt jemanden derart veränderte, würde Dohr das Kinderkriegen auf ihrer To-do-Liste noch weiter nach hinten schieben. Auf dem Foto war Ute Hartwig hübsch, nein, sogar schön. Ihr Gesicht wirkte filigran und verletzlich. Die großen dunklen Augen hatten den gleichen Ton wie ihr glattes schulterlanges Haar und schienen den Betrachter in die Tiefe zu ziehen. Gleichzeitig strahlte sie etwas Zupackendes aus. Über ihre Statur sagte das Portraitfoto nichts aus. Die Frau, die vor ihnen stand, war schlank und hätte sportlich gewirkt, wenn die abfallenden Schultern den Eindruck nicht verwischt hätten. Es schien, als würden sie von etwas nach unten gepresst. Die Erschöpfung hatte auf ihrem Gesicht einen grauen Schleier und unter ihren Augen dunkle Ringe hinterlassen. Unsicher wanderte ihr Blick zwischen Dohr und Coenes hin und her.

»Ja?«

Die Kriminalbeamtinnen zeigten ihre Dienstausweise und nannten ihre Namen.

Es gelang Ute Hartwig nicht, ihren Schreck verbergen. »Polizei? Worum geht es ...?«

»Wir haben nur ein paar Fragen«, sagte Dohr. »Dürfen wir einen Moment hereinkommen?«

Ute Hartwig zögerte. »Ich weiß nicht ...«

Verena nutzte die Unentschlossenheit ihres Gegenübers und schob sich an ihr vorbei in die Wohnung. Coenes folgte ihr.

»Mein Baby ... schläft ...«

»Wir bleiben nicht lange«, sagte Coenes.

»Gehen wir da rein?«, fragte Verena und ging in die Küche. Es war eine der gängigeren Küchen von der Stange, vermutlich Ikea, nachträglich aufgepeppt mit zu vielen bunten Accessoires. Als wäre ein Einkaufswagen Heiterkeit und Lebensfreude explodiert, dachte Verena. Coenes trat neben sie.

»Hübsch«, sagte sie ohne Überzeugung.

In einem Tragekorb lag ein schlafendes Baby.

Coenes beugte sich hinunter. »Wirklich süß. Junge oder Mädchen?«

Ute Hartwig war den Beamtinnen gefolgt, überrumpelt und von der Situation überfordert. »Äh ... Junge.«

»Wie heißt er?«

»Johannes. Ich glaube, ich bringe ihn besser ...« Sie beendete den Satz nicht. Sie nahm den Tragekorb übervorsichtig auf. »Er schläft nicht gut, wissen Sie. Er ist immer so ...« Ein weiterer Satz, der versiegte, bevor er zu Ende gesprochen war.

Sie trug den Korb hinaus und verschwand in einem Nebenzimmer. Als sie zurückkam, hatte sie ein Babyphon in der Hand. Sie justierte die Lautstärke und stellte es auf den Tisch. Schweiß stand ihr auf der Stirn.

»Setzen wir uns«, sagte Verena.

Es gab vier Küchenstühle. Ute Hartwig wartete, bis Verena und Coenes sich gesetzt hatten, dann wählte sie den Stuhl mit dem größten Abstand zu den beiden.

Verena lächelte sie an. »Ein süßes Baby. Ihr Vater wohnt nicht hier mit Ihnen zusammen?«

Ute Hartwig richtete sie sich mit einem Ruck auf, als habe sie einen elektrischen Schlag bekommen, und rutschte an die Vorderkante des Stuhls. »Mein Vater?«

»Entschuldigung. Ich meinte natürlich *sein* Vater.«

»Nein.« Sie klang defensiv und trotzig zugleich.

»Aber er lebt in der Nähe?« Coenes hatte jeden Druck aus ihrer Stimme genommen. Trotzdem schien sich Ute Hartwig angegriffen zu fühlen.

»Ich möchte nicht darüber sprechen, wenn es geht.«

Coenes nickte verständnisvoll. »Kein Problem. Ein Kind allein großzuziehen, kann einen ganz schön schlauchen.«

Es klang, als spreche sie aus Erfahrung. Aber soweit Verena wusste, war sie unverheiratet und kinderlos.

»Das stimmt.«

»Ihrem Vater geht es sehr schlecht, oder?«, fragte Verena. Der abrupte Themenwechsel ließ Ute Hartwig herumfahren.

»Woher wissen Sie das?« Ihre Stimme zitterte.

»Wir sind die Polizei.«

»Aber wieso interessieren Sie sich für meinen Vater?« Sie zog an ihren Fingergelenken, bis es knackte. Als ihr bewusst wurde, was sie tat, verschränkte sie die Finger und presste die Hände zusammen.

Verena sah, wie ihre Knöchel weiß hervortraten. Es war Zeit für einen neuerlichen Richtungswechsel. »Kennen Sie Monsignore Vaals?«

Sie sah Verena überrascht an. »Es geht um den Monsignore?« Etwas in ihr schien sich zu entspannen. Die Hände lösten sich voneinander, sie ließ sie auf den Tisch sinken. »Er hat den Kirchenchor geleitet. Da war ich noch ein Kind ...«

»Sie waren auch in dem Chor?«, übernahm Coenes.

Ute Hartwig nickte. »Bis ich acht oder neun war. Irgendwann bin ich nicht mehr hingegangen.«

»Hatte das mit dem Tod Ihrer Mutter zu tun?«, fragte Verena.

Ein kurzer Schock, dann sackten die Schultern der Frau resigniert nach unten. Diese Polizeibeamtinnen kannten anscheinend ihre privatesten Familiengeheimnisse, und sie musste sich damit abfinden. Verena gab Coenes ein Zeichen.

Coenes nickte kaum merklich. »Darf ich Ihre Toilette benutzen?

»Was? Ja ... im Flur, die zweite Tür ...«

Verena wartete, bis die Oberkommissarin die Küche verlassen hatte, dann sprach sie weiter. »Sie hat sich das Leben genommen. Ist es nicht so?«

Verena hatte erwartet, dass sie Ute Hartwig mit ihrer Frage aus dem Gleichgewicht bringen würde, aber das Gegenteil war der Fall.

»Das ist wahr, aber warum interessiert Sie das?«

Ute Hartwig klang jetzt gefasst. Das war nicht gut.

»Wo waren Sie vergangene Nacht, sagen wir mal, zwischen zehn und zwei?«

Der Themenwechsel erschütterte den Boden, auf dem sich Ute Hartwig sicher gewähnt hatte. »Ich war hier ... zu Hause ... im Bett ... Aber wieso wollen Sie das ...?«

Verena schnitt ihr das Wort ab. »Allein?«

»Nein ... ja ...«

»Sie meinen Ihren Sohn?«

»Er war bei meinen Nachbarn.« Sie sprach jetzt hastig. »Ein Pärchen, sie sind sehr nett. Sie lieben Kinder. Sie würden gern eins adoptieren, kriegen aber keins. Sie passen jeden Dienstag ein paar Stunden auf ihn auf.«

»Gestern war Montag.«

»Ich weiß. Manchmal nehmen sie Johannes auch außer der Reihe. Ich hatte sie darum gebeten. Meine Steuererklärung ist überfällig.«

»Wie lange?«

»Wie lange was?«

»Wie lange waren Sie allein?«

»Ich bin eingeschlafen. Ich war müde. Ich bin erst morgens um fünf aufgewacht. In meinem Stuhl. Ich will jetzt endlich wissen, was das alles soll!«

Ute Hartwigs Stimme war mit jedem Satz aggressiver geworden. Sie zeigte Kampfgeist. Sie hatten bisher also noch nicht die ganze Frau zu sehen bekommen. Verena hörte die Toilettenspülung. Coenes hatte sie bei geöffneter Tür betätigt, um sie vorzuwarnen. Als sie in die Küche zurückkehrte, nickte sie Verena zu.

»Frau Hartwig ...« Verena straffte sich.

Ute Hartwig sah sie fragend an.

»Vielleicht sollten wir unser Gespräch auf unserer Dienststelle fortsetzen.«

Coenes warf Verena einen überraschten Blick zu.

Ute Hartwig war verwirrt. »Ich verstehe nicht ...«

»Monsignore Vaals ist gestern kurz nach einer Herzoperation aus der Klinik entführt worden.«

»Das ist ja schrecklich! Das wusste ich nicht. Aber was kann ich dabei tun?«

»Wir versuchen, so viel wie möglich über die Vergangenheit des Monsignore herauszufinden. Dabei können Sie uns helfen. Wenn sie einverstanden sind, bringen Sie den Jungen zu Ihren Nachbarn und fahren mit uns kurz auf die Dienststelle. Da können wir alles, was Sie uns erzählen, aufzeichnen. Das würde uns die Ermittlungen erheblich erleichtern.« Verena hob die Stimme, als Einladung, zu diesem edlen Unterfangen beizutragen.

Dann geschah etwas Merkwürdiges. Von einem Augenblick zum anderen schien jede Anspannung von Ute

Hartwig abzufallen. Sie wirkte regelrecht erleichtert, als sie erklärte, sie helfe der Polizei und Monsignore Vaals natürlich gern.

Eine Viertelstunde später war der Sohn gut behütet bei den Nachbarn untergebracht und sie waren mit seiner Mutter unterwegs zum Polizeipräsidium.

Bevor sie das Präsidium betraten, blieb die Hauptkommissarin stehen. »Frau Hartwig, da das hier jetzt einen eher offiziellen Charakter bekommt, sollte ich Sie sicherheitshalber über Ihre Rechte aufklären.« Sie rezitierte die bekannte Formel. Ute Hartwig sagte nichts.

35

Die *Faustkämpfer Rheinhausen* trainierten in einem kampferprobten Teil der Stadt.

Ende der Achtzigerjahre hatte Rheinhausen mit dem Widerstand der dort beschäftigten 6000 Stahlarbeiter gegen die Schließung ihrer »Hütte« bundesweit Schlagzeilen gemacht. Fast ein Jahrhundert war das Hüttenwerk das Herz des Stadtteils gewesen, ganze Familiengenerationen hatten hier für Krupp Stahl gekocht. Von der geplanten Stilllegung jedoch hatte die Belegschaft erst aus den Nachrichten erfahren. Wenige Tage später besetzten dreißig Männer der Nachtschicht die Rheinbrücke nach Hochfeld, deren Brückenbogen in ihrem Werk geschmiedet worden war. Nur Stunden später hatten sich Hunderte Kollegen der Blockade angeschlossen, Produktion und Verkehr lahmgelegt und damit den Auftakt zum längsten und härtesten Arbeitskampf in der Geschichte der Bundesrepublik gesetzt.

Inzwischen hieß die Brücke, über die Bauer gerade fuhr, *Brücke der Solidarität*, der letzte Hochofen war vor fast zwanzig Jahren gesprengt worden und auf dem ehemaligen Werksgelände siedelte jetzt der *Logport II*, ein riesiges Logistikzentrum. Das ehemalige Arbeiterviertel hatte nichts Idyllisches, es war nur schäbig. Die Faustkämpfer teilten sich den Hinterhof, in dem der Boxclub lag, mit einem Gebrauchtwagenhändler, der auf seinem großen Schild über der Einfahrt versprach, jedes Auto zu kaufen.

Bauer zog die verrostete Tür zur Trainingshalle auf. Schweißgeruch schlug ihm entgegen, und er hörte das Klatschen von Fausthieben auf Sandsäcke und Pratzen. Seine Augen brauchten einen Moment, bis sie sich von der gleißenden Sonne auf das Dämmerlicht umgestellt hatten. Es herrschte eine unerträgliche Hitze. Im Sommer heizte das Wellblechdach die Halle auf, im Winter lagen die Temperaturen drinnen kaum höher als draußen. Der erste Kampf, den die Boxer hier führten, war der gegen sich selbst.

Es war noch nicht viel los. Drei Kämpfer verausgabten sich an den Sandsäcken, keiner war viel älter als zwanzig. Der Junge, der im Ring Kombinationen auf die Pratzen schlug, die sein Trainer ihm hinhielt, war noch jünger. Die vier Zuschauer dagegen, die an einem Tisch in einer Ecke saßen und fachsimpelnd das Geschehen verfolgten, hatten längst das Rentenalter erreicht. Einer von ihnen erhob sich, als er Bauer erblickte, und kam auf ihn zu.

»Wo ist deine Tasche?«, fragte er statt einer Begrüßung.

»Habe ich nicht mit«, entschuldigte sich Bauer. Er

kannte den Mann seit Jahren. Hanno war der Zeugwart und so etwas wie die gute Seele des Clubs.

»Ich hoffe, du hast deine Klamotten nicht im Spind gelassen«, knurrte Hanno. »Dann sind sie nämlich inzwischen verschimmelt.«

»Ich fange wieder an. Sobald ich kann.«

»Es wird schwerer, je länger du wartest.«

»Ich weiß.«

»Kaffee?«

Bauer schüttelte den Kopf. »Danke. Ich habe wenig Zeit. Ich brauche deine Hilfe.«

»Was liegt an?«

»Ich suche jemanden, der mir eine Tür aufmacht.«

»Für die du keinen Schlüssel hast.« In Hannos faltigem Gesicht zuckte kein Muskel.

Bauer nickte.

Hanno deutete auf den Jungen, der im Ring trainierte. »Ich denke, unser Kleiner kann dir helfen. Er heißt Nicu.«

»Er ist doch höchstens vierzehn!«

»Sechzehn. Er kommt aus dem Problemhaus. Das Amt hat ihn da rausgeholt.«

Das ›Problemhaus‹ war eine achtstöckige Schrottimmobilie. Vor einem Jahr hatte die Stadt das Gebäude für unbewohnbar erklärt und räumen lassen. Vorher hatten dort gut 600 Armutsflüchtlinge aus Rumänien und Bulgarien gehaust. Nicht wenige von ihnen waren in Familienclans organisiert, die ihre strafunmündigen Kinder auf Diebestour schickten.

»Ein Klaukind?«

Hanno nickte. »Bis er mit vierzehn strafmündig wurde. Danach konnte seine sogenannte ›Familie‹ nicht mehr viel mit Nicu anfangen. Seit zwei Jahren ist er raus aus dem

Dreck. Wohnt jetzt in einer Jugendhilfe-Einrichtung. Zu meiner Zeit hieß das zwar einfach Kinderheim, aber der Junge macht sich echt gut.«

»Warum ist er dann nicht in der Schule?«

»War er schon. Wenn er schwänzt, darf er nicht boxen, das ist unser ›Deal‹. Sobald der Unterricht vorbei ist, kommt er angeflitzt und darf sich auspowern. Anschließend macht er Hausaufgaben. Wir helfen ihm.« Hanno deutete auf den Seniorentisch. »Das heißt, wenn wir können. Er ist zwar erst in der neunten Klasse, hat ja viel aufzuholen, aber dieses neumodische Algebra-Gedöns – sauschwer, sage ich dir! Hält aber auch fit – hier oben.« Er tippte sich an seinen kahlen Schädel.

Bauer blickte zu dem Jungen hinüber, der im Ring unermüdlich die Schlagkombinationen abfeuerte, die sein Trainer ansagte. Die Boxhandschuhe schienen zu schwer für seine dünne Arme. Aber in jedem seiner Hiebe steckte eine beachtliche Wucht.

Bauer zögerte. »Er ist fast noch ein Kind.«

Hanno widersprach: »Schon lange nicht mehr. Die haben ihn als Dreikäsehoch auf Einbruch und Diebstahl abgerichtet. Er war fast acht Jahre Vollprofi, er kriegt eine Tür schneller auf, als du gucken kannst. Macht er natürlich nicht mehr. Wäre nur ein Gefallen für dich. Aber falls ihr erwischt werdet ...«

»... hätte er nichts damit zu tun«, unterbrach Bauer. »Trotzdem weiß ich nicht, ob das eine gute Idee ist. Er ist gerade raus aus dem Milieu.«

»Und damit das so bleibt, braucht er eine Pflegefamilie.«

Bauer verstand. »Okay. Ich kümmere mich darum.«

Hanno nickte zufrieden. Dann winkte er seinem Schützling zu. »Nicu? Leg mal 'ne Pause ein!«

»Ich habe doch gerade erst angefangen«, beschwerte sich Nicu.

»Du kannst gleich weitertrainieren. Hier möchte dich jemand kennenlernen.«

Widerwillig kletterte Nicu aus dem Ring.

»Hallo. Martin Bauer.« Bauer streckte seine Hand aus.

Nicu musterte ihn misstrauisch und blickte dann fragend zu Hanno.

»Das geht in Ordnung«, erklärte der. »Er ist Pfarrer. Bei der Polizei.«

Nichts davon schien den Jungen zu beeindrucken. »Boxt er?«

Hanno nickte. »Nicht mal schlecht. Ist nur in letzter Zeit ein bisschen faul geworden.«

Das Interesse des Jungen war geweckt. »Wenn Sie nicht zweimal in der Woche trainieren, bauen Sie ab.«

»Da hast du recht«, pflichtete Bauer ihm bei. »Trotzdem möchte ich dich um einen Gefallen bitten.«

Wieder blickte Nicu zu Hanno. Der nickte ihm zu.

»Okay, Mann, lassen Sie hören!«

»Es ist nicht ganz astrein ...«, begann Bauer.

Nicu runzelte die Stirn. »Ich denke, Sie sind Pfarrer.«

Bauer schwieg.

Nicu zuckte mit den Schultern. »Sie müssen es wissen.«

Mit der Handynummer des Jungen in der Tasche kehrte Bauer ins Präsidium zurück. Er musste herausfinden, ob die Ermittlungsarbeiten in Slomkas Wohnung schon abgeschlossen waren. Das, was er vorhatte, erfüllte den Tatbestand des Einbruchs. Wenn er erwischt wurde, würden seine Motive niemanden weniger interessieren als Karman.

Jedoch konnte Bauer nicht einfach in der Kriminaltechnik oder bei Karmans Leuten nachfragen, ob in der Wohnung immer noch Spuren oder Beweise gesichert wurden, ohne den Verdacht zu erregen, dass er – wieder einmal – Grenzen überschritt. Er brauchte einen Vorwand.

»Ein Bittgottesdienst?«, wiederholte Dr. Breier Bauers vorgebliches Anliegen.

»Im Raum der Stille«, bestätigte Bauer.

»Schaden wird das sicher nicht. Ich werde versuchen, da zu sein.«

»Wie läuft's denn mit der Honigleiche? Ich habe gehört, die Wohnung des Opfers ist ein Alptraum für Tatortermittler.«

»Der Mann war ein Messie. Aber vorerst sind wir da durch. Den ganzen Papierkram zu checken, macht erst Sinn, wenn der Kollege Karman uns wenigstens einen Anhaltspunkt liefert, wonach wir suchen sollen. Außerdem hält Hauptkommissarin Dohr uns ganz schön auf Trab. Ich gebe das mit dem Gottesdienst weiter«, versprach Breier.

Bauer bedankte sich und ging. Sein nächster Weg führte ihn ins KK 11. Karmans Dienstzimmer war abgeschlossen. Ein Indiz dafür, dass das Klima auf dem Flur sich gewandelt hatte. Die Beamten des Kommissariats ermittelten nicht zum ersten Mal in getrennten Teams, doch hatte Bauer es noch nie erlebt, dass Türen verschlossen wurden. Verenas Büro stand offen, aber der Rechner war ausgeschaltet, also war sie nicht im Haus. Er hörte Stimmen und trat wieder auf den Gang.

Karman kam mit einer Tasse in der Hand aus der Kaffeeküche. Zwei Beamte, die Bauer nur flüchtig kannte, folgten ihm.

»Wir können den Kram natürlich hierher transportieren, aber dafür brauchen wir einen Lkw«, sagte einer von ihnen.

»Das durchzuackern dauert Wochen«, ergänzte der andere.

»Und wäre eine Verschwendung von Zeit und Manpower«, winkte Karman ab. »Wir konzentrieren uns auf das, was am Tatort gefunden wurde, und versiegeln die Wohnung.«

»Schon passiert«, erklärte der erste.

»Guter Mann«, lobte Karman.

Noch etwas hatte sich verändert: der Gang des Hauptkommissars. Er schritt so energisch voran, dass der Kaffee aus dem Becher schwappte und seine Begleiter ihm kaum folgen konnten. Als er Bauer entdeckte, erschien ein süffisantes Grinsen auf seinem Gesicht.

»Herr Pfarrer! Dienstbesprechung gehabt?«

»Eigentlich wollte ich zu Ihnen.«

»Ach ja? Tut mir leid, aber ich habe gerade keine Zeit. Außerdem brauche ich bei meinen Ermittlungen keinen geistlichen Beistand.«

Bauer ignorierte die Bemerkung. »Ich halte einen Gottesdienst für Monsignore Vaals ab und möchte Sie und Ihr Team dazu einladen.«

»Ich richte es aus.«

Karman marschierte weiter, ohne nach Ort und Zeit der Messe zu fragen. Es störte Bauer nicht. Er hatte gehört, was er wissen wollte.

Am Aufzug verlor er schon nach kurzer Zeit die Geduld und nahm die Treppe. Als er das Treppenhaus im Erdgeschoss verließ, stand dort Ute Hartwig vor dem Fahrstuhl. Er sah, dass sie ihn wiedererkannte. Und dass sie

Angst hatte. Er wollte auf sie zugehen, da entdeckte er etwas abseits Verena im Gespräch mit ihrer neuen Kollegin. Abrupt änderte er seine Richtung und verschwand zum Nebenausgang, bevor die Kommissarinnen ihn bemerkten.

Er wollte der Hauptkommissarin jetzt nicht begegnen. Er war unterwegs zu einer Straftat.

36

Sie mussten auf den Aufzug warten. Wahrscheinlich war er wieder mal blockiert, entweder im Keller von den Leuten der Hausverwaltung oder auf der obersten Etage, wo die Direktionen sowie der Polizeipräsident mit seinem Leitungsstab residierten. Ute Hartwig wirkte nach wie vor seltsam entspannt. Nach Verena Dohrs Erfahrung war das bei Personen, die zur Befragung aufs Präsidium gebracht wurden, für gewöhnlich umgekehrt. Sie nutzte die Gelegenheit und nahm Coenes beiseite. Hatte sie bei ihrem vorgetäuschten Toilettenausflug in Hartwigs Wohnung etwas Brauchbares gefunden? Coenes nickte. Sie hatte eine handgeschriebene Einkaufsliste fotografiert. Und es gab einen Drucker. Das Druckbild passte nicht, aber im Papierkorb hatte eine leere Druckerpatrone gelegen. Wann sie gewechselt worden war, ließ sich im Moment nicht sagen. Mit einem Durchsuchungsbeschluss würden sie aber vielleicht Ausdrucke finden, die mit der alten Patrone gemacht worden waren.

»Bring das Foto der Einkaufsliste zur KTU, aber nur

zu Dr. Breier persönlich. Auf keinen Fall mailen. Danach kommst du in den Besprechungsraum.«

»Wieso haben wir die Frau mitgenommen?«

Eine gute Frage. Wenn Verena ehrlich war, wusste sie es selbst nicht genau. »Sie hat kein Alibi. Und sie war extrem nervös. Irgendwas stimmt nicht mit ihr.«

Und es ging um Vaals, weshalb Verena sich anscheinend an jeden noch so brüchigen Strohhalm klammerte.

Endlich war der Aufzug da. Coenes nahm die Treppe zur KTU, Verena fuhr mit Ute Hartwig nach oben.

»Wir gehen in den Besprechungsraum. Unsere Dienstzimmer sind nämlich etwas klein, wissen Sie.« Ihr Plauderton ließ es klingen, als lade sie die Verdächtige zu einer Teestunde ein. Der Aufzug hielt auf der fünften Etage. Sie stiegen aus. »Kann ich Ihnen etwas zu trinken holen? Kaffee? Tee?«

Ute Hartwig schüttelte stumm den Kopf.

Der Besprechungsraum sah noch so aus, wie sie und ihr Team ihn verlassen hatten, bevor Lutz ihr die Honigleiche entzogen hatte. Die Putzkolonne kam nur noch jeden zweiten Tag, aus Gründen der Kostenoptimierung, so nannte man das. Alle bis auf Karman hatten ihre Stühle zurück an den Tisch gerückt. Vielleicht würde sich irgendwann rausstellen, dass es einfach nur ein Gendefekt war, wenn man ein rücksichtsloses Arschloch war. Aber bis dahin würde sie den intriganten Mistkerl verabscheuen.

»Bitte, kommen Sie rein.« Sie deutete auf einen Stuhl. »Setzen Sie sich.« Sie legte ein Diktiergerät auf den Tisch, startete die Aufnahme und nannte Datum, Uhrzeit und die Namen der anwesenden Personen.

»Fangen wir an, okay?«

Ute Hartwig nickte.

Sie stellte ihre erste Frage. »Sie sind Hebamme?«
»Ja.«
»Dann haben Sie bestimmt auch eine medizinische Ausbildung.«
»Nur soweit es für die Obstetrik relevant ist. Aber wir machen natürlich regelmäßig Fortbildungen.«
Mit wir meinte sie vermutlich ihren Berufsstand. »Und Sie haben Ihre eigene Praxis?«
Sie nickte. »Aber was hat das mit ...«
Dohr unterbrach sie. »Kennen Sie das Krankenhaus Duisburg-Nord?«
»Ich war da mehrere Jahre lang Beleghebamme. Wieso?«
»Monsignore Vaals ist von dort entführt worden, drei Tage nach seiner OP.«
»Aus dem Krankenhaus? Wie schrecklich!«
Sie schien darauf zu warten, dass Verena weitersprach, aber die Hauptkommissarin fixierte sie schweigend. Es dauerte eine halbe Minute, bis es bei Ute Hartwig klick machte.
»Sie denken, ich habe etwas damit zu tun?«
»Wir groß sind Sie?«
Ute Hartwig sah sie verwirrt an. »Einszweiundsiebzig. Ich habe Monsignore Vaals seit fast dreißig Jahren nicht mehr gesehen!«
Die Tür ging auf, Coenes kam herein.
Verena schaute kurz auf, dann nannte sie für das Protokoll die Uhrzeit, zu der Oberkommissarin Coenes den Raum betreten hatte.
Coenes setzte sich schweigend an das entfernte Ende des Tisches.
»Waren Sie gern im Kirchenchor?«

»Ja. Ich singe gern.«

»Und Vaals? War er ein guter Chorleiter?«

»Er war sehr nett.«

»Sie mochten ihn?«

»Ja.«

»Mochten die anderen Kinder ihn auch?«

»Ich denke schon. Für mich waren die Proben jedenfalls immer die schönste Stunden der Woche.«

»Wie oft gingen Sie zur Chorprobe?«

Ute Hartwig überlegte. »Einmal in der Woche. Vor Weihnachten vielleicht auch zwei- oder dreimal.«

»Ihre Eltern hatten nichts dagegen?«

»Meine Mutter hat mich selbst hingebracht. Meinem Vater war es egal. Der war sowieso fast nie zu Hause.« Ihre Stimme wurde kalt. »Er war Vertreter. Für Geschenkartikel. Ich verstehe immer noch nicht, was das mit der Entführung zu tun haben soll?«

»Das hört sich ja alles mehr oder weniger idyllisch an. Aber was ist hiermit?«

Verena Dohr schob ihr eine Kopie des dreißig Jahre alten Befundes über den Tisch. Misstrauisch zog Ute Hartwig die Blätter zu sich heran. Sie las. Es war offensichtlich, dass sie das Papier zum ersten Mal zu Gesicht bekam. Schließlich schaute sie auf.

»Daran erinnere ich mich nicht.« Es klang, als spräche sie in Trance.

»Ihr Vater behauptet, Monsignore Vaals habe Sie missbraucht.«

»Das ist nicht wahr!« Die Entrüstung trieb ihr das Blut ins Gesicht.

Verena deutete auf den Befund. »Warum wurden Sie dann von einer Psychologin untersucht?«

Ute Hartwig antwortete nicht. Sie starrte auf das Papier.

»Sie waren acht Jahre alt und man hat bei Ihnen eine posttraumatische Störung diagnostiziert.«

Ute Hartwig schob den Befund über den Tisch zurück zu Verena Dohr. »Ich erinnere mich nicht.«

Sie lügt, dachte Verena. Sie beschloss, Druck wegzunehmen. »Was ist mit den anderen Kindern im Chor? Ist Ihnen da vielleicht was aufgefallen? Dass sich der Monsignore merkwürdig benommen hat? Unangemessen? Gern mit Einzelnen von Ihnen allein war?«

»Nein! Nichts dergleichen! Wie oft soll ich das noch sagen! Der Monsignore war immer freundlich zu uns und nie *merkwürdig*! Wer das behauptet, lügt!«

»Zum Beispiel Ihr Vater.«

Ute Hartwig schwieg – wie eine Gewitterwolke, die sich jeden Moment in Blitz und Donner entladen würde, dachte Verena. Die Spannung, unter der Ute Hartwig in ihrer Wohnung gestanden hatte, war auch wieder da. Ihre Hände hatten sich ineinander verkrampft.

Als sie endlich sprach, ließ ihre Stimme die Temperatur im Raum um mehrere Grad absinken: »Ich weiß nicht, warum er so etwas behauptet.« Die Hände lösten sich voneinander, sie legte sie in ihren Schoss. »Stehe ich unter Verdacht?«

Ihr Blick war wie eine Mauer. Und doch meinte Verena, dahinter Verzweiflung zu spüren. Bedachtsam sagte sie: »Sie haben möglicherweise ein Motiv, vielleicht auch nicht. Sie hatten die Gelegenheit und die Mittel – medizinische Kenntnisse und Kenntnisse der Örtlichkeiten. Und Sie haben kein Alibi.« Sie ließ die Worte einsinken.

»Bin ich verhaftet?«

Verena Dohr schüttelte langsam den Kopf. »Nein. Sie können jederzeit gehen.«

Ute Hartwig stand auf. »Ich gehe jetzt.«

An der Tür blieb sie stehen, als warte sie auf die Erlaubnis, den Raum zu verlassen. Weder Verena Dohr noch Oberkommissarin Coenes sagten etwas. Ute Hartwig ging. Leise fiel die Tür hinter ihr ins Schloss.

Verena nannte die Uhrzeit, dann schaltete sie das Diktiergerät aus.

Oberkommissarin Coenes streckte sich. »Merkwürdige Frau.«

Verena überlegte einen Moment lang. »Sie verbirgt etwas, und es macht ihr eine Heidenangst, wir könnten es erfahren. Aber es hat nichts mit der Entführung zu tun. Sie sagt die Wahrheit.«

»Hast du gemerkt, wie sie reagiert, wenn man auf ihren Vater zu sprechen kommt?«

Verena nickte. Es war nicht zu übersehen.

»Vielleicht ist sie wirklich missbraucht worden, nur dass es nicht Vaals war ...«

Es war Zeit für die tägliche Besprechung.

Herwig war den ganzen Tag lang Hinweisen aus der Bevölkerung nachgegangen. Doch es war nichts Aufschlussreiches darunter gewesen. Aast hatte sich die Aufzeichnungen der Kameras in einem Umkreis von drei Kilometern um den Ort besorgt, an dem der Rettungswagen gefunden worden war. Um den neuen Park & Ride-Platz waren noch keine Kameras installiert worden. Möglicherweise hatte der Täter das gewusst. Überhaupt schien er die kamerafreien Schleichwege, von denen es in dieser Gegend mehr als genug gab, gut zu kennen. Ein Lieferwagen, auf den die vage Beschreibung passte, war nirgends aufgetaucht.

Verena schlug vor, die Aufgaben zu tauschen. Aast stöhnte auf, dann nieste er dreimal hintereinander. Verena sah Herwig fragend an. Er verzog das Gesicht, doch dann nickte er.

»Coenes wird dich unterstützen.« Damit würde endlich Normalität hergestellt, dachte sie erleichtert. Keine Bevorzugung der Neuen mehr.

Herwig klopfte Aast auf die Schulter. »Kein Problem. Ich muss sowieso an meiner Sommerbräune arbeiten.«

Aast warf ihm einen dankbaren Blick zu und schnäuzte sich in eins seiner unzähligen Stofftaschentücher.

»Dann ist das klar«, sagte Verena. An Aast gewandt fügte sie hinzu: »Am besten weitest du den Suchradius aus. Sagen wir auf fünf Kilometer.«

Aast hatte nichts einzuwenden, er war glücklich, dass er seinen Tag nicht im Freien zubringen musste.

Die Zahl der Streifenwagen, deren Besatzungen nach Vaals suchen sollten, war mangels funktionsfähiger Einsatzfahrzeuge bereits auf das normale Maß reduziert worden, aber die Fuß- und Fahrradstreifen würden weiterhin Doppelschichten einlegen.

»Wer war die Frau, die ihr zwei heute verhört habt?«

Das hatte sie befürchtet. Irgendwie hatte Herwig davon erfahren, jetzt wollte er wissen, was sie und Coenes hinter ihren Rücken trieben. Sie zögerte. Von Herwig zu Karman war es ein kurzer Weg, und sie wollte nicht morgen in jedem Schmierblatt lesen, dass der hiesige Polizeiseelsorger ein Päderast war.

Herwig sah sie abwartend an.

Na, schön. Sie würde es riskieren. Sie berichtete von

dem Brief des Entführers, von der Anweisung des Polizeidirektors, den Inhalt geheim zu halten, und von Ute Hartwig. Aasts Frage, wie sie auf die Frau gestoßen seien, beantwortete sie ausweichend und erklärte, die Spur habe sich als Sackgasse erwiesen.

»Und nur damit das hundertprozentig klar ist: Davon darf nichts nach außen dringen, weder innerhalb noch außerhalb der Behörde. Wir brauchen nicht schon wieder so eine Nummer wie bei der Honigleiche.«

Alle nickten ernst.

»Gut. Zum Abschluss müssen wir entscheiden, ob wir mit Vaals an die Öffentlichkeit gehen.«

Herwig rollte mit den Augen.

Verena hob beschwichtigend die Hände. »Ich weiß, du hast schon genug mit dem Rettungswagen zu tun. Aber da kommen wir nicht weiter, und die Zeit läuft uns davon. Wir holen uns dafür zusätzliche Leute.«

Herwigs Miene hellte sich auf.

»Wenn wir uns beeilen, kriegen wir das noch in die Regionalnachrichten. Wir bitten um Mithilfe bei der Suche nach einer vermissten Person, die dringend auf medizinische Hilfe angewiesen ist. Dann Beschreibung und Foto. Mehr nicht. Einwände?«

37

Bauer war nervös. Er versuchte, Nicu in ein Gespräch über das Boxen zu verwickeln. Der Junge hatte kaum drei Worte gesagt, seit er ihn an einer Straßenecke unweit des

Boxclubs aufgelesen hatte. Doch so sehr Bauer sich auch abmühte, er brachte kein Gespräch in Gang.

Schließlich gab er auf. »Du redest wohl nicht gern.«

»Kommt drauf an«, erwiderte Nicu achselzuckend. Worauf es ankam, behielt er für sich.

Sie fuhren schweigend weiter. Bauers Bedenken wuchsen, je näher sie dem Viertel kamen, in dem Slomka gewohnt hatte. Es lag jenseits der A59 und der Eisenbahntrasse. Die Straße führte darunter hindurch.

In der Dunkelheit des letzten von drei Tunneln sagte Bauer: »Du musst das nicht machen. Wir können auch wieder umkehren.«

Nicu antwortete mit einer Frage: »Was für 'ne Art Pfarrer sind Sie eigentlich?«

»Du meinst, weil ich bei der Polizei arbeite?«

»Nein. Weil Sie in eine Wohnung einsteigen wollen.«

»Ich versuche einem Freund zu helfen.«

»Sie wollen also nichts klauen.«

»Nein!«

Sie erreichten das Ende des Tunnels, und es wurde wieder hell. Bauer bemerkte, dass der Junge ihn musterte.

»Aber Sie haben Schiss.«

»Stimmt«, gab Bauer zu.

»Müssen Sie nicht. Geht ganz schnell. Ist auch eine super Uhrzeit.«

Der Junge hatte recht. Laut Statistik geschahen die meisten Wohnungseinbrüche zwischen 16:00 und 20:00 Uhr.

»Außerdem haben Sie doch gesagt, in der Wohnung wäre niemand.«

»Ich mache mir auch eher Sorgen wegen dir«, sagte Bauer. »Du bist noch nicht so lange raus aus diesem ›Geschäft‹.«

Nicu sah ihn irritiert an. »Denken Sie etwa, ich werde rückfällig oder so was?«

»Sag du es mir.«

»Ich bin kein beschissener Junkie, Mann«, erwiderte Nicu sauer. »Das ist nichts, worauf ich Bock habe. Hatte ich noch nie! Ich mache das heute auch nur für einen Freund, klar?«

Er meinte Hanno. Bauer lenkte seinen Wagen in eine Parklücke, stellte den Motor ab und lächelte den Jungen an. »Klar.«

Zwischen den Häuserfronten der engen Straße, in der Slomka gewohnt hatte, stand die Hitze des späten Sommertages wie in einem Ofen. Vor der Haustür griff Nicu unter sein T-Shirt und zog einen schmalen Streifen Plastik aus dem Hosenbund.

»Stellen Sie sich vor mich.«

Bauer postierte sich mit dem Gesicht zur Straße. Ein Studentenpärchen mit vollen Aldi-Tüten schlurfte heran. Er wollte eine Warnung zischen, doch da hörte er hinter sich das Schloss aufschnappen. Eilig trat er ins Haus. Das Treppenhaus wurde gerade renoviert. Farbeimer, Leitern und Malerwerkzeuge standen im Erdgeschossflur, Boden und Treppe waren abgedeckt, Türen und Fenster abgeklebt. Nicu drückte sich an Bauer vorbei und spähte durch den Spalt zwischen den Geschossaufgängen nach oben. Dann wandte er sich Bauer zu.

»Keiner mehr da. Entweder die haben schon Feierabend oder sie machen Pause«, sagte der Junge leise. »Welche Wohnung?«

Bauer ging voraus. Die ausgetretenen Holzstufen knarrten. Im ersten Stock gab es zwei Türen. An der einen klebte ein Grateful Dead-Poster, an der anderen ein Polizeisiegel.

Bauer nickte dem Jungen zu. Nicu durchtrennte das Siegel mit seiner Plastikkarte, fuhr den Spalt zwischen Tür und Rahmen hinunter und blieb auf der Höhe des Schlosses stecken. Er zog das Kunststoffstück heraus, holte einen großen Schraubenzieher aus seinem Rucksack, rammte ihn zwischen Türblatt und Zarge und stemmte sich, noch ehe Bauer reagieren konnte, mit einer schnellen Körperdrehung und derselben Kraft, die er in seine Boxhiebe legte, gegen den Griff des Werkzeugs. Mit dem hässlichen Geräusch splitternden Holzes sprang die Tür auf.

Bauer starrte den Jungen an. »Was machst du denn?«

»'ne Wohnung auf«, gab Nicu seelenruhig zurück. »Das wollten Sie doch.«

Bauer riss sich zusammen und lauschte in den Hausflur. Nichts rührte sich.

»Okay«, sagte er leise zu dem Jungen, der den Schraubenzieher schon wieder in seinem Rucksack verstaut hatte, »am besten, du wartest am Auto. Kann aber etwas dauern.«

»Vergessen Sie's. Ich finde den Weg auch allein.«

Davon war Bauer überzeugt. Nicu drehte sich um und verschwand ohne ein weiteres Wort. Bauer wollte ihm ein lautes »Danke« hinterherrufen, besann sich aber gerade noch und schlüpfte in die Wohnung. Er würde sich noch bedanken, aber nicht mit Worten. Er drückte das herausgebrochene Schließblech zurück in die Zarge und schob die Tür zu, so gut es ging. Dann sah er sich um. Sein Mut sank. Schon im schmalen Wohnungsflur standen oder hingen an jedem freien Quadratmeter Wand vom Boden bis zur Decke Regale, die von Aktenordnern, Schnellheftern, losen Blattsammlungen und Zeitungen überquollen. Bauer hatte keine Ahnung, wo er anfangen sollte. Er tat es trotzdem.

Er brauchte fast zwei Stunden, um bis ins Arbeitszimmer vorzudringen. Hier schien die Suche nach etwas, von dem Bauer selbst nicht genau wusste, was es war, noch aussichtsloser. Ein Großteil der Unterlagen war aus den Regalen und Schränken gerissen worden, Akten und Papiere lagen zerfleddert auf dem Fußboden. Bauer hockte sich in das Chaos und rieb seine müden Augen. Das Licht ließ langsam nach, aber er wagte nicht, eine Lampe einzuschalten. Wahllos und ohne große Hoffnung griff er in einen Papierberg – und zuckte zurück. In einem seiner Finger steckte ein langer Holzsplitter. Er zog ihn heraus und schob die Unterlagen beiseite. Darunter lag eine zersplitterte Zeitschriftensammelbox aus über lange Jahre dunkel gewordenem Sperrholz. Sie war leer, der Rücken der Box beschriftet, aber zum Teil abgebrochen. Mit Mühe entzifferte Bauer die ersten beiden stark verblassten Druckbuchstaben eines Wortes: MU... Wie elektrisiert wühlte er nach dem fehlenden Teilstück – und fand es. Er hielt es an den zerbrochenen Rücken der Box. Es passte, aber die Bruchkante verlief mitten durch den dritten Buchstaben, er war nicht mehr zu lesen. Der Rest des Wortes lautete: ...TER. Mutter. In der alten Sperrholzbox musste Slomka das Recherchematerial über seine verschwundene Mutter gesammelt haben! Mit fliegenden Fingern durchblätterte Bauer die in der Nähe liegenden Unterlagen. Doch er entdeckte nichts, was in irgendeinem Zusammenhang mit Slomkas Suche stehen konnte.

Plötzlich glaubte er, ein Geräusch zu hören. Hatte die Treppe im Hausflur geknarrt? Fast eine Minute lang saß Bauer mit angehaltenem Atem da und lauschte. Aber es blieb still, nichts geschah. Er hatte sich wohl geirrt. Sein

Körper entspannte sich wieder und sein Blick fiel auf ein Sideboard, dessen Türen einen Spaltbreit offen standen. Etwas im Innern des Möbels erregte seine Aufmerksamkeit. Er öffnete die Türen und fand zwei weitere Sammelboxen. Sie waren unbeschriftet, doch ihr Holz war ähnlich gealtert wie das der ersten. Bauer holte sie hervor. Auch sie waren leer. Das vergilbte, kaum postkartengroße Stück Papier, das in einer Fuge zwischen Boden und Seitenwand klemmte, entdeckte er erst bei genauem Hinsehen. Er zog es heraus und drehte es um.

Es war ein Votivbild. Es zeigte den Heiligen Sebastian.

38

Verena Dohr parkte einen Block entfernt und ging den Rest zu Fuß. Der Gedanke, dass Bauer vielleicht recht hatte und die beiden Fälle zusammenhingen, hatte ihr keine Ruhe gelassen. Außerdem war da der Leichengeruch. Vielleicht waren nicht nur die fauligen Kartoffeln die Ursache für den Gestank in Slomkas Wohnung gewesen. Vielleicht hatten sie und Coenes Vaals Entführer dort überrascht. Wenn ja, gab es in der Wohnung womöglich etwas, das ihnen verriet, wer er war. Karman oder Lutz konnte sie damit nicht kommen. Also hatte sie sich die Schlüssel in der Asservatenkammer ›ausgeliehen‹. Wenn Karman dahinterkam, was sie hier trieb, würde er sie mit Begeisterung fertigmachen.

Das Treppenhaus war nicht wiederzuerkennen. Es wurde renoviert. Gentrifizierung nannte man das. Die

Studentinnen würden sich wohl bald eine neue Bleibe suchen müssen.

Schon beim Heraufkommen sah sie, dass etwas nicht stimmte. Das silberne Polizeisiegel war durchtrennt. Für einen Augenblick dachte sie, das gehe auf das Konto nachlässiger Handwerker. Dann sah sie den Spalt zwischen Wohnungstür und Rahmen und die Kerbe in Türblatt und Zarge. Die Tür war aufgehebelt worden.

Ihr Körper schaltete sofort in Alarmmodus. Im Innern der Wohnung war ein leises Geräusch zu hören. Sie zog ihre Dienstwaffe und drückte die Tür vorsichtig auf. Im Halbdunkel der Diele war niemand zu sehen. Erneut hörte sie ein Rascheln. Sie regulierte ihren Atem und schlüpfte in die Wohnung.

Karmans Leute hatten Bücher, Zeitungen und Papiere sortiert und bis zur weiteren Auswertung wieder im Wandregal gestapelt. Die Pistole beidhändig im Anschlag bewegte sie sich so weit wie möglich am Rand der Dielenbretter, in der Hoffnung, sie würden dort weniger knarren.

Das Geräusch kam aus dem Arbeitszimmer. Sie schob ihren Kopf um die Ecke. Eine männliche Person hockte vor dem Sideboard. Die Hände waren verdeckt. Die Hauptkommissarin spürte, wie das Adrenalin einschoss und ihren Herzschlag beschleunigte. Sie würde kein Risiko eingehen.

»Polizei! Bleiben Sie unten und zeigen Sie mir Ihre Hände! Langsam!«

»Zu Befehl, Frau Hauptkommissar«, sagte eine männliche Stimme belustigt.

»Bauer!«

Martin Bauer richtete sich auf und drehte sich um. »Sie haben mich erwischt.« Er grinste schuldbewusst.

»Sind Sie nicht ganz bei Trost! Was zum Teufel treiben Sie hier?«

Das Grinsen verschwand. »Das wissen Sie doch.«

Sie atmete tief ein, um den Adrenalin-Rush unter Kontrolle zu bringen. So ein Idiot! »Ich hätte Sie erschießen können!« Sie schob die Waffe zurück ins Holster.

»So schießwütig sind Sie doch gar nicht.« Das Lächeln kehrte zurück.

Es sollte sie wohl besänftigen, aber diesmal war er zu weit gegangen. »Sie haben sich Zutritt zu einem versiegelten Tatort verschafft. Darauf steht bis zu einem Jahr Gefängnis.«

»Ich habe die Tür nicht aufgebrochen, falls Sie das denken.« Er zögerte, dann fügte er hinzu: »Jedenfalls nicht im engeren Sinn.«

Sie begriff, was er meinte. »Haben Sie etwa jemand in diese Nummer mit reingezogen?«

»Gegenfrage: Weiß Karman, dass Sie hier sind?«

Volltreffer. So ein Mistkerl. »Das geht Sie gar nichts an. Außerdem bin ich Polizeibeamtin.« Sie hörte selbst, wie trotzig das klang.

Bauer hob beschwichtigend die Hände. »Wir sind doch aus demselben Grund hier, oder etwa nicht?«

»Vaals zu finden, ist unsere Aufgabe.« Sie merkte, dass ihrem Satz der nötige Nachdruck fehlte.

»Aber Sie wollen der Sache mit Slomkas Mutter nicht nachgehen. Und vielleicht liegt gerade da der entscheidende Hinweis – auf den Täter und sein Motiv. Doch Sie sind wegen was anderem hier, oder?«

Er hatte recht. »Vielleicht waren es nicht nur faulige Kartoffeln, die wir bei unserem ersten Besuch gerochen haben.«

»Sondern Leichengeruch? Dann hätten wir es bei Julian Slomka und Monsignore Vaals mit demselben Täter zu tun«, sprach Bauer das Offensichtliche aus.

»Und Sie hätten recht, schon klar.«

»Sehen Sie sich das an.«

Er trat beiseite und gab den Blick auf drei Stehordner aus Sperrholz frei. Sie lagen auf dem Boden. Einer war zertrümmert, als habe jemand drauf getreten.

»Hier.« Er hob einen Ordner auf und deutete auf ein paar verblasste, mit blauem Filzstift geschriebene Buchstaben. »Ich würde sagen, das heißt *Mutter*.«

Sie sah genauer hin. »Kann auch *Muster* heißen.«

»Sie wollen es nicht sehen, Frau Dohr!«

»Und Sie wollen es unbedingt.«

Bauer seufzte. »Die Ordner sind leer. Warum?«

»Sagen Sie's mir.«

»Vielleicht weil die Person, die Julian Slomka getötet hat, das gesucht hat, was in diesem Ordner war.«

Nichts als Annahmen und wilde Vermutungen, wie so oft bei Bauer. Aber diesmal würde sie sich nicht in sein Netz aus Spekulationen verstricken lassen. Nicht ohne ein solides Fundament aus Fakten.

Er zog etwas aus der Tasche. »Das klemmte in einem der Ordner.«

Es war ein Votivbild. Verblasst und fleckig. Dennoch erkannte sie das verzerrte Gesicht, den geschundenen Körper und die blutigen Wunden wieder. Abgesehen vom schlechten Zustand war es mit dem Bild, das sie unter Slomkas Leichnam gefunden hatten, identisch.

»Und was schließen Sie daraus?«

Bauer hob die Schultern und ließ sie wieder fallen. »Keine Ahnung.«

»Mir sagt es, dass das Bild aus dem Bergwerk nicht dem Täter, sondern Slomka gehört.«

»Dann besaß er also zwei davon oder noch mehr? Und eins hatte er immer bei sich?« Die Ironie war unüberhörbar.

»Slomka war katholisch. Wer weiß schon, was in den Köpfen dieser Leute vorgeht.« Sie dachte einen Moment lang nach. »Es schwächt natürlich die Hypothese vom rituellen Charakter der Tat.«

Bauer hielt ihr das Bild vors Gesicht. »Sehen Sie sich die Wunden des Heiligen Sebastian doch an! Das war nicht zufällig bei der Leiche! Es hat etwas mit dem Mord zu tun!«

»Und was?«

Bauer schüttelte ratlos den Kopf. »Das weiß ich auch nicht.«

Sie schwiegen. Dann sagte sie: »Verschwinden Sie, bevor ich es mir anders überlege.«

Bauer nickte. »Und Sie?«

»Ich sehe mich noch ein bisschen um. Das da nehme ich an mich.« Sie nahm ihm das Votivbild aus der Hand. »Sie wollen doch nicht auch Beweismaterial verschwinden lassen.«

»Auf keinen Fall, Frau Hauptkommissarin.«

Als Bauer keine Anstalten machte zu gehen, sagte sie: »Was ist jetzt noch?«

Er zögerte, dann fragte er: »Ich habe Sie mit Hartwigs Tochter im Präsidium gesehen. Haben Sie sie verhört?«

»Was dagegen einzuwenden, Herr Pfarrer? Sie hat ein Motiv.«

»Falls ihr Vater doch die Wahrheit sagt. Hat sie seinen Vorwurf bestätigt?«

»Nein. Sie behauptet, Vaals sei immer nur nett gewesen.« Sie sah die Erleichterung in seinem Gesicht. »Ich glaube ihr. Aber irgendwas stimmt da nicht. Sie war die ganze Zeit über hypernervös, aber immer wenn wir ihren Vater erwähnt haben, wurde sie regelrecht panisch. Und jetzt machen Sie endlich, dass sie rauskommen.«

Bauer hob die Stehordner auf, um sie zurück in das Sideboard zu stellen. Im selben Moment hörten sie helle Stimmen und Gelächter im Hausflur. Mehrere Personen stiegen die Treppe herauf. Verena bedeutete Bauer still zu sein. Seine Miene zeigte ihr, dass die Warnung überflüssig war. Die Stimmen wurden lauter. Verena erkannte die Studentinnen. Sie waren jetzt direkt vor der Wohnung. Dann hörte man eine Tür ins Schloss fallen, und es wurde wieder still.

»Raus! Hauen Sie ab!«, zischte sie Bauer zu.

Eilig verstaute er die Stehordner und huschte aus dem Zimmer. Verena atmete durch. Dann blickte sie auf das Chaos von Papieren, die verstreut auf dem Boden lagen.

Nach einer halben Stunde hatte sie genug. Nichts in der Wohnung deutete darauf hin, dass der Mann, der Vaals entführt hatte, hier gewesen war. Vielleicht stießen Karmans Leute ja auf etwas. Das Dumme war nur, dass sie den Zusammenhang nicht erkennen würden.

Sie verließ die Wohnung. Die Tür ließ sich nicht mehr abschließen. Danke, Herr Pfarrer. Wenn sie selbst die Tür mit dem Schlüssel geöffnet hätte, wäre nur das Siegel beschädigt worden. Die Kollegen hätten vermutlich angenommen, dass die Handwerker dafür verantwortlich waren. Aber Einbruchsspuren am Türrahmen konnten sie nicht übersehen.

39

Der Tag des Herrn und eine Telefonnummer, beides mit Bleistift auf den Boden einer der Sperrholzboxen gekritzelt. Dies hatte Bauer entdeckt, unmittelbar bevor Verena ihn aus Slomkas Wohnung gescheucht hatte. Die Nummer mit der Vorwahl von Oberhausen war leicht zu merken. Sie kam Bauer bekannt vor. Aber das hieß noch lange nicht, dass sie in einem Zusammenhang mit dem verschwundenen Inhalt der Boxen stand. Wahrscheinlich hatte Slomka nur irgendwann irgendeinen Sonntagstermin in Oberhausen mitsamt der Nummer seines Ansprechpartners auf der nächsten beschreibbaren Fläche notiert.

Trotzdem rief Bauer an, kaum dass er im Auto saß. Doch es nahm niemand ab. Er würde es morgen erneut versuchen, Hauptkommissarin Dohr jedoch erst davon berichten, wenn er sicher war, dass die Notiz eine Spur war und nicht nur die Telefonnummer eines Taubenzüchtervereins, über den Slomka eine Reportage geschrieben hatte.

Bauer startete den Wagen. Mit dem Motor sprang auch das Autoradio an. Ein Sprecher verlas die Abendnachrichten. Nach der letzten Meldung bat er im Namen der Polizei um Mithilfe bei der Suche nach einer vermissten Person – dem katholischen Geistlichen Rüdiger Vaals, der dringend auf medizinische Hilfe angewiesen sei. Es folgte eine Personenbeschreibung und eine Internetadresse, auf der ein Foto des Vermissten abrufbar war.

Die Hauptkommissarin war an die Öffentlichkeit gegangen. Der Monsignore befand sich seit vierundzwanzig

Stunden in der Hand seines Entführers. Den einzigen Hinweis auf seine Absichten hatte der Täter selbst geliefert – in dem Schreiben, das er hinterlassen hatte. Es verringerte Vaals ohnehin geringe Überlebenschancen noch weiter. Denn auch wenn Bauer nicht an den Missbrauchsvorwurf glaubte, der Entführer war anscheinend überzeugt davon. So wie Hartwig.

Der sterbende Mann konnte die Tat nicht begangen haben. Nicht selbst. Doch er wäre in der Lage gewesen, jemanden damit zu beauftragen. Zeit seines Lebens hatte er sein einziges Kind vernachlässigt. Nun, mit dem Tod vor Augen, versuchte er womöglich, es wiedergutzumachen, auf die denkbar grausamste Art und Weise. Dann hätte er gewollt, dass seine Tochter davon erfuhr. Und sie hätte etwas zu verbergen. So wie Verena es bei ihrer Befragung bemerkt hatte.

Bauer fuhr an der Universität vorbei. Die blau verkleidete Fassade der Hauptmensa schluckte das letzte Abendlicht. Die Ampel an der nächsten Einmündung stand auf Rot. Er hielt auf der Linksabbiegespur. *Mülheimer Straße* stand auf einem Schild am Ampelmast. Von der Adresse, die Bauer im Impressum von Ute Hartwigs Webseite gelesen hatte, trennten ihn keine drei Kilometer. Die Ampel sprang um. Kurzentschlossen trat er aufs Gas und bog nach rechts ab, während er hinter sich ein wütendes Hupen hörte.

Wenige Minuten später stieg er aus seinem Wagen. Die ruhige Wohnstraße führte steil hinauf zum Speldorfer Wald. Neben der Eingangstür des frei stehenden Eckhauses sah er kein Schild, das auf eine Hebammenpraxis hindeutete. Er hatte Glück, Ute Hartwig hatte im Impressum ihre Privatanschrift angegeben. Ihre Klingel gehörte zu einer von zwei Wohnungen im ersten Stock. Er läutete mehrmals, doch niemand öffnete. Er trat zurück und blickte hinauf zur ersten Etage. Hinter den beiden Fenstern links des Treppenhauses brannte kein Licht. Er hatte gehofft, dass eine alleinerziehende Mutter und ihr sechs Monate altes Baby um diese Zeit zu Hause sein würden. In der Straße parkten Autos der unteren Mittelklasse, viele Kombis, etliche mit Kindersitzen auf der Rückbank. Nur ein nachlässig abgestellter alter Lieferwagen passte nicht recht zwischen die Familienkutschen.

Im umzäunten Garten hinter dem Haus standen ein kleines Planschbecken und mehrere Sonnenstühle. Auch die rückwärtigen Fenster der Wohnung in der ersten Etage waren dunkel. Vielleicht schlief Ute Hartwig schon. In den dichten Büschen an der Grenze zum Nachbargrundstück raschelte etwas, aber es war niemand zu sehen. Die Gegend war nicht nur ideal, um Kinder großzuziehen, bestimmt gab es auch einige Hauskatzen, die sich gerade zu ihren nächtlichen Streifzügen aufmachten. Er wollte schon wieder gehen, da zerriss ein Klagelaut die Ruhe des Sommerabends.

Im ersten Moment dachte Bauer an einen liebeskranken Kater. Doch schon nach wenigen Sekunden wurde ihm klar, dass da ein Baby weinte. Er folgte dem Geräusch weiter die Straße hinauf bis an den Waldrand. Dort lag unter alten Bäumen ein Spielplatz mit einem großen Klettergerüst. Auf der untersten Strebe saß eine schmale Gestalt. Neben ihr stand ein Kinderwagen, aus dem das herzzerreißende Weinen drang.

Bauers Schritte versanken im warmen Sand. Das Baby schrie immer verzweifelter, doch die Gestalt rührte sich nicht. Zusammengekrümmt saß sie da, den Kopf fast auf den Knien, beide Hände an die Ohren gepresst. Bauer machte einen Bogen, um sich ihr von vorn zu nähern und sie nicht zu erschrecken, doch offenbar hatte sie auch ihre Augen geschlossen.

»Kann ich Ihnen helfen?«, fragte er laut.

Sie hörte ihn nicht. Er trat näher und berührte sie behutsam an der Schulter. Sie erschrak heftig und riss den Kopf hoch. Ute Hartwig sah ihn an wie einen bösen Geist. Im nächsten Moment sprang sie auf und wich vor ihm zurück.

»Entschuldigung«, sagte er eilig und hob beschwichtigend die Hände, »ich wollte Sie nicht erschrecken. Mein Name ist Bauer. Ich bin Pfarrer. Polizeipfarrer. Wir kennen uns vom Hospiz.«

Der erste Schrecken wich aus ihrem Gesicht. Sie stellte sich schützend vor den Kinderwagen.

»Was wollen Sie?«

»Ich habe das Baby gehört und dachte, vielleicht braucht jemand Hilfe.«

Es war deutlich, dass Sie ihm kein Wort glaubte. »Warum verfolgen Sie mich?«

»Das tue ich nicht ...«

»Ich habe Sie auf der Polizeiwache gesehen!«

»Wie gesagt, ich bin Polizeiseelsorger. Ich arbeite dort.«

»Was haben Sie im Hospiz gemacht?«

»Ich habe Ihren Vater besucht.« Er konnte sehen, wie es hinter ihrer Stirn arbeitete. Das Baby schrie noch immer. »Ich glaube, Ihre Kleine hat Hunger.«

»Es ist ein Junge, und ich habe ihn eben erst angelegt. Aber er will nicht trinken. Ich weiß auch nicht, was er hat. Er weint schon den ganzen Abend.«

Auf einmal wirkte sie nicht mehr wie ein gehetztes Tier, sondern nur noch wie eine verzweifelte Mutter.

»Vielleicht braucht er einfach nur Ihre Nähe«, sagte Bauer.

Sie zögerte. Dann griff sie, ohne Bauer aus den Augen zu lassen, in den Kinderwagen und holte ihren Sohn heraus. Augenblicklich hörte der Junge auf zu schreien, krallte seine Finger in den Stoff ihres Kleides und drückte sein Gesicht an ihren Hals.

»Ich bin eine Scheißmutter«, sagte Ute Hartwig leise.

»Ihr Sohn sieht das offenbar anders«, wandte Bauer ein.

»Er hat keine Wahl. Kinder haben nie eine Wahl.«

Unter den Worten lag dieselbe Finsternis, die Bauer schon bei ihrer Begegnung vor dem Hospiz in Utes Augen gesehen hatte.

»Kommen Sie, ich begleite Sie nach Hause.« Er deutete auf den Kinderwagen. »Darf ich?«

Wieder zögerte sie, bevor sie verhalten nickte.

Es war lange her, dass Bauer einen Kinderwagen geschoben hatte, doch fühlte es sich überraschend vertraut an. Ute Hartwig ging voraus, sie wirkte nervös, blickte sich verstohlen um. Machte er ihr solche Angst? Vor dem Haus angekommen, blieb sie stehen und wandte sich ihm zu.

»Danke«, sagte sie knapp.

Es klang wie eine Verabschiedung.

»Wie heißt Ihr Sohn?«, fragte Bauer schnell.

»Johannes«, antwortete sie automatisch.

»Gott ist gütig«, übersetzte er.

»Was?«, fragte sie verständnislos.

»Die hebräische Bedeutung des Namens. Im übertragenen Sinn drückt er aus, dass wir ein Kind als Geschenk Gottes sehen.«

»Auch wenn man das Sperma für seine Zeugung im Internet bestellt hat?«, erwiderte sie hart.

Sie versuchte, ihn zu schockieren.

»Dann wohl erst recht«, sagte Bauer ernst.

Sie sah ihn nachdenklich an. »Was wollen Sie von mir?«

»Ich suche Monsignore Vaals.«

»Ich war noch ein Kind, als ich ihm das letzte Mal begegnet bin! Das habe ich schon der Kommissarin gesagt.«

»Wenn wir ihn nicht bald finden, stirbt er.«

Ihre Betroffenheit wirkte echt. »Ich würde Ihnen ja helfen, aber wie denn?«

»Das weiß ich auch nicht«, gab Bauer ehrlich zu. »Können wir uns trotzdem unterhalten? Ihr Sohn hat wohl nichts dagegen.«

Er deutete auf das Baby, das auf dem Arm seiner Mutter eingeschlafen war.

»Wenn ich ihn jetzt ins Bettchen lege, wacht er sofort wieder auf.«

»Das kenne ich«, lächelte Bauer. »Als meine Tochter so klein war, wollte sie nur auf meinem Bauch einschlafen. Und wehe, ich habe gewagt, sie herunterzunehmen!«

Ute erwiderte sein Lächeln nicht. Aber ihr Blick wurde weicher. »Wie viele Kinder haben Sie?«

»Wir erwarten gerade unser zweites.«

»Welche Woche?«

»Neununddreißigste.«

»Beim zweiten Kind kann es ziemlich schnell gehen. Sie sollten lieber in der Nähe Ihrer Frau bleiben.«

»Das würde ich gern, glauben Sie mir.«

Sie musterte ihn schweigend. Schließlich deutete sie auf den Kinderwagen. »Unten im Korb liegt eine Babytrage.«

Bauer holte die Trage hervor und reichte sie ihr.

Geschickt schnallte sie sich ihr Kind vor die Brust. Dabei rutschte einer der langen Ärmel ihres Sommerkleides hoch. Bauer sah ein wirres Muster von dünnen bleichen Linien auf ihrem Unterarm. Narben von Schnitten mit einer scharfen Klinge.

Sie bemerkte seinen Blick und zog den Ärmel rasch wieder herunter. »Kommen Sie!«

Sie gingen zurück zur Hauptstraße. Er schob den leeren Kinderwagen. An der Ecke lag ein kleines Eiscafé. Ein Mann mit kurz geschorenen Haaren und Kellnerschürze stellte gerade die Stühle an den Außentischen zusammen. Als er Ute Hartwig erblickte, begrüßte er sie herzlich. Zwei Minuten später stand ein großer Eisbecher vor Ute und ein kleiner vor Bauer.

Bauer wusste nicht, wie er beginnen sollte. Alle Fragen, die ihm einfielen, hatte vermutlich schon Verena gestellt.

Während er noch überlegte, kam Ute ihm zuvor. »Warum waren Sie bei meinem Vater?«

»Ich nahm an, er wäre ein alter Freund von Vaals.«

»Ein Freund? Ich kann mir nicht vorstellen, dass ein Mensch wie mein Vater Freunde hat.« In ihren Worten lag mehr als Verachtung. Es war Abscheu.

»Sein Name stand in der Bibel des Monsignore. Mit allen Wohnorten aus den letzten fünfzehn Jahren. Ihr Vater sagt, Vaals hätte ihn aus Angst im Auge behalten.«

»Angst wovor?«

»Rache. Für den Missbrauch.«

»Monsignore Vaals hat mich nicht missbraucht! Ich kann mir überhaupt nicht vorstellen, dass er jemals ein Kind angefasst hat.«

»Ich ebenso wenig. Aber irgendetwas ist damals geschehen, etwas Schlimmes, und ich habe das Gefühl, die Entführung hat damit zu tun.«

Sie schwieg. Dann blickte sie auf das Bündel an ihrer Brust. Zärtlich strich sie ihrem schlafenden Sohn über die Haare.

»Glauben Sie, Kinder werden wie ihre Eltern?« Sie flüsterte fast, aber die Verzweiflung in ihrer Stimme drang Bauer bis ins Mark.

»Wie meinen Sie das?«, fragte er ratlos.

Sie blickte wieder auf. »Vergessen Sie's! Ich verstehe wirklich nicht, was Sie hier machen. Suchen Sie lieber den Kidnapper!«

»Die Polizei tut, was sie kann.«

»Die Kommissarin hat gesagt, der Monsignore wurde aus dem Krankenhaus entführt. Das muss doch jemand gesehen haben!«

Bauer nickte. »Ich. Der Mann kam direkt an mir vorbei. Aber er hatte eine OP-Maske über dem Gesicht. Ich kann nicht mal seine Augenfarbe beschreiben. Alles, was ich weiß, ist, dass er nach Verwesung roch.«

Sie starrte ihn an. In der nächsten Sekunde sprang sie auf. »Ich muss gehen.«

»Warten Sie, ich …«

»Nein!«

Sie packte den Kinderwagen und hetzte davon. Verwirrt sah Bauer ihr nach. Womit hatte er sie so erschreckt? Er erhob sich und ging in den Laden, um die Eisbecher zu bezahlen, die sie nicht angerührt hatten. Der Besitzer empfing ihn mit einem feindseligen Blick. Offenbar hatte er sie beobachtet. Wortlos knallte er das Wechselgeld auf die Theke. Bauer ließ es liegen.

Als er zu dem Haus zurückkam, in dem Ute Hartwig wohnte, erlosch gerade die Treppenhausbeleuchtung. Doch die Fenster der Wohnung im ersten Stock blieben dunkel. Das Smartphone in seiner Hosentasche summte. Eine Nachricht von Nina: *Bin zu Hause. Dein Handy auch :-). Hast du schon mit Mama geredet?*

Hatte er nicht.

Sie machte kein Licht. Verzweifelt lehnte sie sich gegen die Tür, die sie zweimal abgeschlossen hatte. Die Gedanken rasten durch ihren Kopf. Jeder einzelne machte ihr Angst. Doch ihre größte Furcht war namenlos. Sollte sie dem Polizeiseelsorger alles sagen? Ihr war egal, was mit ihr geschehen würde. Aber sie hatte ein Baby. Der Pfarrer hatte recht, er war ein Geschenk. Sie verdiente es nicht. Aber sie konnte nicht zurück.

Sie senkte den Kopf zu ihrem Sohn, der friedlich in der Trage schlief. Sie spürte seine feinen Haare an ihrer Wange. Sie versuchte seinen Duft einzuatmen, aber ihr Herz schlug so laut, dass sie fürchtete, ihn aufzuwecken. Sie stieß sich von der Tür ab, schlich durch die dunkle Wohnung ins Schlafzimmer, drückte sich an der Wand entlang bis zum Fenster, schob sich gerade so weit vor, dass sie mit einem Auge am Rahmen vorbei auf die Straße spähen konnte.

Am frühen Abend war sie mit Johannes spazieren gegangen. Seit zwei Monaten kam er nur noch schwer zur Ruhe. Seit zwei Monaten schreckte sie nachts fast stündlich aus dem Schlaf. Aber es war nicht ihr Sohn, der sie weckte, es waren die Bilder, die sie heimsuchten. Und Johannes spürte ihre Angst.

Als er endlich im Kinderwagen eingeschlafen und sie vom Waldrand zurückgekommen war, hatte sie den Lieferwagen entdeckt. Sie hatte ihn sofort wiedererkannt.

Der Wagen stand immer noch dort. Ute zuckte zurück

und taumelte gegen die Wand. Ihre Beine gaben nach, sie rutschte zu Boden. Ein bitterer Schmerz stieg in ihr hoch. Sie hielt sich den Mund zu und erstickte das Schluchzen. Ihre Tränen jedoch konnte sie nicht zurückdrängen. Sie rannen über ihre Wangen, liefen über ihre Finger und tropften lautlos auf den Kopf des Kindes vor ihrer Brust.

40

Sie musste verrückt gewesen sein, so ein Risiko einzugehen. Genauso verrückt wie Bauer. Und es war nichts dabei herausgekommen bis auf Bauers neuestes Puzzleteilchen, das zweite Votivbild.

Verena Dohr saß in ihrem Wagen und rauchte. Als ob die aufgeheizte Luft, die sich seit Tagen in der Stadt festzukrallen schien, nicht genügte, um sich schlecht zu fühlen. Sie ließ alle vier Seitenfenster herunter.

Bauer hatte eine polizeilich versiegelte Wohnung aufgebrochen. Oder aufbrechen lassen, das war einerlei. Genauso wie die Frage, ob er gewusst hatte, dass er damit ein Jahr Gefängnis riskierte. Er konnte nicht darauf hoffen, dass die frischen Spuren an der Tür unbemerkt blieben. Und sie selbst? Hatte sie am Türblatt oder der Zarge Fingerabdrücke hinterlassen? Sie glaubte nicht. Ihre Abdrücke in der Wohnung waren kein Problem. Die konnten von ihrem ersten Besuch stammen. Trotzdem blieb das Ganze riskant.

Eine Idee nahm vor ihrem geistigen Auge Form an, fast

so etwas wie ein Plan. Sie nahm einen letzten Zug, dann warf sie die Zigarette aus dem Fenster.

Sie rief die Einsatzleitstelle an, gab an, wo sie sich befand, und erklärte kurz, sie habe eine polizeilich versiegelte Wohnung aufgebrochen vorgefunden. Höchstwahrscheinlich würden die Kollegen vom KDD ausrücken und sich darum kümmern. Bis Karman davon erfuhr und eine Erklärung für ihre Anwesenheit an ›seinem‹ Tatort verlangte, würde sie entweder eine plausible Geschichte parat haben oder genug Munition, um ihn zu neutralisieren.

Als Nächstes suchte sie in ihrem Kontaktverzeichnis die Nummer eines lokalen Polizeireporters. Er schrieb für das Konkurrenzblatt der Tageszeitung, die die Honigleiche auf die Titelseite gesetzt hatte. Dohr hatte ein paarmal mit ihm zu tun gehabt und seine Berichterstattung immer für relativ seriös gehalten.

»Frau Hauptkommissarin! Sie enttäuschen mich! Ich bin es gewohnt, Sie anzurufen und abgewimmelt zu werden. Was verschafft mir die Ehre?«

Er schien sich über ihren Anruf zu freuen. Umso besser. Sie fragte ihn, ob ihre Suchmeldung am Morgen erscheinen würde.

Er bejahte. »Übrigens bringe ich sie auch in meinem Blog. Aber deswegen rufen Sie doch nicht an. Also worum geht's?«

Sie fragte ihn nach dem Namenskürzel unter den Honigleiche-Artikeln.

»H.S.T.? Das ist Holger Traut. Was wollen Sie denn von dem Mistvogel? Hält sich für *den* kommenden *Gonzo*-Schreiber. Deshalb hat er das Namenskürzel geklaut – Hunter S. Thompson. Meint, er wäre der Größte, hat aber keinen Schimmer vom Genitiv.«

»Kurz gesagt, Sie mögen ihn nicht.«

»Die Untertreibung des Monats. Er war ein paar Wochen bei uns in der Redaktion, aber zum Glück sind wir ihn schnell wieder losgeworden. Hatte ein paar Kids dafür bezahlt, Grabsteine zu verschandeln. Tolle Story.« Der letzte Satz war purer Sarkasmus. »Ein durch und durch krummer Hund. Also Vorsicht und Finger weg. War es das, was Sie hören wollten, Frau Hauptkommissarin?«

»Danke. Sie haben was gut bei mir.«

»Warten Sie! Gibt es was Neues bei der Entführung? Oder dem Mann im Schacht?«

Hauptkommissarin Dohr unterbrach die Verbindung und wählte die nächste Telefonnummer. Ein ungeduldiges »Ja?« begrüßte sie. In der Lokalredaktion des Boulevardblattes, für das Traut jetzt arbeitete, verschwendete man keine Zeit. Sie fragte nach Traut, ohne ihren Namen zu nennen. Nicht nötig, den Kerl durch vermeintliche Kontakte zur Polizei aufzuwerten. Der Mann am Telefon wollte wissen, worum es ging.

»Eine Story. Wird ihn interessieren.«

»Die können Sie auch mir erzählen«, erklärte der Mann schlagartig erheblich freundlicher.

Sie lehnte dankend ab.

»Weiß jemand, wo unser rasendes Genie gerade seinen trüben Geschäften nachgeht?«, rief der Mann. Offensichtlich saß er in einem Großraumbüro. Traut hatte sich also auch an seinem neuen Arbeitsplatz schon Freunde gemacht.

»Irgendwelche Kinder. Ihr Hund ist ins Wasser gefallen. Oder Meerschweinchen, was weiß ich«, rief eine Stimme zurück.

»Gehört?«

Dohr bejahte.

»Wenn er damit fertig ist, war es mindestens ein Elefant oder ein Einhorn«, rief dieselbe Stimme aus dem Hintergrund.

Dohr fragte nach, wo das passiert sei. »Weiß jemand, wo, Leute?«

»Hafen«, war die knappe Antwort.

Sie rief auf gut Glück bei der Einsatzzentrale der Feuerwehr an. Eine Minute später hatte sie ihr Ziel: Becken B, Südseite der Kohleinsel. Als sie dort eintraf, machte sich die Besatzung eines Löschzugs gerade zum Abrücken bereit. Sie zeigte dem Einsatzleiter, einem stämmigen Grauhaarigen mit Crewcut und jeder Menge Lachfältchen, ihren Dienstausweis. »Haben Sie den Hund?«

Er lachte leise. »Ein Basset. Sind leider nicht die besten Schwimmer.«

»Und die Kinder?«

»Die waren ziemlich souverän. Haben gar nicht erst versucht, ihn selbst rauszuholen.«

Eine kluge Entscheidung. Vom Rand des Hafenbeckens bis zur Wasserlinie waren es gut drei Meter. »Hier soll sich auch ein Reporter rumtreiben.«

Das Gesicht des Einsatzleiters verzog sich, als habe er in etwas Unappetitliches gebissen. »Dahinten. Ich glaube, er versucht, die Kinder für ein Foto zum Weinen zu bringen. Wenn Sie ihn aus dem Verkehr ziehen wollen, meinen Segen haben Sie. Aufsitzen!« Die Feuerwehrmänner nahmen ihre Positionen auf dem Löschfahrzeug ein. Der Zehntonner setzte sich in Bewegung.

Dohr zückte ihr Smartphone, dann ging sie zu der Stelle, wo zwei etwa zwölfjährige Mädchen einen unproportional langgestreckten nassen Hund streichelten, während ein Mann mit einer kleinen Fotokamera wedelte und hektisch auf sie einredete.

»Belästigt euch der Mann?«

Traut fuhr herum. »He, verschwinden Sie! Ich arbeite hier!«

»Er will, dass wir für sein Foto weinen. Voll blöd.«

Holger Traut war übergewichtig, sein zerknittertes Leinenhemd spannte über dem Bauch. Die kleinen Augen in seinem aufgedunsenen Gesicht wieselten nervös zwischen den Kindern und Dohr hin und her.

»Ich bezahl euch auch dafür, okay!«

»Geht nach Hause, Kinder. Ist sowieso schon viel zu spät für euch.«

»Was soll das, verdammt noch mal?« Traut funkelte sie wütend an.

Die Mädchen sahen ängstlich zu Dohr hoch.

»Schon gut, geht ruhig. Ich muss mich sowieso mit Herrn Traut unterhalten.« Jetzt hatte sie seine Aufmerksamkeit. »Wie heißt euer Hund eigentlich?«

»Frido«, sagte die eine.

»Fridolin«, korrigierte die andere.

»Sie wissen, wer ich bin?« Traut musterte sie misstrauisch. »Dann legen Sie sich lieber nicht mit der Presse an.«

Dohr hielt ihm ihren Dienstausweis vor die Nase. »Dohr, Mordkommission.«

»Oh, ja ... jetzt erkenne ich Sie – Hauptkommissarin Dohr. Sie hatten die Honigleiche, und jetzt machen Sie diese Entführung.«

»Sie sind ja bestens unterrichtet, Herr Traut.«

»Ist mein Job.« Sein Blick bekam etwas Lauerndes. Die Mädchen mit ihrem Hund hatten für ihn bereits aufgehört zu existieren. Sein Instinkt sagte ihm, dass gerade eine viel heißere Story am Horizont auftauchte.

»Sie haben was für mich?«

Er öffnete seine Umhängetasche und ließ die Kamera darin verschwinden. Seine Bewegungen hatten etwas Fahriges, als wollten die Extremitäten in mehrere Richtungen gleichzeitig. Dohr kannte das von Elmar, wenn es kein Koks gab und er auf Crystal Meth auswich.

Fridolin schien sein unfreiwilliges Abenteuer nicht aus seiner rassetypischen Lethargie gerissen zu haben. Er ließ sich klaglos anleinen, dann zockelten die Mädchen, ihren Liebling hinter sich herziehend, von dannen.

»Und passt von jetzt an besser auf!«, rief ihnen Dohr hinterher. Sie winkten ihr schuldbewusst zu.

»Also, was wollen Sie?«, fragte Traut.

»Es geht um Ihren Spitzel.« Sie sah, wie sich seine Pupillen verengten.

»Keine Ahnung, wovon Sie reden.«

»Ich sehe es nicht so gern, wenn ein Kollege Informationen, die unter Verschluss bleiben sollen, an einen Typen wie Sie weitergibt.«

Der Reporter verstand die versteckte Drohung, aber so leicht ließ er sich nicht einschüchtern. »Ihr Pech. So was nennt man Pressefreiheit.«

»Ich nenne das Korruption. Und ich kann es nicht leiden, wenn Sie einen Kollegen korrumpieren. Kapieren Sie das?«

Er zuckte mit den Schultern. »Was wollen Sie machen? Mich verhaften?«

Dohr ließ sich Zeit mit der Antwort. Dann sagte sie: »Ich weiß, von wem Sie die Informationen haben.«

»Ach? Tatsächlich?«

»Ja. Hauptkommissar Karman.«

In Trauts Augen blitzte etwas auf. Sie hatte ins Schwarze getroffen. Aber ihr Gegenüber hatte sich schon wieder gefasst.

»Wenn Sie meinen.«

»Wie viel haben Sie ihm bezahlt?«

»Ich verbitte mir Ihre Unterstellungen, verdammt!«

Gut. Die Wut gewann die Oberhand über seine abgebrühte Schnodderigkeit. »Karman ist ein absolut korrekter und integrer Kollege, und Sie sind journalistischer Abschaum. Warum sollte er sich sonst mit Ihnen einlassen? Wahrscheinlich hat er finanzielle Schwierigkeiten, die Sie ausnutzen. Aber ich kriege Sie, Traut, verlassen Sie sich drauf. Ich folge dem Geld, und dann sind Sie dran, wegen aktiver Bestechung.«

Der Reporter starrte sie hasserfüllt an, sagte aber kein Wort. Verdammt, es klappte nicht.

»Und wissen Sie warum? Dass ein Würstchen wie Sie einen durch und durch ehrlichen Kollegen aus meiner Dienstgruppe dazu bringt, sich schmieren zu lassen, macht mich krank.«

Bei dem Wort ›Würstchen‹ hatte sie ihn. Seine Eitelkeit ließ die angestaute Wut explodieren.

»Ach ja? Jetzt verrate ich Ihnen mal was: Karman ist billig! Drei Whiskey und zwei grüne Scheinchen, und das aufgeblasene Ego dieses Wichtigtuers erledigt den Rest. Er konnte gar nicht aufhören zu quatschen!«

»Das glaube ich Ihnen nicht.«

»Alles hat er ausgekotzt, bis ins kleinste Detail!«

»Das Foto haben Sie auch von ihm?«

»Was denken Sie denn? Und wissen Sie was? Ich glaube, er wollte vor allem Ihnen einen reinwürgen. Der Typ ist ein rachsüchtiges Arschloch.« Jetzt kam er richtig in Fahrt. »Ihr seid alle gleich. Immer vom hohen moralischen Ross auf uns runterpissen! Aber jeder hat seinen Preis. Beim einen ist es Geld, bei dem anderen Eitelkeit und beim dritten Rachsucht. Man muss nur den richtigen Schalter finden. Und jetzt können Sie mich am Arsch lecken.«

Er machte auf dem Absatz kehrt und ließ sie stehen.

Dohr zählte bis zehn, dann stoppte sie die Aufnahmefunktion ihres Smartphones. Sie konnte es selbst kaum glauben, dass es geklappt hatte. Sie war die Größte.

Als sie eine halbe Stunde später an der überdimensionalen winkenden Erdbeere von Diekmann's Hofladen abbog, war die Euphorie verflogen. Sie wusste nicht, wieso. Dann fiel es ihr ein. Vaals.

41

Es war bereits dunkel, als Verena Dohr abbog, um die letzten Kilometer ihres Heimwegs auf der Landstraße zurückzulegen. Zwischen Obermarxloh und Schwarze Heide wohnte man mitten im Ruhrgebiet und doch auf dem Land. Die fünfzig Hektar große Enklave mit Gehöften, Feldern und Viehweiden zwischen Autobahnen und untergegangener Industriekultur besaß sogar ein eigenes Mikroklima. Die Luft war hier besser, und aus irgendeinem Grund regnete es weniger als in der Stadt. Als lebe man in einem Zauberkreis, so hatte Elmar es in einem seiner poetischen Momente beschrieben.

Das war lange her.

Verena hatte alle Autofenster geöffnet und sog die Nachtluft ein, doch die erhoffte Erleichterung blieb aus. Der Geruch ausgedörrter Ackererde stieg ihr in die Nase und ließ sie für ein paar Sekunden aus der Zeit fallen. Die Gedanken hörten auf zu kreisen, und sie fühlte sich leicht und leer. Dann zeichneten sich die Silhouetten der alten Silberpappeln gegen den Nachthimmel ab, die hundert Meter entfernt vom Haus wuchsen, und holten sie zurück in die Gegenwart.

Als sie aus dem Wagen stieg, wirbelte sie die gewichtlosen weißen Flocken auf, die der leiseste Lufthauch von den Bäumen herübertrug. Trotz der Hitze würde sie die Fenster wieder geschlossen halten müssen. Nicht die einzige Kehrseite des sogenannten Landlebens. Zehn Jahre mit Elmar hatten die vermeintliche Idylle für sie in etwas verwandelt, das sie immer öfter an *Bates Motel* erinnerte.

Das frei stehende Haus mit der windschiefen Tanne neben der Einfahrt hatte ihn auf Anhieb begeistert. Schräg, romantisch, cool waren die Adjektive, die er so oft wiederholt hatte, bis seine Begeisterung sie mitgerissen hatte. Kontakt-High würde sie das heute nennen. Elmars Enthusiasmus war ansteckend, einer seiner attraktiven – und gefährlichen – Charakterzüge.

Schon nach einem Jahr hatte sie das Haus gesehen, wie es wirklich war, ein hässlicher, kurz nach dem Krieg billig hochgezogener Flachbau ohne Charme oder Charakter. Die Decken waren niedrig, die abwaschbare Klinkerfassade deprimierend. Dazu kamen Güllegestank, Getreidestaub und der Lärm der Mähdrescher und Traktoren – und ab Juni der unvermeidliche Pappelflaum.

Elmars romantische Affäre mit dem Anwesen war noch kürzer gewesen. Nach ein paar Monaten wurde er unruhig. Sie musste oft abends und an den Wochenenden arbeiten. In einer Mordkommission diktierten die Ermittlungen die Arbeitszeiten. Darum hatte sie es zuerst nicht mitbekommen. Manchmal hatte sie sich gefragt, ob es ihre Schuld war, ob sie nicht genug da gewesen war, nicht genug auf ihn aufgepasst hatte. Inzwischen war sie sogar zu müde für die Selbstanklagen einer Co-Abhängigen. Sie schüttelte den Gedanken ab und schloss die Haustür hinter sich, bevor ein Windhauch eine Kissenfüllung Pappelflocken in die Diele treiben konnte. Der Hauskauf war aus mindestens einem Dutzend Gründen ein Fehler gewesen, das war ihnen irgendwann klar geworden. Aber er hatte anscheinend den gesamten Elan verbraucht, der nötig gewesen wäre, um das Haus wieder loszuwerden.

Verena beschloss zu duschen. Während sie das verschwitzte T-Shirt abstreifte, wurde sie sich wieder der unangenehmen Proportionen des Wohnzimmers bewusst.

Länge und Breite differierten nur um einen halben Meter. Dadurch war der Raum gefühlt weder quadratisch noch rechteckig. Außerdem waren die Decken zu niedrig. Die gewollt sparsame Möblierung mit lieblos zusammengetragenen Designerstücken ging ihr mittlerweile auch auf die Nerven. Etwas, wofür sie Elmar nicht die Schuld geben konnte. Sie selbst hatte die Möbel ausgesucht. Leider hatte sie zu Hause nie gelernt, wie man Wohnlichkeit herstellte.

Nach dem Duschen ließ sie sich aufs Sofa fallen und griff nach einem halb gelesenen veralteten Buch über Profiling, fand die Stelle nicht wieder, an der sie vor vier Wochen aufgehört hatte zu lesen, legte es weg, blätterte in einer Modezeitschrift vom Herbst des Vorjahres, warf sie Richtung Papierkorb, verfehlte ihr Ziel aber.

Sie brauchte ein paar Stunden Ruhe, wenn sie ihre maximale Leistungsfähigkeit abrufen wollte. Aber es würde nicht funktionieren. Sie konnte nicht abschalten, solange sich Vaals in der Hand des Entführers befand.

Auf dem Couchtisch standen noch die fast leere Flasche Four Roses und das Whiskeyglas, das überall auf der Glasfläche Ringe hinterlassen hatte. Sie goss zwei Fingerbreit in das benutzte Glas, suchte im Gefrierfach nach Eis, fand aber keins. Mit einem Kugelschreiber, ein Werbegeschenk des Fitnessclubs, den sie seit drei Monaten nicht von innen gesehen hatte, und dem DIN-A4-Schreibblock vom Fortbildungsworkshop in Kriminalpsychologie kehrte sie zum Sofa zurück. Diesmal ließ sie sich im Schneidersitz nieder, zündete sich eine Zigarette an und nahm einen Schluck.

Während sie nachdachte, füllten sich die Seiten des Schreibblocks mit Notizen und Cluster-Diagrammen. Sie ordnete die Tatbestände und Verbrechen, die im Kontext der Ermittlungen aufgetaucht waren, die Personen, Zeugen, Opfer und mögliche Täter, sowie die Beziehungen, die unter ihnen bestanden. Und schließlich die erwiesenen Tatsachen, Vermutungen und Hypothesen.

Komplex I: Slomka war als Folge eines Elektroschocks, ursächlich aber durch einen Herzfehler zu Tode gekommen. War der Herzfehler dem Täter bekannt, hatten sie es mit Totschlag oder fahrlässiger Tötung zu tun. Ob mehrere Täter in die Tat verwickelt waren, ließ sich zu diesem Zeitpunkt nicht sagen. Nach seinem Tod war das Opfer durch zahlreiche Messerstiche verstümmelt und mit Honig übergossen worden. Das gab der Tat einen rituellen, zumindest aber obsessiven Charakter. Welche Rolle dabei das Votivbild des Heiligen Sebastian spielte, war schwer zu sagen, wenngleich die Ähnlichkeit der Verletzungen des

Heiligen mit denen des Opfers für eine motivische Verbindung sprach. Dagegen sprach, dass ein zweites Exemplar des Votivbildes in der Wohnung des Opfers gefunden worden war.

Komplex II: Eine vermutlich männliche Person war nach der Tat in der Wohnung des Opfers überrascht worden und geflohen. Hatte sie Beweismaterial gesucht? Oder Spuren eines früheren Aufenthalts vernichten wollen? War auszuschließen, dass die Wohnung der eigentliche Tatort war?

Komplex III: Die Entführung des Monsignore. Vermutlich durch einen Einzeltäter. Dann der Brief des Entführers, der behauptete, Vaals sei Päderast und das Motiv für die Entführung Rache. Der Monsignore ein Päderast? Zu der Behauptung gab es widersprüchliche Aussagen.

Sie notierte, dass sie Josef Hartwig befragen musste. Falls es dafür nicht schon zu spät war. Dass dieser Tatkomplex etwas mit den ersten beiden zu tun hatte, war bisher nicht mehr als eine Hypothese des Polizeiseelsorgers. Über seine Begründung würde sie gesondert nachdenken.

Ähnliches galt für Komplex IV. Slomkas Mutter war spurlos verschwunden, als ihr Sohn vierzehn Jahre alt gewesen war. Julian Slomka war davon überzeugt, dass sie ermordet worden war. Das alles wussten sie nur durch Bauer.

Sie schüttete den verbliebenen Whiskey in ihr Glas, dann halbierte sie den Inhalt mit einem großen Schluck. Sie starrte auf ihre Diagramme. Sie erkannte kein Muster. Ihre Gedanken schweiften ab. Zu Karman. Die Sprachdatei auf ihrem Smartphone würde ihm ein für allemal das Maul stopfen.

Nein. Sie wollte jetzt nicht an Karman denken. Sie saß nicht hier und trank Whiskey, um sich über dieses Arschloch zu ärgern. Sie saß hier wegen Monsignore Vaals.

Gut, sie erkannte keine Zusammenhänge. Also konnte sie sich genauso gut mit Bauers Spekulationen befassen. Eigentlich war es nur eine, nämlich dass der Mörder und der Entführer ein und dieselbe Person waren. Für einen Moment setzte ihr Denken aus. Dann rollte ein Kribbeln über ihre Kopfhaut, das sichere Vorzeichen einer bevorstehenden Eingebung.

Was, wenn Slomka tatsächlich nie aufgehört hatte, Nachforschungen über das Verschwinden seiner Mutter anzustellen? Was, wenn sie wirklich ermordet worden war und Slomka dem Täter zu nahe gekommen war? Was, wenn der Täter ihn deshalb getötet hatte? Wenn er in Slomkas Wohnung tatsächlich den Inhalt der Stehordner gesucht hatte?

Slomkas Mutter war vor fünfzehn Jahren verschwunden. Wenn sie auf die gleiche Weise getötet worden war wie vor wenigen Tagen ihr Sohn, hatten sie es möglicherweise mit einem Serienmörder zu tun.

Sie sog scharf die Luft ein. Da hatte sie ihren Ermittlungsansatz!

Das Dumme war nur – er beruhte auf Spekulationen, die auf einer mit nichts zu begründenden Annahme basierten. Und die nicht mal im Entferntesten erklärte, warum der Monsignore entführt worden war.

Wütend knallte sie den Kugelschreiber auf den Tisch. Gleichgültig, wie systematisch sie sich dem Ganzen auch näherte, es blieb ein Kuddelmuddel. Mit einem Schluck leerte sie ihr Glas.

Das Scheinwerferlicht eines sich nähernden Fahrzeugs

wanderte an der Zimmerwand entlang. Anders als Pappelflaum, Getreidestaub und Güllegeruch hatten sie die vorbeifahrenden Autos nie gestört. Im Gegenteil. Manchmal war sie froh über den akustischen Beweis, dass außer ihr noch andere Menschen existierten.

Der Wagen war jetzt ganz nah, ein Mercedes-Diesel, wenn sie sich nicht irrte. Sie hörte das Knirschen von Reifen auf Kies. Kurz darauf wurde eine Autotür zugeschlagen.

Sie erstarrte. Es war ein Déjà-vu. Nein, schlimmer: Sie glaubte nicht nur, dass sie das Gleiche schon mal erlebt hatte – sie wusste es.

Sie hörte, wie der Schlüssel ins Schloss gesteckt und gedreht wurde. Ihr Atem rutschte nach oben und wurde flach.

»Hey, Baby, Überraschung! Ich bin zurück!«

Er stand im Türrahmen, in der einen Hand seine Reisetasche, in der anderen eine Flasche Rioja. Schlank und lässig, die halblangen blonden Locken hinter den Ohren verstaut, strahlte er sie mit seinem besten Sunnyboy-Lächeln an. Der Entzug machte sein attraktives, hageres Gesicht mit dem Dreitagebart noch attraktiver.

»Du siehst umwerfend aus!«

Seine Augen blitzten vor Selbstbewusstsein. So sah er aus, wenn er auf der Bühne eines seiner Solos abgeliefert hatte. Sie hatte nicht vergessen, warum sie sich in ihn verliebt hatte.

Dann erkannte sie es. Er war voll drauf. Er musste von der Klinik direkt zu seinem Dealer gefahren sein.

Er warf Tasche und Weinflasche auf den Sessel und breitete die Arme aus. »Freust du dich nicht?«

»Du hast abgebrochen.«

»Ich bin clean!«

Mit einer abrupten Bewegung kam sie auf die Füße und stieß gegen den Couchtisch. Die Flasche fiel um.

»Du bist abgehauen.«

Er machte einen Schritt auf sie zu. »Ich habe dich vermisst, Baby! Wozu hätte ich da noch rumhängen sollen? War reine Zeitverschwendung.«

»Was ist mit der Therapie?« Sie sprach leise, ihr Mund war trocken.

»Die Typen da haben keine Ahnung, sorry. Ich bin Künstler!«

»Wie Chet Baker?«

»Wieso nicht? Aber ich habe aufgehört. Ich sage ja, ich bin clean.«

Sie trat ganz dicht vor ihn. Er hielt ihrem Blick stand, ohne mit der Wimper zu zucken. Allein das hätte ihr gereicht. Nur seine kokain-bedingte Selbstüberschätzung konnte ihn immer wieder glauben lassen, seine Pupillen würden ihn nicht verraten. Der Drang, ihm ins Gesicht zu schlagen, wurde übermächtig. Sie trat einen Schritt zurück.

»Sieh in den Spiegel.« Sie hätte viel mehr sagen können. Sie hätte eine Stunde lang ohne Pause auf ihn einreden können. Aber das hatte sie schon zu oft.

»Ich hab's hinter mir, Baby, echt.«

»Lügner.«

»Ich liebe dich! Ich hab's ohne dich nicht mehr ausgehalten!«

»Sei still.« Ihre Stimmbänder zitterten. Sie sah, wie sich sein Mund zu einer weiteren Lüge öffnete. »Sei still!«

Sie hatte die Worte geschrien. Alles geschah von selbst, ohne ihr Zutun. Sie sah sich dabei zu, wie sie ihm mit der flachen Hand ins Gesicht schlug, sich abwandte und begann, ihre Schuhe zu suchen.

Elmar schien weder schockiert noch wütend, nicht mal betroffen. Der Schlag hatte nur die äußerste Hautschicht berührt. Reglos sah er ihr zu. Sie warf alles, was sie brauchen würde, in ihre Umhängetasche.

»Was soll das jetzt? Es war das letzte Mal, nur eine Line, zum Abschied sozusagen! Das musst du mir glauben!«

Die Haustür fiel mit einem Knall hinter ihr ins Schloss. Der Knall einer zuschlagenden Gefängnistür, dachte sie. Auf welcher Seite sie sich befand, hätte sie in diesem Moment nicht sagen können.

42

Sarah schaltete den Fernseher nicht aus, sie stellte nur den Ton aus. Ein deutliches Signal. Sie erwartete, dass er bald wieder ging.

Sie setzte sich in den Winkel des Designersofas. Sie wirkte verloren auf dem enormen Möbel. Durch die offenen Türen zur Dachterrasse drang das abendliche Rauschen der Stadt herein. Eine Bogenleuchte aus Stahl warf Licht auf den Parkettboden. Sie schaffte es nicht, den Raum gemütlich zu machen.

»Bleibst du jetzt die ganze Zeit da stehen?«, fragte Sarah.

»Ich möchte nicht lange stören.«

»Und ich will nicht zu dir hochgucken.«

Er setzte sich zu ihr. Das Sofa war so hart, wie es aussah.

»Das mit gestern Abend tut mir leid.«

Sie winkte ab. »Ich bin sicher, du hattest einen guten Grund. War Nina noch wach, als du kamst?«

»Ja.«

»Ehrlich gesagt, finde ich es nicht gut, wie sie zwischen uns hin- und herpendelt.«

»Sie ist damit auch nicht glücklich.«

Zwischen Sarahs Augenbrauen erschien eine steile Falte, die Bauer nur zu gut kannte. »Was ich meine, ist, dass sie sich nicht an die abgesprochenen Zeiten hält! Eine Woche bei dir, eine Woche bei mir, das war die Vereinbarung, die wir getroffen haben – alle zusammen. Doch sie tut, was sie will!«

»Ich schätze, daran werden wir uns gewöhnen müssen«, sagte Bauer ruhig. »Sie ist sechzehn.«

»Und darum soll ich aufhören, mir Sorgen zu machen? Sie hat sich verändert. Sie erzählt mir überhaupt nichts mehr. Ich habe keine Ahnung, was in ihr vorgeht.«

Einen Moment lang überlegte Bauer, wie er es sagen sollte. Dann sagte er es einfach. »Sie will für ein Schuljahr ins Ausland.«

Er sah seiner Frau an, wie es sie verletzte, dass ihre Tochter nicht mit ihr, sondern mit ihm darüber geredet hatte. Doch Sarah erlaubte sich keine Eifersucht.

»Für ihre Zukunft ist das sicher gut«, sagte sie vernünftig. »Aber im Moment habe ich wirklich keinen Kopf für so etwas. Und du ja sowieso nicht. Zum Glück hat das alles ja auch noch ein bisschen Zeit.«

»Das sieht Nina anders.«

»Was soll das heißen?«

»Sie hat sich schon selbst gekümmert. Sie hat sich eine Austauschorganisation herausgesucht, sich beworben, das ganze Auswahlverfahren durchlaufen und ist genommen worden.«

»Ohne uns auch nur ein Wort davon zu sagen?«

»Sie meinte, wir hätten gerade andere Probleme.«

»Aber das geht doch gar nicht ohne unser Einverständnis! Sie ist schließlich noch nicht volljährig.«

»Sie hat es trotzdem irgendwie hingekriegt. Jetzt hat sie einen Platz in Mexiko. Ihre Gasteltern erwarten sie nach den Sommerferien. Wir müssen nur noch den Vertrag mit dem Trägerverein unterschreiben.«

Ungläubig starrte Sarah ihn an. »Du hast doch hoffentlich versucht, ihr das auszureden?«

»Mir ist nichts eingefallen, das gegen ihren Plan spricht.«

»Wie wär's damit: Du bekommst eine Schwester«, erwiderte Sarah heftig.

»Das ist für Nina einer der Gründe, warum sie wegmöchte.«

»Was redest du für einen Blödsinn? Sie freut sich auf das Baby, wenigstens das weiß ich genau!«

»Ja, und zwar so sehr, dass sie nicht mitansehen möchte, wie wir ihre kleine Schwester irgendwann zwischen uns hin- und herschieben.«

Sarah schwieg getroffen.

»Vielleicht ist sie einfach nur ehrlicher zu sich selbst als wir beide«, fuhr er fort. »Ich kann mich nicht ändern. Ich habe es versucht. Es geht nicht.«

Sie blickte an ihm vorbei. Über ihre Miene flackerte der bläuliche Widerschein des Fernsehers.

»Sarah, sieh mich an ...«

»Da ist Monsignore Vaals!«, unterbrach sie ihn.

Bauer wandte sich um. Vom Flachbildschirm lächelte

Vaals überlebensgroß herab. Das Portraitfoto zeigte ihn mit weißem Kollar im schwarzen Alltagsgewand. Sarah stellte den Ton an. Die Moderatorin des Nachrichtenmagazins verlas denselben Text wie schon der Radiosprecher. Als sie zum nächsten Thema überleitete, schaltete Sarah den Fernseher aus.

»Ich denke, er liegt im Krankenhaus.«

»Er wurde entführt.«

»Aus der Klinik?«, fragte sie fassungslos.

Er nickte. »Gestern Abend.«

»Aber ... wie ist denn so was möglich? Da sind doch überall Menschen! Ärzte, Pfleger, Patienten, Besucher ...«

Er schüttelte den Kopf. »Die Besuchszeit war vorbei, auf den Gängen kaum noch jemand zu sehen.«

»Du warst da?«, vermutete sie erschüttert.

»Der Kidnapper hat ihn praktisch an mir vorbei aus dem Gebäude geschoben. Wenn ich eine Minute früher im Zimmer gewesen wäre, hätte ich es verhindern können. Aber ich habe geraucht. Vor dem Haupteingang.«

Etwas brannte in seiner Kehle. Er schluckte es herunter. Er spürte eine sanfte Berührung. Sarah zog ihn zu sich heran.

»Es tut mir so leid«, sagte sie leise.

Wie eine Woge rollte die Erschöpfung durch seinen Körper. Sein Kopf sank auf ihren Bauch. Er hörte den schnellen Herzschlag seines Kindes. Er wollte sich nie wieder bewegen.

43

Mittwoch

Oberkommissarin Senta Coenes fühlte sich wie gerädert. Gestern hatte sie sich nach der Besprechung zusammen mit Oberkommissar Aast noch acht Stunden lang die Aufzeichnungen von Verkehrskameras angesehen.

Aast schlief heute anscheinend etwas länger. Sie fuhr den Rechner hoch. Weitere Videoaufzeichnungen für gut acht Stunden. Sie glaubte nicht mehr daran, dass sie etwas finden würden. Der Lieferwagen war verschwunden, vermutlich in einer Garage oder einem Schuppen. Aber vielleicht würde sie ein Hinweis aus der Bevölkerung doch noch weiterbringen. Hoffentlich war es bis dahin nicht zu spät.

Sie schob eine neue DVD ein. Auf einem handgeschriebenen Aufkleber war die Position der Verkehrskamera vermerkt. *Kreisel Obere Kaiserswerther Straße / Ehinger Straße / Römerstraße. Aufzeichnungsrichtung: Ost.* Sie stand auf und trat vor den an der Wand befestigten Stadtplan. Einer der südlichen Stadtteile. Sie setzte sich wieder, klappte ihren Schreibblock auf und drückte die Starttaste.

Sie kannte den Monsignore nicht. Sie wusste nicht, ob zutraf, was ihm der Entführer vorwarf. Aber selbst wenn es so war – sie glaubte daran, dass es ohne das Gewaltmonopol des Staates kein zivilisiertes Zusammenleben geben konnte. Selbstjustiz war inakzeptabel. Sie wusste, dass nicht wenige Polizisten Pädophile hassten und nichts dagegen hatten, wenn sie von Knackis im Knast ›in die Mangel‹ genommen wurden. Aber manche dieser

Kollegen standen auch nur zufällig auf der richtigen Seite des Gesetzes. Die Hauptkommissarin war nicht so, aber sie würde Regeln brechen, wenn sie es für nötig hielt, das hatte Coenes begriffen, und sie wusste noch nicht, was sie davon hielt.

Zwanzig Minuten der Aufzeichnungen waren durchgelaufen. Ein heller Ford Transit fuhr durchs Bild. Sie drückte die Stopptaste, notierte die Quelle der Sichtung und die Uhrzeit laut Timecode. Sie ärgerte sich, weil die Wagenfarbe nicht eindeutig zu erkennen und die Miene ihres Kugelschreibers nur noch farblose Furchen in ihren Schreibblock kratzte. Sie brauchte eine neue. Und einen Kaffee. Sie machte sich auf den Weg zur Kaffeeküche.

Neben der Küche gab es einen Raum, über dessen Funktion sie bisher niemand aufgeklärt hatte. Vielleicht wurde dort das Büromaterial gelagert.

Sie öffnete die Tür. Etwas polterte zu Boden. Sie schob dabei einen Stuhl beiseite. Auf dem Boden lag ein Pappbecher. Eine dunkle Flüssigkeit floss über das Linoleum. Der Raum war schmal. Links standen zwei Doppelstockbetten, daneben war gerade genug Platz für zwei Plastikstühle. Auf einem hatte der Kaffeebecher gestanden. Auf dem anderen lag Verena Dohrs Umhängetasche. Ihre Schuhe standen vor dem Parterrebett, aus dem die Hauptkommissarin sie verwirrt anblinzelte.

Nachdem Verena Dohr in der Nacht aus dem Haus gestürmt war, war sie einfach losgefahren. Hätte man sie in diesem Moment gefragt, wer ihr näher stand, Elmar oder Vaals, sie hätte nicht eine Sekunde gezögert. Ihr war egal, was aus Elmar wurde oder wie es mit ihnen weiterging.

Irgendwann hatte sie die Müdigkeit gespürt. Ein Hotel?

Eher nicht. Freundinnen, bei denen sie hätte unterschlüpfen können, hatte sie keine. Für einen Moment dachte sie an Martin Bauer, verwarf den Gedanken aber sofort wieder.

Plötzlich wusste sie, wohin sie musste. Der richtige Ort, um die Nacht hinter sich zu bringen.

Der Raum war winzig, die Betten unbequem, die Decken kratzig. Hierhin zogen sich Kollegen für ein kurzes Nickerchen zurück, wenn sie während der heißen Phase einer Mordermittlung die Nacht durchgearbeitet hatten. Sie hatte den Kaffee, den sie mitgebracht hatte, auf dem Stuhl abgestellt, das Fenster geöffnet und sich angezogen auf das untere Bett gelegt. Ohne den Kaffee angerührt zu haben, war sie eingeschlafen. Jetzt floss er über den abwaschbaren Bodenbelag und Oberkommissarin Coenes blickte auf sie herunter.

»Alles klar bei dir?«

Sie überlegte, mit welchem Satz sie das Thema final versenken konnte.

»Du hast die Nacht durchgearbeitet, oder?«

»Teilweise.« Sie setzte sich auf und stieß mit dem Kopf gegen das obere Bett. Sie fluchte.

»Du warst nicht mehr da, als wir gegangen sind.«

Sie rieb sich den Kopf. »Wann war das?«

»Gegen halb zehn.«

Sie sah auf ihre Uhr. Es war Viertel vor acht. »Und du bist du schon wieder hier?«

»Konnte nicht schlafen. Zu heiß.«

Verena Dohr stand auf und schlüpfte in ihre Schuhe. »Bist du noch an den Videos?«

Coenes nickte.

»Gut. Wir treffen uns bei mir. Ich mache mich nur kurz frisch.«

Sie ging in den Waschraum. Und improvisierte mit dem, was sie in ihrer Umhängetasche mitgebracht hatte. Den Abschluss bildete ein Spritzer Eau de Toilette aus einem Duftpröbchen, das sie am Boden ihrer Tasche gefunden hatte. Zitronig mit Zeder und etwas, das sie nicht erkannte. Nicht schlecht.

Als sie aus dem Waschraum trat, stürmte Hauptkommissar Karman gerade mit dem Handy am Ohr den Flur hinunter. Fast wäre sie mit ihm zusammengestoßen. Karman brach sein Telefonat mitten im Satz ab.

»Du warst an meinem Tatort, höre ich gerade?«, fauchte er sie an. »Was ist das für ein Scheiß! Was wolltest du da?«

Die Kollegen von der Kriminalwache hatten ihn angerufen. Also dann.

»Ich hatte noch was für euch und war zufällig in der Nähe von Slomkas Wohnung«, log sie ruhig.

»Zufällig ...« Karman taxierte sie argwöhnisch.

Sie hielt seinem Blick stand.

»So? Was hast du denn?«

Mist, sie hatte sich noch nicht auf die Frage vorbereitet. »Das Votivbild stellt den heiligen Sebastian dar, Märtyrer aus dem dritten Jahrhundert.«

Er fuhr ihr rüde ins Wort. »Weiß ich alles.« Er machte eine kurze Pause, dann fügte er sarkastisch hinzu: »Und da hast du zufällig entdeckt, dass die Wohnungstür aufgebrochen war.«

Dohr schwieg.

Karmans Blick war rundheraus feindselig. »Ich seh mir das genau an, verlass dich drauf. Und wenn ich feststelle, dass du meinen Tatort versaut hast ...«

»Du meinst, der oder die Person, die da eingebrochen ist.«

Karman ignorierte ihren Einwand. »Einbruch und Strafvereitelung ... Dann bist du erledigt.«

Wenn er gekonnt hätte, er hätte sie mit seinem Blick an die Wand genagelt. Sie schob ihn beiseite. »Lass dich nicht aufhalten.«

Als sie ihr Dienstzimmer betrat, saß Coenes bereits auf dem Besucherstuhl und rührte in ihrem Kaffee. Auf der anderen Seite des Schreibtischs dampfte ein zweiter Becher, daneben lag auf einem Teller ein aufwendig belegtes Sandwich.

Sie war überrascht. »Für mich? Danke.«

»Alles Grünzeug«, erklärte Coenes entschuldigend.

Sie setzte sich. »Vom eigenen Balkon?«

Coenes lachte. »Bio-Supermarkt.«

Dohr nahm einen Bissen. »Sehr gut. Apropos – hast du deine Idee mit den Honigkäufen weiterverfolgt?«

»Noch nicht. Keine Zeit.«

»Wir sollten das tun. Mach das als Erstes. Am besten sofort. Wir brauchen endlich was. Mit den Videos kannst du danach weitermachen.«

Coenes zögerte. »Ich weiß nicht ... Das ist nicht mehr unser Fall.«

Dohr überlegte, was sie ihr sagen sollte. »Es klingt vielleicht etwas weit hergeholt, aber möglicherweise hängen die beiden Fälle zusammen.« Sie wartete auf eine Reaktion, aber Coenes zog nur die Augenbrauen hoch. Dohr sprach weiter. »Julian Slomka war ebenfalls in Vaals Kinderchor – wie Ute Hartwig.«

Coenes Miene verriet nicht, was sie dachte. »Könnte ein Zufall sein.«

»Könnte. Ich will das klären. Aber wenn ich erst Karman davon überzeugen muss, verlieren wir nur Zeit.«

Coenes nickte nachdenklich. »Okay.«

Sie stand auf und ging. Dohr wählte die Nummer der für Bergkamen zuständigen Einsatzzentrale und fragte sich zu dem Kommissariat durch, in dem das Verschwinden der Mutter von Julian Slomka bearbeitet worden war. Sie erklärte ihr Anliegen, und man versprach, ihr die entsprechende Akte zu schicken. Wie lange würde das dauern? Auf dem Dienstweg? Ein paar Wochen.

»Ich schicke jemanden rüber, der sie holt.«

Sie kannte vom Handball einen Kollegen bei der Motorradstreife. Er erklärte sich bereit, die Tour zu machen.

Sie dachte an Vaals. Wie es ihm wohl ging? Falls sie es tatsächlich mit demselben Täter zu tun hatten, der Julian Slomka verstümmelt hatte, mochte sie sich das lieber nicht vorstellen.

Eine Stunde später lag die Ermittlungsakte auf ihrem Schreibtisch. Sie war dünn. Außer der Vermisstenmeldung, die Slomkas Vater unterschrieben hatte, enthielt sie ein knappes Dutzend Protokolle von Befragungen der nächsten Verwandten, Nachbarn und Arbeitskollegen, allesamt Dokumente der Ratlosigkeit. Niemand konnte sich das Verschwinden von Doris Slomka erklären. Niemand konnte sich daran erinnern, dass sie jemals Unzufriedenheit über ihre Lebensumstände geäußert hatte. Nichts davon, dass sie ihre Familie verlassen wollte. Am Tag ihres Verschwindens war sie wie üblich am Morgen mit dem Bus zur Arbeit gefahren. Ihre Kolleginnen hatten ausgesagt, dass sie nach der Arbeit noch ein Geburtstagsgeschenk für ihren Sohn hatte kaufen wollen. Ein starkes Indiz dafür, dass sie ihre Familie nicht aus freien Stücken zurückgelassen hatte. Ebenso wie die Tatsache, die vor allem von ihrem Sohn vehement vorgebracht worden war, dass sie ihm versprochen hatte, sich ein Tischtennisturnier anzusehen, an dem er ein Woche später teilnehmen wollte. In einem Zwischenbericht stellte der ermittelnde Beamte lakonisch fest, darüber hinaus fehlte jeder Hinweis darauf, dass Marion Slomka Opfer eines Verbrechens geworden sei. Die Akte allerdings werde bis auf Weiteres nicht geschlossen.

Dohr wollte sich die Aussagen der Befragten gerade ein zweites Mal vornehmen, als Oberkommissarin Coenes hereinkam. Sie wedelte triumphierend mit einem Blatt Papier.

»Ein Lidl in Gelsenkirchen hat eine Honigspitze an Slomkas angenommenem Todestag. Zwei Paletten Blütenhonig, 900-g-Gläser ohne Markenname, 4,49 das Stück, zehn Gläser pro Palette. Hier, eine Kopie des Bons.« Sie legte Dohr das Blatt auf den Tisch. »Dafür musste ich dem Typ bei denen in der Zentrale versprechen, ihm einen auszugeben, wenn er mal in der Gegend ist. Zum Glück sitzen die hinter Osnabrück.«

Eine halbe Stunde später war Dohr unterwegs nach Gelsenkirchen-Schalke. Die fragliche Lidl-Filiale war der übliche frei stehende Flachbau mit ausreichend Parkplätzen davor und lag auf dem ehemaligen Betriebsgelände der Zeche Consolidation, direkt gegenüber vom früheren zecheneigenen Leichenhaus.

Der Filialleiter, ein gehetzter Jüngling mit Aknenarben, kommandierte im Anlieferungs- und Lagerbereich gerade zwei Mitarbeiterinnen, beides ältere türkische Frauen, herum. Offensichtlich war er mit seiner Rolle als Chef überfordert und überkompensierte entsprechend. Er nickte ungeduldig, als Dohr ihm ihren Dienstausweis zeigte.

»Geht's um die Ladendiebe? Wurde auch Zeit, dass hier mal die Kripo anrückt.«

Sie zeigte ihm die Kopie des Kassenzettels. »Darum geht's.«

Er blinzelte. »Jemand hat Honig gekauft. Na und?«

Ein älterer Mann trat zu ihnen. Ein Namensschild am Revers und der Aufdruck auf seiner Arbeitsjacke wiesen ihn als ehrenamtlichen Mitarbeiter der Gelsenkirchener Tafel aus.

»Tach auch, wollt nur fragen, ob ihr heute was für uns habt.«

Der Belastungspegel des Filialleiters schoss sofort weiter nach oben. »Muss das jetzt sein? Ich habe Lieferungen, die müssen in die Regale, und zwei Frauen haben sich krankgemeldet. Haben wahrscheinlich ihre Tage.«

Der Fragesteller trat einen Schritt zurück. »Kein Stress. Ich warte.«

»Ich brauche die Kassiererin.« Sie hielt dem überforderten jungen Mann die Kopie des Kassenbons unter die Nase.

Er warf die Arme hoch. »Sind sie verrückt? Das ist über zwei Monate her!«

»Sie können auf dem Bon bestimmt sehen, welche Kasse das war.«

Der Filialleiter brummte eine widerwillige Bestätigung.

»Und Sie haben Dienstpläne. Haben Sie doch, oder?«

»Da müsste ich extra im Computer nachsehen.« Er machte keine Anstalten sich in Bewegung zu setzen.

Dohr platzte der Kragen. »Ich ermittle in einem Gewaltverbrechen. Am 30. April hat jemand in Ihrer Filiale achtzehn Kilo Honig gekauft. Ich muss herausfinden, wer.

Ihre Zentrale war sehr kooperativ. Soll ich da noch mal anrufen?«

Der junge Mann sah sie erschrocken an. »Nein, nein, schon gut. Ich check das für Sie.« Jetzt klang er nur noch beflissen. Zu dem Mann von der Tafel sagte er: »Eure Sachen stehen am Rolltor. Zwei Paletten.« Dann eilte er davon.

Der Tafel-Mitarbeiter zwinkerte Verena Dohr zu. Er war an die Sechzig und wirkte eher wie ein Spendenempfänger als ein Ehrenamtler. Aber oft waren diese Leute beides, das wusste sie. Frührentner oder Hartz-IV-Empfänger, die sich nützlich machen und Leuten helfen wollten, denen es noch schlechter ging als ihnen.

»Fragen Sie Matze draußen.«

»Matze?«

»Steht immer an der Einfahrt mit Obdachlosenzeitung und Pappbecher. Der wohnt fast da. Sieht alles. War früher mal Kraftfahrer.«

Dohr bedankte sich für den Tipp. Der Mann legte zwei Finger an eine imaginäre Kappe und machte sich auf den Weg zum Rolltor.

Wie aus dem Nichts stand der Filialleiter wieder da. Er las von einem Zettel ab. »Aysel Seckin. Arbeitet nicht mehr hier. Hat geheiratet, in der Türkei, sagen die Frauen. War's das?«

»Gute Arbeit.« Dohr klopfte dem jungen Mann anerkennend auf die Schulter.

Er wurde rot und verzog sich eilig. Nachdenklich verließ sie den Supermarkt. Die Frau in der Türkei zu finden, würde dauern. Vielleicht hatte sie mit Matze mehr Glück.

Der Obdachlose stand tatsächlich mit seiner Zeitung

und einem zerknautschten Pappbecher vor der Einfahrt zum Parkplatz. Dohrs Hoffnung sank. Was konnte er von da aus schon sehen?

Wieder präsentierte sie ihren Ausweis. Das Lächeln des Mannes verschwand, seine Miene wurde defensiv. »Ich darf hier stehen. Immer alles korrekt, Frau Polizei.«

Sie versicherte, er müsse sich keine Sorgen machen, und erklärte ihm, was sie wollte.

»Honig … Honig … Wann soll das gewesen sein?« Die Falten seines vom Leben auf der Straße zerknautschten Gesichts schienen beim Nachdenken mitzuarbeiten.

Dohr nannte das Datum, begriff aber sofort, dass sie bei Matze damit nicht weiterkam.

»Der Tag vorm ersten Mai.«

Er dachte wieder nach. Dann hatte er es. »Ich weiß! Da hat mir eine Frau 'n Zwanziger gegeben. Damit ich in den Mai feiern kann.«

»Und? Haben Sie?«

»Ich war so strack, ich bin im Brunnen am Willi-Müller-Platz aufgewacht!«

»Muss toll gewesen sein. Erinnern Sie sich an irgendwas davor, als sie hier gestanden haben? An jemanden, der besonders viel Honig gekauft hat?«

»Genau! Jetzt wo Sie's sagen. Da war so'n Kerl. Hatte zwei Paletten. Ich erinnere mich, weil ihm ein Glas runtergefallen ist beim Einladen! Die untere Hälfte war noch ganz und noch Honig drin. Ich bin hingegangen und hab gefragt, ob ich das kriege. Mann, hat der mich angebrüllt! Aber ich hätte es sowieso nicht mehr gewollt.«

»Warum das denn?«

»Wegen dem Geruch.«

Verena Dohr horchte auf. »Vom Honig?«

Matze schüttelte entschieden den Kopf. »Von dem Kerl. Der stank wie aus dem Grab.«

Zehn Minuten später war sie auf dem Rückweg.

Matze hatte den Mann nicht beschreiben können. Den Lieferwagen, in dem er mit seinem Honig weggefahren war, leider auch nicht. Er erinnerte sich nur, dass er irgendwie hell gewesen war. Beim Kennzeichen wieder Fehlanzeige. Mit Zahlen war das bei ihm wie mit den Gesichtern. An einen halb abgekratzten Aufkleber konnte er sich auch nicht erinnern. Aber an etwas anderes: An der Seite habe was gestanden, erklärte Matzke – irgendwas mit Schädlingen.

Dohr hatte sich suchend umgesehen.

»Überwachungskameras?«, fragte Matze. »Können Sie vergessen. Haben die Bengel kaputt geschmissen.«

Dohr hatte ihm zwanzig Euro in die Hand gedrückt. Warum sollte nicht zweimal im Jahr 1. Mai sein? Aus dem Auto rief sie Oberkommissarin Coenes an. Sie solle alles andere liegen lassen, erklärte sie ihr, und eine Liste aller Schädlingsbekämpfer im Umkreis von hundert Kilometern um Gelsenkirchen zusammenstellen.

44

Bauer lag da wie gelähmt. Sonnenstrahlen fielen durch die Schlitze in den Rollläden und warfen ein Muster auf die leere Betthälfte neben ihm. Er beobachtete die Staubpartikel, die im einfallenden Licht schwebten.

Er war spät nach Hause gekommen und hatte das Gefühl von Sarahs Umarmung mit ins Bett genommen. Es hatte ihn lange wach gehalten. Nicht weil es ihn glücklich machte, sondern weil es ihn spüren ließ, was ihm fehlte.

Er griff nach dem Handy auf dem Nachttisch. Das Display wies nicht den kleinsten Kratzer auf und glänzte nagelneu. Nina musste die Telefone zurückgetauscht haben, während er geschlafen hatte. Er schlug die Decke zurück und setzte sich mit einem Ruck auf. Die Staubkörnchen stoben durch die Lichtstrahlen.

Noch bevor er aus dem Bett stieg, telefonierte er mit der Zentrale des Präsidiums. Es gab nichts Neues von Vaals. Er duschte kalt. Manchmal half das. Manchmal auch nicht.

Auf dem Küchentisch lag ein Zettel: *Wollte dich nicht wecken. Hast du mit Mama geredet? Kannst mich ja mal anrufen.*

Nach dem ersten Schluck Kaffee rief er an – aber nicht seine Tochter. Er wählte die Nummer, die er auf dem Boden von Slomkas leerem Rechercheordner entdeckt hatte.

»Kriminalinspektion 1, Yilmaz am Apparat.«

Ein Polizeianschluss! Jetzt begriff er, warum ihm die Zahlenkombination so bekannt vorgekommen war.

»Hallo? Wer ist denn da?«

»Polizeiseelsorger Martin Bauer hier«, sagte er eilig.

»Guten Morgen«, kam es leicht überrascht zurück. »Was kann ich für Sie tun?«

Eine gute Frage. »Vielleicht verraten Sie mir zuerst einmal, wo genau ich eigentlich gelandet bin.«

»Das wissen Sie nicht?«

»Ich habe nur Ihre Nummer.«

»Und wo haben Sie die her?« Das professionelle Misstrauen war nicht zu überhören.

»Aus dem Nachlass eines mutmaßlichen Mordopfers.«

»Damit wären Sie bei uns schon richtig. Ich bin Hauptkommissar am KK 11 in Oberhausen. Von welchem Mord reden Sie?«

»Es war in den Zeitungen, unter der Überschrift ›Honigleiche‹.« Einen Moment blieb es am anderen Ende still. Vermutlich fragte sich der Hauptkommissar, ob er es mit einem Spinner zu tun hatte. Bauer konnte es ihm nicht verdenken. »Vielleicht möchten Sie ja meinen Anschluss überprüfen. Es ist meine Mobilnummer, sie steht im Telefonverzeichnis des Duisburger Präsidiums.« Er hörte das Klackern einer Tastatur.

Als Yilmaz wieder sprach, war das Misstrauen aus seiner Stimme verschwunden. »Wie kann ich Ihnen helfen?«

Bauer log nicht gern, aber es musste sein. Er behauptete, auf der Suche nach Hinterbliebenen und Freunden von Julian Slomka zu sein. »Wegen der Beerdigung.«

»Es tut mir leid, ich kannte den Mann nicht«, sagte der Hauptkommissar.

»Dann hat er sie nie angerufen? Möglicherweise an einem Sonntag?«

»Sonntag? Wie kommen Sie jetzt darauf?«

»Stand neben der Telefonnummer.«

Nach einer verdutzten Pause lachte Yilmaz.

Zehn Sekunden später wusste Bauer, warum. Slomka hatte nicht den Tag des Herrn notiert, sondern einen Namen.

Bauer erkannte Hauptkommissar a. D. Paul Sonntag, obwohl er ihn noch nie gesehen hatte. Der Mann saß auf einer Bank im Schatten der Dachplatanen und fütterte Enten. Die Teichanlage lief auf ein niedriges Natursteinbecken zu, in dem Wasserfontänen plätscherten. An der Stirnseite des kleinen Platzes ragte die neoklassizistische

Fassade des Amtsgerichts in den Sommerhimmel, durch die Doppelreihe der Platanenstämme an der Längsseite leuchtete der Backstein des Polizeipräsidiums Oberhausen. Den Treffpunkt hatte Hauptkommissar Sonntag bestimmt.

Bauer ging zielstrebig auf den sonnengebräunten Mann zu und stellte sich vor. Mit seinem kantigen Gesicht und dem grauem Bürstenhaarschnitt hätte Sonntag in einem amerikanischen TV-Krimi den Bad-Cop spielen können. Nur der müde, fast melancholische Blick aus seinen blassen Augen passte nicht dazu. Bauer hatte dem ehemaligen Hauptkommissar am Telefon erklärt, dass es um Julian Slomka ging. Sonntag hatte sich sofort an den jungen Mann erinnert. Er wusste sogar noch das genaue Datum, an dem Slomka in seinem Büro aufgetaucht war.

»An dem Tag habe ich meinen Abschied gefeiert«, sagte Sonntag. »Offiziell bin ich erst zum 1. 5. in Pension, aber ich musste noch meinen Resturlaub nehmen. Gleich am nächsten Morgen sind Hilde und ich auf Kreuzfahrt gegangen. Hat sie mir zum Ruhestand geschenkt.«

»Karibik?«, fragte Bauer höflich.

»Hurtigruten, bis rauf nach Spitzbergen, Geschenk meiner Frau. Wenn ich mir nicht den Arsch abgefroren habe, habe ich gekotzt. Ein paar Wochen später sind wir dann noch nach Mallorca. Als Ausgleich. Das war mein Geschenk. Wir sind erst gestern wiedergekommen. Sie haben Glück, dass Sie mich erwischt haben.«

»Was wollte Slomka von Ihnen?«, fragte Bauer.

»Der Typ war ein Spinner. Hatte einen Artikel über einen uralten Fall in einem Zeitungsarchiv ausgegraben. Meine erste große Mordermittlung. 1977 war das.«

Der Hauptkommissar schilderte den vierzig Jahre zurückliegenden Fall. Eine Prostituierte aus der Flaßhofstraße, der Oberhausener Rotlichtmeile, war in ihrem Apartment ermordet worden. Der Täter hatte ihre Leiche in einem Abwasserkanal entsorgt. Dort war sie Tage später bei Wartungsarbeiten entdeckt worden.

Eine Leiche unter der Erde. Trotz der Hitze spürte Bauer ein Frösteln im Nacken. »Wie ist die Frau umgebracht worden?«

»Der Täter hat auf sie eingestochen, zweiundzwanzig Mal, mit einem Gemüsemesser, das er am Tatort gefunden hatte. Für sich allein wäre vermutlich keiner der Stiche tödlich gewesen. Aber in dieser Anzahl ... Sie ist verblutet.«

»Sie erinnern sich ziemlich genau an den Fall.«

»Ich habe den Täter nie gefasst.« Seine Miene verriet, wie sehr ihn das immer noch wurmte.

»War Honig auf der Haut der Ermordeten?«

Plötzlich war der Blick des Ex-Polizisten gar nicht mehr müde, sondern hellwach. »Ihre Haare waren damit verklebt. Der Täter hatte ihr ein ganzes Glas davon über den Kopf gegossen. Aber woher wissen Sie das?«

»Julian Slomka wurde vor fünf Tagen tot in einem alten Bergwerk gefunden. Sein Körper war mit Schnitten übersät und von Kopf bis Fuß mit Honig überzogen.«

Sonntag starrte ihn an. »Scheiße.«

»Ich muss Sie noch einmal fragen: Warum war Slomka bei Ihnen? Was stand in diesem Zeitungsartikel?«

»Es ging um die Bergung der Leiche«, sagte Sonntag. »Der Kanal war nur schwer zugänglich, wir mussten die Feuerwehr hinzuziehen. Das wurde eine Riesensache mit Dutzenden von Schaulustigen. Ein Reporter hatte Wind davon bekommen und die ganze Aktion fotografiert. Wegen dieser Fotos war Slomka bei mir. Er glaubte, er hätte jemanden darauf erkannt.«

»Wen?«

»Den Mann, der fünfundzwanzig Jahre später angeblich seine Mutter verschleppt hatte. Ich habe das natürlich überprüft, noch am selben Tag.« Sonntag klang, als müsse er sich rechtfertigen. »Bin deswegen sogar zu spät zu meiner eigenen Abschiedsfeier gekommen. Seine Mutter war tatsächlich verschwunden, aber es gab nicht den kleinsten Hinweis auf ein Verbrechen. Der Kollege, mit dem ich gesprochen habe, meinte, dass Slomka die Behörden schon als Jugendlicher mit dem Unsinn genervt hat.«

Sonntag verstummte. Bauer spürte, dass der Ex-Polizist dasselbe dachte wie er selbst: Vielleicht war es kein Unsinn.

»Wissen Sie, in welcher Zeitung der Artikel erschienen ist?«, fragte Bauer.

»Ich hab ihn dabei. Die Fotos übrigens auch.« Sonntag griff nach einer abgewetzten Aktentasche und holte einen Umschlag hervor. »Slomka hatte auch Abzüge von Bildern, die nicht veröffentlicht wurden. Er muss sich das komplette Fotomaterial aus dem Zeitungsarchiv besorgt haben. Ich habe den Kram eingesteckt, keine Ahnung warum. Wollte wohl einen aufgeräumten Schreibtisch hinterlassen.«

Bauer zog eine Kopie des Artikels und einen ganzen Stapel Schwarz-Weiß-Aufnahmen aus dem Umschlag. Das oberste Foto zeigte den Bergungsort in der Totalen. Polizisten in grünen Uniformen, Zivilbeamte in Siebzigerjahreanzügen, Feuerwehr, Gerichtsmedizin. Hinter einer Absperrung hatten sich zahlreiche Schaulustige um einen offenen Kanaldeckel versammelt.

»Das dritte oder vierte Bild«, sagte Sonntag.

Es war das dritte. Eine halbnahe Aufnahme der Zuschauer. Ein Mann stach heraus. Er überragte die Gruppe. Doch das war es nicht. In den Mienen der meisten Umstehenden fand Bauer eine Art wohliges Entsetzen. Im Gesicht des hochgewachsenen jungen Mannes dagegen sah er ein Lächeln, das seltsam routiniert wirkte. Wie das Lächeln eines Vertreters.

»Wir haben damals noch etwas Ungewöhnliches bei der Leiche im Kanal entdeckt«, fuhr Sonntag fort. »Es war nicht zu klären, ob es vom Täter stammte oder nur zufällig angeschwemmt worden war. Ich konnte mir allerdings nie vorstellen, dass jemand so etwas im Klo runterspült.«

»Lassen Sie mich raten«, unterbrach Bauer. »Es war ein Votivbild, ein Bild des Heiligen Sebastian.«

Der pensionierte Kripobeamte musterte Bauer prüfend. »Sie bewegen sich ganz schön weit außerhalb Ihres Aufgabenbereichs. Warum?«

»Ich glaube, der Tod Julian Slomkas hängt mit dem Verschwinden seiner Mutter zusammen, ebenso mit der Entführung meines katholischen Kollegen sowie ihrem Mordopfer von vor vierzig Jahren.«

Sonntag nickte nachdenklich. Schließlich sagte er: »Ich hoffe, Sie irren sich.«

»Warum?«

»Wenn Sie recht hätten, wäre der Prostituiertenmord kein einmaliges Affektdelikt, wie wir dachten, sondern womöglich der Auftakt zu einer Mordserie. Der Tätertypus, der für so etwas infrage kommt, pausiert normalerweise nicht Jahrzehnte zwischen seinen Taten. Wenn er die Grenze einmal überschritten hat, lebt er seine Fantasie immer wieder aus – in immer kürzeren Abständen.«

45

Senta Coenes hatte die Liste schon parat, als Dohr eine Stunde später wieder im Dezernat eintraf. Siebzig Unternehmen, die es sich zur Aufgabe gemacht hatten, von Ameisen über Küchenschaben bis zu Ratten und Tauben alles auszurotten, was Menschen lästig wurde.

Sie nahmen sich zuerst die Firmen vor, die dem Lidl-Markt am nächsten lagen. Ihnen war klar, dass der Täter seinen Honig aus Vorsicht vielleicht nicht in der Nähe seines Wohnortes gekauft hatte, aber irgendwo mussten sie anfangen. Sie überprüften die Fahrzeuge, die auf diese Unternehmen angemeldet waren. Alle benutzten die eine oder andere Art von Transporter.

Dohr bemerkte die verschlossene Miene der Oberkommissarin. »Immer noch Probleme damit, dass wir uns in Karmans Ermittlungen einmischen?«

Coenes zögerte, dann bejahte sie die Frage.

Dohr nickte. »Der Zeuge vom Lidl hat ausgesagt, der Mann mit dem Honig habe gerochen ›wie aus dem Grab‹.«

Es dauerte einen Moment, bis Coenes die neue Information verdaut hatte. Dann sagte sie: »Okay, machen wir weiter.«

Dohr war erleichtert. »Gut. Wie wär's, wenn du deine Freunde von der Knappschaft anrufst und ihnen die Namen der Schädlingsbekämpfer vorliest? Vielleicht ist ja ein umgeschulter Bergmann darunter.«

Coenes ging in ihr Dienstzimmer. Aast war noch mit Herwig unterwegs. Sie wählte die Mobilnummer ihres Kontakts. Hannes Stöcker war bis vor ein paar Jahren

Knappschaftsältester gewesen. Beim zweiten Klingeln hatte sie ihn am Apparat.

»Frau Oberkommissarin!«

Seine Stimme ließ sie immer an einen knorrigen Ast denken. Genau so stellte sie sich den ehemaligen Steiger auch vor. Im Hintergrund waren laute Männerstimmen und Gläserklirren zu hören. Coenes hatte Stöcker beim Skat erwischt. Sie erklärte ihm ihr Anliegen. Dann stelle er mal besser auf Lautsprecher, witzelte der ehemalige Steiger, sie seien zwar alle schon etwas verkalkt, aber gemeinsam könnten sie ihr vielleicht helfen. Coenes begann, die Namen auf ihrer Liste vorzulesen. Bei manchen gab es kurze Diskussionen, aber letztlich einigte man sich, dass die Genannten wohl keine Kumpel gewesen seien.

Coenes hatte ihre Liste fast durch. »Was ist mit dem – Horst-Heinz Kuratz?«

Für einen Moment war es still. Dann sagte Stöcker: »Da war doch mal ein Elektriker ... Oder? Auf Nordstern, glaube ich.«

»Nee, auf Sterkrade!«

Stöcker hatte eine Erinnerungskaskade ausgelöst.

»Genau! Der Kuratz. Der war doch überall!«

»Weil er immer Ärger mit Kollegen hatte!«

Hannes Stöcker fiel noch etwas ein. Es sorgte dafür, dass Oberkommissarin Coenes eine Minute später wieder in Verena Dohrs Dienstzimmer stand.

»Horst-Heinz Kuratz. Seit 1995 Schädlingsbekämpfer in Gelsenkirchen. Vorher Grubenelektriker. Und jetzt kommt's: In den achtziger Jahren wollte er sich zum Fördermaschinisten ausbilden lassen. Ist aber aus der Ausbildung geflogen, weil er psychologisch ungeeignet war.«

»Der Fördermaschinist!« Am liebsten hätte Dohr die Oberkommissarin umarmt.

Kurz darauf wussten sie, dass Kuratz' Wohn- mit einer Firmenadresse identisch war. Im Internet fand sich kein Foto von ihm.

»Fahren wir hin.« Dohr holte ihr Holster mit der Waffe aus der Schublade und streifte es über. Sie fing Coenes Blick auf. Wieder die gleiche Frage, und sie musste wieder beantwortet werden. »Kein Karman, kein Polizeidirektor Lutz. Noch nicht. Ich lass mir nicht in die Parade fahren und alles vermasseln. Nicht, wenn es um Vaals geht. Aber du musst nicht mitmachen. Ich würde das verstehen.«

Coenes dachte kurz nach. Dann zog sie ihre Jacke an.

Hassel war einer der nördlichsten Stadtteile von Gelsenkirchen. Auf den letzten Kilometern vor der Ausfahrt prallten Vergangenheit und Zukunft der Region direkt aufeinander, nur getrennt durch die Autobahn. Im Osten die Ziegelgebäude der ehemaligen Zeche Bergmannsglück, im Westen die Tanks einer Raffinerie, dahinter die Türme eines Kraftwerks. Man hätte erwartet, im benachbarten Hassel positive Auswirkungen der neuen Industrieansiedlungen zu sehen, aber die Häuschen in den ehemaligen Bergarbeitersiedlungen wirkten grau und deprimierend.

Die Straße, in der Kuratz wohnte, war besonders desolat. Verwahrloste Häuschen hinter schiefen Gartenzäunen, drum herum ein bisschen räudiges Grün und davor rissige Gehwegplatten.

Coenes las die Hausnummern. »29, 31, 33 – das nächste muss es sein.«

Anders als die Nachbargrundstücke war die Nummer 35 von einer zwei Meter hohen, blickdichten Hecke umgeben. Am Gartentor fehlte die Hausnummer. Dohr fuhr langsam vorbei, folgte der Straße bis zur nächsten Kreuzung und wendete in einer Tankstelle. Sie stieg aus und verschwand im gekachelten Kassenhaus. Nach fünf Minuten kam sie mit zwei Pappbechern zurück, auf denen *Kaffeepause? Aber immer!* stand. Sie gab sie Coenes, fuhr zurück und hielt fünfzig Meter vor Kuratz' Haus am Straßenrand.

»Ich habe dem Tankwart gesagt, ich hätte zu Hause Kakerlaken, und hier gäb's doch irgendwo einen Schädlingsbekämpfer. Er kannte Kuratz. Total schräger Vogel, meinte er, rede mit keinem, und wenn, dann nur das Nötigste. Aber das sei kein Wunder bei jemandem, der beruflich den ganzen Tag Tauben vergifte. Das sei abartig. Sein Vater habe Tauben gezüchtet und der Kerl bringe sie um. Ich sollte mir lieber einen anderen Kammerjäger suchen, hat er gemeint.«

Nachdem sie zehn Minuten durch die Windschutzscheibe gestarrt hatten, wurde Dohr unruhig. »Ich schau mir das mal aus der Nähe an.«

Sie stieg aus. Die Straße war menschenleer. Aber vielleicht hockte jemand hinter den Gardinen. Als habe sie etwas Dringendes zu erledigen, marschierte sie zu dem Gartentor ohne Hausnummer. Auf dem Klingelschild stand H.-H. Kuratz. Sie läutete. Aus dem Haus war nichts zu hören. Sie drückte erneut auf den Klingelknopf. Wieder nichts. Das Gartentor war nicht abgeschlossen. Bis zur Haustür waren es nur ein paar Schritte. Sie war mit zwei Schlössern und einem Panzerriegel gesichert. Die Fenster im Parterre waren vergittert. Ziemlich viel Sicherheit für einen Schädlingsbekämpfer. Neben der Tür die gleiche Klingel, das gleiche Namensschild, wieder ohne Berufsbezeichnung. Kuratz gab sich nicht viel Mühe, Kunden anzulocken. Sie drückte den Klingelknopf und presste das Ohr ans Holz. Ein Ton schrillte durchs Haus. Jeder, der nicht völlig taub war, musste ihn hören. Sie nahm den Finger vom Knopf und lauschte. Hinter der Tür wartete nur die Stille eines menschenleeren Hauses. Sie kehrte zurück zum Wagen. Coenes sah sie fragend an. Dohr schüttelte den Kopf.

»Und jetzt?«, fragte Coenes.

Sie dachte nach. Die Zeit des Monsignore lief ab. »Er könnte da drin sein.«

»Wir kriegen keinen Durchsuchungsbeschluss, weil jemand Honig gekauft hat …«

»Ich weiß.« Dohr ließ eine Minute verstreichen. Dann sagte sie: »Zwei Sicherheitsschlösser, ein Panzerriegel.«

Die Frauen sahen sich an. Die Entscheidung war gefallen. Dohr rückte ihr Holster zurecht, Coenes griff nach ihrem Rucksack.

Vor Kuratz' Haustür streifte Coenes Latexhandschuhe über. Dohr tat es ihr nach.

Zu ihrer Überraschung hatte Kuratz die Tür nur zugezogen, ohne abzuschließen. Coenes steckte ihr Lockpicking-Set wieder ein und griff zu einem Stück Hartplastik. Zehn Sekunden später sprang die Tür auf. Dohr bedeutete Coenes, zurück zum Auto zu gehen und die Straße im Auge zu behalten, dann schlüpfte sie ins Haus und zog die Tür hinter sich zu.

Drinnen herrschte Dämmerlicht. Sie hatte Wohnräume erwartet, doch jetzt fand sie sich in einer Art Werkstatt wieder. In Schwerlastregalen standen alle möglichen Gerätschaften. Sprühgeräte für Flüssigkeiten oder Gase, Fallen für kleine Tiere, Endoskope samt Monitoren, außerdem Apparate, deren Zweck sie beim besten Willen nicht erkennen konnte. Metallkanister und aufgestapelte Kunststofftonnen verwandelten die ohnehin kleinen Räume in ein Labyrinth. Die meisten Behälter trugen Warnzeichen, die ihren Inhalt als mehr oder weniger giftig auswiesen. Wo keine Regale an den Wänden standen, hingen alle Arten von Schutzkleidung an Haken. Überall lag dicker Staub. Das Ganze wirkte ungeordnet, vielleicht folgte es aber auch einem verborgenen System, das nur der kannte, der hier arbeitete.

Aber wo zum Teufel lebte Kuratz?

Eine ausgetretene Holztreppe führte hinauf ins Dachgeschoss. Die Stufen knarrten, als Dohr langsam nach oben stieg. Dank der Dachschräge konnte man nur in der Mitte aufrecht stehen. Staub tanzte im Licht, das durch kleine Dachfenster hereinfiel. Auch hier kein Wohn- oder Schlafzimmer, sondern Chemikalien, Köder und Gifte.

Seit sie das Haus betreten hatte, lauerte die eine Frage im Hintergrund. War der Monsignore hier? Verena schwankte zwischen Erleichterung und Enttäuschung. Erleichterung, dass Vaals nicht in diesem Loch gefangen gehalten wurde, Enttäuschung, dass sie ihn nicht gefunden hatte.

Wohnte Kuratz wirklich hier? Wo waren das Radio, der Fernseher, der Computer, der Kleiderschrank? Wo verdammt noch mal schlief der Kerl?

Zurück im Erdgeschoss entdeckte sie eine Tür, die sie noch nicht geöffnet hatte. Dem Grundriss des Hauses nach konnte es nur die Kellertür sein. Wenn Vaals doch im Haus war, dann dort unten. Beklommen öffnete sie die Tür. Modrige Luft schlug ihr entgegen. Sie tastete nach dem Lichtschalter. Dutzende nackte Glühbirnen, jede mindestens hundertfünfzig Watt hell, flammten auf. Sie kniff die Augen zusammen und wartete, bis sie sich an die gleißende Helligkeit gewöhnt hatten. Dann stieg sie die Stufen hinunter.

Hier war es, das Persönliche, der vermisste Wandschmuck. Gerahmte Schwarz-Weiß-Fotos von Fördertürmen, aufgereiht neben der Treppe, wie die Ahnengalerie in einem Herrenhaus. Vielleicht gehörten die Fördertürme zu den Zechen, in denen Kuratz gearbeitet hatte. Sie zählte acht.

Der Kellerboden, die Wände und die Treppe selbst waren schwarz gestrichen. Am Fuß der Treppe fand sie den Honig. Zwei Paletten à zwölf Gläser. Die untere war komplett, in der oberen fehlten neun Gläser. Wenn Kuratz der Mann war, den sie suchten, hatte er offensichtlich noch eine Menge vor.

Sie bog um eine Ecke. In einer Nische war ein Bett aus Stahlrohr an die Wand gerückt. Es erinnerte an die Lazarettbetten in alten Schwarz-Weiß-Kriegsfilmen. Auf der nackten Matratze lag ein Militärschlafsack. Ein Nachtschränkchen, das aus dem Schlafzimmer ihrer Oma hätte stammen können, zwei Metallspinde und ein an die Wand geschraubter Flachbildschirm vervollständigten die Einrichtung. Hans-Horst Kuratz hatte sich entschieden, im Keller seines Hauses zu leben. Sie fragte sich, warum.

Der Geruch war da, seit sie das Haus betreten hatte. Sie hatte ihn bisher beiseitegeschoben, sich auf die visuellen Eindrücke konzentriert. Das war hier unten nicht mehr möglich. Je näher sie der Tür am Ende des Gangs kam, umso intensiver wurde der Leichengeruch. Vorsichtig drückte sie die Klinke nieder.

Der Anblick war so bestialisch wie der Gestank, der ihr

entgegenschlug. Der Boden war übersät mit toten, verwesenden Tauben. Es war das Bild eines Massakers. Jede grauenhafte Einzelheit war überdeutlich zu erkennen, denn der Lichtschalter oben an der Treppe hatte offensichtlich auch das Licht in diesem Höllenraum eingeschaltet. Die toten Tiere lagen dicht an dicht, stellenweise in mehreren Lagen übereinander. Sie waren nicht einfach gestorben, sie hatten sich in den Tod hineingequält. Ihr Gefieder war mit irgendeiner Substanz verklebt, vermutlich hatten sie weder laufen noch fliegen können und waren deshalb verendet. Der Todeskampf hatte ihre Körper verdreht, ihre Schnäbel standen offen, Zungen hingen heraus, aufgerissene Augen schienen Dohr anzustarren.

Das Vibrieren des Handys in ihrer Hosentasche riss sie aus ihren Gedanken. Sie zog es aus der Tasche, trat aus dem Raum zurück in den Gang und schlug die Tür zu.

Es war Coenes. »Transporter direkt vorm Gartentor. Jemand steigt aus.«

»Komme ich noch raus?«

»Keine Chance. Er hat einen Plastiksack aus dem Laderaum geholt und geht damit zur Tür.«

»Okay, bleib, wo du bist. Ich lass das Handy an.«

»Verstanden.«

Dohr rannte die Treppe hinauf. Sie hörte, wie ein Schlüssel ins Schloss gesteckt wurde. Sie löschte das Kellerlicht und schaffte es gerade noch, sich hinter einen Stapel Kartons zu ducken.

Durch einen Spalt sah sie, wie die Haustür geöffnet wurde. Ein Paar verdreckte Arbeitsschuhe tauchten in ihrem Blickfeld auf. Kuratz. Er machte einige Schritte in den Flur, dann blieb er stehen. Dohr wartete, dass etwas passierte, aber der Mann rührte sich nicht mehr von der Stelle. Vorsichtig rutschte sie an den Rand des Kartonstapels. Kuratz trug trotz der Sommerhitze einen Blaumann und darüber eine Warnweste. Schweiß lief ihm über den Nacken, ein paar schüttere Haarsträhnen klebten an seinem ansonsten kahlen Schädel. Reglos stand er da, den Plastiksack, in dem sich etwas bewegte, in der einen Hand, die andere Hand steckte in der Tasche seiner Warnweste.

Da wandte er sich um. Sie zog den Kopf zurück und konzentrierte sich auf ihr Gehör. Sie würde ihn hören, wenn er kam. Mit seinen schweren Schuhen konnte er sich unmöglich geräuschlos bewegen. Als nichts passierte, wagte sie einen zweiten Blick. Kuratz stand immer noch genauso da. Plötzlich hob er den Kopf. Ein roter Strich lief um seinen Hals, vielleicht eine alte Narbe. Er sog langsam die Luft durch die Nase ein, dann noch einmal in zwei kurzen Stößen.

Im selben Augenblick wurde ihr klar, was er tat. Er nahm Witterung auf. Er wusste, dass jemand im Haus war. Schlagartig wurde sie sich des Eau de Toilettes bewusst, das sie sich am Morgen aufgesprüht hatte.

Er setzte er den Plastiksack ab und zog die Hand aus der Tasche. Eine kleine Bewegung des Daumens. Eine merkwürdig geformte kurze Klinge blitzte auf. Ein Cutter-Messer. Er machte einen Schritt in ihre Richtung. Wieder zuckte sie zurück. Hatte er sie gesehen? Ihre Hand wanderte zum Holster. Kurz darauf dröhnten die Bodendielen unter den harten Tritten der Sicherheitsschuhe. Dohr zog ihre Waffe. Doch die Schritte entfernten sich. Dann hörte sie, wie die Haustür ins Schloss fiel. Sie kam hinter den Kartons hervor. Kuratz war verschwunden. Zurückgeblieben war nur der Plastiksack, in dem sich etwas bewegte. Sie zog ihr Smartphone aus der Tasche.

»Senta? Er kommt raus. Häng dich dran. Vielleicht fährt

er zu Vaals.« Sie hörte, wie ein Schlüssel ins Schloss gesteckt wurde. »Hier ist der Monsignore nämlich nicht.« Mit einem schweren metallischen Geräusch wechselte der Panzerriegel seine Position. Kuratz hatte sie eingeschlossen.

Dohr überlegte, ob sie versuchen sollte, ins Freie zu gelangen, durch die nicht vergitterten Dachfenster etwa. Sie war nicht scharf darauf, sich länger in diesem Haus aufzuhalten als nötig, und das nicht nur, weil es sich faktisch nach wie vor um einen Einbruch handelte.

Ihr Blick wanderte zu dem Plastiksack. Hatte sich darin wirklich etwas bewegt? In einer Werkzeugkiste fand sie einen Seitenschneider. Sie durchtrennte den Kabelbinder, mit dem der Sack zugebunden war. Tauben. Gut zwanzig Tiere, mit verklebtem Gefieder, elendig verendet. Wenn eine von ihnen noch gelebt hatte, war sie jetzt tot wie die anderen. In der Werkzeugkiste hatte sie Kabelbinder gesehen. Sie verschloss den Sack wieder. Falls Kuratz nicht gemerkt hatte, dass jemand in seinem Haus war, bestand kein Grund, ihn mit der Nase darauf zu stoßen.

Ihr Smartphone summte. Coenes. Sie hatte Kuratz verloren. Fehlende Ortskenntnis. Aber sie hatte Wagentyp und Kennzeichen.

46

Das Lächeln erfüllte ihn mit Grauen. Und mit einer nicht zu begründenden Gewissheit: Der Mann, der auf dem alten Foto lächelnd die Bergung des Leichnams der grausam ermordeten Frau verfolgte, war ihr Mörder.

Seine Rede bei der Vereidigungsfeier kam Bauer in den Sinn: *Sie wollen für das Gute kämpfen, doch Sie werden dem Bösen begegnen.* In seinen Jahren als Polizeiseelsorger hatte er viel Schlimmes gesehen. Doch was sich hinter diesem Lächeln versteckte, schien böser als alles, was ihm bisher begegnet war. Und er marschierte geradewegs darauf zu.

Dabei war Bauer nicht einmal sicher, ob er in der jungen Miene des hochgewachsenen Mannes die Züge des sterbenden Handelsvertreters aus dem Hospiz wiederfand. Die Abbildung des Gesichts auf dem alten Foto war dafür schlicht zu klein. Doch wenigstens für dieses Problem gab es eine einfache und schnelle Lösung.

Der Polizeifotograf beugte sich über seinen Arbeitstisch. Seine lange Nase berührte fast die Tischplatte, während er die Fotos, die Bauer ihm mitgebracht hatte, durch eine Präzisionslupe betrachtete, die er direkt auf die Schwarz-Weiß-Abzüge setzte.

»Hochwertiges Fotopapier«, urteilte Stach fachmännisch, »optimal ausbelichtet. Analoges Filmmaterial, mit 'ner Digi-Cam kriegt man so was nicht hin.«

»Die gab es damals noch gar nicht«, erklärte Bauer. »Die Bilder sind von 1977.«

»Polizeifotos?«

Bauer schüttelte den Kopf. »Lokalpresse.«

»Die hatten es drauf damals.«

»Können Sie mir Vergrößerungen machen?«

»Von welchen Ausschnitten?«

»Von diesem Mann.« Bauer deutete auf die Gestalt, die die Gruppe der Schaulustigen überragte.

»Wozu brauchen Sie die Vergrößerungen?«

Bauer zögerte.

»Schon verstanden«, sagte Stach eilig.

»Ich möchte wissen, ob ich den Mann kenne.«
»Alles klar. Die Negative haben Sie nicht zufällig?«
»Leider nicht.«
»Wie schnell brauchen Sie die Abzüge?«
»So schnell es geht.«
»Dann wird's wieder nichts mit dem analogen Arbeiten«, seufzte Stach enttäuscht. »Ich scanne die Fotos ein.«
»Kann ich Ihnen einen Kaffee holen?«
»Kaffee wäre toll. Plunderstück dazu noch besser.«

In der Kantine las Bauer den Zeitungsausschnitt, den Slomka im Archiv kopiert hatte. Der Verfasser des Artikels verstand sich nicht nur aufs Fotografieren, sondern auch auf journalistisches Schreiben. Er verzichtete auf reißerische Gewaltdarstellungen. Dennoch wurde die Grausamkeit des Mordes ebenso spürbar wie das bedauernswerte Schicksal des Opfers.

Das am Fundort der Leiche gesicherte Votivbild des heiligen Sebastian wurde erst am Schluss erwähnt. Wieder enthielt sich der Autor jeder Spekulation, wie es in den Kanal gelangt war und ob es etwas mit dem Verbrechen zu tun hatte. Stattdessen vertraute er auf die Kraft des prägnant beschriebenen Bildes und auf die Fantasie des Lesers. Bei Bauer funktionierte es perfekt. Plötzlich sah er die zu Anfang des Artikels genannte Todesursache, ›zahlreiche Messerstiche‹, vor sich – als blutende Wunden im Körper eines gefolterten Menschen. Bauer hatte keine Ahnung, wie Slomka auf den Artikel gestoßen war. Doch es musste dieser letzte Absatz über das Heiligenbild gewesen sein, der seine Aufmerksamkeit erregt hatte.

Als Bauer mit einem Becher Kaffee und einem Erdbeerteilchen in das Büro des Polizeifotografen zurückkehrte, saß Stach vor seinem Bildschirm.

»Nehmen Sie sich einen Stuhl!«

Bauer schob Stach Kaffee und Teilchen hin und setzte sich zu ihm. Der Monitor zeigte das Schwarz-Weiß-Foto der Gaffergruppe im Vollbildmodus. Schon so war das Gesicht des lächelnden Mannes ein Vielfaches größer als auf dem Papierabzug. Stach markierte den Bildausschnitt mit der Maus und hämmerte einen Befehl in die Tastatur. Im nächsten Moment erschien auf dem Monitor ein lebensgroßes Gesicht, das aussah wie aus groben Körnern in verschiedenen Grautönen zusammengesetzt.

»Keine Sorge, das wird noch besser«, sagte Stach.

Er öffnete verschiedene Menüs, veränderte numerische Werte, drehte an virtuellen Reglern und verschob Kurven in Diagrammen. Mit jeder Aktion wurden die Körner feiner und die Gesichtszüge plastischer. Als sich Stach schließlich zurücklehnte und den ersten Schluck von seinem Kaffee nahm, blickten die Augen des Mannes auf dem Fotoausschnitt Bauer direkt an.

»Komisch«, ließ Stach sich nachdenklich vernehmen.

»Was meinen Sie?«, fragte Bauer.

»Der Mann guckt genau in die Kamera. Als wüsste er, dass er fotografiert wird.«

»Möglicherweise hat er es mitbekommen.«

»Und dann lächelt er? In dieser Situation? Da wird eine Leiche geborgen, richtig?«

»Ja.«

»Ich finde den Typen voll gruselig.«

Bauer konnte nicht widersprechen.

»Ist das der Mann, den Sie suchen?«, fragte Stach.

Bauer zögerte. War das der junge Josef Hartwig? Die Kopfform stimmte. Aber die Gesichtszüge? »Könnte sein. Sicher bin ich nicht.«

»Okay. Es gibt es noch andere Möglichkeiten, jemanden zu identifizieren. Ich habe auf einem der anderen Bilder etwas gefunden. Vielleicht hilft das weiter.«

Stach speicherte die bearbeitete Vergrößerung ab. Dann klickte er in der Übersicht der eingescannten Aufnahmen auf ein anderes Foto. Eine gespenstische Szenerie erschien auf dem Monitor. Der Abend war angebrochen, Scheinwerfer tauchten den Bergungsort in hartes Licht. An der Hausfassade im Hintergrund leuchteten die Neonröhren einer billigen Bordellreklame. Die Blickrichtung der Schaulustigen hatte sich geändert. Sie sahen hoch. Ein dunkles Objekt schwebte am Seil eines Feuerwehrkrans über dem Loch im Boden. Es war ein Leichensack, durch den sich die Umrisse eines menschlichen Körpers abzeichneten.

Einen Zuschauer schien das grausige Schauspiel nicht länger zu interessieren. Er wandte der Kamera den Rücken zu, offenbar wollte er gerade gehen. Bauer erkannte ihn an seiner Größe.

Der Polizeifotograf deutete auf die Jacke des Mannes. »Sehen Sie das?«

Bauer beugte sich vor. »Ein Aufdruck?«

Stach nickte und vergrößerte den Ausschnitt. Diesmal dauerte es nur einen Mausklick, bis aus der grobkörnigen Struktur ein lesbarer Schriftzug wurde: *Wrobel & Sohn*.

»Ich habe die Arbeitsschritte als Presets gespeichert«, erklärte Stach. »Das ist eine Firmenjacke. Wenn Sie Glück haben, gibt's die Firma noch.«

Zwei Kraniche vor Schilfgras und Rohrkolben – das kleinformatige Flachrelief aus elfenbeinfarbenem Bakelit auf teakholzfurniertem Pressspan weckte Kindheitserinnerungen in Bauer. So ein Bild hatte auch im Wohnzimmer seiner Eltern gehangen.

»Kennen Sie, oder?«

Brauer drehte sich um. Hinter ihm stand ein kräftiger, rundlicher Endfünfziger mit Halbglatze.

»War unser erstes Produkt und gleich ein echter Verkaufsschlager. Die Vorlage hat mein Vater im Hobbykeller geschnitzt. Er hat rechtzeitig kapiert, dass die Kohle hier keine Zukunft hat. Nach den Kranichen kamen wir dann mit den Setzkästen raus.« Der Mann hielt Bauer seine fleischige Rechte hin. »Wrobel.«

»Bauer. Dann sind Sie der ›Sohn‹ aus dem Firmennamen?«

»Richtig. Und Sie sind Polizeipfarrer? Wusste gar nicht, dass es so was gibt. Setzen wir uns doch.«

Er deutete auf eine schlichte graue Sitzecke. Die karge Möblierung seines Büros bildete einen erholsamen Kontrast zu den Deko- und Geschenkartikeln, die an den Wänden hingen oder in Regalen ausgestellt waren.

»Kaffee? Wasser?«

»Nein, danke. Ich möchte Sie nicht lange aufhalten. Ich habe nur eine Frage.« Bauer legte einen Fotoausdruck auf die Glasplatte des Couchtisches. Das Bild zeigte das vergrößerte Gesicht des lächelnden Gaffers. »Hat dieser Mann vor vierzig Jahren bei Ihnen gearbeitet?«

Wrobel warf nur einen kurzen Blick auf das Foto. »Klar. Das ist Hartwig, Josef. War drei oder vier Jahre bei uns, ein Ass im Vertrieb. Hat sich später als Handelsvertreter selbstständig gemacht. Ehrlich gesagt, war ich froh darüber.«

»Warum?«

»Unser Unternehmen war immer ein Familienbetrieb.

Und manche Menschen möchte man einfach nicht in seiner Familie haben.«

»Gab es dafür einen konkreten Grund?«

»Nein, es war nur ein Gefühl. Er hat sich immer korrekt verhalten. Aber ich verlasse mich grundsätzlich lieber auf meinen Bauch als auf meinen Kopf. Nicht nur, weil die Plauze größer ist.« Lachend klopfte Wrobel sich auf seine kugelrunde Körpermitte. Dann wurde er ernst. »Hat er was ausgefressen?«

Bauer zögerte. »Wie kommen Sie darauf?«

»Wie gesagt, er war mir nie ganz geheuer. Und Sie sind doch bei der Polizei.«

»Als Seelsorger.« Bauer merkte, dass er ertappt klang, und fuhr schnell fort. »Wieso erinnern Sie sich so genau an Hartwig?«

»Weil sich erst vor knapp drei Monaten schon mal jemand nach ihm erkundigt hat.«

Bauer war nicht überrascht. »Ein Journalist?«

Wrobel nickte. »Hieß wie der Ex-Trainer von Schalke, Slomka, und hat behauptet, er schreibt an einem Buch über den Strukturwandel in den Siebzigern. Er hat mir seinen Presseausweis gezeigt. Geglaubt habe ich ihm trotzdem kein Wort.«

»Ihr Bauch scheint ziemlich verlässlich zu sein«, sagte Bauer ernst.

»Er hat mich noch nie getäuscht. Irgendwann ist er mit genau so einem Foto rausgerückt.« Er deutete auf das vergrößerte Bild von Hartwig.

»Was haben Sie ihm erzählt?«

»Nicht so viel wie Ihnen. Ich habe ihm nur Hartwigs Namen gegeben. Worum es hier eigentlich geht, wollen Sie mir auch nicht sagen, oder?«

»Lieber nicht.«

Wrobel sah ihn nachdenklich an. »Sie sind ein ehrlicher Mann. Ihnen würde ich sofort einen Job geben.«

»Das ist sehr nett von Ihnen«, sagte Bauer und hoffte im Stillen, dass er das Angebot nicht so bald nötig haben würde.

Als er das Gewerbegebiet am Rand der Kleinstadt verließ, spürte er den unbändigen Drang nach einer Zigarette. Er hielt vor einem zweistöckigen Klinkerbau an, der sich gut zweihundert Meter die Straße entlangzog. Ein mächtiger vierkantiger Klinkerturm wuchs daraus empor und teilte das Gebäude in zwei Hälften. Bauer rauchte in seinem Schatten. Zahlen an der Fassade verrieten, wann der Turm fertiggestellt worden war: 1897, die Lettern darunter seinen Zweck: *Zeche Alte Haase, Schacht I/II*. Bevor die Gerüste aus Stahl im Bergbau Einzug gehalten hatten, waren die Fördertürme aus Ziegeln errichtet worden, mit Mauerstärken von bis zu drei Metern. Die Bauform nannte man *Malakov-Turm*, und dieser stand auf einer der ältesten Zechen des Ruhrgebiets. Schon vor über vierhundert Jahren hatte man an diesem Ort Steinkohle gewonnen. Er war die Wiege des Bergbaus im Kohlenpott. Die Flöze strichen in diesem Gebiet bis an die Oberfläche aus, wie die Kumpel das nannten. Anfangs hatte man sich hier nur bücken müssen, um die Kohle von den Feldern zu sammeln.

Bauer blies den Rauch seiner Zigarette in die vor Hitze schwimmende Luft. Auch er hatte an der Oberfläche angefangen und dann immer weiter gegraben. Aber er hatte noch nicht gefunden, was er suchte.

Er musste noch tiefer hinab.

47

Vaals öffnete die Augen. Nichts hatte sich verändert. Der Boden war hart und kalt, Vaals fror. Die Schwärze umgab ihn noch immer, aber sie hatte sich in etwas Lebendiges verwandelt, das langsam näher herankroch und ihn bald verschlucken würde. Er bildete sich das nur ein, das wusste er. Wahrscheinlich waren Halluzinationen unausweichlich, wenn man lange genug in absoluter Dunkelheit lebte. Der Geist konnte die Schwärze nicht ertragen. Vielleicht war das ein Beweis für das Göttliche im Menschen.

Wie viele Stunde oder Tage er schon hier lag, hätte er nicht sagen können. Der Schmerz gehörte jetzt zu ihm, wie das Atmen und die Angst. Die Angst war in Wellen gekommen, hatte ihn überschwemmt, war abgelöst worden von Zorn, dann von Verzweiflung und schließlich von Bitterkeit.

Erinnerungen waren aufgestiegen, wie die Blasen aus einem von der Sonne aufgeheizten Sumpf. Zumeist nur Fetzen, Bilder, Geräusche, willkürlich und unzusammenhängend, aus allen Phasen seines Lebens, von der frühen Kindheit in einem Dorf zwischen Ems und holländischer Grenze, über Schule, Priesterseminar, seiner Zeit in Rom und als Gemeindepfarrer bis in das Bergwerk zu der verstümmelten Leiche des jungen Mannes und immer wieder zurück zu der fürchterlichen Beichte.

Dazwischen hatte er gebetet, jedes einzelne Gebet, das er kannte, dann frei und danach wieder von vorn.

Er spürte, wie ihm Tränen über das Gesicht liefen. Wie war das überhaupt noch möglich? Er war völlig ausgetrocknet, sein Kopf schmerzte, der Durst quälte ihn. Aber es war gut, er war damit einverstanden. Auch Jesus hatte am Kreuz Durst gelitten. Jemand hatte ihm Essigwasser in den Mund geträufelt, vielleicht ein römischer Soldat oder ein Landarbeiter.

Auch zu ihm war jemand gekommen, aber es war wieder nur der falsche Arzt gewesen. Er hatte mehrere große Schraubgläser mitgebracht und außer Reichweite auf dem Boden abgestellt. Eines davon hatte er aufgeschraubt. Er hatte geglaubt, der Mann wolle ihm zu trinken geben. Aber er hatte nur einen Finger in das Glas getaucht und war ihm damit über die Lippen gefahren. Es hatte süß geschmeckt. Schlagartig war ihm klar geworden, was mit ihm geschehen würde. Das Gleiche, das auch dem jungen Mann im Bergwerk widerfahren war. Das Gleiche wie all den anderen davor. Das Gleiche wie das, was er vor zwölf Jahren in der fürchterlichen Beichte hatte anhören müssen.

Seine Augen hielten der Schwärze nicht mehr stand, die Lider sanken herab. Unwillkürlich leckte er sich über die rissigen Lippen. Er bereute es sofort. Der Geschmack des Honigs war noch da.

Dass er nicht mehr würde beichten können und ihm die Sterbesakramente versagt bleiben würden, machte ihn traurig. Er hatte sie oft selbst gespendet und ihre tröstende Wirkung erlebt.

Er hätte seinem Gewissen folgen, damals, auf Gott vertrauen und sein Schicksal in dessen Hand legen sollen. Stattdessen hatte er sich dafür entschieden, ein menschengemachtes Kirchengesetz zur obersten Richtschnur seines Handelns zu machen. Hätte er das Beichtgeheimnis gebrochen, wäre der junge Mann vielleicht noch am

Leben. Ihn selbst hätte man wohl exkommuniziert. *Ein Beichtvater, der das Beichtgeheimnis direkt verletzt, zieht sich die dem Apostolischen Stuhl vorbehaltene Exkommunikation als Tatstrafe zu.* Aber wäre es das nicht wert gewesen?

Er konnte nicht glauben, dass Gott ihn verdammt hätte. In den letzten Jahren war es ihm immer schwerer gefallen, ihn sich streng und strafend vorzustellen. Waren Rachsucht und das Verlangen, verehrt zu werden, nicht zutiefst menschliche Eigenschaften? Reduzierte es Gott nicht auf Menschenmaß, wenn man ihm diese Eigenschaften zusprach? Zu beidem war auch der Mensch fähig. Wozu er nicht fähig war, war die allumfassende bedingungslose göttliche Liebe.

Darauf würde er vertrauen.

48

Bauer hatte keinen einzigen Beweis.

Vor vierzig Jahren war eine Prostituierte erstochen worden. Josef Hartwig hatte die Bergung ihrer mit Honig beschmierten Leiche beobachtet. Vor fünfzehn Jahren war eine Verkäuferin für Geschenkartikel spurlos verschwunden. Ihr Sohn Julian Slomka hatte einen Mann im Laden gesehen, anderthalb Jahrzehnte lang nach ihm gesucht und ihn vor zwei Monaten als Josef Hartwig identifiziert. Vor fünf Tagen war Slomka tot in einem Bergwerk entdeckt worden, sein Körper verwest, von Schnittwunden übersät und mit Honig überzogen. Drei Tage später war Vaals aus dem Krankenhaus verschleppt worden, nachdem er Bauer angefleht hatte, den Mann zu finden, dessen Namen der Monsignore in seine Bibel geschrieben hatte: Josef Hartwig.

Nein, kein Glied dieser Kette bewies, wer hinter all den Verbrechen steckte. Aber das war Bauer egal. Er musste keinen Täter überführen. Das war Verena Dohrs Aufgabe. Auf dem Weg zum Hospiz hatte er überlegt, die Hauptkommissarin zu informieren, den Gedanken jedoch sofort wieder verworfen. Sie würde nur versuchen, ihn aufzuhalten. Selbst wenn sie gerichtsverwertbare Beweise für die Gewissheit fand, die er längst hatte – es war zu spät. Ganz gleich, was Hartwig getan hatte, kein Gericht der Welt konnte ihn noch dafür bestrafen. Er würde vorher sterben. Er würde sich nur noch vor Gott verantworten müssen.

Die Frau am Empfangstresen begrüßte ihn mit einem Lächeln. Er schaffte nicht, es zu erwidern.

»Guten Tag, Herr Pfarrer!«

»Guten Tag.«

»Schön, dass Sie noch einmal kommen.« Ihr Blick wurde ernst und sie senkte die Stimme, als sie weitersprach. »Herr Hartwig wird bald gehen. Sehr bald. Er schläft fast nur noch.«

Die Angst, zu spät zu kommen, überflutete ihn. Hartwig musste wissen, wo Vaals war. Doch was, wenn er es nicht mehr sagen konnte? Wenn der Tod schneller war?

»Ich will zu ihm«, sagte er lauter als nötig.

»Natürlich, gern«, erwiderte die Empfangsdame, offenbar irritiert von seinem Ton. »Wir sind doch froh, wenn unsere Gäste in ihren letzten Stunden Beistand haben. Wir haben auch schon Herrn Hartwigs Tochter informiert. Aber sie möchte sich wohl nicht von ihrem Vater verabschieden.« Sie sah Bauer an, erwartete einen Kommentar. Als er schwieg, fuhr sie mit einem ratlosen Lächeln fort: »Gehen Sie einfach durch, Sie kennen ja den Weg.«

Bauer ging durch ins Haupthaus. Er musste sich zwingen, nicht zu rennen. An Hartwigs Zimmer angelangt, trat er ein, ohne anzuklopfen. Die Schwester, die er bei seinem ersten Besuch kennengelernt hatte, saß an Hartwigs Bett. Bauer nickte ihr zu und blieb an der offenen Tür stehen. Er sah, dass sie ihn wiedererkannte und ihren Platz nur widerwillig räumen würde. Bevor sie sich erhob, strich sie fast zärtlich über Hartwigs Hand. Dann kam sie auf Bauer zu.

»Er ist gerade erst wieder eingeschlafen.«

Sie flüsterte. Bauer wünschte sich, sie hätte geschrien.

»Ich weiß nicht, ob er noch einmal aufwacht«, fuhr sie leise fort. »Für ihn wäre es bestimmt am besten, wenn nicht. Falls doch, rufen Sie mich, wenn er etwas braucht!«

Sie ging und zog die Tür hinter sich zu. Bauer setzte sich ans Bett. Hartwig atmete mit offenem Mund, jeder Zug rasselte in der Lunge. Seine Augen waren geschlossen und so tief eingesunken, als lägen hinter den erschlafften Lidern nur noch leere Höhlen. Die Nase trat spitz hervor. Zwischen ihr und den Mundwinkeln hatte sich ein Dreieck gebildet, hell wie Blei. Bauer hatte in seiner Zeit als Gemeindepfarrer Sterbebegleitung als eine seiner Aufgaben betrachtet, er kannte diese Anzeichen, sie schreckten ihn nicht. Sie waren keine Vorboten, der Tod war nicht mehr nur nah, er war da. Hartwig würde in den nächsten Stunden sterben, vielleicht in den nächsten Minuten. Die fahle Haut seines Gesichts schimmerte, als wäre sie von einer dünnen durchscheinenden Schicht überzogen, die Bauer früher immer an Wachs erinnert hatte. Nun dachte er an Honig.

In einer Edelstahlschale auf dem Nachttisch schwammen blassgelbe Eiswürfel. Gefrorener Fruchtsaft. Bauer nahm einen Würfel und fuhr damit über Hartwigs Oberlippe. Saft tropfte in den offenen Mund. Doch Hartwig erwachte nicht. Stattdessen hörte das Rasseln plötzlich auf. Bauer wartete regungslos in der Stille, dann setzte die Atmung wieder ein, nur um nach fünf Zügen erneut zu stocken. So ging es weiter. Wenige Atemzüge, Stillstand. Bangen. Hoffen. Bauer konnte nichts tun. Nur warten.

Irgendwann hielt er es nicht mehr aus. Er stand auf. Seine Finger klebten, der Eiswürfel war geschmolzen. Er wusch sich die Hände in dem kleinen Waschbecken des Zimmers. Er ging zurück ans Bett, schob den Stuhl weg. Er wollte nicht mehr sitzen. Er sah hinab auf Hartwig, spürte den Impuls, den ausgezehrten, verfallenden Körper an den Schultern zu packen, den Sterbenden zu rütteln und anzubrüllen: *Wo ist Vaals?* Er ballte seine Fäuste, schloss die Augen und atmete die Wut weg. Als er wieder ruhig war, blickte er auf die Bilder über Hartwigs Bett. Acht schmale schwarze Rahmen, der Lack an den Ecken war schon abgestoßen. Acht in Schwarz-Weiß abgelichtete Fördertürme. Hartwig hatte die Fotos selbst gemacht. Sie mussten ihm viel bedeuten. Er hatte sie über seinem Sterbebett aufhängen lassen, sie würden womöglich das Letzte sein, was er im Leben sah. Keine Bilder von seiner Familie, seiner verstorbenen Frau oder seiner Tochter. Nein, Mahnmale einer vergangenen Zeit, Zeichen einer Welt, die unter der Erde verborgen lag. Julian Slomkas Leiche war in der Tiefe unter so einem Turm gefunden worden.

Eins der abgebildeten Fördergerüste weckte eine vage Erinnerung in Bauer. Er nahm das Bild von der Wand und betrachtete es genauer. Kein Zweifel, das war der Schacht Hugo Haniel auf der Zeche Osterfeld. Sein Vater war dort viele Jahre eingefahren. Bauer drehte den Rahmen um und öffnete ihn. Auf der Rückseite des Fotos war eine Jahreszahl notiert: 1993. Das Jahr der Schließung. Darunter stand ein Name. Es war nicht der Name des Schachts. Es war ein Frauenname: *Elisabeth*.

Er starrte auf das vergilbte Fotopapier und alles in ihm stemmte sich gegen die furchtbare Erkenntnis.

Plötzlich bemerkte er, dass das Rasseln leiser geworden war. Hartwig sah ihn aus weit offenen Augen an. Stumm. Wach. In seinem Blick war nur kalte Neugier, die Neugier eines Forschers, der die Auswirkungen eines Experiments auf ein Labortier beobachtete.

Bauer konnte nicht sprechen. Er nahm das nächste Bild von der Wand. Seine Finger zitterten, als er den Rahmen öffnete.

1995. *Claudia*.

Und noch eins.

1997. *Karin*.

Hartwig ließ ihn nicht aus den Augen. Bauer riss einen Rahmen nach dem anderen herunter und zerrte die Fotos heraus.

1998. *Sabine*.

1999. *Monika*.

2000. *Elena*.

2001. *Johanna*.

Beim letzten Bild stockte er.

2002.

Das war fünfzehn Jahre her. Vor fünfzehn Jahren war Julian Slomkas Mutter verschwunden. Bauer erinnerte sich an ihren Vornamen. Er stand auf dem Fotorücken.

Doris.

Er sah Hartwig an. Am liebsten hätte er ihm ins Gesicht geschlagen. »Sie haben sie alle umgebracht!«

Hartwig antwortete nicht. Aber in seinen Augen passierte etwas, das Bauer nicht verstand: Sie begannen zu leuchten, als hätte ihm jemand ein Geschenk gemacht.

»Wollen Sie, dass ich beichte?« Das Sprechen bereitete Hartwig Mühe, jedes Wort kam wie geschreddert und trotzdem triefend vor Hohn aus seiner Kehle. »Das habe ich schon – vor fünfzehn Jahren.«

Plötzlich begriff Bauer. Hartwig hatte Monsignore Vaals seine grauenhaften Taten im Beichtstuhl aufgebürdet. Darum war Vaals aus der Gemeinde geflohen. Er hatte sein Wissen niemandem anvertrauen können, ohne das heilige Sakrament der Beichte zu verletzen. Bauer spürte die furchtbare Last, unter der Vaals all die Jahre gelitten hatte. Nun trug auch er sie. *Das* war das Geschenk, das Hartwigs Augen zum Leuchten gebracht hatte.

»Vaals hat Ihren Namen nicht in seine Bibel geschrieben, weil er Angst hatte, Sie würden sich rächen«, sagte Bauer, und seine Stimme kam ihm fremd vor. »Er hatte Angst, dass Sie wieder morden. Darum hat er Ihre Wohnorte ausfindig gemacht.«

Hartwigs Gesicht zeigte keine Reaktion. Es war in der Maske des Sterbens erstarrt. Doch sein Röcheln klang wie ein Lachen. »Glauben Sie mir, ich hätte gern mehr solche Bilder gemacht. Aber im Rollstuhl kann man leider keine alten Zechen befahren.«

Hartwigs Krankheit hatte das Morden beendet. Er war nicht mehr fähig gewesen, seine Fantasien in Taten umzusetzen.

»Vor Gott nützt Ihnen Ihre Beichte gar nichts«, sagte Bauer hilflos. Er wusste, dass Hartwig nicht an Gott glaubte.

»Sie hoffen, dass ich in die Hölle komme?«

»Sie bereuen nicht.«

Wieder drang das höhnische Röcheln aus Hartwigs Mund. »Aber wenn ich es tue, muss Ihr Gott mir verzeihen, habe ich recht?«

Bauer antwortete nicht.

»Er muss mir vergeben, richtig?«

»Ja«, stieß Bauer hervor.

Hartwig nickte zufrieden. »Dann werde ich im Paradies sitzen. Neben Ihrem Kollegen.«

»Wo ist Monsignore Vaals?«

Hartwig schwieg.

»Wo ist er?«, schrie Bauer.

Hartwig sah ihn lange an. Er schien nachzudenken. Als er endlich sprach, war seine Stimme fast klar: »*Meinst du, dass du wissest, was Gott weiß? Es ist höher denn der Himmel; was willst du tun? Tiefer denn die Hölle; was kannst du wissen?*[4]«

Der sterbende Mörder zitierte die Bibel. Er stellte sich auf eine Stufe mit Gott. Einen Moment lang war Bauer unfähig, sich zu rühren. Dann nahm er die Fotos und ging. Er verließ das Hospiz wie durch einen Tunnel.

Er hatte verloren.

49

Es war eine Polizistin gewesen. Er hatte ihr Parfüm sofort gerochen, als er ins Haus gekommen war. Irgendwas mit Zitrus und Zeder. So dämlich konnten auch nur Buletten sein. Ein männlicher Bulle hätte sich bestimmt nicht mit

---

[4] Hiob 11, 7-9 (Lutherbibel 1912)

Aftershave eingesprüht, bevor er irgendwo eingebrochen wäre. Die andere hatte draußen im Auto gesessen. Sie war ihm nachgefahren. Jetzt kannten sie seine Autonummer.

Kuratz parkte den Lieferwagen am entfernten Ende des Kundenparkplatzes. Vom Einkaufszentrum zum Hospiz waren es zu Fuß nur zehn Minuten. Er zog die gestohlenen Nummernschilder unter dem Sitz hervor und stieg aus. Sie stammten von einem der stillgelegten Lieferfahrzeuge eines Großbäckers, der einen betrügerischen Konkurs hingelegt hatte. Kuratz hatte für ihn Ratten und Schaben ausgeräuchert. Auf der Rechnung würde er sitzen bleiben.

Er montierte die gestohlenen Schilder, dann machte er sich zu Fuß auf den Weg.

Er hatte ihn angerufen beziehungsweise von einer Pflegerin anrufen lassen. Er war dazu wohl selbst nicht mehr in der Lage. Der dritte Anruf in einer Woche nach fast fünfzehn Jahren Sendepause. Bestimmt sollte er wieder etwas für ihn erledigen. Nicht, dass es ihm keinen Spaß machte, nachdem er so lange nur seine Tauben gehabt hatte.

Eigentlich war das Timing perfekt. Er war so weit. Er hatte genug Zeit gehabt sich vorzubereiten, und jetzt war er so weit. Jetzt würde er es sein, der die Macht über Leben und Tod besaß. Der Gedanke gab ihm ein Hochgefühl, ja, geradezu ein Gefühl von Erhabenheit.

Die Fußgängerampel sprang auf Rot, aber er ging einfach weiter. Er hörte das Quietschen von Autoreifen, doch es berührte ihn nicht. Er war unantastbar. Er trat gegen einen Stein. Der prallte scheppernd gegen eine Mülltonne und ließ eine alte Frau mit Einkaufstrolley erschrocken herumfahren.

Es war seine Schuld, dachte Kuratz. Er konnte nicht

mehr zurück in sein Haus. Er hatte sich sogar neue Klamotten kaufen müssen. Wegen ihm. Wegen des Geruchs. Nur damit er ihn besuchen konnte.

Ihm selbst machte der Geruch seiner Tauben nichts aus, er genoss die angewiderten Blicke der Menschen, in deren Nähe er kam, sogar. Vor allem die seiner Kunden. Sie brauchten seine Hilfe, nur deshalb liefen sie nicht davon. Aber ins Hospiz hätte man ihn nicht gelassen. Zorn flammte in ihm auf. Die Alten landeten da, um zu verrecken, verdammt noch mal! Konnte denen doch nur guttun, wenn sie sich schon mal an den Geruch gewöhnten. Er musste grinsen.

Er überquerte die Straße und ging auf den Eingang zu. Das Gras vor dem Flachbau war verdorrt. Die Schwingtür öffnete sich. Ein Mann kam heraus.

Kuratz wäre beinah gestolpert. Das war der Typ, der bei der Tochter gewesen war. Er hatte die beiden beobachtet. Sie waren mit dem Kleinen in eine Eisdiele gegangen.

Der Mann ging an ihm vorbei, ohne ihn zu beachten. Er muss Polizist sein, dachte Kuratz. Er musste bei ihm gewesen sein.

Am Empfang saß dieselbe trutschige Schwester mit ihrer aufgesetzten Freundlichkeit.

»Ah, Herr Kuratz. Schön, dass sie da sind.« Für den Bruchteil einer Sekunde stellte er sich vor, wie er dieses Grinsen aus ihrem Gesicht verschwinden lassen würde. Aber sie war nicht sein Typ. Zu alt und zu fleischig.

»Guten Tag, Frau ...« Er las das Namensschild an ihrer weißen gestärkten Bluse. »Müller. Kann ich zu ihm?«

Sie überlegte kurz, dann sagte sie: »Er hatte zwar gerade Besuch, aber wenn seine Tochter nicht kommt ...« Sie ließ den Satz unbeendet.

»Der Herr, der gerade rauskam? Ist der nicht Polizist oder so was?«

Sie schüttelte nachsichtig den Kopf, als sei er ein Erstklässler. »Fast, aber nicht ganz. Er ist evangelischer Pfarrer. Polizeipfarrer.«

Ein evangelischer Polizeipfarrer? Was hatte das zu bedeuten?

»Wahrscheinlich haben Sie ihn mal irgendwo mit Polizisten zusammen gesehen und deshalb gedacht, er ist auch einer.«

Ihr Gequatsche begann, ihm auf die Nerven zu gehen. »Gut möglich. Dann geh ich mal zu ihm.« Er wartete keine weitere Antwort ab. »Den Weg kenne ich ja.«

Im Flur kam ihm eine Schwester entgegen. Sie trug eine Vase mit Blumen vor sich her wie eine Monstranz. Sie blieben vor derselben Tür stehen.

»Sie wollen zu Herrn Hartwig?«

In ihrer Stimme lag Missbilligung. Anscheinend hielt sie sich für seine Beschützerin.

»Er hatte gerade erst Besuch.«

Sogar mit einem Bein im Grab konnte er Frauen anscheinend immer noch für sich einnehmen.

Er fixierte sie kalt. »Garantieren Sie mir, dass er noch lebt, wenn ich später wiederkomme?«

Sie senkte den Blick. »Tut mir leid. Bitte.« Sie gab den Weg frei und machte kehrt. Er trat ein, ohne anzuklopfen.

Er blieb vor dem Bett stehen.

Die Gestalt unter dem weißen Laken war vollkommen ausgemergelt. Der Kopf war eine mit Haut überzogene Totenmaske. Hinter den geschlossenen Augenlidern bewegte sich nichts, kein Heben und Senken der Brust war auszumachen. Kuratz sog die Luft ein und suchte nach den ersten Geruchsmolekülen der beginnenden Verwesung.

Ein Röcheln ließ den Körper erzittern, die Augen in der Maske öffneten sich. Hartwigs Blick war so durchdringend wie eh und je. Der Blick, der sein Gegenüber mit einer Mischung aus Kälte, Boshaftigkeit und Hohn sezierte, die Kuratz immer noch schaudern ließ. Das war Hartwigs wirkliches Gesicht. Nicht das gewinnende Vertreterlächeln, das er nach Bedarf an- und ausknipsen konnte.

»Wurde auch Zeit.«

Seine Stimme war nur ein Krächzen, aber etwas von seiner alten Energie war noch da.

»Ich habe die Polizei am Hals.«

Die knochige Hand hob sich einen Zentimeter, dann fiel sie zurück auf die Bettdecke. »Idiot.«

Etwas in Kuratz verkrampfte sich. Warum redete er so mit ihm? So wie früher. Als er noch sein Gehilfe gewesen war, sein Lehrling. Lehrlinge durfte man so behandeln. Jetzt, nach all den Jahren, hatte Hartwig ihn herbeizitiert. Er war gekommen, na gut. Er hatte getan, was er von ihm verlangt hatte. Aber er war kein Lehrling mehr. Er verdiente etwas Respekt. Doch in den kalten Augen sah er nur Hohn.

»Was wollte dieser evangelische Pfaffe von dir?«

»Mir eine Freude machen.« Das triumphierende Lächeln schaffte es gerade noch bis zu den Mundwinkeln.

Erst jetzt bemerkte Kuratz die leeren Bilderrahmen neben dem Bett. Er starrte auf die acht Nägel in der Wand. Der Schock war wie ein kleines Erdbeben. Er musste sich am Bettgestell festhalten. »Wo sind die Fotos?«

Hartwig schwieg. Er sollte wohl raten.

»Der Kerl hat sie mitgenommen?«

Keine Antwort. Die Augen hatten sich wieder geschlossen. Nichts regte sich in dem totenbleichen Gesicht. Er musste genau hinsehen, um festzustellen, dass sich der Brustkorb noch hob und senkte.

»Der Kerl war bei deiner Tochter!«

Kuratz hatte nicht geschrien, aber Hartwig riss die Augen auf. Er wollte sprechen, aber es kam nur ein Gurgeln heraus. Mit einem tief aus dem Rachen kommenden raspelnden Geräusch würgte Hartwig etwas nach oben. Seine Augen befahlen Kuratz, ihm das Taschentuch vom Nachttisch zu geben. Widerwillig hielt er es ihm hin. Hartwig spuckte hinein.

Dann krächzte er: »Kümmere dich um ihn.«

Schon wieder ein Befehl. Er trat dicht ans Bett und beugte sich hinunter. Jetzt konnte er ihn riechen, den Geruch des Todes. »Ich lasse mich nicht mehr herumkommandieren. Das ist vorbei.«

Hartwig lächelte, auch wenn es kaum noch zu erkennen war. Er lächelte. Kuratz spürte, wie aus seinen Eingeweiden rotglühender Hass aufstieg. Er wollte dieses Lächeln auslöschen, nein, ausbrennen.

»Ohne mich hättest du deine Leichen weiter in Abwasserkanälen entsorgt. Und jetzt bist du fertig, und ich bin dran.« Er spuckte Hartwig die Worte förmlich ins Gesicht.

Hartwig atmete ein, als sammele er seine allerletzten Kräfte. Es rasselte in seiner Lunge. Dann drückte er sich einige Zentimeter aus den Kissen. »Du warst nie etwas anderes als ein Handlanger. Ich habe nie eine einzige Spur hinterlassen. Und du?« Erschöpft sank er zurück. »Der Pfarrer weiß alles.«

Und er hatte die Fotos. Mit den Namen drauf. Hartwig hatte ihn verraten! Dieses Dreckschwein ...

Er packte Hartwig an der Kehle. Der Kehlkopf war leicht

zu finden, da waren nur Haut und Knochen, alles morsch und spröde, wie die winzigen Hälse der Singvögel, die er als Kind gebrochen hatte. Mit zwei Fingern hätte er die Knorpel zerquetschen können. Aber wozu? Hartwig war schon tot.

Ihre Gesichter berührten sich fast. »Ich habe alles für dich getan – und für deine Tochter. Darum gehört sie jetzt mir. Aber ich tue ihr nichts. Vielleicht später. Ich fange mit etwas anderem an.«

Hartwig versuchte die Augen zu schließen, aber er zog ihm mit Daumen und Zeigefinger die Lider nach oben. Kuratz wollte es sehen. Hartwig hatte immer von diesem Nietzsche schwadroniert, irgendwas von einem Übermenschen. Aber er war kein Übermensch. Er war ein Nichts.

»Zuerst kommt das Baby. Dein Enkel. Er stirbt noch vor dir.«

Hartwig stöhnte auf.

Endlich – da war es, in seinen Augen! Hass, Entsetzen, Ohnmacht, Wut. Der ausgezehrte Körper bäumte sich auf, versuchte sich dem Griff an seiner Kehle zu entwinden. Aber da war nicht mehr genug Kraft. Der Lebensfaden war dünn gescheuert, es war nur noch eine Faser übrig.

Kuratz ertastete die Stelle, wo der Nervus recurrens auf beiden Seiten der Speiseröhre zu den Stimmbändern lief, und erhöhte den Druck gerade genug. Hartwig würde kein Wort mehr herausbringen. Dann ließ er von ihm ab und richtete sich auf.

»Ich gehe jetzt.« Hartwig wusste, wohin.

Er sah sich nicht mehr um. Als er auf den Flur hinaustrat, wartete die Pflegerin vor dem Schwesternzimmer. Er rief ihr zu, ihrem Schützling gehe es nicht so gut, nickte der Schwester am Empfang zu und verließ das Hospiz.

50

Martin Bauer zweifelte nicht an Gott, er zweifelte an den Menschen. Und an sich selbst.

Er hatte das Hospiz verlassen und war wie ferngesteuert auf die A59 gefahren. Der Weg über die Landstraße war kürzer, doch er wollte nicht anhalten. Schon an der ersten roten Ampel hatte er das Gefühl zu ersticken.

Als er die Ausfahrt zum Präsidium erreichte, fuhr er nicht ab, sondern weiter geradeaus, bis der Verkehr vor dem Kreuz Nord ins Stocken geriet. Bauer wechselte in kurzer Folge mehrfach die Autobahnen, um dem drohenden Stillstand zu entgehen, und landete auf der A2. Schon von Weitem sah er den künstlichen, hundertsechzig Meter hohen Berg. Er war einmal dort hinaufgestiegen, mit einer von Vaals geführten Karfreitagsprozession. Dann tauchte das Doppelbock-Fördergerüst von Prosper Haniel auf. Er nahm die nächste Ausfahrt, parkte am Fuß der Abraumhalde und lief los.

Doch schon an der Infotafel wurde ihm klar, dass er den Kreuzweg nicht gehen wollte. Die Ruhrgebietsvariante der *Via Dolorosa*, auf der Jesus sein Kreuz den Hügel Golgatha hinauf zu seiner Hinrichtung geschleppt hatte, führte über fünfzehn Stationen zum Gipfel der Halde. Die einzelnen Stationen waren aus Bergbaugerätschaften errichtet worden und symbolisierten den Leidensweg Christi. In Bauers erster Arbeitswoche als Polizeiseelsorger hatte der Monsignore eine Wallfahrt dorthin organisiert. Bauer hatte bei Vaals hospitiert, um einen Einblick in die neue Aufgabe zu bekommen. Den Kreuzweg ausgerechnet jetzt noch einmal zu gehen, wäre ihm vorgekommen wie ein Endpunkt, den er nicht setzen wollte. Noch bestand eine Chance, dass Vaals gefunden wurde. Selbst wenn Hartwig sein Wissen mit ins Grab nehmen würde, Verena Dohr war dem Entführer auf der Spur. Es gab immer noch Hoffnung. Nur fühlte Bauer sie nicht mehr. Zum ersten Mal in seinem Leben empfand er Hass.

Er brauchte Luft und einen weiten klaren Blick. An einer Gruppe verwunderter Ausflügler vorbei wechselte er ins Unterholz des Wäldchens, das sich hinter einer Infotafel den Berg hinaufzog. Er arbeitete sich verbissen voran, bis er auf einen Pfad stolperte, der schnurstracks hinauf zum Gipfel zu führen schien. Er folgte ihm und überquerte mehrfach den Kreuzweg, der sich in Serpentinen den Hang emporwand. Unter dem Gipfel hörte er einen Warnruf. Ein Mountainbiker kam ihm mit halsbrecherischer Geschwindigkeit entgegen. Bauer konnte gerade noch hinter einen Baum springen. Er begriff, dass er einen Downhilltrail hochkletterte. Er hatte Glück und schaffte den Rest des Wegs ohne weitere Beinahezusammenstöße.

Schwer atmend trat er aus dem Wald auf ein Plateau unterhalb der Kuppe. Vor ihm ragte ein aus alten Spurlatten gezimmertes Holzkreuz auf. Er überwand den letzten Anstieg hinauf zu der Kunstinstallation *Totems*. Wie die Zinken eines Windkamms standen über hundert Eisenbahnschwellen auf dem sichelförmigen Gipfelgrat der Halde. Oben angekommen, hockte Bauer sich in den Schatten einer der bunt bemalten Stelen.

Die Sicht reichte nicht so weit, wie er es gehofft hatte. Über der Region wölbte sich eine Dunstglocke, die am unteren Rand dunkel wurde. Ein Gewitter zog auf. Er blickte auf das Bergwerk hinunter und war froh, dass sich die Seilscheiben an der Spitze des Fördergerüsts drehten. Prosper Haniel war die letzte aktive Zeche im Ruhrgebiet. Wenigstens konnte keine der Frauen, deren Namen Hartwig auf die Fotos geschrieben hatte, in diesem Schacht liegen. Doch Bauer würde nie wieder einen Förderturm betrachten, ohne an verstümmelte Leichen denken zu müssen, an Menschen, die spurlos verschwunden, an Familien, die zerrissen worden waren. Würde der Mann, der so viele Morde begangen hatte, wirklich ungestraft davonkommen?

Wie hatte der Serienmörder all die Jahre unentdeckt bleiben können? Hatte wirklich niemand etwas gemerkt? Hartwigs Frau hatte sich umgebracht. Hatte sie es gewusst und war deswegen in den Kanal gegangen? Und was war mit der Tochter, Ute Hartwig? Die Bilder auf ihrer Webseite zeigten sie als glücklichen Menschen. Doch bei ihrer ersten Begegnung vor dem Hospiz hatte sie auf Bauer wie jemand gewirkt, der eine schwere Last trug. Sie hatte seit ihrer Kindheit keinen Kontakt mehr zu ihrem Vater gehabt. Hatte Hartwig sie an sein Sterbebett gerufen, um ihr das Wissen über seine Morde aufzubürden, wie er es bei dem Monsignore getan hatte? Wenn es so gewesen war, warum hatte sie das furchtbare Geheimnis bewahrt? Vaals war an die Schweigepflicht gebunden, aber sie? Warum schwieg sie? Ganz sicher nicht aus Liebe zu ihrem Vater. Aus Angst? Im Gespräch vor der Eisdiele hatte sie verängstigt gewirkt. Doch was konnte der sterbende Mann ihr noch tun?

Ihm kam ein Gedanke. Vielleicht fürchtete sie sich nicht vor ihrem Vater, sondern vor seinem Helfer! Vor dem Mann, der Vaals in Hartwigs Auftrag entführt hatte. Sie wusste, wer er war. Sie kannte ihn!

Bauer sprang auf. Wenn er recht hatte, schwebte Ute Hartwig auch in Lebensgefahr.

51

Ute Hartwig starrte ihn an.

»Ich muss Sie sprechen«, sagte Bauer. »Dringend!«

Sie wies auf sein Gesicht. »Sie bluten.«

Er ertastete eine Wunde über dem Jochbein. Er hatte die Halde auf demselben Weg verlassen, den er hinaufgeklettert war – nur sehr viel schneller. An einer besonders steilen Stelle des Downhilltrails war er ins Unterholz gerauscht. Dabei war sein Hemd zerrissen. Den Schnitt in seiner Wange hatte er gar nicht bemerkt.

»Das ist nur ein Kratzer.«

Sie widersprach: »Das muss versorgt werden, vielleicht sogar genäht.«

»Später.«

»Nein, sofort.«

Sie umfasste sein Handgelenk. Die Kraft ihres Griffs überraschte ihn. Sie zog ihn in die Wohnung. Die Tür zum Wohnzimmer stand offen. Das Baby lag auf einer Krabbeldecke. Es lutschte an einer Rassel. Ute warf einen kurzen Blick auf ihr Kind, dann dirigierte sie Bauer ins Bad und deutete auf den Wannenrand.

»Setzen Sie sich.«

Bauer ließ sich nieder. Als er sein Spiegelbild über dem Waschbecken sah, wunderte er sich, wie ruhig sie bei seinem Anblick blieb. Sein Gesicht war verklebt von Schmutz und Schweiß, das Blut aus der Wunde war über die Wange bis zum Hals gelaufen und hatte den Kragen seines zerfetzten Hemdes durchtränkt.

Sie nahm sterile Kompressen aus einem Verbandskasten und eine Flasche Wunddesinfektionsspray aus einem Schrank.

»Augen zu.«

Er kniff die Lider zusammen.

»Was ist passiert?«, fragte sie und besprühte ihn großzügig mit dem Desinfektionsmittel.

»Ich hatte es eilig.«

Sie wischte sein Gesicht mit einer Kompresse ab. Dabei ging sie nicht gerade zimperlich vor, doch ihre Bewegungen waren schnell und sicher. Offenbar wusste sie, was sie tat.

»Eilig, hierherzukommen?« Ihre Frage klang beiläufig.

»Ja.«

Sie stockte, aber nur kurz. Nach einer Weile sagte sie: »Sie können die Augen wieder aufmachen.«

Er sah sie an. Sie mied seinen Blick und begutachtete seine Wunde.

»Wenn Sie keine Narbe wollen, sollte man es nähen. Ich kann das machen.«

»Sie kennen sich mit Schnittwunden aus?«

Sie merkte, dass die Ärmel ihres Oberteils hochgerutscht waren und die feinen Narben auf ihren Armen freigaben, und zog sie wieder herunter. »Mit Dammschnitten. Und ich darf nähen – Hebammenberufsordnung Paragraph 2, Absatz 7. Also wenn Sie wollen, ich habe alles Nötige da.«

»Ein Pflaster reicht.«

»Okay.« Sie verarztete ihn sorgfältig. Danach wandte sie sich ab, um das Verbandszeug wegzuräumen, und fragte unvermittelt: »Ist mein Vater tot?«

»Vor zwei Stunden hat er noch gelebt. Aber er war dem Tod sehr nah.«

Sie wusch sich die Hände. Er sah ihr Gesicht im Spiegel, doch keine Reaktion in ihrer Miene. Das Baby meldete sich.

»Mein Sohn ist nicht gern allein.«

Sie verließ das Bad. Bauer folgte ihr ins Wohnzimmer. Ikea, geschickt kombiniert mit einigen schlanken Möbeln aus den Fünfziger- und Sechzigerjahren. Auf dem Sofa wartete ein Berg frisch gewaschener Wäsche darauf, gefaltet zu werden, auf dem Couchtisch stand benutztes Geschirr, Spielsachen und ein paar Mode- und Elternzeitschriften lagen auf dem Teppichboden. Die Unordnung einer jungen Mutter.

Sie gab dem Kleinen die Rassel, die ihm entglitten war, und hockte sich neben die Krabbeldecke. Prompt hörte er auf, sich zu beschweren, steckte das Spielzeug in seinen Mund und saugte mit lautem Schmatzen daran. Ein Lächeln erschien auf ihrem Gesicht. Doch als sie Bauer ansah, war es wieder verschwunden.

»Sie wollten mit mir sprechen.«

Er wies auf einen zierlichen Cocktailsessel. »Darf ich?«

Sie überhörte seine Frage. »Dringend, haben Sie gesagt. Worüber?«

Bauer setzte sich. »Über Ihren Vater.«

Sie schaute wieder zu ihrem Sohn. »Ich habe Ihnen alles erzählt: Er ist aus meinem Leben verschwunden, als ich noch ein Kind war, und ich wünschte, es wäre so geblieben.«

»Trotzdem waren Sie im Hospiz.«

»Sie haben mich angerufen. Auf seinen Wunsch.«

»Wann?«

»Vor drei Monaten, als er dort eingezogen ist. Aber es ging ihm nicht um mich. Er wollte nur seinen Enkel sehen. Keine Ahnung, wie er von Johannes erfahren hat.«

»Sie haben sich auf Ihrer Webseite in die Mutterschaft verabschiedet«, gab Bauer zu bedenken.

»Warum hätte er sich meine Webseite ansehen sollen?«

Er wusste darauf nichts zu sagen. »Haben Sie den Wunsch Ihres Vaters erfüllt?«

»Ich würde nie zulassen, dass er auch nur in die Nähe meines Kindes kommt. Lieber würde ich sterben.«

Bauer hatte keinen Zweifel, dass sie es ernst meinte. »Sie wissen, was er getan hat?«

Sie blickte ihn an. »Sie auch?«

»Er hat jahrelang Frauen verschleppt und umgebracht. Er ist ein Serienmörder.«

»Und ich bin seine Tochter«, fügte sie hinzu.

Es klang wie ein Geständnis. Was wollte sie ihm damit sagen? Er fragte nach. Sie saß nur stumm da. Ihr Sohn spielte auf der bunten Decke, und die tief stehende Sonne fiel ins Zimmer. Doch Ute Hartwig schien von einer Dunkelheit umgeben, die Bauer nicht durchdringen konnte. Er fühlte sich, als hätte er seinen Kompass verloren, sein Gespür für Menschen, auf das er sich immer verlassen hatte. Josef Hartwig hatte es ihm genommen. Nun fragte Bauer sich, ob er Mitleid mit der Tochter des Serienmörders haben sollte – oder Angst vor ihr.

»Seit wann wissen Sie es?«

»Ich glaube, seit ich acht bin ...«

»Acht?«, wiederholte Bauer. In diesem Alter war sie bei der Familienberatung gewesen.

»Aber ich habe es damals nicht begriffen.«

»Natürlich nicht. Sie waren ein Kind.«

Sie umfasste mit einer Hand ihren Unterarm, als suchte sie Halt, und strich unbewusst mit dem Daumen über die feinen Narben. »Es war vollständig aus meinem Kopf verschwunden. Aber es hat mich immer verfolgt. Wie eine schwarze Wolke. Ich habe gelernt, sie auf Abstand zu halten, und als Johannes auf die Welt kam, ist sie verschwunden. Ich war so glücklich. Dann ist mein Vater wieder aufgetaucht ...« Sie verstummte abermals.

»Frau Hartwig, ich glaube, Ihr Vater hat Vaals entführen lassen. Haben Sie eine Ahnung, wo der Monsignore jetzt sein könnte?«

»Nein. Ich weiß es wirklich nicht.«

»Kennen Sie den Entführer?«

Sie rührte sich nicht.

»Wenn Sie wissen, wer er ist, müssen Sie es mir sagen! Bitte!«

»Ich ... kann nicht.«

»Er ist ein gefährlicher Mann. Vor zwei Monaten hat er einen Reporter namens Julian Slomka getötet. Ich verstehe, dass Sie Angst haben, aber ...«

Sie sprang auf und schrie ihn an. »Sie verstehen gar nichts!«

Der Kleine begann zu weinen. Sie hob ihn auf und wiegte ihn in den Armen. Sofort wurde er wieder ruhig.

»Erklären Sie es mir«, sagte Bauer. »Ich kann Ihnen helfen.«

Ihre Miene spiegelte einen Kampf wider, den sie mit sich selbst ausfocht.

»Ich bin an das Seelsorgegeheimnis gebunden«, fuhr er fort. »Wenn Sie mir etwas anvertrauen, darf ich mit niemandem darüber sprechen.«

Sie sah ihn zweifelnd an. »Sie arbeiten für die Polizei.«

»Mit niemandem, es sei denn, Sie wollen es.«

Sie schwieg. Er ließ ihr Zeit. Mehr konnte er nicht tun. Plötzlich schloss sie die Augen, als müsste sie einen

Schmerz überwinden. Als sie sie wieder öffnete, schien sie eine Entscheidung getroffen zu haben. Mit ihrem Sohn auf dem Arm ging sie zu einem Sideboard und holte eine Blechschachtel hervor. Das bunte Blumenmuster war zerkratzt, die Farbe an den Rändern abgeplatzt. Sie öffnete den verbeulten Deckel, in den der Schriftzug ›Bahlsen‹ geprägt war. Eine alte Keksdose, es lagen Briefe darin. Auf dem obersten stand in verblasster Kinderschrift der Empfänger, *Ingrid Hartwig*, der Name ihrer Mutter, versehen mit dem Vermerk *Einschreiben*, jedoch ohne Adressangabe. Bauer konnte auch den Absender entziffern: *Vom Finanzamt*.

»Haben Sie die Briefe geschrieben?«, vermutet er. »An Ihre Mutter, nachdem sie gestorben war?«

Ute nickte.

»Möchten Sie, dass ich sie lese?«

Ihre Miene verriet, dass das ihre Idee gewesen war. Doch plötzlich schien sie sich nicht mehr sicher. Sie machte keine Anstalten, die Blechschachtel aus der Hand zu geben.

»Ich glaube, Sie müssen es erst sehen«, sagte sie leise.

Sie fuhr voraus. Er hatte keine Ahnung, wohin. Sie hatte ihren Sohn in den Maxi-Cosi gepackt, die Babyschale auf dem Beifahrersitz ihres kleinen Peugeots angegurtet und Bauer angewiesen, ihr zu folgen. Als er in seinen Wagen gestiegen war, hatte er sich gefragt, warum sie ihn nicht in ihrem Auto mitnahm. Ging sie davon aus, dass er nicht mit zurückkommen würde? Er hoffte, dass am Ende der Fahrt kein stillgelegter Schacht auf ihn wartete. Oder ein Mann, der nach Verwesung roch.

Für knapp zwei Kilometer ging es in südlicher Richtung, dann bogen sie nach Westen ab. Sie kreuzten die A3. Keine Minute später passierten sie das Ortsschild Duisburg-Neudorf. Bauer spürte, wie seine Pulsfrequenz stieg. Hier hatte Julian Slomka gewohnt.

Sie näherten sich der Seitenstraße, in der Slomkas Wohnung lag. In der Erwartung, dass Ute abbiegen würde, ging Bauer vom Gas. Doch sie fuhr weiter. Im dichter werdenden Stadtverkehr war es schwierig, den kleinen Peugeot nicht aus den Augen zu verlieren. Bauer überfuhr mehrere Ampeln, als sie schon von Orange auf Rot umschlugen. Dennoch gelang es ihm erst in Hochfeld, wo die Fahrbahn vierspurig wurde, sich wieder hinter Utes Wagen einzufädeln.

Sie überquerten den Rhein, und die Sonne tauchte in ein Wolkenfeld ab, das vom Horizont herankroch. Auf der anderen Seite des Flusses ging die Straße in eine Allee über. Wenig später rollten sie auf den Marktplatz von Hochemmerich zu. Dort bog Ute abermals ab. An einer Seite des Platzes standen sich zwei identische Klinkerhäuschen gegenüber. Das erste beherbergte einen Kiosk. An einem Stehtisch tranken einige ältere Männer Flaschenbier. Ute Hartwig parkte neben dem anderen Häuschen. Bauer hielt hinter ihr und stieg aus.

Die Luft lag schwer auf der asphaltierten Freifläche. Nur wenige Menschen waren zu sehen. Sie hasteten auf das angrenzende Einkaufszentrum zu, vermutlich um kurz vor Ladenschluss letzte Besorgungen zu machen. Im Licht des aufziehenden Gewitters wirkten die Kanten des Gebäudes unangenehm scharf. Aber Bauer war froh, keinen Förderturm zu sehen.

Ute Hartwig ließ die Seitenscheiben zwei Fingerbreit hinunter, bevor sie ihre Tasche nahm, aus dem Auto kletterte und es abschloss. Ihr Sohn war in der Babyschale eingeschlafen.

»Lassen Sie den Kleinen im Auto?«, fragte Bauer.

»Vor der nächsten Mahlzeit wird er nicht wach«, erklärte sie und fügte leiser hinzu: »Außerdem nehme ich mein Kind ganz sicher nicht mit dort hinunter.«

Hinunter? Bauers Erleichterung verschwand.

»Wo bleiben Sie?«, hörte er sie rufen.

Er lief um das Haus herum. Sie steckte gerade einen Schlüssel ins Sicherheitsschloss einer doppelflügeligen Eingangstür und zog sie auf. Dahinter führte ein schmaler Abgang in die Tiefe. Bauer sah Ute fragend an.

»Mein Vater war Vertreter«, sagte sie, als wäre dies eine Erklärung. »Er hat hier Lagerräume gemietet.«

Bauer erinnerte sich an Hartwigs Geschäftsadresse, die er im Melderegister entdeckt hatte. »In einem Tiefkeller?«

»Es ist ein alter Bunker. Die Bundesanstalt für Immobilienaufgaben vermietet so was. Als ich meinen Vater im Hospiz besucht habe, hat mir die Leiterin seine Post mitgegeben. Darunter war die Kündigung des Mietvertrags. Ende des Jahres wird der Bunker verkauft.«

Bauer musterte sie. Sie wirkte angespannt. Die entscheidende Frage hatte sie immer noch nicht beantwortet.

»Was ist da unten?«

Wortlos wandte sie sich ab, trat in den engen Vorraum und betätigte einen alten Drehschalter. Eine Lampe mit einem Schlagschutzgitter warf trübes Licht auf die Treppe. Ute blickte Bauer an.

»Gehen Sie vor?«

Als er die Stufen hinunterstieg, zog sie die Tür ins Schloss und folgte ihm. Sie erreichten den Absatz am Fuß der Treppe. Eine Stahltür versperrte den weiteren

Weg. Sie hatte kein Schloss, stattdessen einen rostigen Griff. Bunker verriegelte man von innen. Die schwere Tür kreischte in den Angeln, als Bauer sie aufzog. Dahinter lag ein langer, gewölbter Gang, kaum drei Meter breit. An der Decke verlief ein verstaubter Kabelstrang, unterbrochen von Bunkerlampen, von denen nur wenige funktionierten.

Bauer wandte sich um. Ute bedeutete ihm, weiterzugehen. Vorsichtig schritt er im Halbdunkel voran. Alle paar Meter musste er den Kopf einziehen, um nicht gegen die Lüftungsrohre zu stoßen. Vom Gang zweigten offene Nischen ab, in denen alte Bänke am Betonboden festgeschraubt waren. Dann folgte eine Reihe Stahltüren. An einer hing ein massives Vorhängeschloss.

Sie hielt ihm den Schlüssel hin. Ihre Hand zitterte. Er schloss auf. Die Tür schwang geräuschlos zurück. Dahinter war alles dunkel. Er trat durch die Tür und tastete nach dem Lichtschalter. Rotes Licht flutete den Bunkerraum.

Die Wände waren vom Boden bis zur Decke mit Fotos bedeckt. Fotos von nackten Frauenkörpern. Körpern mit unzähligen klaffenden blutigen Wunden, aufgerissenen Mündern, verzerrten Gesichtern und verdrehten Gliedern. Sekundenlang weigerte sich sein Gehirn zu akzeptieren, was er sah. Er wich zurück, stieß gegen eine Werkbank, wankte. Sein Blick floh vor entsetzlichen Bildern, nur um auf Rasiermesser, Cutter, Skalpelle und andere Schneidewerkzeuge zu treffen, die in einer geöffneten Ledertasche lagen. Er stolperte über eine Kiste mit Elektroschockern, fing sich an der Wand ab und fand sich Auge in Auge mit dem puren Grauen wieder.

Mühsam brachte er sich wieder unter Kontrolle und trat zurück in die Mitte des Raums.

Hartwig hatte von jedem seiner Opfer Hunderte Aufnahmen gemacht. Er hatte jeden Schnitt, jedes Stadium der Folter und des Sterbens dokumentiert. Es gab acht Gruppen von Bildern – für acht Opfer. Im Zentrum befand sich jedes Mal die Aufnahme eines Förderturms. Es waren die Fördertürme, mit denen Hartwig sein Hospizzimmer dekoriert hatte. Drei Wände waren vollständig bedeckt, an der vierten Wand endete die grausige Collage. Dort klebte nur das Foto eines weiteren Förderturms. Bauer trat näher heran.

Dieser Turm hatte nicht in Hartwigs Zimmer gehangen. An der Spitze des stählernen Gerüsts war ein Schild zu erkennen. Bauer aktivierte die Taschenlampenfunktion seines Smartphones und entzifferte die Aufschrift: *Fürst Leopold Dorsten*. Offenbar hatte Hartwig das Grab für sein nächstes Opfer schon gefunden, bevor die MS-Erkrankung ihn in den Rollstuhl gezwungen und seine Pläne durchkreuzt hatte.

Er spürte eine Berührung am Arm und fuhr herum. Das Smartphone entglitt ihm und landete mit einem hässlichen Knacken auf dem Betonboden. Ute Hartwig stand hinter ihm. Sie hatte Tränen in den Augen.

»Ich bin auch eine Mörderin«, flüsterte sie.

Dann griff sie in ihre Tasche.

52

Liebe Mutter,

hättest du mich damals doch nur mitgenommen, mir auch Steine in meine Taschen gesteckt, mich festgehalten und mit dir hinab in den Kanal gezogen. Ich habe es heute selber versucht, ich stand schon mit Johannes am Ufer, mit meinem kleinen Sohn, der für all das nichts kann. Er hat sich seine Mutter nicht ausgesucht, so wie ich mir meinen Vater nicht ausgesucht habe. Trotzdem bin ich schuld.

Ich habe die ganze Nacht nicht geschlafen. Ich weiß nicht, ob ich je wieder schlafen werde. Wie soll das gehen mit diesen Bildern in meinem Kopf? Ich bin an den Schrotthafen gefahren, es war noch dunkel. Es ist nicht weit, nur fünf Minuten mit dem Auto, und das Hafenbecken ist tief. So früh war noch niemand dort. Johannes war auf der Fahrt wieder eingeschlafen. Ich muss ihn nur ins Auto setzen und den Motor starten, schon fallen ihm die Augen zu. Er hat so schöne Augen! Ich habe ihn umgeschnallt und die Gurte festgezogen, so fest, dass er davon aufgewacht ist und gekeckert hat. Ich weiß nicht, wie ich es anders nennen soll, er macht das immer, wenn ihm etwas nicht gefällt, und klingt dann wie ein schimpfender Spatz. Es war das erste Geräusch, das ich von ihm gehört habe, gleich nachdem ich ihn auf die Welt gebracht habe. Ich musste so lachen. Es kommt mir vor, als wäre das in einer anderen Welt gewesen, in die ich nicht zurückkann. Ich bin jetzt in der Welt meines Vaters.

Gleich hinter dem Zaun vom Schrottplatz lag eine rostige Kette, vielleicht von einem Schiff, ich habe sie unter dem Maschendraht herausgezogen. Ich habe sie um mich und Johannes gewickelt und bin zum Ufer gegangen und habe mich auf die Kaimauer gestellt, ganz an die Kante, und habe aufs Wasser runtergeguckt. Es war schwarz, bestimmt nur, weil es noch dunkel war. Es sah so kalt aus. Johannes hasst doch alles, was kalt ist, ich muss meine Hände immer unter die Achseln klemmen, bevor ich ihn wickele. Ich habe es nicht fertiggebracht zu springen, es ging einfach nicht, ich stand da wie gelähmt, keine Ahnung, wie lange. Dabei hätte ich mich nur nach vorn fallen lassen müssen. Dann hat Johannes angefangen zu weinen. Es war seine Zeit, und er hatte seinen Kopf direkt an meiner Brust. Wenn er die Milch riecht, lässt er sich nicht mehr beruhigen. Ich habe die Kette wieder abgemacht und ins Wasser geworfen, meine Hände waren ganz schmutzig von dem Rost, es sah aus wie getrocknetes Blut. Ich habe Johannes aus der Trage genommen und gestillt, und als er satt war, hat er mich angelächelt. Da bin ich zurück nach Hause gefahren.

Jetzt liegt er auf seiner Decke, und ich schreibe dir. Er ist ein Traumkind. Ja, ich habe von ihm geträumt, in den letzten Jahren immer wieder. Von Anfang an habe ich gedacht, er möchte, dass es mir gut geht. Darum versucht er, das beste Baby auf der Welt zu sein. Er weiß ja nicht, was ich getan habe.

Bei meinem Vater war das anders. Er wollte, dass ich es weiß. Er hat es mir gezeigt, ein paar Monate, nachdem wir von ihm weggegangen und zu Opa und Oma gezogen waren. Ich war so froh. Dann stand er eines Tages nach der Chorprobe vor der Kirche. Er sagte, ich sei seine Tochter und damit ich begreife, was das heiße, müsse er mir etwas zeigen. Er nannte es seine Dunkelkammer. Das Wort machte mir Angst. Aber er hat mich einfach in sein Auto gesteckt und ist losgefahren. Wenn ich gewusst hätte, wohin, wäre ich rausgesprungen. Was ich dann gesehen habe, da unten in seinem Bunker, war so furchtbar, dass ich es nicht aushalten konnte. Mein Kopf hat es einfach gelöscht und danach war dieser Tag für mich wie ein schwarzes Loch. Ich konnte mich an nichts erinnern. Nur dieses furchtbare Gefühl ging nie mehr weg.

Dann hast du dich umgebracht, und alle haben gedacht, dass ich deswegen so verstört war. Irgendwann habe ich es selbst geglaubt, und auf einmal hatte ich etwas, wogegen ich kämpfen konnte: dich. Ich wollte raus aus dem schwarzen Loch, ich wollte mein eigenes Leben, eins, das nichts mit dir zu tun hatte. Und ich habe es mir geholt, Stück für Stück. Es hat dreißig Jahre gedauert. Erst, als ich selbst Mutter wurde, habe ich geglaubt, ich hätte es geschafft. Ich war so glücklich. Ich habe nichts mehr von der Dunkelheit gespürt, für die ich dich all die Jahre verantwortlich gemacht hatte.

Mama, es tut mir so leid! Ich habe dir die Schuld gegeben, dabei konntest du nie was dafür. Aber das wusste ich nicht mehr, es war ja alles weg. Jetzt ist es wieder da.

Vor ein paar Tagen habe ich einen Anruf aus einem Hospiz bekommen. Sie haben mich informiert, dass Vater da eingezogen ist. Sie haben gesagt, er hat Krebs im Endstadium und er möchte mich sehen. Weißt du, was ich gedacht habe? Mein Vater stirbt, der Krebs frisst ihn auf – gut so! Genau das habe ich gedacht. Und mich dafür geschämt.

Am nächsten Tag habe ich Johannes zu Sebastian und Denis gegeben. Die beiden sind meine Nachbarn, sie leben zusammen und sind ganz vernarrt in ihn. Er liebt sie, und ich finde es wichtig, dass er Kontakt zu Männern hat.

Ich bin ins Hospiz gefahren. Ich war fest überzeugt, es würde mir nicht das Geringste ausmachen. Dann habe ich ihn gesehen, nach dreißig Jahren, und es war, als ob mir jemand die Kehle zudrückt. Ich habe mir eingeredet, sein Anblick wäre schuld. Er sah aus wie der Tod.

Ich stand da und habe ihn angestarrt. Er hat nur einen einzigen Satz gesagt: Ich will meinen Enkel sehen. Dabei hat er gelächelt, das hat mich noch mehr erschreckt, und plötzlich war da dieser furchtbare Gedanke, dass er sich mein Kind holen will. Ich bin aus dem Zimmer gerannt und habe der Frau am Empfang gesagt, sie soll mich erst wieder anrufen, wenn mein Vater tot ist. Es war mir egal, was sie von mir denkt. Sie hat mir Vaters Post gegeben und gemeint, das seien Angelegenheiten, um die man sich kümmern müsse, man könne das einem Sterbenden nicht zumuten. Ich bin so schnell nach Hause gefahren, wie ich konnte. Ich hatte solche Angst, dass Johannes nicht mehr da ist, aber er war noch da und ich wollte ihn überhaupt nicht mehr loslassen. Sebastian und Denis haben gemerkt, wie fertig ich war. Sie sind die besten Freunde, die man haben kann. Denis hat mir Kaffee gekocht, Sebastian hat mit Johannes gespielt, und ich habe die Post durchgesehen. Ich wollte das loswerden, ich wollte meinen Vater wieder loswerden.

Ich wünschte, ich hätte dieses Schreiben nie geöffnet. Aber es sah wichtig aus, Bundesamt für Immobilienaufgaben stand auf dem Absender. Es enthielt die Kündigung für Vaters altes Warenlager und die Aufforderung, die Mietsache bis zum Jahresende zu räumen. Ich hätte noch Monate Zeit gehabt. Doch Denis meinte, ich solle mich gleich darum kümmern, es ließe mir ja doch keine Ruhe.

Als ich vor dem Klinkerhäuschen stand, wusste ich sofort, ich war schon einmal dort gewesen, an dem Tag, als er mich geholt hat. Es hat sich angefühlt wie ein Alptraum, aber es war keiner. Ich war wieder acht Jahre alt. Ich bin denselben Weg gegangen – die Treppe runter in den alten Bunker. Mit jedem Schritt wurde meine Angst größer und meine Erinnerung deutlicher. Dann stand ich vor dem Raum. Ich habe die Tür aufgemacht und bin reingegangen und habe wieder diese Bilder gesehen, die Fotos von den Leichen, es waren noch viel mehr geworden, und da habe ich begriffen, dass mein Vater all diese Frauen umgebracht hat.

Ich wollte weglaufen, aber plötzlich war dieser Mann hinter mir. Ich habe keine Ahnung, wie er davon erfahren hat, aber er wusste alles. Er hat mich angeschrien, dass mein Vater seine Mutter umgebracht habe, und dass er jetzt endlich die Beweise hat und er nicht zulässt, dass ich sie vernichte. Dabei wollte ich das gar nicht! Ich wollte nur raus, doch er hat gebrüllt, er ruft jetzt die Polizei, und mich gepackt, und dann lag er plötzlich vor mir auf dem Boden, und ich hatte einen Elektroschocker in der Hand.

Ich habe seinen Puls gefühlt, aber da war keiner mehr, ich habe versucht, den Mann zu reanimieren, sein Herz wieder zum Schlagen zu bringen, ich habe gepumpt, bis ich nicht mehr konnte, aber es hat nichts genutzt.

Er war tot, Mama, ich hatte ihn umgebracht.

Ich wusste nicht, was ich machen sollte. Ich hatte nur einen Gedanken: Ich darf mein Kind nicht im Stich lassen.

Ich war so verzweifelt – da bin ich zu ihm gegangen, ins Hospiz.

Er hat gesagt, er schickt mir jemanden. Es hat sich fast angehört, als wäre er stolz auf mich.

Sein Freund kam in der nächsten Nacht. Er roch wie ein Toter. Ich habe getan, was er verlangt hat. Wir haben die Leiche geholt und sie zu einem alten Bergwerk gebracht. Er hatte die Schlüssel, und er konnte den Fahrstuhl bedienen. Wir sind tief hinuntergefahren und haben die Leiche auf den Boden gelegt. Er hatte Vaters Messer aus dem Bunker mitgenommen und hat mir eins gegeben. Ich habe in die Haut geschnitten wie früher in meine Arme. Meine Schnitte waren präziser als seine, und das hat ihn geärgert. Er hat den Honig auf die Leiche gegossen und gesagt, dass ich wäre wie mein Vater und dass es in meinen Genen steckt.

Er hat recht.

Mama, ich weiß nun, warum du nicht mehr leben wolltest. Du hast es rausgefunden. Vielleicht hat er es dir auch gezeigt, so wie mir. Und vielleicht hast du mich danach angesehen und nach einer Ähnlichkeit zu ihm gesucht, denn das habe ich bei meinem Sohn gemacht, als ich wieder nach Hause kam. Dann habe ich ihn aus seinem Bettchen genommen und bin zum Hafen gefahren.

Aber ich konnte es nicht tun.

Ich weiß nicht, wie ich weiterleben soll.

Bauer ließ den Brief sinken. Ute kauerte an der Wand, den Kopf auf den Knien, hinter ihr die schrecklichen Bilder, zu ihren Füßen das Blechkästchen, das sie aus ihrer Tasche geholt hatte. Er setzte sich neben sie und berührte sanft ihren Arm. Sie schaute auf.

»Ich bin eine Mörderin«, wiederholte sie.

»Nein, das sind Sie nicht. Sie sind nicht wie Ihr Vater. Und Ihr Sohn wird es auch nicht sein.«

»Sie wollen, dass ich mich stelle.«

Wollte er das? Er dachte an den alten Mann, dessen

Frau von Josef Hartwig verschleppt und ermordet worden war und dessen Sohn fünfzehn Jahre später ebenfalls getötet worden war – von Hartwigs Tochter. Ute hatte nicht vorsätzlich gehandelt, sie hatte keinen Mord begangen. Dennoch war Julian Slomka durch ihre Hand gestorben.

»Ja, ich glaube, das sollten Sie tun«, sagte Bauer.

»Aber dann muss ich ins Gefängnis.«

»Ich weiß es nicht. Ich bin kein Jurist.«

»Was wird dann aus meinem Sohn? Er hat nur mich.«

»Es gibt Mutter-Kind-Einrichtungen im Strafvollzug«, erklärte Bauer.

»Johannes würde mit mir eingesperrt?«

»Er wäre bei Ihnen.«

Sie schwieg.

Er erhob sich. »Kommen Sie, Ich bringe Sie zu Ihrem Wagen.«

»Und dann?«

»Fahren Sie mit Ihrem Sohn nach Hause, und ich rufe Hauptkommissarin Dohr an.«

Sie zögerte.

Er hielt ihr den Brief hin. »Von mir wird sie davon nichts erfahren. Das liegt bei Ihnen.«

Sie nahm den Brief und legte ihn zurück in die Keksdose. Er sah sich nach seinem Handy um. Es war unter die Werkbank gerutscht. Er ging auf alle viere, um es aufzuheben. Das Display war zersplittert. Plötzlich roch er etwas. Es war nur ein Hauch, kaum wahrnehmbar: Verwesungsgeruch. Wo kam er her? Die Werkbank stand an der Wand, dicht unter der Arbeitsplatte entdeckte Bauer ein Lüftungsgitter. Hatte Hartwig mehr als nur Fotografien von seinen Opfern hier unten versteckt? Vielleicht in einem der anderen Räume?

Ute Hartwig schrie auf. Plötzlich begriff er, woher der Geruch kam. Er wollte aufspringen, doch etwas bohrte sich in seinen Nacken, und dicht neben seinem Ohr ertönte ein elektrisches Knistern. Im nächsten Moment verkrampften sich alle Muskeln in seinem Körper und zerrten mit einer Gewalt an den Knochen, dass er meinte, sie würden brechen. Blitze explodierten vor seinen Augen, und er schlug auf dem Boden auf. Der Leichengeruch vermischte sich mit dem Gestank von verbranntem Fleisch. Nach endlosen Sekunden verstummte das knisternde Geräusch. Er hatte noch nie solche Schmerzen empfunden. Wieder schrie Ute auf, aber er konnte sich nicht bewegen und sah nicht, was passierte. Er hörte einen kurzen Kampf, die Schreie gingen in ein Stöhnen über, gefolgt von einem Geräusch, als würde etwas Weiches zu Boden sacken, danach sekundenlang nichts. Dann ein Klirren von Metall, kurz darauf ein Atmen wie unter Kraftanstrengung. Schwere Schritte entfernten sich, und es wurde still.

Gelähmt starrte Bauer auf das Bild des Schachts *Fürst Leopold*. Wie lange, wusste er nicht. Nur nach und nach lösten sich die Krämpfe in seinen Muskeln. Schließlich schaffte er es, sich auf den Rücken zu rollen und den Kopf zu wenden. Er war allein, Ute Hartwig war fort. An der Stelle, wo sie gehockt hatte, lag eine Spritze mit heruntergedrücktem Kolben.

Bauer brauchte mehrere Anläufe, um auf die Beine zu kommen. Sie fühlten sich taub an. Er stakste zur Tür. Sein Blick fiel auf die Werkbank. Die Tasche mit den Messern war verschwunden.

Er wankte aus dem Klinkerhäuschen ins Freie. Utes Auto war nicht mehr da. Hartwigs Helfer hatte sie und ihr Kind mitgenommen. Er würde dort weitermachen, wo

Hartwig aufgehört hatte. Ein Bild tauchte vor Bauer auf. Die Aufnahme des Schachts, den Hartwig für sein nächstes Opfer vorgesehen hatte. Es war eine Chance. Vielleicht die einzige.

Er stieg in seinen Wagen und wollte zurücksetzen, doch hinter ihm stand eine Politesse, die gerade das Kennzeichen eines Lieferwagens in ihr Datengerät eingab.

Er ließ die Seitenscheibe herunter. »Hallo? Hallo!«

Die Politesse tippte seelenruhig weiter. »Keine Sorge, Sie sind auch gleich dran.«

»Ich habe eine dringende Nachricht für die Kripo! Für Hauptkommissarin Dohr, KK 11.«

Sie blickte ihn skeptisch an. »Ist klar. Und darum soll ich Sie ohne Verwarnung davonkommen lassen, richtig?«

»Mein Name ist Bauer, ich bin Polizeiseelsorger. Sagen Sie ihr: Dorsten, Zeche *Fürst Leopold*, der Entführer ist dort.«

»Entführer?«

»Ja. Geben Sie das weiter. Bitte!«

Dann trat er aufs Gas.

53

Verena Dohr wartete auf die versprochene Abkühlung. Obwohl das Fenster und die Tür ihres Dienstzimmers weit offen standen, bewegte sich die Luft keinen Millimeter.

Sie hatte Kuratz noch auf dem Rückweg in die Fahndung gegeben. Als Zeugen, mehr konnte sie im Moment nicht tun. Coenes hatte das anschließende Schweigen nur einmal unterbrochen. Kuratz und sein trautes Heim müssten für jeden Profiler ein absoluter Leckerbissen sein. Um die verstörenden Bilder aus dem Kopf zu bekommen, hatte Dohr irgendwann das Autoradio eingeschaltet. Die Lokalnachrichten wiederholten die Öffentlichkeitsfahndung nach Vaals, dann hatte der Sprecher Gewitter und einen damit einhergehenden Rückgang der Temperaturen angekündigt. Als sie vor dem Präsidium aus dem Wagen stiegen, zogen von Westen her die ersten dunklen Wolken auf.

Herwig und Aast überprüften immer noch Hinweise aus der Bevölkerung. Also würden sie und Coenes sich vorerst allein mit Horst-Heinz Kuratz befassen. Nachdem sie die Arbeitsaufteilung besprochen hatten, zog sich Coenes in ihr Dienstzimmer zurück.

Eine halbe Stunde später wusste Dohr, dass Kuratz vor über dreißig Jahren wegen Tierquälerei zu dreißig Tagessätzen à fünfzig D-Mark verurteilt worden war. Ganze siebenhundertfünfzig Euro für eine Katze, die er in der Mikrowelle zu Tode gefoltert hatte. Das war üblich, obwohl §17 des Tierschutzgesetzes dafür Haftstrafen von bis zu drei Jahren vorsah. Aber im Strafgesetzbuch wurden Tiere nach wie vor als Sache eingestuft. Sie zu quälen war ›nur‹ eine Sachbeschädigung.

Weitere Strafanzeigen oder Vorstrafen fanden sich unter seinem Namen nicht. Kuratz hatte aus seiner Verurteilung anscheinend gelernt, vermutlich in erster Linie, sich nicht erwischen zu lassen. Denn Sadisten hörten nicht einfach auf, Sadisten zu sein. Irgendwann war er anscheinend auf die geniale Idee gekommen, seine Perversion zum Beruf zu machen. Es stellte sich nur die Frage, ob Kuratz auf Dauer damit zufrieden gewesen war, Tiere zu quälen.

Unvermittelt fuhr ein Windstoß durch das offene Fenster und riss die Zettel, die sie gerade beschrieben hatte, vom Tisch. Die Wolken hatten sich zusammengeballt, doch die Elektriziät der düsteren Masse entlud sich noch immer nicht. Das Gewitter kam genauso wenig voran wie ihre Recherche. Sie schloss das Fenster, hob die Zettel auf und sah auf die Uhr. Zeit, Feierabend zu machen. Sie wählte Aasts Nummer.

Eine näselnde Stimme meldete sich. Aasts Schleimhäute mussten völlig zugeschwollen sein. Er ließ seiner Frustration freien Lauf. Er und Herwig hatten nur Nieten gezogen, dafür aber eine Kollektion von Neidern, Missgünstigen und Halbverrückten kennenlernen dürfen. Es musste wirklich schlimm gewesen sein, denn Schimpftiraden und Sarkasmus entsprachen eigentlich nicht dem Naturell des Oberkommissars. Herwig war nicht weniger frustriert. Aber die beiden waren Profis. Sie wussten, dass in dem unappetitlichen Heuhaufen, in dem sie herumstocherten, vielleicht der eine Hinweis versteckt war, der Vaals' Leben retten konnte. Aber für heute reichte es.

»Ihr braucht nicht mehr herkommen, fahrt gleich nach Hause. Wie sehen uns morgen.« Dann bat sie Coenes, zu ihr herüberzukommen.

Coenes hatte einiges über den Background des Schädlingsbekämpfers zusammengetragen.

Kuratz stammte aus einem Dorf in Schleswig-Holstein. Geschwister hatte er keine. Als der Schweinemastbetrieb seiner Eltern in Konkurs ging, war Kuratz elf. Der Junge kam zu seiner Großmutter. Die Eltern mieteten ein leer stehendes Gehöft in der Nähe von Rostock und eröffneten eine Tierpension. Der Junge war anscheinend nur in den Ferien bei ihnen. Die Pension wurde ein Jahr später wegen

»eines Vorkommnisses« wieder geschlossen. Mehr hatte der Kollege vom lokalen Polizeiposten auf die Schnelle nicht rausfinden können.

»Das hast du alles in einer Stunde ausgegraben?« Verena lächelte anerkennend. »Das reicht für heute. Mach Schluss und fahr nach Hause. Leg die Füße hoch. Oder koch dir was Vegetarisches.«

Coenes sah sie prüfend an. »Und du? Schläfst du wieder hier?«

Verdammte weibliche Intuition. Verena wollte nicht lügen, aber sie wusste auch nicht, was sie antworten sollte. Elmar hatte ein Dutzend Mal angerufen, sie hatte ihn jedes Mal weggedrückt.

»Schon gut. Geht mich nichts an.« Coenes Stimme klang wieder reserviert.

»Nein, ist okay.« Es jemandem zu erzählen, hätte gutgetan. Aber es ging nicht. Sie war Dienstgruppenleiterin. Zu große persönliche Nähe konnte schnell zu Problemen führen.

»Ich mache auch bald Feierabend«, log sie. Vielleicht würde sie später in ein Hotel gehen. Vorher ein paar Sachen einkaufen. Oder sie fuhr nach Hause und holte das Nötigste. Vielleicht war Elmar nicht da. Vielleicht doch.

Coenes sah sie abwartend an. Anscheinend hatte sie nicht die Absicht nach Hause zu gehen. Also gut.

»Wir müssen das Haus durchsuchen.«

Die Oberkommissarin zog überrascht die Augenbrauen hoch. »Dann musst du aber Hauptkommissar Karman einweihen.«

»Und Lutz, ich weiß. Aber es geht nicht mehr anders.« Sie sah auf ihre Uhr. Der Polizeidirektor war um diese Uhrzeit längst zu Hause. »Morgen früh, direkt als Erstes.«

»Gut.« Coenes wirkte erleichtert. »Glaubst du, er lebt noch?«

Sie wusste natürlich, von wem die Oberkommissarin sprach. Was sollte sie darauf sagen?

Coenes kam ihr zuvor. »Dass der Entführer sich nicht meldet, ist nicht gut.«

»Richtig. Aber vielleicht wartet er nur ab. Schließlich hat er Kontakt aufgenommen. Er hat das Bedürfnis sich zu erklären und zu rechtfertigen.«

Coenes legte die Stirn in Falten. »Oder er legt eine falsche Spur.«

Die Tür wurde aufgestoßen, Hauptkommissar Karman stürmte herein und baute sich mit einem Post-it in der Hand vor Verena auf.

»Das ist jetzt mein Fall, verflucht!« Sein Gesicht war rot vor Zorn.

Hatte er sie erwischt? Verena blieb ruhig. »Tut mir leid, ich weiß nicht, wovon du redest.«

»Hier!« Er wedelte mit seinem Zettel. »Meldung von einer Streife. Ist eigentlich für dich. Wegen dem Lieferwagen, den ihr zur Fahndung ausgeschrieben habt. Hat ein anderes Kennzeichen, aber sie denken, das interessiert euch vielleicht.«

Sie nahm ihm den Zettel aus der Hand. Darauf stand ein Kfz-Kennzeichen. Es war nicht das, nach dem sie fahndeten. Aber den Streifenbeamten war offensichtlich ein Aufkleber aufgefallen, der dem entsprach, den sie in der Fahndungsmeldung beschrieben hatten. Die Adresse, vor der sie das Fahrzeug angetroffen hatten, war auch vermerkt. Sie gehörte Ute Hartwig.

»Und was hat das mit deinem Fall zu tun?«, fragte Verena ruhig.

Karmans Stimme wurde schärfer. »Das frage ich dich.«

Sie reichte den Zettel an Coenes weiter. »Sie sollen den Wagen festhalten.«

Coenes trat beiseite und zückte ihr Handy.

»Wieso steht der Lieferwagen da?«, fragte Karman lauernd.

»Woher soll ich das wissen?«, sagte Verena und hielt seinem Blick stand.

»Du kennst die Adresse, mach mir nichts vor. Und ich kenne sie auch«, sagte Karman. »Aus Notizen, die wir in Slomkas Wohnung gefunden haben. Wer ist diese Ute Hartwig?«

Karman sah sie an wie eine Katze die Maus. Verena seufzte. Also schön, dann eben nicht erst morgen früh. »Ute Hartwig und Julian Slomka stammen beide aus Bergkamen und waren als Kinder beide in Vaals' Kinderchor.«

Karman brauchte einen Moment, um die Information zu verarbeiten. »Soll das heißen …«

»… dass die Fälle zusammengehören? Ja.«

»Dieser Chor ist die einzige Verbindung?«

Karman glaubte ihr nicht. Sie erzählte ihm von der Nachricht des Entführers.

Karman sog laut Luft ein. »Unser Monsignore?«

Sie nickte.

»Weiß Lutz davon?«

»Ja. Eigentlich darf ich mit dir gar nicht darüber reden. Er hat mich zu absoluter Geheimhaltung verdonnert. Aus Angst um das Ansehen der Behörde – verständlich, wenn man an die Sache mit der Honigleiche denkt.« Sie ließ ihm Zeit sich bewusst zu werden, dass seine Karriere an einem seidenen Faden hing. Dann fuhr sie fort: »Ich persönlich glaube nicht, dass Vaals pädophil ist.«

Karman zögerte, dann nickte er: »Schwer vorstellbar.
»Also, was ist mit dem Lieferwagen? Wieso steht er da vor der Tür?«

»Das wissen wir nicht.«

Coenes beendete ihr Telefonat. Sie ging an ihren Rechner und gab etwas ein.

»Aber ihr wisst, warum ihr ihn zur Fahndung ausgeschrieben habt?«

Verena überging Karmans Sarkasmus und erklärte ihm, wie sie auf Kuratz gestoßen waren.

Karman runzelte die Stirn. »Jetzt mal Klartext – du hast den Honig gesucht und jemanden, der diesen Aufzug bedienen kann? Weil Slomka und die Hartwig zufällig in Vaals Chor gejodelt haben? Und du behauptest, du mischst dich nicht in meine Ermittlungen ein?«

Beinah wünschte sie sich, dieses Gespräch in Anwesenheit des Polizeidirektors zu führen.

Karman musste ihre Gedanken gelesen haben. »Denk bloß nicht, du bist aus dem Schneider, weil Lutz gesagt hat, du sollst die Klappe halten. Bist du nicht. Er hat die Fälle getrennt. Das war eine glasklare Anweisung. Die hast du ignoriert.« Karman stürmte genau so wütend aus dem Zimmer, wie er hineingestürmt war.

»So ein Idiot.«

In selben Moment war über ihren Köpfen ein Rumpeln und Grollen zu hören, und die ersten Regentropfen klatschten gegen die Scheiben.

»Das passt.« Verena ließ sich in den Besucherstuhl fallen. Coenes sah sie fragend an. »Vergiss Karman. Um den kümmere ich mich morgen. Ich sehe mir den Lieferwagen an.«

»Schlechte Nachricht. Die Streife hatte einen Notruf und musste weg. Sind gerade zurückgekommen. Der Wagen war nicht mehr da. Dürfte aber unserer sein. Er hat den richtigen Aufkleber. Die Kennzeichen sind gestohlen. Die neue Fahndung ist schon raus.«

Verena sah Vaals vor sich, irgendwo an ein Bett gefesselt. Für einen Augenblick verlor sie die Fassung und schlug mit der flachen Hand auf den Schreibtisch. »Verdammt! Wir verlieren ihn.« Dann fasste sie sich wieder. »Karman hat recht: Was will der Kerl bei der Hartwig? Es ist zum Verrücktwerden.«

Sie stieß den Stuhl so heftig zurück, dass er umfiel. Sie trat vor das Whiteboard, schrieb Namen an die Tafel und verband sie mit Pfeilen. Von Vaals zu Slomka zu Kuratz zu Hartwig und von da wieder zu Vaals. Einer führte sie zum nächsten, und sie hatten nicht den Hauch einer Ahnung, wieso. Es war ein verdammter Kreis.

Ihr Rechner signalisierte das Eintreffen einer Nachricht. Coenes, die noch davorsaß, sah sie fragend an. Verena nickte.

Die Oberkommissarin öffnete die Datei, und ihre Miene hellte sich auf. »Das glaubst du jetzt nicht. Der Lieferwagen ist mit dem neuen Kennzeichen in Hochemmerich aufgetaucht. Wo ist das?«

»Auf der anderen Rheinseite. Ist er stationär?«

»Parkt auf einem Radweg.«

»Komm!«

Der Aufzug brauchte mal wieder ewig. Sie wollten gerade die Treppe nehmen, als Karman auf sie zusteuerte. Was wollte er jetzt noch?

»Seit wann weißt du eigentlich von dieser Hartwig? Und woher?«

Er hatte die Schwachstelle gefunden. Sie konnte ihm unmöglich verraten, dass sie den Hinweis Bauer verdankte. Mehr als einen Hinweis. Sie konnte nur beten, das nicht irgendwann in einem Gerichtsverfahren preisgeben zu müssen. Jetzt musste eine provisorische Lüge genügen.

»Ein Tipp aus Bergkamen.«

Karman taxierte sie einen Herzschlag lang, dann schüttelte er den Kopf. »Du warst in Slomkas Wohnung. Du hast das Siegel zerstört und die Tür aufgebrochen. Ich weiß das.«

Der Aufzug kam.

Ruhig fügte Karman hinzu: »Und das werde ich beweisen.«

Die Tür öffnete sich. Ein junger Beamter trat aus dem Aufzug. Er war neu. Zur Zeit versah er seinen Dienst am Empfang.

»Frau Hauptkommissarin? ... Ich wollte zu Ihnen ...«

»Dann haben Sie ja Glück«, sagte Verena.

»Äh, ja, stimmt ... Ich weiß nicht, ob das wichtig ist ... Aber eine Politesse war unten, mit einer Nachricht von unserem Polizeiseelsorger, dem evangelischen ...«

Der junge Mann hatte offensichtlich Bauers Namen vergessen. Karman, der im Begriff gewesen war abzurücken, blieb stehen. »Martin Bauer.«

Der junge Kollege warf Karman einen dankbaren Blick zu. »Richtig. Sie sollen sofort zu einer Zeche kommen ... Sie heißt *Fürst Leopold*, komischer Name. Ach so, und es sei sehr dringend.«

Auf Karmans Gesicht erschien ein breites Grinsen. »Eine Zeche? Hat wahrscheinlich auch nichts mit meinen Ermittlungen zu tun. Aber gut zu sehen, dass du dich von deinem Hilfspolizisten immer noch am Nasenring durch die Manege ziehen lässt. Wir sehen uns morgen früh bei Lutz.«

Karman ging. Die letzte Runde war eingeläutet.

54

Der Himmel im Rückspiegel war pechschwarz. Auch durch die Seitenscheiben sah Bauer schon dunkle Wolken aufziehen. Die Gewitterfront nahm ihn in die Zange.

Er fuhr mit hoher Geschwindigkeit, aufgeblendeten Scheinwerfern und blinkender Warnlichtanlage auf der linken Spur. Das Gefühl, er würde zu spät kommen, wenn er zuließ, dass die Wolken ihn überrollten, verfolgte ihn. Eine irrationale Angst. Er konnte sie nicht abschütteln.

Das Hinweisschild Kirchhellen-Nord flog vorbei. Er lenkte den Passat auf die Ausfahrt, stieg auf die Bremse und nahm den Fuß erst wieder vom Pedal, als die Fahrbahn zur B 225 abknickte. Der Wagen schob über die Vorderräder, aber er schaffte die enge Kurve.

Auf der Bundesstraße war kaum noch jemand unterwegs. Bauer gab wieder Gas, brauste an Feldern und Gehöften vorbei. Dann erreichte er die Stadtgrenze. Notgedrungen drosselte er sein Tempo, obwohl auch hier der Verkehr nur spärlich floss. Er blickte auf das Display des Navigationssystems. Noch vier Kilometer bis zum Ziel, verbleibende Fahrzeit: acht Minuten. So lange würde er nicht brauchen. Er fuhr so schnell, wie er es gerade noch verantworten konnte. Vor einem Kreisverkehr erhaschte er zwischen zwei Hausgiebeln den Blick auf ein entferntes Stahlgerüst. Das Navi wollte ihn weiter geradeaus schicken, doch er umkurvte den Kreisel und bog auf eine Straße ab, die am Rand einer Industriebrache verlief. Es war nicht mehr viel übrig von der ehemaligen Zeche *Fürst Leo-*

pold. Aber das Fördergerüst gab es noch. Und damit die Chance, der er nachjagte.

Um den Schacht herum sicherte ein hoher Stabgitterzaun ein fußballfeldgroßes Areal. Darauf standen einige niedrige Bauten. Keine Klinkermauern, sondern Fertigbetonelemente und Wellblech. Sie mussten nach dem Abriss der alten Tagesanlagen des Bergwerks errichtet worden sein. Auch die Halle am Fuß des Förderturms sah neu aus. Ein Zeichen, dass der Schacht noch in Betrieb war. Vermutlich diente er der Wasserhaltung. Bauers Hoffnung stieg und gleichzeitig wuchs seine Angst – neben der Halle stand ein weißer Peugeot.

Er rumpelte auf den Gehsteig, stoppte direkt vor dem Tor. Es war nicht abgeschlossen. Er rannte über die Brache. Seine Muskeln schmerzten wie nach einer extremen Überbelastung, doch das Taubheitsgefühl hatte nachgelassen.

Der Peugeot war verriegelt. Ute Hartwig lag reglos und in verdrehter Haltung auf der Rückbank. Bauer konnte nicht erkennen, ob sie noch atmete. Doch etwas anderes erschreckte ihn noch mehr: Die Babyschale war leer. Er musste eine Entscheidung treffen. Er entschied sich für das Kind.

Er lief zu dem Rolltor in der Front des fensterlosen Gebäudes. Es ließ sich hochschieben. Als er hindurchschlüpfte, schloss sich die Wolkendecke über dem Förderturm.

Die Halle war um die Hängebank herum gebaut worden. Hier hatten früher die Bergmänner auf die Seilfahrt gewartet. Doch das Gitter vor dem Schacht war geschlossen, dahinter gähnte schwarze Leere. Offenbar saß der Förderkorb in der Tiefe.

Bauer sah Licht hinter den staubblinden Fenstern des

Steuerstands. Mit angehaltenem Atem näherte er sich. Doch der Raum war leer. Das Steuerpult hätte in ein Bergbaumuseum gepasst. Nur der Kabelstrang, der darunter hervorkam und zum Verteilerkasten neben dem Grubentelefon lief, sah neu aus.

Bauer trat ans Pult. Zwei Schalter wirkten abgegriffener als die anderen. Die Beschriftung konnte er nur noch erahnen. Unter dem ersten hatten drei Buchstaben gestanden. *Auf* für Aufwärtsfahrt? Das Wort unter dem anderen Knopf war länger. Bauer erinnerte sich an den Kindheitsbesuch im Bergwerk seines Vaters. *Hängen* vielleicht? Hatte sein Vater die Fahrt nach unter Tage nicht so genannt? Sicher war Bauer nicht. Außerdem war die Steuerung offensichtlich manipuliert worden. Würde er sie zerstören, wenn er nun einen der Schalter betätigte? Selbst wenn es ihm gelang, den Korb hochzuholen und damit hinunterzufahren, würde Hartwigs Komplize ihn dann nicht kommen hören? Er wusste nicht einmal, ob der Mann und das Baby wirklich dort unten waren. Er glaubte es nur. Nur? Sein Glaube war alles, was er noch hatte. Er hatte seine Familie zerstört, weil er glaubte. Er war hergekommen, weil er glaubte. Er war allein, weil er glaubte.

Bauer hieb auf den Knopf über den drei unleserlichen Buchstaben. Eine Glocke schrillte – zwei Mal. Dann ein Ächzen. Im Schacht spannte sich das Stahlseil. Er hörte, wie sich die Seilscheiben an der Spitze des Fördergerüsts zu drehen begannen und schneller wurden. Er blickte zur Hängebank und zählte die Sekunden. Als er hundert erreichte, drang ein Rattern aus der Erde. Kurz darauf setzte der Korb vor, und das Sicherheitsgitter fuhr zur Seite. Der Weg in die Tiefe war frei.

Suchend sah Bauer sich um. In einem Regal stand eine

museumsreife Grubenlampe, daneben eine flache Blechdose. Er nahm beides an sich und trat zurück ans Steuerpult. Seine Hand zitterte. Er hielt inne. Er hatte in so viele Abgründe gesehen, sie machten ihm keine Angst mehr. Doch das hier war anders. Ein Schlund, ein tausend Meter tiefes Grab. Niemand würde kommen und ihn retten, wenn die Dunkelheit ihn verschluckte.

Er zwang sich, regelmäßig zu atmen. Das Zittern hörte nicht auf. Die rote Warnfarbe war nur noch an den Rändern des abgegriffenen Knopfes zu erkennen. Bauer holte tief Luft, ließ seine Hand niedersausen – und schnellte aus dem Führerstand.

Fünf Meter bis zum Schacht. Die Glocke schrillte, zählte seine weiten Sätze. Mit dem dritten Klingeln sprang Bauer in den Fahrkorb und knallte gegen das Drahtgeflecht der Rückwand. Hinter ihm schloss sich das Gittertor. Es hatte geklappt. Der Korb setzte sich in Bewegung, erst langsam, dann immer schneller. Mit zehn Metern pro Sekunde ging es hinab. Alles ratterte und bebte. Die zwei Minuten Seilfahrt kamen Bauer endlos vor. Dann hakten die Bremsen ein, sein Magen sackte nach unten. Mit einem Ruck endete der kontrollierte Sturz. Das Schutzgitter fuhr zur Seite. Er war auf der tiefsten Sohle. Irgendwo hier unten wartete ein Mann, der foltern und töten wollte.

Bauer zog den Kopf ein und stieg aus. Es war niemand zu sehen. Außer einer flackernden Neonröhre vor dem Schacht gab es keine Lichtquelle. Die Luft war heiß und feucht, und sie schmeckte giftig. Bitte keine bösen Wetter! Davon gab es unter Tage eine Menge: Schwefelwasserstoff, Kohlenmonoxid, Stickoxide. Er tastete nach der Blechdose an seinem Gürtel. Ob der Selbstretter darin überhaupt noch funktionierte?

Bauer schaltete die Grubenlampe ein. Lange würde der alte Akku kaum halten. Der Lichtkegel erfasste eine Grubenbahn, die auf schmalen Gleisen vor sich hin rostete. Bis zur Stilllegung der Zeche waren die Bergmänner damit zum Streb gefahren, wo die Kohle gehauen wurde. Bauer leuchtete die Schienen ab. Sie verloren sich in der Dunkelheit der Strecke. Er marschierte los.

Schon nach einer Minute tropfte der Schweiß von seiner Stirn, brannte in seinen Augen, rann über den Nacken in seinen Kragen und zwischen den Schulterblättern den Rücken herunter. Mit jedem Schritt, den er machte, spürte er den Druck des kilometerhohen Gebirges über ihm stärker. Er hielt den Kopf gesenkt, den Blick tief, sah nicht nach oben, hier unten gab es keinen Himmel. Er setzte Fuß vor Fuß, die Bahnschwellen gaben den Rhythmus an, teilten seine Angst in beherrschbare Stücke. Er dachte an seine Frau, an seine Tochter, an sein ungeborenes Kind, er ging weiter und weiter, bis sein Zeitgefühl erlosch.

Dann endeten die Schienen, so plötzlich, dass er fast hingeschlagen wäre. Er stolperte, fing sich, rettete sich auf die letzte Schwelle, fand mühsam sein Gleichgewicht und keuchte. Als sein Puls sich beruhigt hatte, hielt er den Atem an und horchte. Totenstille. Hinter ihm Dunkelheit, um ihn herum schwarze Wände und vor ihm das schwarze Nichts.

Wie auf einer dünnen Kruste bewegte Bauer sich voran. Die Sohle wurde uneben. Der Akku der Lampe ließ nach, ihr Schein reichte kaum noch drei Meter weit. Fast wäre Bauer an dem abgehenden Streb vorbeigelaufen. Den Weg hinein versperrten zwei diagonal aufgestellte Holzbalken. Ein Andreaskreuz, es warnte vor Lebensgefahr im *Alten Mann*. So nannten die Bergleute einen ausgekohlten

Stollen. Bauer sah vereinzelte Holzstempel, die das Stollendach stützten. Der Ausbau mit Holz wurde schon seit den Fünfzigerjahren nicht mehr betrieben. Ein Wunder, dass der Streb nicht längst eingestürzt war. Nur ein Selbstmörder hätte sich dort hineingewagt. Bauer leuchtete den Boden hinter dem Andreaskreuz ab. Keine Spuren im Kohlenstaub.

Er richtete sich wieder auf und wollte weitergehen. Da hörte er es. Es war kaum vernehmbar, aber kein Geräusch hätte ihn hier, tausend Meter tief unter der Erde, mehr erschrecken können. Es kam aus dem *Alten Mann*: ein Wimmern, ein Klagen.

Das Baby.

Ohne nachzudenken, setzte Bauer über die Balken hinweg, hastete geduckt voran, stolperte über zerklüfteten Boden, schlitterte über loses Gestein, fing sich, eilte weiter, so schnell und so leise er konnte, bis er den Schimmer in der Schwärze sah. Abrupt bremste er ab, fiel auf die Knie, suchte den Schalter der Grubenlampe, löschte sie und wusste nicht, ob er sie wieder würde einschalten können. Auf allen vieren kroch er weiter, durch die absolute Finsternis auf das Geräusch und das Licht zu, immer langsamer und vorsichtiger, je heller es wurde – bis er es sah.

Auf dem schrundigen Boden am Ende des Strebs lag, im Schein einer starken Handlampe, nackt und schutzlos, Ute Hartwigs kleiner Sohn. Er ruderte mit seinen Armen und strampelte mit den Beinen. Noch klagte er nur, doch bald würde er laut weinen. Eine zähe Masse floss über seine Babyhaut, troff in langen Fäden von den Gliedmaßen und bildete eine klebrige Pfütze um den zarten Körper.

Hinter dem Kind hockte in einigen Metern Entfernung eine dunkle Gestalt. Sie wandte Bauer den Rücken zu und schraubte im Schein ihrer Helmlampe Deckel auf leere Honiggläser. Neben den Gläsern lag die Tasche mit den Messern.

Bauer wagte nicht zu atmen. Geräuschlos schob er sich vorwärts, kam bis auf Armlänge an das Baby heran, da fuhr die Gestalt herum. Der scharfe Strahl der Helmlampe stach in seine Augen. Geblendet griff er nach dem klebrigen kleinen Körper, bekam ihn zu fassen und riss ihn an sich. Im nächsten Moment hörte Bauer das Singen von Stahl, der über Stein schliff. Ein Messer.

Bauer presste das Kind an seine Brust, sprang auf und rannte los. Das Baby fing an zu schreien. Schon nach wenigen Metern wurde die Dunkelheit undurchdringlich. Er hatte das Gefühl, ins Leere zu fallen, versuchte, die Grubenlampe wieder einzuschalten. Sie blieb dunkel, er warf sie weg. Er verlangsamte sein Tempo, um nicht zu stürzen oder gegen die Wände des Stollens zu prallen. Auf einmal zuckte vor ihm ein schwacher Schatten über den Felsboden. Im nächsten Moment begriff er, dass es sein eigener war. Er blickte sich um. Ein Licht kam schnell näher. Die Helmlampe. Er spurtete los, vergrößerte seinen Vorsprung, aber damit wuchs erneut die Dunkelheit. Er trat in einen Felsspalt, knickte weg, hielt sich gerade noch auf den Beinen und stolperte weiter, bis der Schein der Lampe ihn wieder einholte. Bauer brauchte das Licht seines Verfolgers, er konnte ihm nicht entkommen, er konnte nur versuchen, ihn auf Abstand zu halten. Doch für wie lange?

In der nächsten Sekunde erlosch das Licht. Der Mann mit dem Messer hatte seine Absicht durchschaut. In der absoluten Schwärze versuchte Bauer abzustoppen. Doch er geriet auf loses Gestein, der Boden rollte unter seinen Füßen weg, er verlor die Richtung, knallte gegen etwas

Rundes, Holz knackte, er fiel, drehte sich im Sturz auf die Seite und hielt schützend beide Arme über den Kopf des schreienden Kindes. Er schlug ungebremst hin, die Luft blieb ihm weg.

Während er noch versuchte sich aufzurappeln, flammte die Helmlampe wieder auf, nur wenige Meter von ihm entfernt. Keine Chance mehr wegzulaufen. Bauer ließ das schreiende Kind auf den Fels gleiten, sprang auf, ging seinem Verfolger entgegen, suchte festen Stand und nahm die Fäuste hoch. Er konnte den Mann nicht sehen, nur das gleißende Licht an seinem Helm, das plötzlich auf ihn zuschoss. Etwas blitzte vor Bauer auf, reflexartig pendelte er den Hieb aus, und eine lange Klinge sauste nur Zentimeter an seinem Hals vorbei. Er ließ sein Bein vorschnellen, legte sein ganzes Gewicht in den Tritt, traf hart und warf den Angreifer zurück. Bauer hörte einen dumpfen Aufprall und etwas Morsches splittern. Ein geborstener Holzstempel stürzte in den Lichtkegel der Helmlampe. Noch bevor Bauer darüber hinwegsetzen konnte, kam der Mann wieder zurück, bereit für den nächsten Angriff.

In dem Moment begann der Boden zu vibrieren, und ein Grollen ertönte. Es kam direkt aus dem Fels.

55

Mit eingeschaltetem Blaulicht jagte Verena Dohr über die regenglatte Autobahn, immer auf der linken Fahrspur und die Hand an der Lichthupe, während sie gleichzeitig versuchte, Bauers Handy zu erreichen. Bis Dorsten waren es vierzig Kilometer, Fahrtzeit laut Navi fünfunddreißig Minuten. Aber etwas sagte ihr, dass sie nicht so viel Zeit hatte. Bauer hatte eine Politesse gebeten, seine Nachricht zu übermitteln. Offensichtlich hatte er kein Handy und keine Zeit, sich ein Telefon zu suchen. Dass er sie zu einer stillgelegten Zeche beorderte, machte ihr eine Gänsehaut. Sie hatte sofort an die Schwarz-Weiß-Fotos in Kuratz' Keller denken müssen.

Sie erkannte die Absenkung der Fahrbahnoberfläche gerade noch rechtzeitig. Sie ging kurz vom Gas, rutschte über das zentimetertiefe Wasser wie ein Rennboot über einen See. Links und rechts spritzte Wasser auf. Dann hatten die Reifen wieder Grip. Glück gehabt.

Es war losgegangen, als sie gerade ihr Fahrtziel ins Navi eingab. Ein Blitz zuckte quer über den Himmel, Sekunden später folgte ein einzelner Donnerschlag direkt über ihrem Kopf. Es klang wie die Detonation einer Bombe. Dann folgte das Trommelfeuer dicker Regentropfen. Sie hatte den Scheibenwischer auf die höchste Stufe geschaltet und war losgefahren.

Nach fünfundzwanzig Kilometern hatte sie das Gewitter hinter sich gelassen und viereinhalb Minuten herausgeholt. An der Stadtgrenze von Dorsten hatte es sie wieder eingeholt. Erste Blitze fuhren über den Himmel, ein dumpfes Grollen folgte, dann öffneten sich die Schleusen.

Der Förderturm war durch die regennasse Windschutzscheibe nur schemenhaft zu erkennen. An einem Kreisverkehr ließ das Navi sie dem Hinweisschild zu einem *Creativquartier* folgen. Kurz darauf stand sie mit kreisendem Blaulicht vor dem ehemaligen Verwaltungsgebäude der Zeche *Fürst Leopold*, jetzt ein farbig angestrahltes Ensemble renovierter Industriekultur mit Galerien, trendigen Start-ups, bunten Lampions und coolen Streetfood-Ständen. Die Besucher hatten sich vor dem Gewitter in Cafés und Restaurants geflüchtet.

Mit dem Auto kam sie von hier aus nicht weiter. Sie griff nach ihrer Taschenlampe und sprang aus dem Wagen. Sie fand einen Durchgang zwischen dem Verwaltungsgebäude und dem ehemaligen Fördermaschinenhaus. Er endete an einer zweispurigen Straße. Gegenüber ragte direkt vor ihr in einem eingezäunten Areal der Förderturm siebzig Meter in die Höhe. Neben der Halle am Fuß des Turms sah sie einen weißen Peugeot. Bauers Passat stand vor einem Gittertor auf dem Bordstein.

Sie rannte über die Straße und am Zaun entlang. Der Passat war leer und nicht verschlossen. Auch das Tor war offen. Bereits völlig durchnässt, rannte sie über das Brachgelände auf den Förderturm zu.

Sie richtete den Strahl ihrer Lampe in den Peugeot. Auf dem Beifahrersitz stand eine Babyschale. Sie war leer. Ute Hartwig lag mit geschlossenen Augen auf der Rückbank. Ihr Kopf war nach hinten überstreckt, ihr Mund stand offen. Der Wagen war abgeschlossen, die Türklinke fühlte sich klebrig an. Verena holte mit der Taschenlampe aus und schlug zu. Das Sicherheitsglas des Seitenfensters zerbröselte. Verena entriegelte die hintere Tür. Mit Zeige- und Mittelfinger ertastete sie die Halsschlagader. Der Puls war regelmäßig und kräftig. Äußere Verletzungen konnte sie keine entdecken. Sie packte Ute Hartwig an der Schulter und schüttelte sie.

»Frau Hartwig! Hören Sie mich? Frau Hartwig!«

Nach mehreren Versuchen gab sie es auf. Ute Hartwig musste betäubt worden sein. Verena brachte sie auf der

Rückbank so gut es ging in eine stabile Seitenlage. Dann beugte sie sich über den Beifahrersitz. Von der dunkelblauen Decke in der Babyschale lächelte sie ein gesticktes Teddygesicht an. Sie schob ihre Hand unter die Decke. Ein Rest Körperwärme war noch zu fühlen. Sie spürte, wie ein eiskalter Schauer über ihren Rücken lief.

Sie richtete ihre Lampe auf das geöffnete Rolltor der Wellblechhalle, die um den Fuß des Förderturms errichtet worden war. Dahinter erkannte sie die Gittertüren des Förderschachts.

Sie wählte 110 und forderte einen Notarzt und Kollegen zur Unterstützung an. Dann rannte sie in die Halle. Der Regen prasselte dröhnend auf das Wellblechdach. Drinnen war es dunkel, nur im Stand des Fördermaschinisten brannte ein schwaches Licht. Sie ließ den Lichtkegel ihrer Lampe durch den Raum wandern. Er ähnelte der Anlage der Zeche, in der sie Slomka gefunden hatten. Die Gittertür vor dem Förderschacht war geschlossen, dahinter sah sie nur schwarze Leere.

Kuratz war irgendwo da unten in der Tiefe. Mit seinen Gläsern voller Honig, seinem Cutter-Messer und dem Baby. Und Martin Bauer.

Sie musste da runter!

Die Tür des Steuerstands war offen. Doch als sie die zahllosen Schalter, Regler und Anzeigen sah, wusste sie, dass sie nichts tun konnte, nichts als zu warten. Aber wie war Bauer runtergekommen? Hatte Kuratz ihn überwältigt? Oder war er gar nicht da unten, sondern lag mit durchgeschnittener Kehle irgendwo draußen im Regen?

Sie hatte sich noch nie so hilflos gefühlt. Hilflos und wütend. Wütend auf diesen sadistischen Verrückten mit seinem Honig, aber auch auf Bauer, der sich diesem

Wahnsinnigen anscheinend in den Weg gestellt hatte, obwohl seine Frau ein Kind erwartete.

Sie zog die Schachtel mit den Zigaretten aus der Tasche. Die Packung war aufgeweicht. Frustriert warf sie die zerfledderte Schachtel weg und bereute es sofort, weil sie damit einen möglichen Tatort kontaminierte. Dankbar registrierte sie, dass der Gedanke sie von nutzlosen Gefühlen zurück in den professionellen Modus brachte. Sie wählte erneut 110, ließ sich zur Kriminalwache durchstellen und machte den Kollegen klar, dass sie schnellstens einen Fördermaschinisten auftreiben mussten.

Dann hörte sie Martinshörner. Sie lief zurück zu den Autos. Es hatte aufgehört zu regnen. Zwei Einsatzfahrzeuge fuhren mit Blaulicht auf das Gelände. Sie winkte mit der Taschenlampe. Die Wagen stoppten neben ihr. Vier Kollegen in Zivil stiegen aus. Einer von ihnen, ein gutmütig aussehender Mitvierziger mit Bauchansatz, stellte sich als Dienstgruppenleiter vor.

Sie deutete zum Förderturm. »Wir müssen da runter.«

Der Mann strich sich bedächtig über den völlig kahlen Schädel. Dann sagte er: »Das kann ja spaßig werden.«

In der Ferne war ein weiteres Martinshorn zu hören.

»Der Notarzt.« Der Dienstgruppenleiter musterte die Hauptkommissarin. »Sie sehen aus, als kämen sie gerade aus der Dusche, Kollegin.«

Verena zuckt mit den Achseln. »Ich bin wasserdicht.«

Über das Gesicht des Hauptkommissars huschte ein Lächeln. »Dann lassen Sie mal hören.«

Verena berichtete knapp von einem sadistischen Gewalttäter, der sich in Bergwerken auskannte, einem entführten Baby und seiner Mutter sowie einem dazwischengeratenen Polizeiseelsorger.

Der Dienstgruppenleiter zog die Augenbrauen hoch. »Reden Sie von Martin Bauer?«

Verena nickte. Seiner Miene war nicht zu entnehmen, ob er das für eine gute oder eine schlechte Nachricht hielt.

Er wandte sich an einen seiner Leute. »Wo bleibt der Kerl, der das Teil bedienen kann?«

»Schon im Anmarsch.«

Mittlerweile drifteten die ersten Schaulustigen aus den Restaurants und Cafés herüber. Der Dienstgruppenleiter gab Anweisung, uniformierte Unterstützung anzufordern, die Gaffer und Smartphone-Spanner fernhalten sollten.

»Diese Idioten machen mich krank«, knurrte er.

Das Martinshorn war jetzt ganz nah. Dann verstummte es, der Notarztwagen fuhr durchs Tor und hielt neben den Polizeifahrzeugen.

Verena ging zu ihm. »Sie ist da drin.« Sie deutete auf den Peugeot. »Ich glaube, sie ist betäubt worden.«

Der Arzt machte sich an die Arbeit. Verena wandte sich wieder dem Dienstgruppenleiter zu, der seinen Leuten gerade Anweisungen gab.

»Wir sollten noch ein oder zwei Rettungswagen anfordern«, sagte sie.

»Schon passiert. Sobald der Maschinist eintrifft, gehen wir runter.«

Sie sah, dass die Kollegen Schutzwesten aus ihren Fahrzeugen holten. »Haben Sie auch eine für mich?«

Der Dienstgruppenleiter nickte einem der Männer zu. Der nahm eine zweite Weste aus dem Kofferraum. Sie streifte sie über ihre pitschnasse Leinenjacke.

Fünf Minuten später traf der Fördermaschinist ein. Er war einen halben Kopf kleiner als sie, Ende sechzig und sah aus, als habe man ihn aus dem Bett geholt. Er nickte ihnen zu und verschwand wortlos im Förderstand.

Die Anspannung war deutlich spürbar. Die jüngeren Beamten überprüften immer wieder ihre Ausrüstung und den Sitz ihrer Schutzweste, ihre älteren Kollegen rauchten am Rolltor. In einen Jahrzehnte alten Förderkorb zu steigen und eine stillgelegte Zeche einzufahren, war auch für sie kein Routineeinsatz.

Verena überlegte gerade, ob sie eine Zigarette schnorren sollte, als der Maschinist mit ölverschmierten Händen und grimmiger Miene wieder aus dem Führerstand auftauchte.

»Vierte Sohle.«

Alle sahen ihn fragend an.

»Da ist der Fahrkorb jetzt. Ganz unten.«

»Und wie tief ist das?«, fragte einer der jüngeren Beamten.

»Nicht so tief. 1034 Meter.«

»Scheiße«, entfuhr es dem Frager.

»Aber du hast Glück, Jungchen. Der Kerl, der sich da unten rumtreibt, hat irgendwas am Steuerpult gefrickelt.«

»Was heißt das?«, mischte Verena sich ein.

»Ich würde das gern erst in Ordnung bringen, bevor ich den Korb bediene.«

»Wir können nicht runter?« Verena war, als täte sich vor ihr ein Abgrund auf.

»Nicht gleich. Der Typ muss sich irgendwie 'ne Fernbedienung gebastelt haben. Ist jetzt so was wie'n Aufzug.«

»Er steuert das Ding per Funk?«, fragte der Dienstgruppenleiter.

Der Alte sah ihn an, als hätte er einen besonders begriffsstutzigen Schüler vor sich. »Mit tausend Meter taubem Gestein über'm Kopf? Nee, ich vermute mal über die Leitung vom Grubentelefon. Ganz schön schlau. Wer ist der Kerl?«

»Er war früher Grubenelektriker«, erklärte Verena.

Er nickte. »Na dann ... Ich kann das natürlich auch kappen, wenn ihr wollt.«

»Dann können Sie den Korb hochholen?«, fragte der Dienstgruppenleiter.

Der Maschinist rieb sich das Kinn. »Das weiß ich erst, wenn ich's probiert habe.«

Von draußen war Geschrei zu hören. Dann stürmte Ute Hartwig durch das Rolltor, der Notarzt dicht hinter ihr.

»Wo ist er? Wo ist mein Baby?« Ihre Stimme überschlug sich, ihr Blick flackerte panisch von einem zum anderen.

Der Arzt versuchte sie festzuhalten, aber sie riss sich los.

Verena ging vorsichtig auf sie zu. »Frau Hartwig ... bitte ...«

»Nein!« Sie rannte zum Förderkorb. »Sie müssen ihn raufholen! Sie wissen ja nicht, was er mit ihm macht!«

Der Arzt hob beschwichtigend die Hände. »Sie sollten unbedingt zu weiteren Untersuchungen mit ins Krankenhaus kommen.«

Offensichtlich hatte er noch nicht begriffen, worum es hier ging.

»Er macht dasselbe wie mit dem Reporter!« Plötzlich sackten ihre Schultern nach unten, als habe sie jeder Funken Lebenskraft verlassen. Ihre Stimme war nur noch ein Flüstern. »Er bringt ihn um, er bringt ihn um ...«

Mit drei Schritten war Verena bei ihr, legte die Arme um sie und hielt sie fest. Als habe sie damit einen Schalter umgelegt, wurde Ute Hartwigs ganzer Körper von Schluchzen geschüttelt. »Es ist zu spät … zu spät«, wimmerte sie. »Es ist meine Schuld … meine …«

Das Schluchzen verebbte, Verena ließ sie los. »Gehen Sie mit dem Arzt. Er gibt Ihnen etwas. Wir tun hier alles, was wir können. Wir bringen Ihnen ihren Jungen lebendig zurück, das verspreche ich. Okay?«

Ute Hartwig nickte kraftlos. Verena gab dem Arzt ein Zeichen. Er nahm den Arm der tränenblinden Frau und lenkte sie sachte Richtung Ausgang. Der Dienstgruppenleiter trat zu Verena.

»Da haben Sie sich ziemlich aus dem Fenster gelehnt«, sagte er leise.

Verena nickte. »Sehr weit.«

Die Dorstener Kollegen, die sie keinen Moment aus den Augen gelassen hatten, bereit, jederzeit einzugreifen, entspannten sich wieder.

Da drang aus dem Förderschacht ein dumpfes Grollen herauf. Alle erstarrten.

»Oh, Scheiße …« Der Fördermaschinist wurde bleich.

Auch Ute Hartwig blieb stehen. »Was … war das?«

Der Mann blickte zuerst zu Verena, dann zum Dorstener Dienstgruppenleiter. Dann sagte er mit belegter Stimme: »Irgendwas ist eingestürzt. Ein Stollen würde ich sagen.«

Mehrere Sekunden lang herrschte Stille. Verena hatte das Gefühl neben sich zu stehen. Ein einziger Gedanke dröhnte in ihrem Schädel: Wie sage ich seiner Frau und Nina?

Ute Hartwigs Schrei brach den Bann. Es klang wie der Schrei eines verwundeten Tieres und schien nicht zu enden. Doch schließlich war keine Luft mehr in ihren Lungen. Sie verstummte. Etwas anderes war zu hören. Ein metallisches Rumpeln, das aus dem Schacht heraufkam.

»Der Korb!« Mit zwei Sätzen war der Maschinist im Förderstand. »Er kommt hoch!«

Verena zog ihre Dienstwaffe aus dem Holster, richtete sie auf die vergitterte Öffnung, in der der Korb auftauchen würde.

Der Dienstgruppenleiter nickte seinen Leuten zu, die ebenfalls ihre Waffen zogen. »Wie lange?« Die Frage war an den Fördermaschinisten gerichtet.

»Zehn Meter pro Sekunde.«

Tausend Meter, zehn Meter pro Sekunde. Verena wollte rechnen, aber ihre Gedanken hatten sich festgefressen. Sarah, Nina, das Baby, Sarah, Nina, das Baby ...

Das Rumpeln wurde lauter. Mit metallischem Kreischen kam der Korb zum Stehen. Hinter der Gittertür war es dunkel. Wer oder was sich dort befand, war nicht auszumachen. Verena Dohrs Zeigefinger wanderte zum Abzugshebel ihrer Waffe.

Endlich, unerträglich langsam fuhr das Gitter zur Seite. Die Gestalt im Korb war von Kopf bis Fuß mit anthrazitgrauem Staub bedeckt. Sie hatte die Arme vor der Brust verschränkt und rang nach Atem.

»Heben Sie die Hände und kommen Sie raus!« Die Stimme des Dienstgruppenleiters war scharf und unmissverständlich.

Die Gestalt hustete. Sie versuchte, etwas zu sagen. Etwas wie: »Das kann ich nicht.«

Verena wusste, wer da sprach. »Bauer!«

Bauer wankte, dann stolperte er aus dem Fahrkorb. Verena ließ ihre Waffe fallen, machte einen Satz und packte seinen Ellenbogen. Er gewann sein Gleichgewicht wieder. Dann streckte er die Arme aus. »Kann mir das jemand abnehmen? Sonst lasse ich ihn doch noch fallen.«

Plötzlich hörte man ein Baby quengeln. Ute Hartwig stieß einen Schrei aus und war mit einem Satz bei Bauer.

»Keine Sorge. Es geht ihm gut«, sagte er.

Sie riss ihm das Baby aus den Händen. Mütterliche Laute ausstoßend, versuchte sie, den Staub von dem Gesicht ihres Sohnes zu reiben. Einer der Männer sagte, er habe Wasser im Wagen. Sie folgte ihm, ohne die Augen von ihrem Baby zu nehmen.

Er werde Mutter und Kind ins Krankenhaus bringen, informierte der Notarzt den Dienstgruppenleiter, wobei es klang, als frage er um Erlaubnis.

Bauer lehnte sich an die Wand des Förderstands, dann verließ ihn die Kraft und er rutschte nach unten, bis er auf dem nackten Boden saß.

Verena hockte sich neben ihn. »Und was ist mit Ihnen? Sind Sie okay?«

»Ich glaube schon. Jedenfalls körperlich.«

Verena winkte einen der Kollegen heran und bat ihn um zwei Zigaretten. Sie zündete beide an und reichte eine davon Bauer. Er nahm einen tiefen Zug.

Sie gab ihm einen Moment, bevor sie fragte. »Was ist passiert? Erzählen Sie's mir?«

Er nickte, langsam und mindestens ein Dutzend Mal. »Ute Hartwig wird Ihnen alles erzählen.«

»Weiß sie, wo der Monsignore ist? Hat Kuratz es ihr gesagt? Hat er es Ihnen gesagt?«

Bauer schüttelte den Kopf. »Er war mit dem Kind in einem gesperrten Stollen. Wir haben gekämpft. Dann ist alles eingestürzt. Wir sind noch rausgekommen, er nicht.«

Sie rauchten schweigend. Ihre Chance, Vaals noch lebend zu finden, war mit Kuratz' Tod praktisch gleich null.

Von irgendwoher wehte Musik herein, ein Indie-Song

in Moll, den sie kannte. Im Creativquartier hatte man nach dem Gewitter anscheinend in den Party-Modus zurückgefunden.

Der Dienststellenleiter kam zu ihnen. Er erklärte, dass in Kürze ein Team der LINAG einträfe. Sie würden sich unter Tage ein Bild von der Lage machen. Wenn möglich, werde er danach mit seinen Leuten und Kollegen von der KTU versuchen, die Leiche zu bergen und eventuelle Spuren zu sichern. Dafür brauche er sie beide nicht.

»Sie können nach Hause fahren, wenn Sie versprechen, dass ich spätestens morgen Abend einen schriftlichen Bericht von Ihnen habe.« An Bauer gerichtet fügte er hinzu: »Und Sie halten sich für eine Zeugenaussage bereit.«

Sie erklärten sich einverstanden.

»Und passen Sie auf, wenn Sie hier rausgehen. Sonst landen Sie auf ein paar Dutzend Handyfotos und anschließend im Internet.«

Verena und Bauer bedankten sich für die Warnung. Bauer stand auf, Verena Dohr zog die Schutzweste aus. Ihr Smartphone summte.

»Ja?« Sie hörte eine Minute lang zu, dann beendete sie das Telefonat, ohne ein weiteres Wort gesagt zu haben. Sie sah Bauer an.

»Was ist?«

Es gab keinen Weg, ihn auf das vorzubereiten, was sie ihm sagen musste.

Als könne er ihre Gedanken lesen, fragte er: »Der Monsignore?«

Sie nickte.

»Tot?«

Sie hatte nicht aufgehört zu nicken. »Oberkommissarin Coenes hat ihn in einem Bunker gefunden, in Moers.«

»Wurde er …?«

»Gefoltert? Nein. Er ist einfach gestorben. Es war wohl zu viel für sein Herz.«

Im Staub auf Bauers Gesicht sah sie, dass ihm Tränen über die Wangen rannen.

56

Zwei Wochen später

Sie hatte noch nie gern Schwarz getragen. Und sie hasste die Tage, an denen sie es musste.

Die schwarze Stoffhose, die nachtblaue Seidenbluse und der schwarze Leinenblazer steckten noch in der Plastikhülle der Wäscherei. Sie hatte die Sachen auf dem Weg zur Arbeit abgeholt, jetzt lagen sie über dem Besucherstuhl. Die schwarzen Schuhe mit den flachen Absätzen hatte sie in ihrer Umhängetasche. Sie würde die Sachen heute drei Stunden lang tragen, dann würden sie wieder in der hintersten Ecke ihres Kleiderschranks verschwinden.

Das letzte Mal, dass sie Schwarz getragen hatte, war auf der Beerdigung ihrer Mutter gewesen. Sie hatte dieses diffuse Schuldgefühl gespürt, das immer da war, wenn sie Trauerkleidung trug. Es würde auch am Grab des Monsignore wieder da sein. Aber heute würde sie wenigstens wissen, warum.

Es klopfte. Oberkommissarin Coenes steckte den Kopf herein. »Meeting in drei Minuten. Ich sollte dich erinnern.«

Sie suchte ihre Unterlagen zusammen und machte sich auf den Weg zum Besprechungsraum.

Außer Coenes saßen nur Herwig und Aast auf ihren Plätzen. »Karman nicht da?«

Nach den Ereignissen in Dorsten war dem Polizeidirektor nichts anderes übrig geblieben, als die getrennten Fälle wieder zusammenzulegen. Sie leitete wieder die Ermittlungen, Karmans Team war aufgelöst worden. Am nächsten Tag hatte er sich krankgemeldet.

Herwig zuckte mit den Achseln.

Auf dem Tisch lagen noch die Zeitungen mit den Schlagzeilen der vergangenen Tage. *Entführer in Bergwerk verschüttet! Entführter Priester tot! Mord im Bunker!*

Herwig, Aast und Coenes berichteten über die Ergebnisse ihrer Ermittlungsarbeit in den letzten Tagen. Mit dem Tod von Hans-Horst Kuratz war der Fall nicht beendet. Es gab Opfer, die Aufklärung verdienten, und es gab die Tochter eines Serienmörders, die selbst schuldig geworden war. Schließlich fasste die Hauptkommissarin den Stand zusammen.

Josef Hartwigs Habseligkeiten waren akribisch unter die Lupe genommen worden. Anhand der Namen auf den Fotos der Fördertürme und der zeitlichen Zuordnung hatte man seine Opfer identifiziert. Jetzt versuchte man, DNA-Spuren aus dem Bunker mit der DNA der verschwundenen Frauen abzugleichen, soweit noch Gegenstände existierten, auf denen ihr Erbmaterial isoliert werden konnte. Ihre Leichen konnten nicht mehr geborgen werden, da die Bergwerke bis auf eins nicht mehr zugänglich waren. Julian Slomkas Mutter hatte man gefunden. Ihr Körper war durch den Honig halbwegs konserviert worden. Dr. Jürgens hatte keine Schwierigkeiten gehabt, die Schnitte zu kartieren. Er hatte über zweihundert gezählt. Sie waren präziser ausgeführt und geometrisch genauer angeordnet als die bei Julian Slomka.

»Kein Vergleich«, hatte Jürgens bemerkt und dabei seine Brille geputzt. »Hartwig war der Meister und Kuratz nur ein miserabler Nachahmer.«

Bis auf diese Unterschiede stimmten die Tatmuster überein. Möglicherweise würde man Hartwig die Mordserie trotzdem nicht eindeutig nachweisen können. Außer seiner DNA im Bunker hatten sie nur Indizien und das Geständnis seiner Tochter. Was Ute Hartwig betraf, würde die Staatsanwaltschaft auf fahrlässige Körperverletzung mit Todesfolge plädieren. In Anbetracht der Umstände konnte sie mit einer Bewährungsstrafe rechnen.

Aber sie hatte ohnehin lebenslänglich. Sie würde dem Schicksal, die Tochter eines Serienmörders zu sein, nie entkommen. Warum Kuratz Rüdiger Vaals entführt hatte, schien auch geklärt. Als in der Presse davon berichtet worden war, dass der Monsignore angesichts des toten Julian Slomka einen Infarkt erlitten hatte, mussten Hartwig und Kuratz befürchtet haben, er werde vielleicht doch noch sein Beichtgeheimnis brechen. Diese Überlegungen beruhten auf Martin Bauers Gespräch mit Hartwig.

Für den Polizeidirektor bewies es nur, dass »dieser verdammte Polizeiseelsorger bis zum Hals in den Fall verwickelt ist« – so hatte Lutz es Verena Dohr gegenüber formuliert, als er die beiden Fälle zähneknirschend wieder zusammengelegt hatte. Einen Tag lang hatte er versucht, »der Sache auf den Grund zu gehen«. Aber es war ihm nicht gelungen, Bauers Knoten aus plausiblen Erklärungen – seelsorgerischer Auftrag, zerstörtes Smartphone, akute Notsituation und Recht auf Jedermann-Festnahme –

zu durchtrennen. Bauer hatte ihn förmlich zur Weißglut getrieben, indem er den entsprechenden Paragrafen der Strafprozessordnung fehlerfrei zitiert hatte: Gemäß § 127 Abs. 1 Satz 1 der (StPO) ist jedermann befugt, eine Person ohne rechtliche Anordnung vorläufig festzunehmen, wenn die Person auf frischer Tat betroffen oder verfolgt wird, der Flucht verdächtig ist oder ihre Identität nicht sofort festzustellen ist.

Verena Dohr sah auf ihre Uhr. Zeit, sich für die Beerdigung fertig zu machen. »Wer fährt mit?«

Alle drei würden an der Beerdigung teilnehmen.

»Gut. Wir sehen uns dann vor Ort.«

Sie holte ihr Trauer-Outfit aus der Plastikhülle. Zum Glück war die Hitzewelle vorbei. Bei fünfunddreißig Grad im Schatten wäre Schwarz definitiv eine Herausforderung geworden. Alles roch frisch gereinigt.

Ihre Mutter hatte ihr immer das Gefühl gegeben, sie enttäuscht zu haben. Ja, vielleicht hatte sie sie enttäuscht. Wie Elmar, wie Vaals, wie sie sich selbst. Stell dich hinten an, Mama.

Sie wollte ihren Rechner gerade ausschalten, als eine Mail eintraf. Drei neue Wohnungsangebote. Eine Dreizimmerwohnung, richtige Größe, gut geschnitten, in Holderberg. Irgendwo auf dem platten Land. Nein, davon hatte sie genug. Die beiden anderen lagen in der Innenstadt, waren »Single-Wohnungen«. Da mietete sie lieber einen Wohnwagen auf einem Campingplatz.

Sie war froh, dass niemand zustieg, als sie im Aufzug nach unten fuhr. Vor allem nicht der Polizeidirektor. Sie wunderte sich immer noch, dass er darauf verzichtet hatte, Bauers Rolle in dem Fall genauer zu durchleuchten. Er hatte sich mit den Erklärungen zufriedengegeben, die sie und Bauer abgesprochen hatten, wobei sie dicht an der Wahrheit geblieben waren. Natürlich hatte sich Lutz nicht plötzlich in sie und Bauer verliebt. Aber die Presse stilisierte sie und vor allem den Polizeiseelsorger zurzeit gerade zu Helden. Also kein idealer Zeitpunkt, sie zu attackieren.

Verena versuchte sich zu erinnern, wo sie geparkt hatte, dann überquerte sie den Parkplatz, gerade als Karman aus seinem Wagen stieg. Seit der Nacht auf der Zeche *Fürst Leopold* hatten sie noch kein Wort miteinander geredet. Jetzt war es so weit. Ihre Wege würden sich unweigerlich kreuzen.

Eine Mikrosekunde lang hätten sie wortlos aneinander vorbeigehen können. Aber Dohr sah, dass er die Konfrontation wollte. High Noon, dachte sie. Sei's drum.

»Na? Bist du glücklich?«

Karman hatte eine Zeitung in der Hand. Sie las die neueste Schlagzeile: *Ruhrpott-Serienmörder stirbt friedlich in Hospiz!* Es war also rausgekommen. Die Tatsache, dass die Polizei Josef Hartwig nie gefasst hatte, würde von der Boulevardpresse noch weidlich ausgeschlachtet werden.

»Ich gehe zu einer Beerdigung. Du auch?«

Karman knurrt etwas Unfreundliches. Dann sagte er: »Du hast mich ausgetrickst.«

»Ich habe nur meine Arbeit gemacht.«

»Scheiße hast du! Bauer macht deine Arbeit!«

Er wartete darauf, dass sie widersprach, aber sie erwiderte einfach nur seinen Blick.

»Du denkst, Lutz kann euch nichts, weil ihr jetzt Superhelden seid, aber täusch dich mal nicht. Du und Bauer, ihr seid in die versiegelte Wohnung eingebrochen. Und jetzt kann ich es auch beweisen. Oder hast du gedacht, ich schluck das einfach?«

Natürlich. Er war nicht krank gewesen. Er hatte die Zeit genutzt, um gegen sie zu ermitteln. Obwohl sie nichts anderes von ihm erwartet hatte, schockierte sie die Mischung aus Häme und Hass immer noch.

»Ich habe jemand, der euch gesehen hat. In der Wohnung. Ihr hättet kein Licht machen sollen. Wenn Vaals unter der Erde ist, gehe ich zu Lutz. Er wird sich freuen.«

Die Dienstlimousine des Polizeidirektors hielt vor dem Eingang. Der Fahrer stieg aus, Lutz würde jeden Moment herunterkommen.

Verena Dohr zog ihr Smartphone aus der Tasche. »Überleg dir das lieber noch mal, Guido. Ich habe nämlich auch einen Zeugen gefunden.«

Karman wechselte sofort auf Verteidigung. »Wofür?«

Sie drückte auf Start.

»Dass ein Würstchen wie Sie einen durch und durch ehrlichen Kollegen aus meiner Dienstgruppe dazu bringt, sich schmieren zu lassen, macht mich stinksauer.«

»Ach, ja? Jetzt verrate ich Ihnen mal was! Karman ist billig! Drei Whiskey und zwei grüne Scheinchen, und das aufgeblasene Ego dieses Wichtigtuers erledigt den Rest. Er konnte gar nicht aufhören zu quatschen!«

»Das glaube ich Ihnen nicht.«

»Alles hat er ausgekotzt, bis ins kleinste Detail!«

»Das Foto haben Sie auch von ihm?«

»Was denken Sie denn? Und wissen Sie was? Ich glaube, er wollte vor allem Ihnen einen reinwürgen. Der Typ ist ein rachsüchtiges Arschloch.«

Sie drückte auf Stopp. Karman hatte wie erstarrt zugehört. Jede Farbe war aus seinem Gesicht gewichen. Sie sah, dass er sich am liebsten auf sie gestürzt hätte.

Polizeidirektor Lutz trat aus der Drehtür. Seine Uniform war messerscharf gebügelt, sein gerötetes Gesicht ebenso scharf rasiert. Er schaute zu ihnen herüber. Ihre Blicke trafen sich.

»Na los, Karman, viel Spaß«, sagte Verena. Sie schob sich an dem Hauptkommissar vorbei, ging zu ihrem Wagen und stieg ein. Als sie losfuhr, sah sie im Rückspiegel, dass Karman immer noch dastand und ihr hinterherstarrte.

57

Marie sah ihn an. Ihr Blick war ernst. So, als überlegte sie, ob sie ihm trauen konnte.

Sie hatte es nicht eilig gehabt, auf die Welt zu kommen.

»Ich weiß jetzt, warum sie uns warten lässt«, hatte seine Frau eines Morgens erklärt. »Sie möchte nicht, dass das Erste, was sie in ihrem Leben sieht, ein Krankenhaus ist.«

Danach hatte sie ihre Hebamme angerufen und entschieden, zu Hause zu entbinden. Bauer hatte keine Chance bekommen, seine Bedenken zu äußern. Er hatte seine Frau zu ihrer Gynäkologin gefahren. Ab dem dritten Tag nach dem errechneten Termin verlangten die Krankenkassen eine ärztliche Unbedenklichkeitsbescheinigung für Hausgeburten. Sarah war schon mehr als eine Woche überfällig. Trotzdem brachte sie ihre Ärztin dazu, das Attest auszustellen. Kaum saßen sie wieder im Auto, setzten die Wehen ein. Drei Stunden später hielt Bauer seine zweite Tochter zum ersten Mal im Arm.

»Sie sieht aus wie eine Marie«, hatte Nina bei ihrem Anblick gesagt. Seitdem trug ihre kleine Schwester diesen Namen. Die Hebamme hatte in ihrem Bericht die komplikationslose und schnelle Entbindung eines gesunden Mädchens notiert.

Das war nun vier Tage her. Bauer konnte immer noch nicht ganz fassen, wie klein seine Tochter war. Sie passte auf seinen Unterarm. Er hatte in Ninas altem U-Heft nachgesehen. Sie war sogar noch einen Zentimeter kleiner gewesen. Aber die Zahlen änderten nichts. Das Gefühl, ein neugeborenes Leben im Arm zu halten, kam ihm kein bisschen bekannt vor. Er fühlte sich wie ein Anfänger. Und genau so sah Marie ihn an.

Er stand mit ihr auf der Terrasse. Es war ein klarer, milder Sommermorgen. Sie hörten den Vögeln zu. Der Garten leuchtete in einem friedlichen Grün.

Nach der Hitzewelle hatte es zwei Tage geregnet. Bauer hatte das Haus nur für die Befragungen verlassen. Sie hatten Stunden gedauert, Polizeidirektor Lutz hatte sie persönlich geleitet. Verena hatte Bauer vorher gebrieft und ihn auf die Idee mit der Jedermann-Festnahme gebracht. Ihr verdankte er, dass er noch einen Job hatte. Er hatte sich nicht darüber freuen können. In der Nacht hatte der Regen aufgehört. Am nächsten Morgen war Sarah zu ihm zurückgekehrt.

»Du musst los«, hörte er ihre Stimme hinter sich und spürte gleich darauf ihre Umarmung. »Soll ich nicht doch mitkommen?«

»Du sollst dich ausruhen.« Es war nicht der einzige Grund. »Schläft Nina immer noch?«

»Sie hat doch Ferien.«

Nach den Ferien würde Nina nach Mexiko fliegen und für ein Schulhalbjahr dortbleiben.

»Gibst du sie mir?«

Sarah deutete lächelnd auf Marie. Sie war auf seinem Arm eingeschlafen.

Der Waldfriedhof war der größte Friedhof der Stadt. Auf dem Parkplatz neben dem Haupteingang standen die Fahrzeuge in dichten Reihen. Er erkannte die Dienstwagen von Verena und Polizeidirektor Lutz. In der Trauerhalle gab es keinen freien Sitz mehr. Wie viele andere Gäste fand Bauer nur noch einen Stehplatz. Er sah zahlreiche bekannte Gesichter unter den Anwesenden. In der ersten Reihe saßen die Offiziellen des erzbischöflichen Generalvikariats und von der Polizei. Bauer stand ganz hinten, inmitten einer Gruppe uniformierter Beamter.

Der Priester der Gemeinde, deren Kinderchor Monsignore Vaals geleitet hatte, eröffnete seine Predigt mit einem Vers aus dem Johannesevangelium.

»Jesus Christus spricht: *Ich bin das Licht der Welt. Wer mir nachfolgt, der wird nicht wandeln in der Finsternis, sondern wird das Licht des Lebens haben.*[5]«

Vaals war allein in der Finsternis eines alten Bunkers gestorben. Die Obduktion hatte ergeben, dass sein Herz vermutlich schon aufgehört hatte zu schlagen, bevor Bauer dort eingetroffen war. Aber sicher war das nicht.

Seine Ruhestätte fand der Monsignore unter einer großen Buche. Während der Sarg in die Erde hinabgelassen wurde, sang der Kinderchor Bruckners *Ave Maria*.

---

5   Johannes 8:12 (Lutherbibel 2017)

Als alle Trauergäste eine der bereitliegenden Blumen in das offene Grab geworfen hatten und sich auf den Rückweg machten, kam Verena zu Bauer.

»Wie geht es Ihnen?« Sie klang besorgt.

»Ich glaube, ganz gut.«

»Ich habe gehört, Sie haben Elternzeit eingereicht.«

Er nickte.

»Und wann kommen Sie zurück?«

»Das habe ich noch nicht entschieden.«

Sie musterte ihn nachdenklich. »Aber Sie kommen zurück?«

Er zögerte.

»Entschuldigung«, sagte sie unvermittelt, holte ihr vibrierendes Handy aus der Tasche und sah aufs Display. »Tut mir leid, da muss ich ran.«

Eilig trat sie beiseite, um zu telefonieren. Er blickte ihr kurz nach, dann wandte er sich ab und ging.

Er fand die Wiese mit den Urnenreihengrabstätten am Rand des Friedhofs. Hier gab es keine Grabsteine, es war das Feld für die *Sozialbestattungen*. Armenbegräbnis hatte man das früher genannt.

In einem frisch aufgeschütteten Erdhügel steckte ein Kreuz aus Fichtenholz. Darauf stand ein Name: *Josef Hartwig*. Er war vor drei Tagen eingeäschert worden. Das Hospiz hatte Bauer über Ort und Termin der Beerdigung informiert.

Er sah auf das Kreuz. Im nächsten Winter würde der Name verblassen, das Holz verrotten. Im Frühling würde der Friedhofsgärtner es auf den Abfall werfen, die Erde einebnen und Rasen darauf säen. Im Sommer würde das Grab verschwunden sein.

Bauer dachte an die Worte aus dem Johannesevangelium. *Das Licht der Welt.* Er sah es immer noch. Doch die Welt war für ihn dunkler geworden.

Er fuhr nach Hause.

ENDE

Peter Gallert
Jörg Reiter

Glaube Liebe Tod

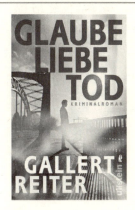

Kriminalroman.
Taschenbuch.
Auch als E-Book erhältlich.
www.ullstein-buchverlage.de

Woran kann man glauben in einer Welt voller Verbrechen?

Ein Polizist steht auf der Duisburger Rheinbrücke und will sich in die Tiefe stürzen. Der Seelsorger Martin Bauer soll ihn daran hindern. Er klettert einfach über das Geländer und springt selbst. Überrumpelt springt der Beamte hinterher, um Bauer zu retten. Gemeinsam können sie sich aus dem Wasser ziehen. Bauer hat hoch gepokert, aber gewonnen. Doch wenige Stunden später ist der Polizist tot, nach einem Sturz vom Deck eines Parkhauses. Ein klarer Fall von Selbstmord, gegen den Beamten wurde wegen Korruption ermittelt. Bauer weiß nicht, was er glauben soll. Und er sieht die Verzweiflung in der Familie des Toten. Auf der Suche nach der Wahrheit setzt er alles aufs Spiel ...